Sobre homens e lagostas

Elizabeth Gilbert

Sobre homens e lagostas

Tradução
Rafael Mantovani

Todos os direitos desta edição reservados à
Editora Objetiva Ltda.
Rua Cosme Velho, 103
Rio de Janeiro — RJ — Cep: 22241-090
Tel.: (21) 2199-7824 — Fax: (21) 2199-7825
www.objetiva.com.br

Título original
Stern Men

Capa
Sabine Dweck

Revisão
Ana Grillo
Lilia Zanetti
Cristiane Pacanowski

Editoração eletrônica
Abreu's System Ltda.

CIP-BRASIL. CATALOGAÇÃO-NA-FONTE
SINDICATO NACIONAL DOS EDITORES DE LIVROS, RJ

G393s

Gilbert, Elizabeth
Sobre homens e lagostas / Elizabeth Gilbert; tradução Rafael Mantovani. – Rio de Janeiro: Objetiva, 2011.

Tradução de: *Stern men*
341p. ISBN 978-85-7962-106-2

1. Romance americano. I. Mantovani, Rafael. II. Título.

11-5790. CDD: 813
CDU: 821.111(73)-3

Para Michael Cooper —
por bancar o sossegado

Num aquário em Woods Hole no verão de 1892, um caramujo foi posto num tanque com uma lagosta fêmea, de quase 25 centímetros de comprimento, que passara cerca de oito semanas em cativeiro. O caramujo, que era de tamanho médio, não foi incomodado durante vários dias, mas por fim, constrangida pela fome, a lagosta o atacou, quebrou sua concha, pedaço por pedaço, e devorou rapidamente as partes moles.

— *A lagosta americana: um estudo de seus hábitos e desenvolvimento*
Francis Hobart Herrick, ph.D., 1895

Prólogo

A trinta e dois quilômetros da costa do Maine, Fort Niles Island e Courne Haven Island se confrontam — duas velhas rabugentas se encarando nos olhos, cada uma convencida de que é a única sentinela da outra. Não há mais nada perto delas. Elas não estão entre ninguém. Rochosas e em formato de batata, formam um arquipélago de duas. Achar esse par de ilhas num mapa é uma descoberta um tanto inesperada; como achar um par de cidades numa pradaria, um par de acampamentos num deserto, um par de cabanas numa tundra. Completamente isoladas do resto do mundo, Fort Niles Island e Courne Haven Island separam-se uma da outra apenas por um veloz estreito de água do mar, conhecido como Worthy Channel. Com quase um quilômetro e meio de largura, ele é tão raso em alguns trechos com a maré baixa que, a não ser que você saiba o que está fazendo — a não ser que *realmente* saiba o que está fazendo —, talvez hesite em atravessá-lo mesmo de canoa.

Em sua geografia específica, Fort Niles Island e Courne Haven Island têm uma semelhança tão espantosa que seu criador deve ter sido ou muito simplório ou um grande comediante. São réplicas quase exatas. As ilhas — os últimos picos da mesma antiga cordilheira submersa — são feitas do mesmo cinturão de granito preto de boa qualidade, encobertas pelo mesmo manto de vicejantes abetos-falsos. Cada ilha tem cerca de seis quilômetros de comprimento e três de largura. Cada uma tem um punhado de pequenas enseadas, uma série de lagoas de água doce, umas poucas praias rochosas, uma única praia de areia, um único grande morro e um único porto profundo, guardado possessivamente atrás da costa, feito um saco de dinheiro escondido.

Em cada ilha há uma igreja e uma escola. Perto do porto fica uma rua principal (chamada, em cada ilha, de Main Street), com um pequeno ajuntamento de prédios públicos — correio, mercado, taverna. Não se acham ruas pavimentadas em nenhuma das ilhas. Suas casas são bastante parecidas, e os barcos nos portos são idênticos. As ilhas compartilham das mesmas condições climáticas peculiares: são significativamente mais quentes no inverno e mais frescas no verão do que qualquer cidade costeira e, muitas vezes, se acham presas dentro do mesmo nevoeiro. As mesmas espécies de samambaias, orquídeas, cogumelos e rosas silvestres podem ser encontradas em ambas as ilhas. E, por fim, estas ilhas são habitadas pelas mesmas raças de pássaros, rãs, cervos, ratos, raposas, cobras e homens.

Os índios Penobscot deixaram os primeiros vestígios humanos em Fort Niles e Courne Haven. Acharam nas ilhas uma excelente fonte de ovos de aves marinhas, e as antigas armas de pedra desses primeiros visitantes ainda surgem em algumas enseadas. Os Penobscot não se aventuravam por muito tempo no meio do mar, porém usavam as ilhas como estações de pesca temporárias, prática que os franceses oportunamente assimilaram no começo do século XVII.

Os primeiros colonos de Fort Niles e Courne Haven foram dois irmãos holandeses, Andreas e Walter Van Heuvel, que, após levarem suas mulheres, seus filhos e seu gado para as ilhas em junho de 1702, reivindicaram uma delas para cada família. Eles batizaram seus assentamentos de Bethel e Canaan. Os alicerces da casa de Walter Van Heuvel ainda existem, um amontoado de pedras cobertas de musgo, num prado do que ele chamava de Canaan Island — aliás, o local exato onde Walter foi assassinado pelo irmão, depois de apenas um ano de estadia. Andreas também matou os filhos de Walter naquele dia e levou a mulher do irmão a Bethel Island para morar com sua família. Diz-se que Andreas estava frustrado porque a própria esposa não estava gerando filhos para ele com rapidez suficiente. Ávido de mais herdeiros, ele tomou para si a única outra mulher que havia por perto. Andreas Van Heuvel quebrou a perna alguns meses depois, enquanto construía um celeiro, e morreu em decorrência de uma infecção. As mulheres e os filhos logo foram resgatados por um navio patrulheiro inglês que passava e levados à estacada em Fort Pemaquid. As duas mulheres estavam grávidas na época. Uma deu à luz um filho saudável, que ela batizou de Niles. O filho da outra morreu no parto, porém a vida da mãe foi salva por Thaddeus Courne, um médico inglês. De algum modo, este acontecimento deu origem aos nomes das duas ilhas: Fort Niles e Courne Haven — dois lugares muito bonitos que só seriam colonizados outra vez após cinquenta anos.

Os escoceses e irlandeses vieram em seguida, e vieram para ficar. Um certo Archibald Boyd, junto com a esposa, as irmãs e seus maridos, ocupou Courne Haven em 1758. Durante a década seguinte, juntaram-se a eles as famílias Cobb, Pommeroy e Strachan. Duncan Wishnell e sua família construíram uma fazenda em Fort Niles em 1761, e ele logo se viu cercado pelos vizinhos Dalgleish, Thomas, Addams, Lyford, Cardoway e O'Donnell, assim como alguns Cobb que se mudaram de Fort Niles. As moças de uma ilha casavam-se com os rapazes da outra, e os sobrenomes começaram a flutuar de um lado para o outro entre os dois lugares, como boias soltas. Em meados do século XIX, novos sobrenomes surgiram com recém-chegados: Friend, Cashion, Yale e Cordin.

Essas pessoas descendiam, em boa parte, dos mesmos antepassados. E por não existirem muitos, não é surpresa que, com o tempo, os habitantes passassem a ficar cada vez mais parecidos uns com os outros. O casamento desenfreado entre parentes era o grande culpado. Fort Niles e Courne Haven de algum modo conseguiram escapar da sina de Malaga Island, cuja população fora tão tomada por uniões consanguíneas que o Estado finalmente precisara intervir e evacuar todo mundo, mas ainda assim as linhas de parentesco eram extremamente estreitas. Com o tempo, desenvolveu-se um formato distinto de corpo (baixo, músculos compactos, robusto) e rosto (pele clara, sobrancelhas escuras, queixo pequeno), que veio a ser associado tanto com Courne Haven como com Fort Niles. Após várias gerações, podia-se dizer sem exagero que cada homem era parecido com seu vizinho e que cada mulher teria sido reconhecida logo de cara por seus antepassados.

Todos eram fazendeiros e pescadores. Todos eram presbiterianos e congregacionalistas. Todos eram conservadores políticos. Durante a Guerra da Independência, foram patriotas coloniais; durante a Guerra Civil, enviaram rapazes vestindo casacos de lã azul para lutar pela União na distante Virgínia. Eles não gostavam de ser governados. Não gostavam de pagar impostos. Não confiavam em especialistas e não estavam interessados nas opiniões ou na chegada de estranhos. Ao longo dos anos, as ilhas foram, em diferentes ocasiões e por vários motivos, incorporadas a diversos condados do continente, um após outro. Essas uniões políticas nunca terminavam bem. Cada arranjo acabava se tornando insatisfatório para os moradores, e em 1900 permitiu-se que Courne Haven e Fort Niles formassem um município independente. Juntas, elas constituíam o minúsculo domínio de Skillet County. Mas esse também foi um arranjo temporário. No fim, o próprio município se dividiu; aparentemente, os homens de cada ilha sentiam-se melhor, mais seguros e autônomos quando deixados completamente a sós.

A população das ilhas continuou crescendo. Perto do fim do século XIX, veio uma expansão vigorosa, com o advento do comércio de granito. Um jovem industrial de New Hampshire, chamado dr. Jules Ellis, trouxe sua empresa, a Ellis Granite Company, para ambas as ilhas, onde logo fez fortuna extraindo e vendendo a pedra negra brilhante.

Courne Haven atingiu seu auge em 1889, alcançando uma população recorde de 618 habitantes. O número incluía imigrantes suecos, contratados pela Ellis Granite Company como trabalhadores braçais para a pedreira. (Parte do granito em Courne Haven era tão fissurado e áspero que só servia para fazer pedras de calçamento, trabalho fácil para operários destreinados como os suecos.) Naquele mesmo ano, Fort Niles ostentava uma sociedade de 627 almas, incluindo imigrantes italianos, que tinham sido contratados como hábeis entalhadores. (Fort Niles tinha um granito de qualidade, bom para mausoléus — um belo granito ao qual apenas artesãos italianos podiam fazer justiça.) Nunca houve muito trabalho para os nativos da ilha nas pedreiras de granito. A Ellis Granite Company preferia contratar imigrantes, que eram menos caros e mais fáceis de controlar. E havia pouca interação entre os operários imigrantes e os locais. Em Courne Haven, alguns pescadores locais casaram-se com mulheres suecas, e surgiu uma onda de loiros na população dessa ilha. Em Fort Niles, no entanto, o aspecto escocês pálido, de cabelos escuros, permaneceu intacto. Ninguém em Fort Niles se casava com os italianos. Teria sido inaceitável.

Os anos se passaram. As tendências na pesca mudaram, passando de linhas a redes e de bacalhaus a merluzas. Os barcos evoluíram. As fazendas ficaram obsoletas. Uma prefeitura foi construída em Courne Haven. Uma ponte foi construída sobre o Murder Creek em Fort Niles. O serviço de telefonia chegou em 1895, por um cabo que passava por baixo do mar, e em 1918 diversas casas já tinham eletricidade. A indústria do granito minguou e finalmente foi levada à extinção pelo advento do concreto. A população encolheu, quase tão depressa quanto inchara. Rapazes foram embora das ilhas para procurar trabalho em fábricas grandes e cidades grandes. Velhos nomes começaram a sumir dos catálogos, esvaindo-se lentamente. O último dos Boyd morreu em Courne Haven em 1904. Não se encontrava mais nenhum O'Donnell em Fort Niles após 1910, e — a cada década do século XX — o número de famílias em Fort Niles e Courne Haven continuava diminuindo. Outrora esparsamente habitadas, as ilhas tornaram-se mais uma vez esparsas.

Aquilo de que as duas ilhas careciam — de que sempre tinham carecido — era o bom entendimento entre si. Por estarem tão distantes do resto do país, por serem tão parecidos em temperamento, linhagem e história, os moradores de Courne Haven e Fort Niles deveriam ter sido bons vizinhos. Eles precisavam uns dos outros. Deveriam ter tentado servir bem uns aos outros. Deveriam ter compartilhado recursos e adversidades e se valido de todo tipo de cooperação. E talvez pudessem ter sido bons vizinhos. Talvez seu destino não precisasse ser conflituoso. Sem dúvida houve paz entre as duas ilhas durante mais ou menos os primeiros dois séculos de ocupação. Talvez, se os homens de Fort Niles e Courne Haven tivessem continuado sendo simples fazendeiros ou pescadores de alto-mar, tivessem sido excelentes vizinhos. Porém não temos como saber o que poderia ter acontecido, pois eles acabaram se tornando pescadores de lagostas. E esse foi o fim da boa vizinhança.

As lagostas não reconhecem fronteiras e, portanto, nem os homens que as pescam. Os lagosteiros procuram lagostas onde quer que essas criaturas se espalhem e, por isso, perseguem sua presa por todo o mar raso e o litoral de água fria. Isso significa que os lagosteiros estão o tempo todo competindo entre si pelos bons territórios de pesca. Eles atrapalham uns aos outros, embaraçam as linhas das armadilhas alheias, espionam os barcos dos outros e roubam informações. Os lagosteiros brigam por cada metro cúbico do mar. Cada lagosta que um homem pega é uma lagosta que outro homem perdeu. É um ofício cruel e gera homens cruéis. Como humanos, afinal, nós nos tornamos aquilo que buscamos. A pecuária de leite torna os homens constantes, confiáveis e comedidos; a caça aos cervos torna os homens silenciosos, velozes e sensíveis; a pesca de lagostas torna os homens desconfiados, astutos e inescrupulosos.

A primeira guerra lagosteira entre Fort Niles Island e Courne Haven Island começou em 1902. Outras ilhas em outras baías do Maine tiveram suas guerras lagosteiras, mas nenhuma foi travada tão cedo quanto esta. Mal havia uma indústria lagosteira em 1902; a lagosta ainda não se tornara uma iguaria rara. Em 1902, as lagostas eram comuns, sem valor, até mesmo um incômodo. Após tempestades fortes, centenas e milhares destas criaturas iam dar nas praias e tinham que ser retiradas com forcados e carrinhos de mão. Criaram-se leis proibindo que os lares afluentes alimentassem seus criados com lagosta mais de três vezes por semana. Naquele momento na história, a coleta de lagostas era apenas algo que os homens das ilhas faziam para complementar a renda de suas fazendas e seus barcos de pesca. Só fazia uns trinta anos que os homens vinham pescando lagostas em Fort Niles e Courne Haven, e eles ainda pescavam vestindo casacos e gravatas. Era uma indústria nova. Por isso é curioso que alguém possa ter se sentido envolvido na indústria lagosteira o bastante para dar início a uma guerra por causa dela. Mas foi exatamente isso que aconteceu em 1902.

A primeira guerra lagosteira entre Fort Niles e Courne Haven teve início com uma célebre e imprudente carta escrita pelo sr. Valentine Addams. Em 1902, o sobrenome Addams podia ser encontrado em ambas as ilhas; Valentine Addams era um Addams de Fort Niles. Era considerado bastante inteligente, porém irritadiço e talvez um pouquinho doido. Foi na primavera de 1902 que Valentine Addams escreveu essa carta, endereçada ao presidente da Segunda Conferência Internacional da Indústria Pesqueira em Boston, um prestigiado evento para o qual ele não fora convidado. Addams enviou cópias caprichosamente manuscritas de sua carta a vários dos grandes jornais de pesca do Litoral Leste. E enviou uma cópia a Courne Haven Island pelo barco do correio.

Valentine escreveu:

> Senhores!
>
> É com pesar e obrigação moral que preciso denunciar um sórdido novo crime perpetrado por ardilosos membros de nossa população lagosteira local. Dei a este crime o nome de Estocagem de Lagostas Pequenas. Refiro-me à prática em que alguns lagosteiros inescrupulosos secretamente recolhem os cestos de um lagosteiro honesto durante a noite e trocam as Lagostas Grandes do homem honesto por um lote de jovens Lagostas Pequenas sem valor. Pensem na consternação do pescador honesto, que recolhe seus cestos à luz do dia apenas para descobrir dentro dele Lagostas Pequenas sem valor! Fui desconcertado por essa prática diversas vezes nas mãos dos *meus próprios vizinhos* da ilha Adjacente de Courne Haven! Por favor considerem a possibilidade de enviar sua comissão para deter e punir estes Bandidos das Lagostas Pequenas de Courne Haven Island. (Cujos nomes listo aqui para seus fiscais.)
>
> Continuo sendo seu grato informante,
>
> Valentine Addams

Na primavera de 1903, Valentine Addams escreveu uma carta para a Terceira Conferência Internacional da Indústria Pesqueira, novamente sediada em Boston. Essa conferência, ainda maior que a do ano anterior, incluía dignitários das províncias canadenses e da Escócia, da Noruega e do País de Gales. Addams outra vez não fora convidado. E por que deveria ter sido? O que faria um pescador comum como ele num encontro daqueles? Era um congresso de peritos e legisladores, não uma ocasião para resolver rixas locais. Por que ele deveria ter sido convidado, com todos os dignitários galeses e canadenses, todos os atacadistas bem-sucedidos de Massachusetts e todos os renomados fiscais de caça e pesca? Mas e daí? Ele escreveu, mesmo assim:

> Cavalheiros!
>
> Com todo o respeito, senhores, por favor transmitam a seguinte informação a seus colegas: uma

lagosta fêmea prenhe carrega em sua barriga cerca de 25.000 a 80.000 ovos, conhecidos por nós pescadores como "frutinhas". Como gênero alimentício, esses ovinhos salgados já foram ingredientes de sopa muito populares. Os senhores devem lembrar que o consumo desse gênero alimentício foi oficialmente desestimulado alguns anos atrás e que a prática de apanhar para venda qualquer lagosta fêmea portadora de ovos foi proibida por lei. Muito sensato, senhores! Isso foi com o salutar intuito de resolver a Questão Lagosteira do Litoral Leste e conservar a Lagosta do Litoral Leste. Cavalheiros! A esta altura, os senhores certamente já terão se inteirado de que alguns pescadores de má-fé contornaram a lei, raspando as valiosas frutinhas da barriga da criatura. O objetivo do pescador inescrupuloso é guardar essa boa lagosta reprodutora para venda e lucro pessoal!

Cavalheiros! Assim raspados e lançados ao mar, esses ovos de lagosta não geram filhotes saudáveis, mas se tornam 25.000 a 80.000 iscas para cardumes famintos de bacalhaus e linguados. Cavalheiros! Procurem nas barrigas desses peixes vorazes os milhares de lagostas que sumiram das nossas praias! Procurem, nesses inescrupulosos Lagosteiros Raspadores de Ovos, a origem do encurtamento da nossa população de lagostas! Cavalheiros! As Escrituras perguntam, "Degolar-se-ão para eles ovelhas e vacas que lhes bastem? Ou ajuntar-se-ão para eles todos os peixes do mar, que lhes bastem?"

Sei por fontes seguras, senhores, que Na Minha Ilha Vizinha de Courne Haven, *todos os pescadores* praticam a raspagem de ovos! Os fiscais de caça e pesca do Estado não se dispõem a prender ou deter estes ladrões de Courne Haven — pois são ladrões! —, apesar das minhas denúncias. Pretendo começar agora mesmo a confrontar pessoalmente esses salafrários, aplicando as medidas punitivas que julgar apropriadas, representando a certeza das minhas sólidas suspeitas e o bom nome da sua Comissão. Cavalheiros!

Continuo sendo seu agente dedicado, Valentine R. Addams.

(E incluo aqui os nomes dos Salafrários de Courne Haven.)

Logo no mês seguinte, o único píer do porto de Courne Haven pegou fogo. Diversos lagosteiros de Courne Haven suspeitaram que Valentine Addams tivera participação no ato, suspeita que Addams não atenuou muito, estando presente no incêndio de Courne Haven no raiar do dia, de pé em seu barco a poucos metros da praia, brandindo o punho e berrando "Putas portuguesas! Olhem os mendigos católicos agora!", enquanto os lagosteiros de Courne Haven (que não eram mais portugueses ou católicos que o próprio Valentine Addams) lutavam para salvar seus barcos. Poucos dias depois, Addams foi encontrado em Fineman's Cove, tendo sido ancorado ao fundo do mar com duas sacas de vinte quilos de sal grosso. Um pescador de mariscos descobriu o corpo.

O fiscal de caça e pesca concluiu que o afogamento era um suicídio. Compreensível. De certo modo, aquela morte era mesmo um suicídio. Incendiar o único píer de uma ilha vizinha é um dos atos mais suicidas que um homem pode cometer. Todos sabiam disso. Nenhum homem de Fort Niles Island, em sã consciência, podia guardar rancor dos pescadores de Courne Haven por seu gesto de represália, por mais violento que tivesse sido. Mesmo assim, aquilo gerou um problema. Addams deixou uma incômoda viúva grávida. Se ela ficasse em Fort Niles Island, seria um grande inconveniente para os vizinhos, que precisariam sustentá-la. E de fato, era isso que ela pretendia fazer. Seria um peso morto em Fort Niles, sugando recursos de uma comunidade cujas famílias trabalhadoras mal conseguiam sustentar a si mesmas. O medo desse fardo causou ressentimento pela morte de Valentine Addams. Além disso, afogar um homem com o próprio sal grosso que ele usara para preservar suas iscas frescas era um insulto um tanto excessivo. Haveria retaliação.

Como desforra, os homens de Fort Niles Island remaram até Courne Haven Island certa noite e pintaram uma camada fina de alcatrão nos assentos de cada bote que estava ancorado no porto. Essa foi apenas uma piada de mau gosto, feita para provocar risadas. Mas depois eles cortaram todas as boias que sinalizavam armadilhas para lagostas no território de pesca de Courne Haven, fazendo com que as amarras dos cestos afundassem na água pesada e as armadilhas amarradas desaparecessem para sempre. Foi a completa destruição da indústria da comunidade — da pouca indústria lagosteira que havia em 1903, é claro — durante toda a temporada.

Compreensível.

Depois disso, houve uma semana de tranquilidade. Então Joseph Cardoway, um homem bastante querido em Fort Niles, foi pego em frente a uma taverna continental por uma dúzia de lagosteiros de Courne Haven, que o espancaram com longos bicheiros de carvalho. Quando Cardoway se recuperou do espancamento, estava sem sua orelha esquerda, seu olho esquerdo estava cego e seu polegar esquerdo pendia, solto e tão inútil quanto um enfeite, dos músculos rompidos de sua mão. O ataque deixou toda Fort Niles indignada. Cardoway nem era pescador. Cuidava de um pequeno moinho em Fort Niles e vendia gelo. Não tinha nada a ver com a pesca de lagostas, e no entanto tinha sido aleijado por causa dela. Nesse momento a guerra lagosteira atingiu seu ponto de ebulição.

Os pescadores de Courne Haven Island e Fort Niles Island brigaram durante uma década. Brigaram de 1903 a 1913. Não constantemente, é claro. As guerras lagosteiras, mesmo naquela época, não são lutas constantes. São lentas disputas de território, com atos espasmódicos de retaliação e recuo. Mas durante uma guerra lagosteira há tensão constante, perigo constante de perder equipamento para a faca alheia. Os homens ficam tão absortos em defender seu ganha-pão que acabam essencialmente erradicando esse mesmo ganha-pão. Passam tanto tempo brigando, espionando e provocando que lhes resta pouco tempo para pescar de fato.

Como em qualquer conflito, alguns participantes dessa guerra lagosteira envolveram-se mais do que os outros. Em Fort Niles, os homens da família Pommeroy eram os mais implicados em disputas de território e, por consequência, foram praticamente arruinados pela rivalidade. Empobreceram. Em Courne Haven, os pescadores da família Burden também foram praticamente arruinados; descuidaram do trabalho para minar os esforços, por exemplo, da família Pommeroy em Fort Niles. Em ambas as ilhas, por muito pouco os Cobb não foram arruinados. Henry Dalgliesh foi tão desmotivado pela guerra que simplesmente juntou sua família e mudou-se de Courne Haven Island para Long Island, Nova York, onde se tornou agente de polícia. Qualquer um que tenha crescido em Fort Niles ou Courne Haven durante essa década foi criado na pobreza. Qualquer Pommeroy, Burden ou Cobb que tenha crescido nessa década foi criado na pobreza extrema. E em meio ao ódio. Para eles, foi uma verdadeira penúria.

Quanto à viúva do assassinado Valentine Addams, em 1904 a mulher deu à luz dois meninos gêmeos: um bebê malcriado que ela batizou de Angus e um bebê gordo e apático, que batizou de Simon. A viúva Addams não era muito mais racional que seu falecido esposo. Não tolerava que o nome "Courne Haven" fosse pronunciado em sua presença. Ao ouvi-lo, gemia como se ela própria estivesse sendo assassinada. Ela era uma força vingativa, uma mulher amarga envelhecida pela raiva, que atiçava os vizinhos a executar atos ousados de hostilidade contra os pescadores do outro lado do Worthy Channel. Instigava o furor e o rancor dos vizinhos, caso eles deixassem esses sentimentos murcharem. Em parte pelas exortações da mãe, em parte pelo ritmo inevitável de qualquer conflito, os gêmeos da viúva completaram dez anos de idade antes que a guerra lagosteira que seu pai provocara terminasse por completo.

Houve um único pescador dentre os de ambas as ilhas que não participou desses episódios, um pescador de Fort Niles de nome Ebbett Thomas. Após o incêndio do píer de Courne Haven, Thomas recolheu da água, em silêncio, todos os seus cestos de pesca. Limpou os cestos e os guardou, junto com seus apetrechos, na segurança de seu porão. Tirou seu barco da água, limpou-o e o guardou em terra seca, coberto com uma lona. Nunca houvera uma guerra lagosteira antes, por isso é de se estranhar que ele tenha sido capaz de prever os acontecimentos destrutivos que estavam por vir, mas ele era um homem dotado de grande intuição. Ebbett Thomas pelo jeito suspeitou, com a agudeza de um esperto pescador que percebe a chegada do mau tempo, que talvez fosse mais sensato ficar fora dessa.

Depois de esconder em segurança seu equipamento de pesca, Ebbett Thomas subiu a pé o único grande morro de Fort

Niles Island até a administração da Ellis Granite Company e pediu um emprego. Aquilo era praticamente inédito — um morador local procurando trabalho nas pedreiras —, mas, mesmo assim, Ebbett Thomas foi bem-sucedido. Conseguiu convencer o próprio dr. Jules Ellis — fundador e dono da empresa — a contratá-lo. Ebbett Thomas virou capataz da montadora de caixas da Ellis Granite Company, supervisionando a construção dos caixotes e das caixas de madeira onde peças de granito acabado eram despachadas da ilha. Ele era pescador, e todos os seus antepassados tinham sido pescadores, e seus descendentes seriam todos pescadores, porém Ebbett Thomas só voltou a pôr seu barco na água depois que dez anos se passaram. Foi sua grande intuição que permitiu que ele sobrevivesse àquele episódio difícil sem sofrer a devastação econômica de que seus vizinhos foram vítimas. Ele ficou à parte e manteve sua família afastada de toda aquela confusão.

Ebbett Thomas era um homem incomum para sua época e lugar. Não tinha escolaridade, mas era brilhante e tinha, a seu modo, uma treinada sabedoria. Sua inteligência foi reconhecida pelo dr. Jules Ellis, que achava uma pena que aquele homem inteligente ficasse confinado a uma ilhota inculta e a uma vida miserável de pesca. O dr. Ellis muitas vezes pensava que, em circunstâncias diferentes, Ebbett Thomas poderia ter sido um bom homem de negócios, talvez até um professor universitário. Porém Ebbett Thomas nunca foi agraciado com circunstâncias diferentes, por isso viveu todos os seus dias em Fort Niles, sem grandes realizações além de pescar bem e ter um lucro decente, sempre se mantendo longe das disputas mesquinhas dos vizinhos. Ele se casou com uma prima de terceiro grau, uma mulher de inestimável senso prático chamada Patience Burden, e eles tiveram dois filhos, Stanley e Len.

Ebbett Thomas teve uma vida boa, mas não muito longa. Morreu de derrame aos cinquenta anos. Não viveu o bastante para ver Stanley, seu primogênito, se casar. Mas triste mesmo é que Ebbett Thomas não tenha vivido o bastante para conhecer sua neta, uma menina chamada Ruth, que a mulher de Stanley deu à luz em 1958. E isso é uma pena, pois Ebbett Thomas teria se fascinado com Ruth. Talvez não tivesse compreendido muito bem a neta, mas com certeza teria observado sua vida com uma certa curiosidade.

1

Diferente de alguns crustáceos, que demonstram uma fria indiferença ao bem-estar dos filhotes, a mamãe lagosta mantém a cria junto de si até que os jovens filhotes estejam grandes o bastante para começar a viver por conta própria.

— *Sobre caranguejos, camarões e lagostas*
William B. Lord
1867

O nascimento de Ruth Thomas não foi o mais fácil já registrado. Ela nasceu numa semana de tempestades terríveis, lendárias. A última semana de maio de 1958 não chegou a trazer um furacão, mas também não foi nada tranquila, e Fort Niles Island foi castigada. A mulher de Stan Thomas, Mary, no meio dessa tempestade, enfrentou um trabalho de parto especialmente difícil. Era seu primeiro filho. Ela não era uma mulher grande, e o bebê resistia teimosamente. Mary Thomas deveria ter sido levada para um hospital no continente e ficado sob os cuidados de um médico, porém com aquele tempo era impossível sair de barco com uma mulher em trabalho de parto. Não havia médicos em Fort Niles, nem enfermeiras. A parturiente, agoniada, não dispunha de nenhum cuidado médico. Simplesmente teria que fazer aquilo sozinha.

Mary gemia e gritava durante o parto, enquanto suas vizinhas, agindo como uma equipe de parteiras amadoras, ofereciam conforto e sugestões, e só saíam do seu lado para espalhar notícias de seu estado pela ilha. O fato era que as coisas não pareciam bem. As mulheres mais velhas e mais perspicazes estavam convencidas desde o início de que a mulher de Stan não sobreviveria. Afinal Mary Thomas não era da ilha, e as mulheres não tinham muita fé em sua força. No melhor dos casos, aquelas mulheres a consideravam meio mimada, um pouco delicada demais e suscetível demais a lágrimas e à timidez. Tinham quase certeza de que ela iria deixá-las no meio do parto e simplesmente morrer de dor ali mesmo, na frente de todas. Ainda assim, elas interferiram e fizeram um alvoroço. Concordaram entre si sobre o melhor tratamento, as melhores posições, os melhores conselhos. E quando voltavam depressa a suas casas para buscar toalhas limpas ou gelo para a parturiente, transmitiam aos maridos a notícia de que as coisas na casa dos Thomas pareciam mesmo muito graves.

O senador Simon Addams ouviu os boatos e decidiu preparar seu famoso caldo de galinha apimentado, que ele acreditava ter grandes propriedades curativas e poderia ajudar a mulher no momento de necessidade. O senador Simon era um solteirão entrado em anos que morava com seu irmão gêmeo, Angus, outro solteirão entrado em anos. Angus era o lagosteiro mais duro, mais agressivo da ilha. O senador Simon não era lagosteiro de espécie alguma. Tinha pavor do mar; não podia pôr o pé num barco. O mais perto que Simon jamais chegara do mar tinha sido a um passo da arrebentação, em Gavin Beach. Quando ele era adolescente, um valentão da ilha tentara arrastá-lo para as docas, e Simon quase arrancara o rosto do menino com as unhas, quase quebrara seu braço. Estrangulara o menino até ele cair inconsciente. O senador Simon realmente não gostava da água.

No entanto, era habilidoso, e por isso ganhou dinheiro consertando móveis, armadilhas para lagostas e barcos (em terra firme) para outros homens. Tinha a reputação de excêntrico e passava o tempo lendo livros e estudando mapas, que comprava pelo correio. Ele sabia muito sobre o mundo, embora não tivesse saído de Fort Niles sequer uma vez na vida. Seu conhecimento de tantos assuntos lhe valera o apelido de "senador", um apelido que era só metade piada. Simon Addams era um homem estranho, mas era considerado uma *autoridade*.

Era opinião do senador que uma boa canja apimentada podia curar qualquer coisa, até um parto, por isso ele preparou uma boa porção para a esposa de Stanley Thomas. Era uma mulher que ele admirava muito, e estava preocupado com ela. Levou uma panela quente de sopa à casa dos Thomas na tarde de 28 de maio. As vizinhas o deixaram entrar e anunciaram que o bebê já tinha chegado. Elas garantiram que todos estavam bem. A criança era robusta, e a mãe ia se recuperar. Mary provavelmente faria bem em tomar um pouco daquela canja, afinal.

O senador Simon Addams olhou dentro do berço, e lá estava: a pequena Ruth Thomas. Uma menininha. Uma criança excepcionalmente bonita, com um tufo preto de cabelos molhados e uma expressão inquisitiva. O senador Simon notou logo de cara que ela não tinha o aspecto vermelho e assustado da maioria dos recém-nascidos. Não parecia um coelho pelado e cozido. Tinha uma linda pele morena e uma expressão um tanto séria para uma criança.

— Ah, ela é uma linda menininha — disse o senador Simon Addams, e as mulheres o deixaram segurar Ruth Thomas. Ele parecia tão enorme segurando a recém-nascida que as mulheres deram risada, riram do solteirão gigante embalando a criancinha. Porém Ruth deu uma espécie de suspiro nos braços dele, franziu a boquinha e piscou sem preocupação. O senador Simon sentiu uma pontada de orgulho, quase de um avô. Estalou a língua para ela. Sacudiu a menina.

— Ah, ela não é a coisa mais lindinha? — ele disse, e as mulheres não paravam de rir. Ele disse: — Não é uma graça?

Ruth Thomas foi um belo bebê que se tornou uma belíssima menina, com sobrancelhas escuras, ombros largos e uma postura notável. Desde a mais tenra infância, suas costas eram retas como uma tábua. Ela tinha uma presença marcante, adulta, mesmo nos primeiros anos. Sua primeira palavra foi um "Não" muito firme. Sua primeira frase: "Não, obrigada." Ela não achava muita graça em brinquedos. Gostava de sentar no colo do pai e ler o jornal com ele. Gostava de ficar com os adultos. Era quieta o bastante para passar despercebida durante horas. Era mestre em escutar atrás da porta. Quando seus pais visitavam os vizinhos, Ruth sentava embaixo da mesa da cozinha, pequena e silenciosa como o pó, escutando com atenção cada palavra dos adultos. Uma das frases mais comuns dirigidas a ela quando criança era: "Nossa, Ruth, eu nem vi você aí!"

Ruth Thomas passava despercebida por seu temperamento observador, e também pela distração causada pelo tumulto dos Pommeroy. Eles moravam na casa adjacente à de Ruth e dos pais. Havia sete irmãos Pommeroy, e Ruth nascera logo depois do último. Ela quase desaparecia em meio ao caos criado por Webster, Conway, John, Fagan, Timothy, Chester e Robin Pommeroy. Os irmãos Pommeroy eram um *acontecimento* em Fort Niles. Sem dúvida, outras mulheres já tinham gerado tantos filhos na história da ilha, mas só ao longo de décadas e só com evidente relutância. Sete bebês nascidos numa única família prolífica, em menos de seis anos, parecia quase uma epidemia.

Angus, o irmão gêmeo do senador Simon, comentava sobre os Pommeroy:

— Isso não é uma família. É uma maldita ninhada.

Mas Angus Addams podia ser suspeito de inveja. Como não tinha família além de seu irmão excêntrico, toda essa felicidade das famílias alheias era como uma afta para Angus Addams. O senador, por outro lado, achava a sra. Pommeroy adorável. Ficava encantado com suas gestações. Dizia que a sra. Pommeroy sempre parecia grávida porque era o jeito dela. Dizia que ela sempre parecia grávida, de uma forma tímida e simpática.

A sra. Pommeroy era excepcionalmente jovem quando se casou — com menos de dezesseis anos — e desfrutava muito de si mesma e do marido. Era uma mulher alegre e expansiva. A jovem sra. Pommeroy bebia feito uma melindrosa. Adorava uma garrafa. Na verdade, bebia tanto durante as gestações que os vizinhos suspeitavam que ela causara danos cerebrais aos filhos. Fosse qual fosse a causa, nenhum dos sete irmãos Pommeroy jamais aprendeu a ler muito bem. Nem mesmo Webster Pommeroy conseguia ler um livro, e ele era o ás de inteligência no baralho daquela família.

Quando criança, Ruth Thomas muitas vezes ficava sentada em silêncio numa árvore e, quando surgia a oportunidade, jogava pedras em Webster Pommeroy. Ele jogava pedras de volta, e dizia que ela era uma bunda-suja. Ela dizia "Ah, é? Onde você leu isso?" Então Webster Pommeroy arrastava Ruth para fora da árvore e a chutava no rosto. Ela era uma menina esperta que às vezes tinha dificuldade em não fazer comentários espertos. Ruth supunha que levar um chute no rosto era o tipo de coisa que acontecia com garotinhas espertas que eram vizinhas de tantos Pommeroy.

* * *

Quando Ruth Thomas tinha nove anos de idade, viveu um acontecimento significativo. Sua mãe foi embora de Fort Niles. Seu pai, Stan Thomas, foi junto com ela. Eles foram para Rockland. Pretendiam passar só uma ou duas semanas lá. O plano era que Ruth morasse com os Pommeroy por um curto período. Só até seus pais voltarem. Porém algum incidente complicado aconteceu em Rockland, e a mãe de Ruth não voltou nunca mais. Os detalhes não foram explicados para a menina na época.

O pai de Ruth voltou afinal, mas não por muito tempo, por isso ela acabou ficando com os Pommeroy durante meses. Acabou ficando com eles durante o verão inteiro. Esse acontecimento significativo não foi tão traumático assim, pois Ruth realmente adorava a sra. Pommeroy. Adorava a ideia de morar com ela. Queria ficar com ela o tempo inteiro. E a sra. Pommeroy adorava Ruth.

— Você é que nem minha própria filha! — a sra. Pommeroy gostava de dizer a Ruth. — Você é que nem a maldita filha que eu nunca tive!

A sra. Pommeroy pronunciava a palavra *filha* de um modo que soava belo, leve aos ouvidos de Ruth. Como todos os nascidos em Fort Niles ou Courne Haven, a sra. Pommeroy falava com o sotaque reconhecido em toda Nova Inglaterra como "Down East" — uma leve variação do acento dos colonos escoceses e irlandeses originais, definida por uma desconsideração quase criminosa pela letra *r*. Ruth adorava o som. A mãe de Ruth não tinha aquele belo sotaque, nem usava palavras como *maldito*, *porra*, *merda* e *cu*, termos que apimentavam agradavelmente a fala dos lagosteiros nativos e várias de suas esposas. A mãe de Ruth também não bebia grandes quantidades de rum e depois ficava toda doce e carinhosa, como a sra. Pommeroy fazia todo santo dia.

Resumindo, a sra. Pommeroy deixava a mãe de Ruth no chinelo.

A sra. Pommeroy não era uma mulher que costumasse dar abraços o tempo todo, mas com certeza gostava de cutucar os outros. Sempre estava cutucando e dando encontrões em Ruth Thomas, sempre a empurrando com afeto, às vezes chegando a derrubá-la. Porém sempre de um jeito amoroso. Ela derrubava Ruth só porque a menina ainda era muito pequena. Ruth Thomas ainda não atingira seu tamanho real. A sra. Pommeroy fazia Ruth cair de bunda com seu puro, doce amor.

— Você é como a maldita filha que eu nunca tive! — a sra. Pommeroy dizia, depois dava um cutucão e então... *bum*... Ruth ia abaixo.

Depois de seus sete filhos indomáveis, a sra. Pommeroy provavelmente teria gostado de ter uma filha também. Ela com certeza tinha um apreço genuíno por filhas, após anos de Webster e Conway e John e Fagan etc. etc., que comiam feito órfãos e gritavam feito presidiários. Ter uma filha parecia uma boa ideia para a sra. Pommeroy na época em que Ruth se mudou para lá, por isso a mulher tinha um amor de certa forma interesseiro por Ruth.

Porém, mais que qualquer outra pessoa, a sra. Pommeroy amava o seu homem. Amava loucamente o sr. Pommeroy. Ele era pequeno, compacto e musculoso, com mãos grandes e pesadas como aldravas. Seus olhos eram estreitos. Ele andava com os punhos nos quadris. Tinha um rosto estranho, amassado. Seus lábios estavam sempre contraídos num semibeijo. Ele franzia a testa e espremia os olhos, como alguém fazendo contas difíceis de cabeça. A sra. Pommeroy o idolatrava. Quando passava pelo marido nos corredores da casa, agarrava os mamilos dele por cima da camisa regata. Ela torcia os mamilos dele e gritava:

— Torce-torce!

— Opa! — gritava o sr. Pommeroy. Ele então agarrava os pulsos dela e dizia: — Wanda! Para com isso, entendeu? Eu odeio isso.

Ele dizia:

— Wanda, se as suas mãos não estivessem sempre tão quentes, eu te botava para fora de casa.

Porém ele a amava. De noite, se eles estavam sentados no sofá ouvindo o rádio, o sr. Pommeroy às vezes chupava um único fio de cabelo da sra. Pommeroy como se fosse alcaçuz. Às vezes eles ficavam sentados juntos em silêncio durante horas, ela tricotando roupas de lã, ele tricotando redes para suas armadilhas de lagostas, com uma garrafa de rum no chão entre eles, de onde os dois bebiam. Depois que a sra. Pommeroy já tinha bebido um tanto, gostava de levantar as pernas do chão, apertar os pés no flanco do marido e dizer:

— Pé nocê.

— Pé em mim, não, Wanda — ele dizia sem alteração na voz, sem olhar para ela, mas sorrindo.

Ela continuava apertando o marido com os pés.

— Pé nocê — ela dizia. — Pé nocê.

— Por favor, Wanda. Pé em mim, não. — (Ele a chamava de Wanda, embora seu nome verdadeiro fosse Rhonda. A piada era com seu filho Robin, que — além de ter o hábito local de não pronunciar o *r* no fim de uma palavra — não conseguia dizer nenhuma sílaba que começasse com *r*. Robin demorou vários anos para conseguir falar o próprio nome, quanto mais o nome da mãe. E pior, por um longo tempo todos em Fort Niles Island o imitaram. Por toda a extensão da ilha, podia-se ouvir um grande e forte pescador reclamando que tinha de consertar suas *wedes* de pesca ou comprar um novo *wadio* de ondas curtas. E também podia-se ouvir grandes e fortes mulheres perguntando se poderiam pegar emprestado um ralador de queijo.)

Ira Pommeroy amava muito a mulher, o que todos achavam fácil de entender, pois Rhonda Pommeroy era uma verdadeira beldade. Vestia saias compridas e as levantava ao andar, como se imaginasse ser uma dama chique de Atlanta. Ostentava uma expressão permanente de deslumbramento e prazer. Se alguém saía da sala mesmo por um instante, ela arqueava as sobrancelhas e dizia numa voz encantadora "Onde você *foi*?", quando a pessoa voltava. Mesmo depois de sete filhos ela continuava jovem e deixava os cabelos tão compridos quanto os de uma garotinha. Usava-os presos no alto e ao redor de todo o crânio, num coque brilhante e ambicioso. Como todo mundo em Fort Niles, Ruth Thomas achava a sra. Pommeroy uma mulher belíssima. Ela a adorava e muitas vezes fingia que era ela.

Quando menina, os cabelos de Ruth eram cortados tão curtos quanto os de um menino, por isso, quando ela fingia ser a sra. Pommeroy, usava uma toalha enrolada na cabeça, como algumas mulheres fazem depois do banho, mas a dela representava o famoso coque de cabelos brilhantes da sra. Pommeroy. Ruth recrutava Robin Pommeroy, o mais novo dos meninos, para brincar de sr. Pommeroy. Era fácil mandar em Robin. Além disso, ele gostava da brincadeira. Quando Robin brincava de sr.

Pommeroy, contraía a boca no mesmo bico que o pai muitas vezes fazia e andava com passos duros em volta de Ruth, com as mãos pesadas nos quadris. Podia falar palavrões e fazer caretas. Gostava da autoridade que aquilo lhe dava.

Ruth Thomas e Robin Pommeroy estavam sempre fingindo ser o sr. e a sra. Pommeroy. Era o jogo constante deles. Brincaram disso durante horas e semanas de sua infância. Brincaram no mato e nos arredores da casa, quase todos os dias ao longo do verão em que Ruth morou com os Pommeroy. A brincadeira começava com uma gravidez. Ruth punha uma pedra no bolso da calça, representando um dos irmãos Pommeroy, ainda não nascido. Robin franzia a boca com força e dava um sermão em Ruth sobre a paternidade.

— Me escuta aqui — dizia Robin, com os punhos nos quadris. — Quando esse bebê nascer, ele não vai ter dente. Escutou? Ele *wealmente* não vai poder comer essa comida dura que a gente come. Wanda! Você tem que dar suco a esse bebê!

Ruth acariciava o bebê de pedra no bolso. Dizia:

— Acho que esse bebê já está nascendo.

Ela jogava a pedra no chão. O bebê tinha nascido. Era simples assim.

— Dá só uma olhada nesse bebê — dizia Ruth. — Esse é dos grandes.

Todo dia, a primeira pedra a nascer era batizada de Webster, pois ele era o mais velho. Após o batismo de Webster, Robin achava outra pedra para representar Conway. Ele a entregava para Ruth enfiar no bolso.

— Wanda! O que é isso? — Robin então perguntava.

— Olha só que coisa — Ruth respondia. — Lá vou eu, ter mais um desses malditos bebês.

Robin fazia cara feia.

— Me escuta aqui. Quando esse bebê nascer, o osso do pé dele vai ser mole demais pra calçar uma bota. Wanda! Não vai colocar bota nesse bebê!

— Essa aqui eu vou chamar de Kathleen — Ruth dizia. (Ela, como sempre, estava ansiosa para que houvesse outra menina na ilha.)

— De jeito nenhum — dizia Robin. — Esse bebê também vai ser menino.

E, de fato, era mesmo. Eles batizavam a pedra de Conway e o jogavam ao lado do irmão mais velho, Webster. Em muito pouco tempo, crescia uma pilha de filhos no mato. Ruth Thomas pariu todos esses meninos, o verão inteiro. Às vezes ela pisava nas pedras e dizia "Pé nocê, Fagan! Pé nocê, John!". Ela deu à luz cada um desses meninos todo santo dia, com Robin pisando duro ao seu redor, as mãos pesadas nos quadris, contando vantagem e passando sermões. E quando nascia a própria pedra Robin, no fim da brincadeira, Ruth às vezes dizia:

— Vou jogar fora esse bebê que não presta. É gordo demais. Nem consegue falar direito.

Então Robin talvez lhe desse um soco, derrubando a toalha-cabelo da cabeça de Ruth. E ela talvez chicoteasse as pernas dele com a toalha, deixando marcas vermelhas nas canelas. Talvez desse com o punho nas costas dele, se ele tentasse correr. Ruth tinha um soco muito bom, quando o alvo era lento e gordo como Robin. A toalha se molhava no chão. Ficava estragada, cheia de lama, por isso eles a deixavam ali e pegavam uma toalha limpa no dia seguinte. Em pouco tempo, uma pilha de toalhas crescia no mato. A sra. Pommeroy jamais conseguiu decifrar o mistério.

Ué, onde foram parar essas toalhas? Ei! Cadê as minhas toalhas?

Os Pommeroy moravam no casarão de um tio-avô falecido, que tinha sido parente de ambos. O sr. e a sra. Pommeroy já eram parentes mesmo antes de se casarem. Eram primos, os dois com o sobrenome Pommeroy antes de se apaixonarem, o que era conveniente. ("Que nem os malditos Roosevelt", dizia Angus Addams.) Mas a verdade é que essa não é uma situação incomum em Fort Niles. Não há mais muitas famílias para escolher, por isso são todos parentes.

O finado tio-avô Pommeroy era, portanto, um finado tio-avô dos dois, um finado tio-avô em comum. Ele construíra um casarão perto da igreja, com dinheiro ganho num mercadinho, antes da primeira guerra lagosteira. O sr. e a sra. Pommeroy haviam herdado duplamente a casa. Quando Ruth tinha nove anos de idade e passou o verão com os Pommeroy, a sra. Pommeroy tentou fazê-la dormir no quarto daquele tio morto. Ficava sob um teto silencioso e tinha uma só janela, virada para um enorme abeto-falso, com um chão de tábuas largas de madeira macia. Um lindo quarto para uma garotinha. O único problema era que o tio-avô tinha se matado bem naquele quarto, com um tiro na boca, e o papel de parede ainda estava manchado de pintinhas escuras cor de ferrugem. Ruth Thomas se recusava terminantemente a dormir naquele cômodo.

— Meu Deus, Ruthie, o homem está morto e enterrado — dizia a sra. Pommeroy. — Não tem nada nesse quarto para assustar ninguém.

— Não — disse Ruth.

— Mesmo se você visse um fantasma, Ruthie, ia ser só o fantasma do meu tio, e ele nunca ia machucar você. Ele amava todas as crianças.

— Não, obrigada.

— Isso no papel de parede não é nem sangue! — mentia a sra. Pommeroy. — É fungo. É da umidade.

A sra. Pommeroy disse a Ruth que de vez em quando tinha o mesmo fungo no papel de parede do quarto dela, e que ela dormia muito bem. Disse que dormia confortável como um bebê todas as noites do ano. Nesse caso, anunciou Ruth, ela dormiria no quarto da sra. Pommeroy. E, no fim, foi justamente isso que ela fez.

Ruth dormia no chão, ao lado da cama do sr. e da sra. Pommeroy. Ela tinha um travesseiro grande e um colchão improvisado, feito de cobertores de lã com cheiro forte. Quando os Pommeroy faziam qualquer barulho, Ruth ouvia, e quando eles faziam sexo dando risadinhas, ela ouvia. Quando eles roncavam em seu sono de bêbados, ela ouvia também. Quando o sr. Pommeroy levantava às quatro da manhã todo dia para conferir o vento e sair de casa para pescar lagostas, Ruth Thomas o ouvia andando de um lado para o outro. Ficava de olhos fechados e escutava as manhãs dele.

O sr. Pommeroy tinha um terrier que o seguia por toda parte, mesmo na cozinha às quatro da manhã de todos os dias, e as unhas do cachorro estalavam o tempo inteiro no chão da cozinha. O sr. Pommeroy falava em voz baixa com o cachorro enquanto preparava o café.

— Volta a dormir, cão — ele dizia. — Você não quer voltar a dormir? Não quer descansar, cão?

Algumas manhãs, o sr. Pommeroy dizia:

— Está me seguindo para aprender a passar café para mim, cão? Está tentando aprender a fazer o meu café da manhã?

Por um tempo, houve um gato na casa dos Pommeroy também. Era um gato das docas, um *Maine coon* enorme que se mudara para a casa dos Pommeroy porque odiava tanto o terrier e os meninos que queria ficar perto deles o tempo todo. O gato arrancou o olho do terrier numa briga, e a órbita virou uma nojeira fedida de infecção. Por isso Conway pôs o gato num caixote de lagosta, pôs o caixote para boiar na arrebentação, e atirou nele com uma arma do pai. Depois disso, o terrier passou a dormir no chão ao lado de Ruth Thomas toda noite, com seu olho podre e fedido.

Ruth gostava de dormir no chão, porém tinha sonhos estranhos. Sonhava que o fantasma do falecido tio-avô dos Pommeroy a perseguia até a cozinha, onde ela procurava facas para apunhalá-lo mas só conseguia achar batedores de clara e espátulas para se defender. Ela tinha outros sonhos, em que caía uma chuva violenta no quintal dos Pommeroy, e os meninos estavam se atracando. Ela tinha que andar em volta deles com um pequeno guarda-chuva, cobrindo primeiro um menino, depois outro, depois outro, depois outro. Todos os sete irmãos Pommeroy brigavam engalfinhados, em volta dela.

De manhã, depois que o sr. Pommeroy saía de casa, Ruth caía no sono outra vez e acordava algumas horas depois, quando o sol estava mais alto. Ela subia na cama junto com a sra. Pommeroy. A mulher acordava, fazia cócegas na nuca de Ruth e lhe contava histórias sobre todos os cachorros que seu pai tivera, na época em que a sra. Pommeroy era tão garotinha quanto Ruth.

— Tinha a Beadie, o Brownie, a Cassie, o Prince, o Tally, o Whippet... — dizia a sra. Pommeroy, e Ruth acabou aprendendo os nomes de todos os finados cachorros, podendo até responder perguntas sobre eles.

Ruth Thomas morou com os Pommeroy durante três meses, e depois seu pai voltou para a ilha sem a mãe dela. O incidente complicado fora resolvido. O sr. Thomas deixara a mãe de Ruth numa cidade chamada Concord, em New Hampshire, onde ela ficaria por tempo indefinido. Eles deixaram bem claro para Ruth que a mãe não ia voltar para casa nunca mais. O pai de Ruth a tirou da casa dos Pommeroy e a trouxe de volta para a casa ao lado, onde ela podia dormir em seu próprio quarto outra vez. Ruth retomou sua vida tranquila com o pai e descobriu que não sentia muita falta da mãe. Porém sentia muita falta de dormir no chão ao lado da cama do sr. e da sra. Pommeroy.

Então o sr. Pommeroy morreu afogado.

Todos os homens disseram que Ira Pommeroy se afogou porque pescava sozinho e bebia no barco. Ele guardava jarras de rum amarradas em algumas linhas de armadilhas, oscilando a vinte braças de profundidade na água gelada, a meio caminho entre as boias flutuantes e as armadilhas para lagostas no leito do mar. Todos faziam aquilo de vez em quando. Não que o sr. Pommeroy tivesse inventado a ideia, mas ele a refinara bastante, e o consenso era que se arruinara por refiná-la em excesso. Ele simplesmente ficou bêbado demais, num dia em que as ondas estavam grandes demais, e o convés escorregadio demais. Provavelmente foi derrubado do barco de uma hora para a outra, perdendo o equilíbrio com uma onda rápida enquanto recolhia uma armadilha. E ele não sabia nadar. Quase nenhum dos lagosteiros de Fort Niles ou Courne Haven sabia nadar. Não que saber nadar tivesse ajudado muito o sr. Pommeroy. Com aquelas botas de cano alto, a capa comprida e as luvas pesadas, na água traiçoeira e fria, ele teria afundado depressa. Pelo menos, tudo acabou logo. Às vezes, saber nadar só faz a morte demorar mais.

Angus Addams achou o corpo três dias depois, quando estava pescando. O cadáver do sr. Pommeroy ficou totalmente enrolado nas linhas de Angus, feito um pernil salgado e inchado. Foi lá que ele acabou indo parar. Um corpo pode sair boiando, e em volta de Fort Niles Island havia acres de cordas submersas na água que podiam servir como filtros para prender quaisquer cadáveres à deriva. O trajeto do sr. Pommeroy terminou no território de Angus. As gaivotas já tinham comido seus olhos.

Angus Addams puxara uma linha para recolher uma de suas armadilhas, e o corpo veio junto. Angus tinha um barco pequeno, sem muito espaço para outro homem a bordo, vivo ou morto. Por isso jogara o sr. Pommeroy morto dentro do tanque de conserva, em cima das inquietas lagostas vivas que pescara naquela manhã, cujas pinças ele prendera para que não fizessem umas às outras em pedacinhos. Assim como o sr. Pommeroy, Angus pescava sozinho. Naquele momento de sua carreira, Angus não tinha ajudante. Naquele ponto de sua carreira, não estava a fim de dividir as lagostas que pescava com um ajudante adolescente. Nem um rádio ele tinha, o que era incomum para um lagosteiro, mas Angus não gostava de ficar batendo papo. Tinha dezenas de armadilhas para içar naquele dia. Sempre seguia o mesmo roteiro, não importando o que encontrasse. E por isso, apesar do corpo que pescara, Angus continuou recolhendo as linhas que restavam, o que levou várias horas. Ele mediu cada lagosta, como era obrigado a fazer, lançou as pequenas de volta e guardou as permitidas, prendendo suas pinças em segurança. Então jogou as lagostas em cima do corpo afogado no tanque fresco, ao abrigo do sol.

Por volta das três e meia da tarde, ele voltou a Fort Niles. Lançou âncora. Jogou o corpo do sr. Pommeroy em seu bote a remo, para ficar fora do caminho, contou as lagostas enquanto as colocava nos caixotes, encheu os baldes de isca para o dia seguinte, limpou o convés com a mangueira e pendurou sua capa impermeável. Ao concluir essas tarefas, juntou-se ao sr. Pommeroy no bote e remou até as docas. Amarrou o bote na escada e subiu. Então contou a todo mundo exatamente quem ele encontrara em seu território de pesca naquela manhã, morto como um idiota qualquer.

— Ele estava todo preso nas minhas cordas — disse Angus Addams num tom soturno.

Por acaso, Webster, Conway, John, Fagan, Timothy e Chester Pommeroy estavam nas docas quando Angus Addams descarregou o corpo. Tinham passado a tarde brincando ali. Viram o corpo do próprio pai, estirado no píer, estufado e sem os olhos. Webster, o mais velho, foi o primeiro a ver. Ele gaguejou e engasgou, e depois os outros meninos viram. Feito soldados apavorados, eles se posicionaram numa formação insólita e partiram correndo para casa, juntos, amontoados. Saíram do porto e foram em disparada, depressa e chorando, passando pelas ruas e pela velha igreja dilapidada até sua casa, onde sua vizinha Ruth

Thomas estava brigando com o irmão caçula deles, Robin, nos degraus. Os irmãos Pommeroy arrastaram Ruth e Robin em sua corrida, e eles oito se enfiaram na cozinha ao mesmo tempo e foram para cima da sra. Pommeroy.

A sra. Pommeroy vinha esperando aquela notícia desde que o barco de seu marido fora encontrado, três noites antes, sem seu marido por perto, boiando muito longe da rota. Ela já sabia que o marido estava morto e pensara que jamais recuperaria o corpo. Mas agora, quando seus filhos e Ruth Thomas entraram correndo na cozinha, com rostos de consternação, a sra. Pommeroy soube que o corpo tinha sido encontrado. E que seus filhos tinham visto.

Os meninos deram um encontrão na sra. Pommeroy e a derrubaram no chão, como se fossem bravos soldados insanos, e ela, uma granada prestes a explodir. Eles a cobriram e a apertaram. Estavam de luto e formaram um verdadeiro peso em cima dela. Ruth Thomas tinha sido derrubada também e ficou esparramada, confusa, no chão da cozinha. Robin Pommeroy, que ainda não tinha entendido, ficou rodeando os irmãos amontoados aos prantos com a mãe, dizendo:

— O quê? O quê?

O quê era algo que Robin conseguia dizer com muita facilidade, diferente de seu próprio nome, por isso ele disse de novo.

— O quê? O quê? Webster, o quê? — ele disse, e deve ter ficado desconcertado com aquele pobre bolo de meninos e com sua mãe, tão silenciosa embaixo deles. Ele era pequeno demais para uma notícia daquelas. A sra. Pommeroy, no chão, estava quieta como uma freira, envolta nos filhos. Quando fez esforço para ficar de pé, os meninos levantaram junto, grudados nela. Ela arrancou-os de suas saias compridas como se fossem espinhos ou besouros. Porém cada um que caía no chão se agarrava nela outra vez. Estavam todos histéricos. Mesmo assim, ela continuou em silêncio, retirando os filhos de si.

— Webster, o quê? — disse Robin. — O quê, o quê?

— Ruthie — disse a sra. Pommeroy. — Volta para casa. Conta pro seu pai.

Sua voz tinha uma tristeza bela e arrepiante. *Conta pro seu pai...* Ruth achou que foi a frase mais linda que jamais ouvira.

* * *

O senador Simon Addams construiu o caixão para o sr. Pommeroy, mas não compareceu ao enterro, pois morria de medo do mar e nunca ia ao enterro de ninguém que tivesse se afogado. Era um terror insuportável para ele, independentemente de quem fosse o morto. Ele precisava ficar longe. Para compensar, construiu para o sr. Pommeroy um caixão de abeto-falso branco, lixado e lustrado com óleo. Era um lindo caixão.

Foi o primeiro enterro a que Ruth Thomas compareceu, e para um primeiro enterro foi uma bela cerimônia. A sra. Pommeroy já estava se mostrando uma viúva excepcional. De manhã, esfregou os pescoços e as unhas de Webster, Conway, John, Fagan, Timothy, Chester e Robin. Assentou os cabelos deles com um elegante pente de tartaruga mergulhado num copo alto de água fria. Ruth estava ali com eles. Em geral já não conseguia ficar longe da sra. Pommeroy, e certamente não num dia importante como aquele. Ela esperou no final da fila e seus cabelos foram penteados com água. Suas unhas foram limpas, e seu pescoço, esfregado com escova. A sra. Pommeroy limpou Ruth Thomas por último, como se a menina fosse um derradeiro filho. Ela deixou o couro cabeludo de Ruth quente e esticado, de tanto pentear. Fez as unhas de Ruth brilharem como moedas. Os irmãos Pommeroy ficaram imóveis, exceto Webster, o mais velho, que tamborilava com os dedos nervosos nas coxas. Os meninos se comportaram muito bem naquele dia, por respeito à mãe.

Então a sra. Pommeroy fez um trabalho excelente em seus próprios cabelos, sentada à mesa da cozinha em frente ao espelho da penteadeira. Fez uma trança complexa e a prendeu ao redor da cabeça com grampos. Untou os cabelos com alguma substância curiosa, até dar a eles o brilho esplêndido do granito. Cobriu a cabeça com um xale preto. Ruth Thomas e os irmãos Pommeroy ficaram todos assistindo. Ruth tinha em si uma verdadeira austeridade, como cabe a uma viúva digna. Tinha um real talento para aquilo. Parecia espetacularmente triste e deveria ter sido fotografada naquele dia. Estava realmente linda.

Fort Niles Island foi obrigada a esperar mais de uma semana para realizar o enterro, pois esse foi o tempo que levou para que o pastor viesse no *New Hope*, o barco missionário. Não havia mais um ministério permanente em Fort Niles, nem em Courne Haven. Nas duas ilhas, as igrejas estavam apodrecendo por falta de uso. Em 1967, não havia uma população grande o bastante nem em Fort Niles nem em Courne Haven (pouco mais de cem almas em ambas) para manter uma igreja normal. Por isso os cidadãos compartilhavam um ministro de Deus com uma dúzia de outras ilhas remotas em situação semelhante, em todo o litoral do Maine. O *New Hope* era uma igreja flutuante, avançando constantemente de uma para outra comunidade marítima distante, aparecendo para estadias breves e eficientes. O *New Hope* ficava aportado apenas por tempo suficiente para batizar, casar ou enterrar quem fosse necessário, e depois partia outra vez. O barco também entregava doações, livros e às vezes até correspondência. Construído em 1915, já transportara diversos pastores em seu serviço de boas ações. O pastor atual era nativo de Courne Haven Island, porém quase nunca era encontrado lá. Seu trabalho às vezes o levava até Nova Scotia, bem ao norte. De fato, ele tinha uma paróquia dispersa, e muitas vezes era difícil conseguir prontamente sua atenção.

O ministro em questão era Toby Wishnell, da família Wishnell de Courne Haven Island. Todos em Fort Niles Island conheciam os Wishnell. Eles eram os chamados lagosteiros de "primeira linha", ou seja, eram incrivelmente habilidosos e inevitavelmente abastados. Eram lagosteiros famosos, superiores a qualquer pescador. Eram pescadores ricos, sobrenaturais, que até tinham conseguido se sair (comparativamente) bem durante as guerras lagosteiras. Os Wishnell sempre retiravam grandes volumes de lagostas de qualquer profundidade, em qualquer estação do ano, e eram amplamente odiados por isso. Não fazia sentido, para os outros pescadores, a quantidade de lagostas que os Wishnell tomavam para si. Era como se os Wishnell tivessem um acordo especial com Deus. Mais que isso, era como se os Wishnell tivessem um acordo especial com a espécie das lagostas.

As lagostas certamente pareciam considerar uma honra e um privilégio entrar na armadilha de um Wishnell. Rastejavam por cima das armadilhas dos outros, por quilômetros de leito marinho, só para ser capturadas por um Wishnell. Dizia-se que um Wishnell era capaz de achar uma lagosta embaixo de uma pedra no canteiro de flores da sua avó. Dizia-se que famílias de lagostas se apinhavam nas próprias paredes das casas dos Wishnell, feito roedores. Dizia-se que os meninos da família

Wishnell nasciam com tentáculos, pinças e carapaças, que perdiam nos últimos dias de amamentação.

A sorte deles na pesca era obscena, ofensiva e hereditária. Os homens dessa família tinham o dom especial de minar a confiança dos homens de Fort Niles. Se um pescador de Fort Niles estava no continente, tirando o dia para fazer negócios em Rockland, por exemplo, e encontrava um Wishnell no banco ou no posto de gasolina, inevitavelmente acabava agindo como um idiota. Perdendo todo o autocontrole, ele se rebaixava diante do Wishnell. Ele sorria, gaguejava e parabenizava o sr. Wishnell por seu belo corte de cabelo novo e seu belo carro novo. Pedia desculpas por seu macacão imundo. Tolamente, tentava explicar para o sr. Wishnell que estava fazendo serviços no barco, que aqueles trapos velhos eram só sua roupa de trabalho, que ele a jogaria fora em breve, com certeza. O Wishnell seguia seu caminho, e o pescador de Fort Niles passava o resto da semana se remoendo de vergonha.

Os Wishnell eram grandes inovadores. Foram os primeiros pescadores a usar cordas leves de náilon em vez das velhas cordas de cânhamo, que precisavam ser cuidadosamente revestidas com alcatrão quente para não apodrecerem na água do mar. Os Wishnell foram os primeiros pescadores a içar armadilhas com guinchos mecânicos. Aliás, foram os primeiros pescadores a usar barcos a motor. Era assim com os Wishnell. Eram sempre os primeiros e sempre os melhores. Dizia-se que compravam sua isca do próprio Jesus Cristo. Eles vendiam enormes lotes de lagostas toda semana, rindo de sua própria sorte revoltante.

O pastor Toby Wishnell foi o primeiro e único homem nascido na família que não pescava. E que insulto maldoso e calculado, esse! Nascer um Wishnell — um ímã de lagostas, um *magnata* das lagostas — e jogar fora o dom! Renunciar aos espólios dessa dinastia! Quem seria idiota o bastante para fazer uma coisa dessas? Toby Wishnell, eis quem. Toby Wishnell abrira mão de tudo em nome do Senhor, e isso era visto em Fort Niles como um gesto intolerável e patético. De todos os Wishnell, Toby era o mais odiado pelos homens de Fort Niles. Ele os exasperava totalmente. E eles tinham um profundo ressentimento de que Toby Wishnell fosse seu pastor. Não queriam que aquele sujeito chegasse nem perto de suas almas.

— Tem alguma coisa nesse Toby Wishnell que ele não conta para a gente — dizia Stan, o pai de Ruth Thomas.

— É veadagem, isso sim — dizia Angus Addams. — Ele é o maior veado.

— Ele é um mentiroso imundo. E um cretino de nascença — dizia Stan Thomas. — E talvez seja veadagem também. Ele pode muito bem ser veado, até onde a gente sabe.

O dia em que o jovem pastor Toby Wishnell chegou no *New Hope* para presidir o enterro do sr. Pommeroy — afogado, bêbado, inchado e sem olhos — foi um belo dia no começo do outono. Havia céu azul e ventos fortes. Toby Wishnell estava bonito, também. Tinha um porte elegante. Vestia um terno despojado de lã preta. Suas calças estavam enfiadas em pesadas botas de borracha de pescador, para proteger contra o chão lamacento.

Havia um certo requinte excessivo nos traços do pastor Toby Wishnell, algo belo demais em seu queixo bem talhado. Ele era educado. Era culto. Além disso, era loiro. Em algum momento da história, os Wishnell com certeza se casaram com algumas das garotas suecas, filhas dos trabalhadores da Ellis Granite Company. Isso acontecera na virada do século, e os cabelos macios e loiros tinham permanecido. Não havia cabelos assim em Fort Niles Island, onde quase todos eram pálidos e morenos. Algumas das cabeleiras loiras em Courne Haven eram muito bonitas, e os moradores tinham bastante orgulho delas. Aquilo tornara-se uma questão tácita entre as duas ilhas. Em Fort Niles, os loiros despertavam ressentimento onde quer que fossem vistos. Outro motivo para odiar o pastor Toby Wishnell.

O pastor deu a Ira Pommeroy um enterro muito elegante. Suas boas maneiras eram impecáveis. Ele conduziu a sra. Pommeroy ao cemitério, de braços dados. Levou-a até a beira da sepultura recém-cavada. Len, o tio de Ruth Thomas, cavara aquela sepultura sozinho ao longo dos últimos dias. Len, o tio de Ruth, sempre precisando de dinheiro, aceitava qualquer serviço. Len era inconsequente e, em geral, não estava nem aí para nada. Também se oferecera para guardar o corpo do sr. Pommeroy em seu silo durante uma semana, apesar dos protestos da esposa. O cadáver foi coberto com uma grande quantidade de sal grosso, para cortar o cheiro. Len não se importava.

Ruth Thomas observou a sra. Pommeroy e o pastor Wishnell se encaminharem para o túmulo. Eles estavam em perfeita harmonia um com o outro, tão sincrônicos em seus movimentos quanto patinadores no gelo. Formavam um belo casal. A sra. Pommeroy tentava bravamente não chorar. Mantinha a cabeça inclinada para trás, num gesto delicado, como se tivesse um sangramento no nariz.

O pastor Toby Wishnell proferiu seu discurso ao lado do túmulo. Falava com cuidado, dando indícios de sua educação.

— Pensem no audaz pescador — ele começou —, e nos perigos do mar...

Os pescadores ouviram sem se mexer, olhando para as próprias botas de pescador. Os sete irmãos Pommeroy formavam uma fileira decrescente ao lado da mãe, imóveis como se tivessem sido pregados ao chão, exceto Webster, que trocava o peso de um pé para o outro feito alguém se preparando para uma corrida. Webster não parava quieto desde o instante em que vira o corpo do pai estirado no píer. Desde então, estava sempre se mexendo, tamborilando e mudando de posição, nervoso. Algo acontecera com Webster naquela tarde. Ele se tornara disperso, irrequieto e nervoso, e sua reação não passava. Quanto à sra. Pommeroy, sua beleza perturbava o ar silencioso à sua volta.

O pastor Wishnell relembrou a habilidade do sr. Pommeroy no mar e seu amor por barcos e crianças. O pastor lamentou que um acidente daqueles pudesse acontecer a um marinheiro tão habilidoso. O pastor Wishnell recomendou que os vizinhos e entes queridos ali presentes evitassem especular sobre os motivos de Deus.

Não houve muitas lágrimas. Webster Pommeroy estava chorando, e Ruth Thomas estava chorando, e a sra. Pommeroy tocava os cantos dos olhos de quando em quando, mas não passou disso. Os homens da ilha estavam silenciosos e reverentes, porém seus rostos não sugeriam devastação pessoal com aquele evento. As esposas e mães da ilha mexiam-se e olhavam intensamente, fitando o túmulo, fitando a sra. Pommeroy, fitando Toby Wishnell e, por fim, fitando os próprios maridos e filhos com bastante franqueza. Era uma tragédia, elas certamente estavam pensando. Era difícil perder qualquer homem. Doloroso. Injusto. E no entanto, por trás daqueles pensamentos de compaixão, cada uma daquelas mulheres provavelmente estava pensando, *Mas não foi o meu homem.* Estavam quase totalmente tomadas de alívio. Quantos homens podiam morrer afogados num mesmo ano, afinal? Os afogamentos eram raros. Quase não havia dois afogamentos num mesmo ano numa comunidade tão pequena. A superstição sugeria que o afogamento do sr. Pommeroy tornara todos os outros homens imunes. Seus maridos ficariam em segurança por algum tempo. E elas não perderiam nenhum filho naquele ano.

O pastor Toby Wishnell pediu que os presentes lembrassem que o próprio Cristo era pescador, e que o próprio Cristo prometera uma recepção para o sr. Pommeroy em plena companhia de coortes angelicais tocando trombetas. Pediu que os presentes, como uma comunidade de Deus, não descuidassem da educação e orientação espiritual dos sete jovens filhos do sr. Pommeroy. Lembrou aos ali reunidos que, tendo perdido seu pai terreno, agora era mais importante do que nunca que os irmãos Pommeroy não perdessem seu Pai celestial também. Suas almas estavam sob os cuidados daquela comunidade, e qualquer declínio da fé dos irmãos Pommeroy certamente seria visto pelo Senhor como culpa da comunidade, pelo qual Ele puniria seu povo na mesma medida.

O pastor Wishnell pediu que os ali presentes considerassem o testemunho de São Mateus como uma advertência. Ele leu de sua Bíblia, "Mas qualquer que fizer tropeçar um destes pequeninos que creem em mim, melhor lhe fora que se lhe pendurasse ao pescoço uma pedra de moinho, e se submergisse na profundeza do mar".

Atrás do pastor Wishnell estava o próprio mar, e lá estava o porto de Fort Niles, reluzindo na severa luz vespertina. Lá estava o barco missionário *New Hope*, ancorado entre os compactos barcos de pesca, brilhando em destaque e parecendo esbelto e comprido em comparação com eles. Ruth Thomas enxergava tudo aquilo do lugar onde estava, na encosta de um morro, junto ao túmulo do sr. Pommeroy. Com exceção do senador Simon Addams, todos na ilha tinham vindo ao enterro. Todos estavam ali, perto de Ruth. Ela conhecia todos. Porém lá embaixo, nas docas de Fort Niles, estava um menino desconhecido, grande e loiro. Era novo, porém maior que qualquer um dos irmãos Pommeroy. Ruth percebia o tamanho dele mesmo àquela distância considerável. Ele tinha uma cabeça grande, num formato parecido com uma lata de tinta, e braços longos e grossos. O menino estava de pé perfeitamente imóvel, de costas para a ilha. Estava olhando para o mar.

Ruth Thomas ficou tão interessada no menino estranho que parou de chorar pela morte do sr. Pommeroy. Observou o menino estranho durante toda a cerimônia, e ele não se mexeu. Ficou o tempo todo voltado para a água, com os braços rentes ao corpo. Ficou ali parado, imóvel e silencioso. Foi só muito depois do enterro, quando o pastor Wishnell desceu até as docas, que o menino se mexeu. Sem falar com o pastor, o grande menino loiro desceu a escada do píer e levou o pastor Wishnell no bote a remo de volta para o *New Hope*. Ruth ficou observando com enorme interesse.

Porém aquilo tudo aconteceu depois do enterro. Nesse meio-tempo, a cerimônia continuou sem percalços. Por fim, o sr. Pommeroy, repousando em seu longo e esguio ataúde de abeto-falso, foi baixado para dentro do solo. Os homens jogaram torrões de terra sobre ele; as mulheres jogaram flores. Webster Pommeroy, agitado, andava de um lado para o outro, como se estivesse prestes a sair correndo a qualquer momento. A sra. Pommeroy perdeu a compostura e chorou lindamente. Ruth Thomas assistiu, com alguma raiva, ao enterro do marido afogado de sua pessoa predileta no mundo inteiro.

Ruth pensou, *Meu Deus! Por que ele não escapou nadando em vez disso?*

Naquela noite, o senador Simon Addams trouxe aos filhos da sra. Pommeroy um livro, numa sacola protetora de lona. A sra. Pommeroy estava fazendo o jantar para os meninos. Ainda usava o vestido preto do enterro, feito de um tecido pesado para a estação. Estava raspando as raízes e a casca grossa de uma braçada de cenouras colhidas de sua horta. O senador também lhe trouxe uma pequena garrafa de rum, que ela disse que provavelmente não beberia, porém agradeceu assim mesmo.

— Nunca vi você recusar um gole de rum — disse o senador Simon Addams.

— Beber perdeu toda a graça para mim, senador. O senhor não vai mais me ver beber.

— Antigamente tinha graça? — perguntou o senador. — Já teve alguma vez?

— Ah... — a sra. Pommeroy deu um suspiro e um sorriso triste. — O que tem na sacola?

— Um presente para os seus meninos.

— O senhor janta com a gente?

— Janto. Muito obrigado.

— Ruthie! — disse a sra. Pommeroy. — Traz pro senador um copo do rum dele.

Porém a jovem Ruth Thomas já fizera isso e trouxera uma pedra de gelo também. O senador Simon afagou a cabeça de Ruth com sua mão grande e macia.

— Feche os olhos, Ruthie — ele disse. — Tenho um presente para você.

Obediente, Ruth fechou os olhos para ele, como sempre fizera, desde que era muito pequena, e ele a beijou na testa. Deu-lhe um grande beijo estalado. O presente dele era sempre esse. Ela abriu os olhos e sorriu para ele. Ele a amava.

Então o senador juntou as pontas dos dois indicadores.

— Ok, Ruthie. Corte a cenourinha — ele disse.

Ruth fez uma tesoura com os dedos da mão direita e separou os dedos dele.

— Hora da cosquinha! — ele exclamou e fez cócegas nas costelas da menina. Ruth era velha demais para aquela brincadeira, mas o senador adorava. Ria sem parar. Ela deu um sorriso indulgente. Eles às vezes repetiam aquela cena quatro vezes por dia.

Ruth Thomas ia jantar com os Pommeroy naquela noite, embora fosse a noite de um enterro. Ruth quase sempre comia com eles. Era melhor do que comer em casa. O pai de Ruth não era muito dado a preparar refeições quentes. Era bastante limpo e decente, mas não cuidava muito bem da casa. Não era contra sanduíches frios no jantar. Também não era contra consertar as barras das saias de Ruth com um grampeador. Administrava a casa daquele jeito e vinha fazendo assim desde que a mãe de Ruth tinha ido embora. Ninguém ia morrer de fome ou de frio nem ficar sem agasalho, mas não era um lar especialmente aconchegante. Então Ruth passava a maior parte do tempo na casa dos Pommeroy, que era muito mais quente e agradável. A sra. Pommeroy convidara Stan Thomas para jantar naquela noite também, mas ele ficara em casa. Achava que um homem não devia aceitar o jantar de uma mulher de luto que acabara de enterrar o marido.

Os sete irmãos Pommeroy estavam horrivelmente lúgubres na mesa do jantar. Cookie, a cachorra do senador, tirava um cochilo atrás da cadeira dele. O cão sem nome e caolho dos Pommeroy, trancado no banheiro durante a visita do senador, uivava e latia de indignação com a ideia de outro cachorro na casa. Porém Cookie não percebeu. Estava exausta. Cookie às vezes seguia os barcos lagosteiros, mesmo quando a água estava agitada, e sempre estava muito prestes a se afogar. Era terrível. Ela era uma vira-lata de apenas um ano e era louca de achar que podia enfrentar o oceano. Cookie uma vez tinha sido arrastada pela correnteza quase até Courne Haven Island, mas o barco do correio por acaso a recolhera e a trouxera de volta, quase morta. Era horrível quando ela saía nadando atrás dos barcos, latindo. O senador Simon Addams se aproximava das docas, chegando o mais perto que sua coragem permitia, e implorava para que Cookie voltasse. E como implorava! A jovem cadela nadava em pequenos círculos, se afastando cada vez mais, espirrando com o borrifo dos motores de popa. Os ajudantes dos barcos perseguidos jogavam pedaços de isca de arenque em Cookie, gritando "Vai embora daqui!".

É claro que o senador nunca podia ir atrás da cachorra. Não o senador Simon, que temia a água tanto quanto sua cachorra era inspirada por ela.

— Cookie! — ele gritava. — Por favor, volta, Cookie! Volta, Cookie! Volta agora, Cookie!

Aquilo era doloroso de assistir e vinha acontecendo desde que Cookie era filhote. Ela perseguia barcos quase todo dia e ficava cansada toda noite. Aquela noite não era exceção. Por isso Cookie dormia, exausta, atrás da cadeira do senador durante o jantar. Ao final do jantar da sra. Pommeroy, o senador Simon pegou com os dentes do garfo o último pedaço de carne de porco que tinha em seu prato e o agitou atrás de si. A carne caiu no chão. Cookie acordou, mastigou a carne, pensativa, e voltou a dormir.

Então o senador tirou da sacola de lona o livro que trouxera de presente para os meninos. Era um livro enorme, pesado feito uma placa de ardósia.

— Para os seus meninos — ele disse à sra. Pommeroy.

Ela deu uma olhada no livro e o entregou para Chester. Chester olhou também. Ruth Thomas pensou, *Um livro pra esses meninos?* Ela acabou sentindo pena de alguém como Chester, com um livro tão enorme nas mãos, olhando para aquele objeto sem compreensão alguma.

— Mas eles não sabem ler — Ruth Thomas disse ao senador Simon.

Depois ela pediu desculpas a Chester, achando que não era certo mencionar um fato daqueles no dia do enterro de um pai, mas ela não tinha certeza se o senador sabia que os irmãos Pommeroy não aprenderam a ler. Não sabia se ele ouvira falar desse problema.

O senador Simon pegou o livro de volta das mãos de Chester. Tinha pertencido a seu bisavô, ele disse. Seu bisavô comprara o livro em Filadélfia, na única vez em que o bom homem deixara Fort Niles Island em sua vida inteira. A capa do livro era grossa, dura, de couro marrom. O senador abriu o livro e começou a ler a primeira página.

Ele leu:

— "Dedicado ao Rei, aos Lordes Comissários do Almirantado, aos Capitães e Oficiais da Marinha Real, e ao Público em Geral. É a edição mais precisa, elegante e perfeita das obras e descobertas completas do Capitão James Cook, célebre circum-navegador."

O senador Simon fez uma pausa e olhou para cada um dos irmãos Pommeroy.

— Circum-navegador! — ele exclamou. Cada menino retribuiu seu olhar com uma grande inexpressividade. — Um circum-navegador, meninos! O capitão Cook deu a volta ao mundo de navio, meninos! Vocês gostariam de fazer isso algum dia?

Timothy Pommeroy levantou-se da mesa, andou até a sala de estar e deitou-se no chão. John serviu-se de mais cenouras. Webster continuou sentado, nervoso, tamborilando com os pés no piso da cozinha.

A sra. Pommeroy disse educadamente:

— Deu a volta ao mundo de navio, senador?

O senador leu mais um pouco:

— "Contém uma história autêntica, deleitante, completa e integral da Primeira, Segunda e Terceira Viagens do Capitão Cook." — Ele sorriu para a sra. Pommeroy. — Este é um livro maravilhoso pros meninos. Inspirador. O bom capitão foi morto por selvagens, sabia? Os meninos adoram essas histórias. Meninos! Se vocês desejam ser marinheiros, vão querer estudar o James Cook!

Naquela época, só um dos irmãos Pommeroy era mais ou menos um marinheiro. Conway estava trabalhando como ajudante substituto para um pescador de Fort Niles chamado sr. Duke Cobb. Uns poucos dias por semana, Conway saía de casa às cinco da manhã e voltava no fim da tarde, fedendo a arenque. Ele içava armadilhas, prendia lagostas e enchia sacos de isca, recebendo pelo serviço dez por cento dos lucros. A mulher do sr. Cobb preparava uma marmita para Conway, que era parte do pagamento. O barco do sr. Cobb, como todos os outros, nunca se afastava muito mais de dois ou três quilômetros de Fort Niles. O sr. Cobb certamente não era nenhum circum-navegador. E Conway, um menino carrancudo e preguiçoso, também não estava dando mostras de que seria um grande circum-navegador.

Webster, o mais velho dos meninos, com catorze anos, era o único outro Pommeroy com idade para trabalhar, mas era um desastre num barco. Imprestável num barco. Ficava quase cego de enjoo, morrendo de dor de cabeça e vomitando sem parar. Webster pensava em ser fazendeiro. Ele criava algumas galinhas.

— Tenho uma piadinha pra te mostrar — o senador Simon disse a Chester, o menino que estava mais próximo. Ele pôs o livro na mesa e o abriu no meio. A página enorme estava coberta de letras minúsculas. A impressão era densa, grossa e fraca, feito uma pequena estampa num tecido velho. — O que você está vendo aqui? Olhe como isso está escrito.

Fez-se um silêncio terrível enquanto Chester olhava fixo para a página.

— Não tem a letra *s* em lugar nenhum, não é mesmo, filho? Os impressores usavam *f* em vez disso, não usavam, filho?

O livro inteiro é assim. Era perfeitamente comum. Parece engraçado para nós, não parece? Para nós, parece que a palavra *sinal* é a palavra *final*. Para nós, parece que toda vez que o capitão Cook dava o *sinal* para partir, ele estava dando o *final*! Mas é claro que o sinal de partida era justamente o começo da viagem. Imagine se ao sair do porto ele desse o *final* de partida? Rá!

— Rá! — disse Chester, como solicitado.

— Eles já falaram com você, Rhonda? — o senador Simon perguntou à sra. Pommeroy de repente, fechando o livro, que fez o estrondo de uma porta pesada.

— Eles quem, senador?

— Todos os outros homens.

— Não.

— Meninos — disse o senador Simon —, saiam daqui. Sua mãe e eu precisamos falar a sós. Andem logo. Levem o livro de vocês e vão brincar lá fora.

Os meninos deixaram o recinto, emburrados. Alguns deles subiram a escada e os outros saíram da casa. Chester carregou para fora o enorme e inapropriado presente com as circum-navegações do capitão James Cook. Ruth enfiou-se embaixo da mesa, despercebida.

— Eles virão em breve, Rhonda — disse o senador para a sra. Pommeroy depois que todos tinham saído. — Os homens virão em breve para conversar com você.

— Tudo bem.

— Eu queria te deixar avisada. Você sabe o que eles vão perguntar?

— Não.

— Vão perguntar se você pretende continuar aqui na ilha. Vão querer saber se você vai ficar ou pretende se mudar para o continente.

— Tudo bem.

— Eles provavelmente querem que você vá embora.

A sra. Pommeroy não disse nada.

De seu posto privilegiado embaixo da mesa, Ruth ouviu o barulho de um líquido e imaginou que o senador Simon estava servindo uma nova dose de rum sobre o gelo em seu copo.

— Então, você acha que vai ficar em Fort Niles? — ele perguntou.

— Acho que provavelmente vamos ficar, senador. Não conheço ninguém no continente. Eu não teria para onde ir.

— E quer você fique, quer não, eles vão querer comprar o barco do seu marido. E vão querer pescar no território dele.

— Tudo bem.

— Você devia ficar com o barco e o território para os meninos, Rhonda.

— Não vejo como eu possa fazer isso, senador.

— Para dizer a verdade, eu também não, Rhonda.

— Os meninos são muito novos. Não estão prontos para ser pescadores assim tão novos, senador.

— Eu sei, eu sei. Também não vejo como você possa se dar ao luxo de ficar com o barco. Você vai precisar do dinheiro, e se os homens quiserem comprar, você vai ter que vender. Não tem muito como você deixá-lo na praia enquanto espera os meninos crescerem. E não tem muito como você sair todo dia e expulsar os homens do território de pesca dos Pommeroy.

— É verdade, senador.

— E não vejo como os homens vão deixar você ficar com o barco ou com o território. Você sabe o que eles vão dizer, Rhonda? Vão dizer que só pretendem pescar lá por uns anos, para não desperdiçar. Só até os meninos crescerem o bastante para assumir o comando. Mas boa sorte na hora de recuperar o território, meninos! Vocês nunca mais vão vê-lo, meninos!

A sra. Pommeroy ouviu tudo aquilo com calma.

— Timothy — chamou o senador Simon, virando a cabeça na direção da sala —, você quer pescar? Você quer pescar, Chester? Vocês querem ser lagosteiros quando crescerem, meninos?

— O senhor mandou os meninos para fora, senador — disse a sra. Pommeroy. — Eles não podem te ouvir.

— É verdade, é verdade. Mas eles querem ser pescadores?

— É claro que querem ser pescadores, senador — disse a sra. Pommeroy. — O que mais eles poderiam fazer?

— Entrar para o Exército.

— Mas para sempre, senador? Quem fica no Exército para sempre, senador? Eles vão querer voltar para a ilha para pescar, que nem todos os homens.

— Sete meninos. — O senador Simon olhou para as próprias mãos. — Os homens vão ficar se perguntando como é que vai ter lagostas suficientes nesta ilha para mais sete homens ganharem a vida com elas. Que idade tem o Conway?

A sra. Pommeroy informou ao senador que Conway tinha doze anos.

— Ah, eles vão tomar tudo de você, vão com certeza. É uma pena, uma pena. Eles vão tomar o território de pesca dos Pommeroy, dividir entre si. Vão comprar o barco e o equipamento do seu marido por uma ninharia, e todo esse dinheiro vai acabar em um ano, com a comida dos meninos. Eles vão tomar o território de pesca do seu marido, e os meninos vão ter uma briga danada para recuperar. É uma pena. E o pai da Ruthie provavelmente vai ficar com a maior parte, aposto. Ele e o meu irmão fominha. Fominha Número Um e Fominha Número Dois.

Embaixo da mesa, Ruth Thomas franziu a testa, humilhada. Seu rosto ficou quente. Ela não entendia a conversa inteira, mas de repente sentiu-se profundamente envergonhada, de seu pai e de si mesma.

— Que dó — disse o senador. — Eu diria para você lutar por isso, Rhonda, mas sinceramente não sei como você possa. Não sozinha. Seus meninos são novos demais para peitar uma briga por território.

— Não quero que meus filhos briguem por nada, senador.

— Então é melhor você ensinar um novo ofício para eles, Rhonda. É melhor você ensinar um novo ofício para eles.

Os dois adultos ficaram em silêncio por um instante. Ruth abafou a respiração. Então a sra. Pommeroy disse:

— Ele não era um pescador muito bom, senador.

— Ele devia ter morrido seis anos mais tarde, quando os meninos estivessem prontos. É isso que ele devia ter feito.

— Senador!

— Ou talvez não fosse ajudar em nada. Eu sinceramente não vejo como as coisas poderiam ter dado certo. Venho pensando nisso, Rhonda, desde que você começou a ter esse monte de filhos. Venho tentando imaginar como isso se acertaria no fim e nunca vi como tudo pudesse terminar bem. Mesmo se o seu marido tivesse sobrevivido, imagino que os meninos teriam acabado brigando entre si. Não tem lagostas para todo mundo; isso é fato. Uma pena. Meninos bons, fortes. É mais fácil com meninas, claro. Elas podem ir embora da ilha e casar. Você deveria ter tido meninas, Rhonda! Deveríamos ter trancado você numa estrebaria até você começar a parir filhas.

— Senador!

Houve outro barulho de líquido num copo, e o senador disse:

— E outra coisa. Vim pedir desculpas por faltar ao enterro.

— Está tudo bem, senador.

— Eu devia ter ido. Devia ter ido. Sempre fui amigo da sua família. Mas eu não aguento, Rhonda. Não aguento afogamentos.

— Você não aguenta afogamentos, senador. Todo mundo sabe disso.

— Agradeço a sua compreensão. Você é uma boa mulher, Rhonda. Uma boa mulher. E outra coisa. Vim cortar o cabelo também.

— Cortar o cabelo? Hoje?

— Claro, claro — ele disse.

O senador Simon, empurrando a cadeira para trás para se levantar, esbarrou em Cookie. A cadela acordou assustada e imediatamente percebeu Ruth sentada embaixo da mesa da cozinha. Cookie latiu sem parar até que o senador, com algum esforço, se debruçou, ergueu o canto da toalha e avistou Ruth. Ele deu risada.

— Sai daí, menina — ele disse, e Ruth saiu. — Você pode assistir enquanto eu corto o meu cabelo.

O senador tirou do bolso da camisa uma nota de um dólar e a colocou na mesa. A sra. Pommeroy pegou o lençol velho, a tesoura e o pente no armário da cozinha. Ruth empurrou uma cadeira até o meio da cozinha para Simon Addams se sentar. A sra. Pommeroy enrolou o lençol em volta de Simon e da cadeira, e o prendeu ao redor do pescoço. Só a cabeça e as pontas das botas ficaram aparecendo.

Ela mergulhou o pente num copo d'água, assentou os cabelos do senador em sua cabeça grossa, em formato de boia, e o repartiu em fileiras estreitas. Cortou os cabelos dele uma porção por vez, alisando cada segmento entre seus dois dedos mais longos, depois os aparou com capricho na diagonal. Ruth, observando aqueles gestos familiares, sabia exatamente o que aconteceria em seguida. Quando a sra. Pommeroy tivesse terminado o corte, as mangas de seu vestido fúnebre preto estariam cobertas de cabelos do senador. Ela polvilharia talco no pescoço dele, embrulharia o lençol, e pediria que Ruth o levasse para fora e o sacudisse. Cookie seguiria Ruth para fora, latiria para o lençol tremulante e morderia os chumaços de cabelo úmido que caíssem.

— Cookie! — gritaria o senador Simon. — Volta aqui agora mesmo, menina!

Depois, é claro, os homens de fato visitaram a sra. Pommeroy.

Foi na noite seguinte. O pai de Ruth foi a pé até a casa dos Pommeroy porque era logo ao lado, mas os outros homens vieram nos caminhões sem registro e sem licença que usavam para transportar o lixo e os filhos pela ilha. Trouxeram bolos de mirtilo e ensopados oferecidos por suas mulheres e ficaram na cozinha, vários deles encostados nos balcões e nas paredes. A sra. Pommeroy, educadamente, preparou café para os homens.

Na grama do lado de fora, embaixo da janela da cozinha, Ruth Thomas estava tentando ensinar Robin Pommeroy a dizer seu nome ou qualquer palavra que começasse com *r*. Ele repetia depois de Ruth, pronunciando bravamente cada consoante, exceto a impossível.

— ROB-in — disse Ruth.

— WOB-in — ele insistiu. — WOB-in!

— RE-polho — disse Ruth. — RUI-barbo. RA-banete.

— WA-banete — ele disse.

Do lado de dentro, os homens davam sugestões à sra. Pommeroy. Eles vinham discutindo algumas coisas. Tinham algumas ideias sobre a divisão do território tradicional de pesca do sr. Pommeroy entre si para uso e manutenção, só até que um dos meninos demonstrasse interesse e aptidão para o ofício. Até que um dos Pommeroy pudesse cuidar de um barco e de uma frota de armadilhas.

— ROU-balheira — Ruth Thomas instruiu Robin, em frente à janela da cozinha.

— WOU-balheira — ele declarou.

— RUTH — ela disse para Robin. — RUTH!

Mas essa ele nem quis tentar; *Ruth* era difícil demais. Além disso, Robin estava cansado da brincadeira, que só servia para fazê-lo parecer idiota. Ruth não estava se divertindo muito, de qualquer modo. A grama estava cheia de lesmas pretas, brilhantes e viscosas, e Robin estava ocupado dando tapas na própria cabeça. Os mosquitos estavam impossíveis naquela noite. Não fizera frio suficiente para eliminá-los. Eles estavam picando Ruth Thomas e todos os outros da ilha. Mas estavam realmente atormentando Robin Pommeroy. No fim, os mosquitos forçaram Robin e Ruth a voltar para dentro, onde eles se esconderam num armário da frente até que os homens de Fort Niles começaram a sair da casa dos Pommeroy, um atrás do outro.

O pai de Ruth a chamou, e ela deu a mão para ele. Juntos, os dois andaram até sua casa, logo ao lado. Angus Addams, o grande amigo de Stan Thomas, foi com eles. Já havia anoitecido e estava esfriando, e depois que entraram Stan acendeu o fogo na lareira da sala de visitas. Angus mandou Ruth subir ao quarto do pai para buscar o tabuleiro de *cribbage* no armário e depois a mandou buscar os baralhos bons no aparador da sala. Angus armou a velha mesinha de carteado perto da lareira.

Ruth ficou sentada à mesa enquanto os dois homens jogavam. Como sempre, eles jogaram em silêncio, ambos determinados a vencer. Ruth assistira àqueles homens jogarem *cribbage* centenas de vezes em sua curta vida. Sabia ficar quieta e ser útil, para que não a mandassem embora. Buscava cervejas na geladeira quando eles precisavam de cervejas novas. Mexia os pinos no tabuleiro para que eles não precisassem se debruçar. E contava em voz alta para eles enquanto mexia os pinos. Os homens falavam pouco.

Às vezes Angus dizia:

— Você já viu um azar desses?

Às vezes dizia:

— Já vi um amputado com uma mão melhor que essa.

Às vezes dizia:

— Quem foi que deu essas cartas podres?

O pai de Ruth deu uma surra estrondosa em Angus, e Angus pôs as cartas na mesa e contou a eles uma piada terrível.

— Um dia uns homens saem para pescar por esporte, e estão bebendo demais — ele começou. O pai de Ruth pôs as cartas na mesa também e recostou-se na cadeira para ouvir. Angus narrou a piada com muito cuidado. Disse: — Então, esses caras saíram para pescar e estão se divertindo muito, mandando ver na bebida. Estão enchendo a lata. Aliás, os caras ficam tão mamados que um deles, chamado sr. Smith, cai para fora do barco e se afoga. Isso estraga tudo. Caramba! Não tem graça beber e pescar quando um homem se afoga. Então os homens enchem a cara mais um pouco e começam a se sentir péssimos, porque ninguém quer voltar para casa e contar à sra. Smith que o marido dela se afogou.

— Você é terrível, Angus — interrompeu o pai de Ruth. — Que espécie de piada é essa para contar logo hoje?

Angus continuou.

— Então um dos caras tem uma ótima ideia. Sugere que talvez eles devessem contratar o sr. Jones Vaselina para ir dar a notícia ruim para a sra. Smith. Isso mesmo. Parece que tem um sujeito na cidade, o tal Jones, que é famoso por ser um verdadeiro vaselina. Ele é perfeito para o serviço. Vai contar para a sra. Smith sobre o marido dela, mas de um jeito tão tranquilo que ela não vai nem se importar. Os outros caras pensam, *Opa, que ideia ótima!* Então eles vão procurar o Jones Vaselina, e ele diz que vai fazer o serviço, sem problema. Então o Jones Vaselina veste seu melhor terno. Põe uma gravata e um chapéu. Vai até a casa dos Smith. Bate na porta. Uma mulher atende. O Jones Vaselina diz, "Licença, mas a senhora não é a viúva Smith?"

Nesta hora, o pai de Ruth riu dentro do copo de cerveja, e um leve borrifo de espuma voou de sua caneca para a mesa. Angus Addams ergueu a mão aberta. A piada não tinha terminado. Então ele a terminou.

— A dona diz: "Ué, eu sou a sra. Smith, mas não sou viúva!" E o Jones Vaselina diz: "Não é o caralho, boneca."

Ruth brincou com aquela palavra em sua mente: *boneca, boneca...*

— Ah, isso é terrível. — O pai de Ruth esfregou a boca. Porém estava rindo. — Isso é terrível, Angus. Meu Deus, que piada podre de se contar. Não acredito que você foi capaz de contar uma piada dessas numa noite como hoje. Meu Deus.

— Por que, Stan? Você achou parecido com alguém que a gente conhece? — disse Angus. Então ele perguntou, num estranho falsete: — Você não é a viúva Pommeroy?

— Angus, isso é terrível — disse o pai de Ruth, rindo ainda mais.

— Eu não sou terrível. Estou contando uma piada.

— Você é terrível, Angus. Você é terrível.

Os dois homens caíram na gargalhada e depois se acalmaram um pouco. Por fim, o pai de Ruth e Angus Addams começaram a jogar *cribbage* outra vez e ficaram quietos.

Às vezes o pai de Ruth dizia:

— Jesus!

Ou então:

— Eu devia levar um *tiro* por essa jogada.

No final da noite, Angus Addams vencera uma partida e Stan Thomas vencera duas. Algum dinheiro foi passado de um para o outro. Os homens guardaram as cartas e desmontaram o tabuleiro de *cribbage*. Ruth pôs o tabuleiro de volta no armário do quarto do pai. Angus Addams dobrou a mesa de carteado e a colocou atrás do sofá. Os homens passaram para a cozinha e sentaram-se à mesa. Ruth desceu de novo, e o pai lhe deu um tapinha no traseiro e disse para Angus:

— Imagino que o Pommeroy não tenha deixado dinheiro bastante para a mulher pagar esse belo caixão que o seu irmão construiu.

Angus Addams disse:

— Você está brincando? O Pommeroy não deixou dinheiro nenhum. Não tem dinheiro naquela família maldita. Não tem dinheiro nem para um enterro mequetrefe, isso eu te digo. Não tem dinheiro para pagar um caixão. Não tem dinheiro nem para comprar um osso de pernil e enfiar no rabo dele para os cachorros arrastarem o corpo para longe.

— Que interessante — disse o pai de Ruth, completamente sem expressão. — Essa tradição eu não conhecia.

Então era Angus Addams quem estava rindo. Ele disse que o pai de Ruth era terrível.

— Eu sou terrível? — disse Stan Thomas. — *Eu* sou terrível? É você que é terrível.

Algo naquela frase fez com que ambos dessem risada. O pai de Ruth e o sr. Angus Addams, que eram excelentes amigos, passaram aquela noite inteira chamando um ao outro de terrível. Terrível! Terrível! Como se fosse uma espécie de reafirmação. Eles chamaram um ao outro de terrível, de podre, de mórbido.

Eles ficaram acordados até tarde, e Ruth ficou acordada com eles, até que começou a chorar de tanto tentar se manter acordada. Tinha sido uma longa semana, e ela só tinha nove anos. Era uma criança robusta, mas tinha visto um enterro e ouvido conversas que não entendia, e agora já passava da meia--noite, e ela estava exausta.

— Ei — disse Angus. — Ruthie? Ruthie? Não chore, menina. O que foi? Achei que a gente fosse amigo, Ruthie.

— Coitada do meu pudinzinho — disse o pai de Ruth.

Ele a levantou e a pôs no colo. Ela queria parar de chorar, mas não conseguia. Estava envergonhada. Odiava chorar na frente dos outros. Mesmo assim, chorou até seu pai lhe mandar buscar o baralho na sala, deixá-la sentar no seu colo e embaralhar as cartas, que era uma brincadeira que eles costumavam fazer quando ela era pequena. Ela era velha demais para ficar sentada no colo dele, embaralhando cartas, porém era um consolo.

— Vamos, Ruthie — disse Angus —, quero ver um sorriso nessa cara.

A meina tentou obedecer, mas não foi um sorriso especialmente bom. Angus pediu que Ruth e seu pai fizessem para ele sua piada mais engraçada, aquela que ele adorava tanto. E eles fizeram.

— Papai, papai — disse Ruth numa falsa voz de garotinha. — Por que é que todas as outras crianças vão pra escola e eu tenho que ficar em casa?

— Cala a boca e dá as cartas, menina — seu pai rosnou.

Angus Addams caiu na gargalhada.

— Isso é terrível! — ele disse. — Vocês dois são terríveis.

2

> Após descobrir que está aprisionada, coisa que ela faz muito depressa, a lagosta parece perder todo o interesse na isca e passa o tempo andando de um lado para o outro dentro do poço, procurando um meio de escapar.
>
> — *A pesca lagosteira no Maine*
> John N. Cobb, agente da Comissão
> de Pesca dos Estados Unidos

Nove anos se passaram.

Ruth Thomas virou adolescente e foi enviada para uma escola particular para meninas, situada no distante estado de Delaware. Era uma boa aluna, mas não o prodígio que deveria ter sido, com o cérebro que tinha. Fazia exatamente o esforço necessário para tirar notas adequadas, e nem um pouquinho a mais. Ressentia-se por ter sido mandada para estudar fora, embora obviamente fosse preciso fazer alguma coisa com ela. Naquele momento do século, nos anos 1970, Fort Niles educava suas crianças só até os treze anos de idade. Para a maioria dos meninos (ou seja, futuros lagosteiros), isso bastava. Para os outros — meninas inteligentes e meninos com ambições maiores — precisavam ser tomadas providências especiais. Em geral, isso significava que eles eram mandados ao continente para morar com famílias em Rockland e frequentar o colégio público lá. Eles voltavam à ilha apenas em feriados longos ou para passar o verão. Seus pais os visitavam durante viagens a Rockland, quando era hora de vender as lagostas pescadas.

Esse era o sistema que Ruth Thomas teria preferido. Frequentar um colégio em Rockland era o caminho normal, e era isso que ela estava esperando. Porém abriu-se uma exceção para Ruth. Uma exceção cara. Providenciou-se uma educação particular para ela, bem longe de casa. A ideia, de acordo com a mãe de Ruth, que agora estava morando em Concord, New Hampshire, era expor a menina a algo que não fosse pescadores de lagostas, alcoolismo, ignorância e frio. O pai de Ruth, taciturno e em silêncio, deu sua permissão, por isso a garota não teve escolha. Foi para a escola, mas deixou claro seu protesto. Leu os livros, aprendeu matemática, ignorou as outras meninas e acabou logo com aquilo. Todo verão ela voltava à ilha. Sua mãe sugeria outras atividades de veraneio, como ir acampar, viajar ou achar um emprego interessante, porém Ruth recusava com uma teimosia que não dava espaço para negociação.

Era o firme posicionamento de Ruth Thomas que seu único lugar era Fort Niles Island. Esta foi a postura que ela assumiu perante a mãe: ela só era realmente feliz em Fort Niles; Fort Niles estava no seu sangue e na sua alma; e as únicas pessoas que a entendiam eram os moradores de Fort Niles Island. Mas é preciso dizer que nada disso era totalmente verdade.

Em princípio, era importante para Ruth que ela se sentisse feliz em Fort Niles, muito embora, na maior parte do tempo, ela ficasse bastante entediada ali. Sentia saudade da ilha quando estava longe, porém, quando voltava, imediatamente se via carente de diversão. Fazia questão de dar uma longa caminhada por toda a orla no instante em que chegava em casa ("Fiquei pensando nisso o ano *inteiro*!", ela dizia), mas a caminhada levava apenas algumas horas, e no que ela pensava durante essa caminhada? Não em muita coisa. Lá estava uma gaivota; lá estava uma foca; lá estava outra gaivota. A paisagem lhe era tão familiar quanto o teto de seu quarto. Ela levava livros para a praia, alegando que adorava ler perto da arrebentação, porém o triste fato é que muitos lugares na Terra proporcionam melhores ambientes de leitura do que pedras molhadas, cobertas de cracas. Quando Ruth estava longe de Fort Niles, a ilha assumia as características de um paraíso distante, mas quando ela voltava, achava sua casa fria, úmida, desconfortável e com muito vento.

Mesmo assim, sempre que estava em Fort Niles, Ruth escrevia cartas para a mãe, dizendo, "Finalmente posso respirar de novo!"

Mais que qualquer outra coisa, a paixão de Ruth por Fort Niles era uma expressão de protesto. Era sua resistência contra aqueles que queriam mandá-la embora, supostamente para seu próprio bem. Ruth teria preferido decidir o que era bom para ela. Tinha grande confiança no fato de que se conhecia melhor e que, à rédea solta, teria feito escolhas mais corretas. Certamente não teria escolhido ir para uma escola particular de elite a centenas de quilômetros de distância, onde a maior preocupação das meninas era cuidar da pele e de seus cavalos. Ruth não queria cavalos, muito obrigada. Não era esse tipo de menina. Ela era mais robusta. Eram os barcos que Ruth adorava, ou pelo menos era o que ela dizia o tempo todo. Era Fort Niles Island que Ruth adorava. Era pescar que ela adorava.

Na verdade, Ruth passara algum tempo trabalhando com o pai em seu barco lagosteiro e nunca tinha sido uma experiência incrível. Ela era forte o bastante para fazer o serviço, porém morria de tédio. Trabalhar como ajudante de pescador significava ficar na popa do barco içando armadilhas, recolhendo lagostas, colocando iscas nas armadilhas e as enfiando de volta na água, e então içando mais armadilhas. E mais e mais armadilhas. Significava levantar antes do amanhecer e comer sanduíches no café da manhã e no almoço. Significava ver a mesma paisagem inúmeras vezes, dia após dia, e raramente se afastar mais de três quilômetros da praia. Significava passar horas e horas sozinha com o pai num barco pequeno, onde os dois nunca pareciam se entender muito bem.

Havia motivos demais para eles discutirem. Motivos bobos. O pai de Ruth costumava comer seu sanduíche e jogar o saquinho direto no mar, e isso deixava Ruth maluca. Ele jogava a lata de refrigerante logo depois. Ela gritava com ele por isso, e ele ficava emburrado, e o resto da viagem era tensão e silêncio. Ou ele às vezes se enchia e passava a viagem inteira cobrindo Ruth de broncas e reprimendas. Ela não trabalhava depressa o bastante, não era cuidadosa o bastante ao mexer nas lagostas; um dia desses ia pisar naquele rolo de corda, ia ser puxada para fora do barco e morrer afogada, se não prestasse mais atenção. Esse tipo de coisa.

Em uma de suas primeiras viagens, Ruth avisou o pai sobre um barril boiando "a bombordo", e ele riu da cara dela.

— Bombordo? — ele disse. — Aqui não é a Marinha, Ruth. Não precisa se preocupar com bombordo e estibordo. A única direção que você precisa lembrar é a que me atrapalhe menos.

Ruth parecia dar nos nervos dele mesmo quando não estava tentando, embora às vezes fizesse aquilo de propósito, só para passar o tempo. Certo dia úmido de verão, por exemplo, eles puxaram corda após corda de armadilhas e não acharam lagosta nenhuma. O pai de Ruth foi ficando cada vez mais aflito. Não estava pegando nada além de algas, caranguejos e ouriços. Oito ou nove cordas depois, no entanto, Ruth tirou de uma armadilha uma lagosta-macho de bom tamanho.

— Pai, o que é isso? — ela perguntou num tom inocente, erguendo a lagosta. — Nunca vi esse bicho antes. Quem sabe a gente pode levar ele para a cidade e vender para alguém.

— Isso não tem graça — disse o pai, embora a própria Ruth tivesse achado que era uma boa piada.

O barco fedia. Era frio, mesmo no verão. Com o tempo ruim, o convés sacudia e pulava, e as pernas de Ruth doíam com o esforço de manter o equilíbrio. Era um barco pequeno e quase não oferecia abrigo. Ela precisava fazer xixi num balde e esvaziá-lo no mar. Suas mãos estavam sempre congelando, e seu pai gritava se ela fizesse uma pausa para aquecê-las no escapamento quente. Ele dizia que nunca usava luvas para trabalhar, mesmo em dezembro. Por que ela não conseguia aguentar o frio no meio de julho?

E no entanto, quando a mãe lhe perguntava o que ela queria fazer no verão, Ruth invariavelmente respondia que queria trabalhar num barco lagosteiro.

— Quero trabalhar com o meu pai — dizia Ruth. — Só fico feliz de verdade quando estou na água.

Quanto à sua relação com os outros moradores da ilha, ela talvez não fosse tão perfeitamente compreendida por eles quanto dizia à mãe. Ela adorava a sra. Pommeroy. Adorava os irmãos Addams, e eles a adoravam. Mas, devido aos longos períodos que passava estudando em Delaware, ela foi mais ou menos esquecida por todos os outros ou, pior, foi deserdada. Não era mais como eles. Sinceramente, nunca tinha sido muito parecida com eles, para começo de conversa. Sempre tinha sido uma criança introspectiva; não era, digamos, como os irmãos Pommeroy, que gritavam, brigavam e faziam todo o sentido para todo mundo. E agora que passava a maior parte do tempo num lugar muito longe, Ruth falava de um jeito diferente. Lia um montão de livros. E, para muitos dos vizinhos, parecia arrogante.

Ruth formou-se no colégio interno no final de maio de 1976. Não tinha planos para o futuro, exceto voltar a Fort Niles, que tão obviamente era o seu lugar. Não tomou nenhuma providência para cursar uma faculdade. Nunca nem olhou os folhetos das universidades espalhados pela escola, nunca esboçou reação aos conselhos dos professores, nunca prestou atenção nenhuma às tímidas insinuações da mãe.

Naquele maio de 1976, Ruth Thomas fez dezoito anos. Tinha um metro e sessenta e sete de altura e cabelos brilhantes que eram quase pretos e batiam nos ombros; usava rabo de cavalo todos os dias. Seus cabelos eram tão grossos que ela podia costurar um botão num casaco com eles. Seu rosto era arredondado, seus olhos eram afastados um do outro, e ela tinha um nariz inofensivo e belos cílios compridos. Sua pele era mais escura que a de qualquer outra pessoa em Fort Niles e, bronzeada, adquiria um tom liso e homogêneo de marrom. Ela era musculosa e um pouco pesada para sua altura. Tinha um traseiro maior do que gostaria, mas não criava muito caso por isso, pois a última coisa que queria era se parecer com as meninas na escola de Delaware, que se inquietavam com a própria aparência de modo irritante, ininterrupto, odioso. Ela tinha um sono pesado. Era independente. Era sarcástica.

Quando Ruth voltou a Fort Niles, aos dezoito independentes e sarcásticos anos de idade, fez a viagem no barco lagosteiro do pai. Ele foi buscá-la na rodoviária com o caminhão podre que guardava estacionado junto ao atracadouro da balsa, o caminhão que usava para fazer negócios e compras sempre que vinha à cidade, o que acontecia mais ou menos a cada duas semanas. Ele pegou Ruth, aceitou um beijo levemente irônico e imediatamente anunciou que ia deixá-la na mercearia para comprar mantimentos enquanto ele tinha uma maldita conversa com seu maldito atacadista, aquele cretino miserável. ("Você sabe do que a gente precisa lá", ele disse. "É só gastar cinquenta dólares.") Então ele contou a Ruth os motivos por que seu atacadista era um cretino miserável, todos os quais ela já tinha ouvido antes com riqueza de detalhes. Ela se abstraiu da conversa, se é que aquilo merecia tal nome, e ficou pensando em como era estranho que seu pai, que não a via fazia vários meses, não tivesse pensado em perguntar sobre sua cerimônia de formatura. Não que ela se importasse. Mas era estranho.

A viagem de barco de volta a Fort Niles levou mais de quatro horas, durante as quais Ruth e o pai não conversaram muito, porque o barco era barulhento e porque ela precisava ficar andando na popa para garantir que as caixas de mantimentos não virassem nem se molhassem. Ela pensou em seus planos para o verão. Não tinha planos para o verão. Enquanto carregava o barco, seu pai lhe informara que havia contratado um ajudante para aquela temporada — Robin Pommeroy, logo ele. O pai de Ruth não tinha trabalho para a filha. Embora tivesse se queixado por ele deixá-la de fora, secretamente ficou contente de não trabalhar para ele de novo. Teria trabalhado como ajudante estritamente por princípio, caso ele tivesse pedido, mas teria ficado muito infeliz no mar. Portanto foi um alívio. Mesmo assim, isso significava que ela não tinha como ocupar seu tempo. Não tinha confiança suficiente em suas habilidades de ajudante para abordar nenhum outro pescador e pedir um emprego, mesmo se realmente quisesse muito arranjar um, coisa que ela realmente não queria muito. Além disso, como seu pai também lhe informara, todo mundo em Fort Niles já tinha ajudante. Todas as parcerias tinham sido negociadas. Semanas antes de Ruth aparecer, cada velho de Fort Niles já encontrara um jovem para fazer o trabalho braçal na popa de seu barco.

— Talvez você possa assumir se algum desses jovens ficar doente ou for despedido — seu pai gritou para ela de repente, no meio da jornada de volta a Fort Niles.

— Aham, talvez eu faça isso — Ruth gritou de volta.

Ela já estava pensando nos três meses que tinha pela frente e — quem ela estava enganando? — no resto de sua vida, que ainda não tinha definição alguma. *Meu Deus!*, ela pensou. Ela estava virada para trás, sentada numa caixa de enlatados. Rockland já sumira de vista fazia muito tempo naquele dia enevoado, e as outras ilhas, habitadas ou não, pelas quais eles passaram com tanta lentidão e tanto *barulho*, pareciam pequenas, marrons e molhadas feito montinhos de merda. Ou pelo menos era o que Ruth achava. Ela se perguntou se conseguiria arranjar outro emprego em Fort Niles, embora a ideia de um emprego em Fort Niles que não envolvesse lagostas fosse meio que uma piada. *Rá-rá.*

Que droga eu vou fazer com o meu tempo?, pensou Ruth. Ela sentiu uma terrível e familiar sensação de tédio brotar dentro de si, enquanto o barco roncava e balançava, cruzando a gélida baía atlântica. Ela não conseguia pensar em nada que pudesse fazer e sabia exatamente o que isso significava. Não ter nada para fazer significava ficar à toa com os poucos outros moradores que não tinham nada para fazer. Ruth já estava prevendo. Ia passar o verão andando com a sra. Pommeroy e o senador Simon Addams. Já estava prevendo claramente. Não era tão ruim, ela disse a si mesma. A sra. Pommeroy e o senador Simon eram seus amigos; ela gostava deles. Eles teriam muita coisa para conversar. Perguntariam tudo sobre sua cerimônia de formatura. Não seria tão entediante, na verdade.

Mas a sensação incômoda, desagradável, do tédio que se aproximava continuou na barriga de Ruth, como um enjoo. Por fim ela afastou o tédio — *já!* — compondo mentalmente uma carta para a mãe. Ela a escreveria naquela noite, em seu quarto. A carta começaria assim "Querida mãe: Assim que eu pisei de novo em Fort Niles, toda a tensão se esvaiu do meu corpo e respirei fundo pela primeira vez em vários meses. O ar tinha cheiro de esperança!"

Era exatamente isso que ela diria. Ruth decidiu aquilo no barco lagosteiro do pai, precisamente duas horas antes de Fort Niles sequer aparecer, e passou o resto da viagem compondo mentalmente a carta, que era muito poética. O exercício a animou um bom tanto.

O senador Simon Addams estava com 73 anos naquele verão e tinha um projeto especial em andamento. Era um projeto excêntrico e ambicioso. Ele ia procurar uma presa de elefante que acreditava estar enterrada nos bancos de lodo de Potter Beach. O senador achava que talvez houvesse até duas presas enterradas ali, embora tivesse anunciado que se contentaria em encontrar apenas uma.

A convicção do senador, de que 138 anos de água do mar não teriam danificado um material tão forte quanto marfim puro, lhe forneceu a confiança necessária para sua busca. Ele sabia que as presas deviam estar em algum lugar. Elas podiam ter sido separadas do esqueleto e uma da outra, mas não teriam se decomposto. Não poderiam ter se dissolvido. Ou estavam enterradas no leito arenoso do mar, ou tinham sido carregadas até alguma praia. E o senador acreditava que podiam muito bem ter vindo parar em Fort Niles Island. Aquelas presas raras de elefante podiam ter sido trazidas por correntezas — como vinha acontecendo com destroços de barcos fazia séculos — direto para Potter Beach. Por que não?

As presas que o senador buscava pertenciam a um elefante que estivera a bordo do *Clarice Monroe*, um navio a vapor de 400 toneladas que afundara bem na entrada do Worthy Channel, no final de outubro de 1838. Foi um caso famoso na época. O navio, uma embarcação de madeira com rodas de pás, pegou fogo pouco depois da meia-noite, durante uma nevasca repentina. O incêndio em si pode ter sido causado por um incidente tão simples quanto uma lamparina derrubada, mas os ventos da tempestade espalharam o fogo antes que ele pudesse ser contido, e o convés do navio foi rapidamente tomado por um cobertor de chamas.

O capitão do *Clarice Monroe* era um bêbado. O fogo quase com certeza não foi culpa sua, mas foi sua ruína. Ele entrou em pânico, vergonhosamente. Sem acordar os passageiros nem a tripulação, ordenou que o único marinheiro que estava de vigia baixasse um único bote salva-vidas, onde ele, sua mulher e o jovem marinheiro fugiram remando. O capitão deixou que o malsinado *Clarice Monroe* queimasse, junto com os passageiros e a carga. Os três sobreviventes no bote perderam-se na tempestade, remaram durante um dia inteiro, perderam as forças para continuar remando e ficaram à deriva durante mais um dia. Quando eles foram recolhidos por um navio mercante, o capitão morrera de exposição à intempérie, sua mulher perdera os dedos, os pés e as orelhas, que haviam congelado, e o jovem marinheiro enlouquecera completamente.

Sem o capitão, o *Clarice Monroe*, ainda em chamas, viera à deriva bater nas rochas próximas a Fort Niles Island, onde se despedaçara entre as ondas. Não houve sobreviventes entre os 97 passageiros. Muitos dos corpos boiaram até Potter Beach, empilhando-se na salmoura e na lama junto aos restos carbonizados de madeira do navio. Os homens de Fort Niles juntaram os corpos, embrulharam todos em aniagem e os guardaram no frigorífico. Alguns foram identificados por parentes que vieram de balsa a Fort Niles ao longo do mês de outubro para buscar seus irmãos, mulheres, mães e filhos. Os infelizes que ninguém reivindicou foram enterrados no cemitério de Fort Niles, sob pequenas lápides de granito que traziam uma simples inscrição, AFOGADO.

Mas o navio perdera outro carregamento.

O *Clarice Monroe* estava transportando, de New Brunswick até Boston, um pequeno circo composto de várias atrações curiosas: seis cavalos árabes brancos, vários micos amestrados, um camelo, um urso treinado, um grupo de cachorros artistas, uma gaiola com aves tropicais e um elefante africano. Depois que o navio se despedaçou, os cavalos de circo tentaram atravessar a borrasca a nado. Três deles se afogaram, e os outros três alcançaram as praias de Fort Niles Island. Quando o céu abriu na manhã seguinte, todos os moradores da ilha vieram ver as três deslumbrantes éguas brancas, avançando cuidadosamente entre os rochedos cobertos de neve.

Nenhum dos outros bichos conseguiu se salvar. O jovem marinheiro do *Clarice Monroe*, encontrado no bote com seu capitão morto e a esposa devastada do capitão, levado ao delírio por exposição à tempestade, disse ao ser resgatado — insistiu! — que tinha visto o elefante pular por cima da amurada do navio em chamas e nadar com força entre as ondas, erguendo as presas e a tromba muito acima da água turbulenta e gelada. Ele jurou que tinha visto o elefante cruzar a neve salgada a nado, enquanto ele próprio remava para longe do navio. Viu o elefante nadar por um bom tempo e depois, dando um último barrido poderoso, afundar sob as ondas.

O marinheiro, segundo os registros, tinha perdido o juízo quando foi resgatado, mas houve quem acreditasse na sua história. O senador Simon Addams sempre acreditara. Ouvia aquela história desde sua primeira infância e era fascinado por ela. E eram as presas daquele elefante de circo que o senador agora tentava recuperar, 138 anos depois, na primavera de 1976.

Ele queria expor pelo menos uma das presas no Museu de História Natural de Fort Niles. Em 1976, esse museu não existia, mas o senador estava trabalhando para que existisse. Vinha coletando artefatos e espécimes para o museu havia anos, armazenando-os em seu porão. Toda a ideia era dele. Ele não tinha apoio e era o único curador. Acreditava que uma presa de elefante daria uma imponente peça central para seu acervo.

O senador, é claro, não podia procurar as presas pessoalmente. Era um velho robusto, porém não estava em condições de sair escavando a lama todo dia. Mesmo se fosse mais jovem, não teria tido coragem de se aventurar na sopa rala de água do mar e nas poças de lodo que se estendiam a partir de Potter Beach. Ele tinha medo demais da água. Por isso empregara um assistente, Webster Pommeroy.

O rapaz, que naquele verão tinha 23 anos, não tinha mais nada para fazer, de qualquer modo. Todo dia, o senador e Webster seguiam até Potter Beach, onde Webster procurava as presas do elefante. Era uma tarefa perfeita para o jovem, pois ele era incapaz de fazer qualquer outra coisa. Sua mansidão e seus enjoos impediam que ele virasse lagosteiro ou ajudante, mas seus problemas iam mais fundo que isso. Havia algo de errado com Webster Pommeroy. Todo mundo percebia aquilo. Algo acontecera com Webster no dia em que ele vira o cadáver do pai — sem olhos e inchado — estirado nas docas de Fort Niles. Webster Pommeroy desintegrou-se naquele momento, desfez-se em frangalhos. Parou de crescer, parou de se desenvolver, quase parou de falar. Tornou-se um menino convulsivo, nervoso e profundamente perturbado, uma tragédia local. Aos 23 anos, era tão magro e pequeno quanto fora aos catorze. Parecia confinado para sempre na estatura de um menino. Parecia estar preso para sempre naquele momento em que reconhecera seu pai morto.

O senador Simon Addams tinha uma preocupação sincera com Webster Pommeroy. Queria ajudá-lo. O menino partia o coração do senador. Ele sentia que o menino precisava de uma *vocação*. No entanto, o senador levou vários anos para descobrir o valor de Webster, pois não se via de imediato o que Webster Pommeroy pudesse fazer, se é que havia alguma coisa. A única ideia do senador foi recrutar o rapaz para o projeto do Museu de História Natural.

Inicialmente, o senador mandou Webster às casas de vizinhos em Fort Niles, pedindo que doassem ao museu quaisquer artefatos ou antiguidades interessantes, porém o tímido e deplorável Webster fracassou na tarefa. Ele batia à porta das casas, mas quando os vizinhos abriam, Webster ficava ali parado, mudo, batendo com os pés no chão num gesto de nervosismo. Todas as donas de casa da ilha ficavam perturbadas com o comportamento dele. Webster Pommeroy, parado na soleira da porta, com cara de quem está prestes a chorar, não nascera para arrecadar contribuições.

Em seguida, o senador tentou recrutar Webster para construir um pequeno depósito no quintal dos Addams, para abrigar a crescente coleção de itens apropriados para o museu. Mas Webster, embora esforçado, também não era um carpinteiro nato. Não era forte nem habilidoso. Era pior que inútil, na verdade. Era um perigo para si mesmo e para os outros, pois estava sempre derrubando serrotes e furadeiras, sempre martelando os dedos. Por isso o senador tirou Webster da equipe de construção.

Outras tarefas que o senador inventou também eram impróprias para Webster. Estava começando a parecer que o menino não era capaz de fazer nada. O senador levou nove anos para descobrir qual era o talento de Webster.

Era a lama.

Potter Beach era um verdadeiro pasto de lama, que apenas a maré baixa revelava totalmente. Durante as marés mais baixas, eram mais de dez acres de lama, um atoleiro vasto, plano e com cheiro de sangue rançoso. Periodicamente, os homens haviam desenterrado mariscos daquela lama, e muitas vezes achavam tesouros escondidos — peças de barcos velhos, boias de madeira, botas perdidas, ossos soltos, colheres de bronze e ferramentas antiquadas de ferro. A enseada de lama parecia ser um ímã natural para objetos perdidos, e foi assim que o senador concebeu a ideia de procurar no atoleiro as presas do elefante. Por que elas não estariam lá? Onde mais poderiam estar?

Ele perguntou se Webster estava interessado em andar no meio da lama, feito um pescador de mariscos, procurando artefatos de maneira sistemática. Será que Webster podia, talvez, examinar as áreas mais rasas dos bancos de lodo de Potter Beach, usando botas de cano alto? Seria um tormento muito grande para ele? Webster Pommeroy deu de ombros. Não parecia atormentado. E foi assim que Webster Pommeroy começou sua carreira vasculhando bancos de lodo. E ele era excelente nisso.

Como se descobriu, Webster Pommeroy era capaz de se deslocar em qualquer espécie de lama. Conseguia lidar com lama quase até o peito. Webster Pommeroy conseguia atravessar a lama como uma embarcação feita para isso e achava tesouros maravilhosos — um relógio de pulso, um dente de tubarão, uma caveira de baleia, um carrinho de mão completo. Dia após dia, o senador sentava-se nas pedras sujas junto à praia e observava o progresso de Webster. Observou-o vasculhar a lama todos os dias do verão de 1975.

E quando Ruth Thomas voltou do colégio interno para casa no fim de maio de 1976, o senador e Webster estavam novamente ocupados com aquilo. Sem mais nada para fazer, sem trabalho e sem amigos da sua idade, Ruth Thomas adquiriu o hobby de andar até os bancos de lodo de Potter Beach toda manhã para ver Webster Pommeroy vasculhar a lama. Ficava sentada na praia com o senador Simon Addams durante horas a fio, assistindo. Ao final de cada dia, os três voltavam juntos a pé para a cidade.

Eles formavam um trio estranho — o senador, Ruth e Webster. Webster era um sujeito estranho em qualquer companhia. O senador Simon Addams, um homem excepcionalmente grande, tinha uma cabeça disforme; parecia ter levado um chute e jamais ter sarado direito. Caçoava de seu próprio nariz bizarro e gordo. ("Não tenho nada a ver com o formato do meu nariz", ele gostava de dizer. "Foi um presente de aniversário.") E frequentemente retorcia suas manzorras fofas. Ele tinha um corpo forte, porém estava sujeito a graves surtos de medo; autodenominava-se um campeão de covardia. Muitas vezes parecia ter medo de que alguém fosse dobrar a esquina e lhe dar um soco. Era quase o contrário de Ruth Thomas, que muitas vezes parecia prestes a socar a próxima pessoa que dobrasse a esquina.

Às vezes, sentada na praia, observando o enorme senador Simon e o minúsculo Webster Pommeroy, Ruth se perguntava como havia se envolvido com aqueles dois homens fracos e esquisitos. Como eles se tornaram seus grandes amigos? O que as meninas lá em Delaware achariam se soubessem daquela turminha? Ruth garantia a si mesma que não tinha vergonha do senador nem de Webster. Para quem ela teria vergonha, isolada ali em Fort Niles Island? Mas aqueles dois eram esquisitos, e qualquer pessoa de fora da ilha que tivesse visto de relance aquele trio teria achado Ruth esquisita também.

Mesmo assim, ela precisava admitir que era fascinante observar Webster rastejar na lama, procurando uma presa de elefante. Ruth não tinha a mínima fé em que Webster encontraria uma presa, mas era divertido vê-lo trabalhar. Era de fato uma cena e tanto.

— É perigoso, isso que o Webster está fazendo ali — o senador dizia a Ruth enquanto eles viam Webster avançar cada vez mais fundo dentro da lama.

Realmente era perigoso, mas o senador não tinha intenção alguma de interferir, mesmo quando Webster se afundava na lama mais movediça, mais instável, mais envolvente, com os braços mergulhados, tateando em busca de artefatos no lodo denso. O senador ficava nervoso e Ruth também, mas Webster avançava estoicamente, sem terror. Esses momentos, na verdade, eram os únicos em que seu corpo convulso ficava parado. Ele era calmo dentro da lama. Na lama, ele nunca tinha medo. Às vezes parecia estar afundando. Fazia uma pausa em sua busca, e o senador e Ruth Thomas o viam baixar lentamente. Era assustador. Às vezes realmente parecia que eles estavam prestes a perdê-lo.

— Será que é melhor a gente ir atrás dele? — sugeria o senador numa voz branda.

— Não nessa porra de atoleiro da morte — dizia Ruth. — Eu não.

(Aos dezoito anos de idade, Ruth havia adquirido uma boca um tanto suja. Seu pai muitas vezes comentava a esse respeito. "Não sei onde você arranjou essa sua boca maldita", ele dizia, e ela respondia, "É mesmo um maldito mistério.")

— Tem certeza de que ele está bem? — o senador perguntava.

— Não — dizia Ruth. — Acho que talvez ele esteja afundando. Mas eu não vou atrás dele, e nem você. Não nessa porra de atoleiro da morte.

Não, ela não. Não ali, onde lagostas, mariscos, mexilhões e vermes esquecidos atingiam proporções sobrenaturais, e onde só Deus sabia o que mais perambulava. Quando os colonos escoceses chegaram a Fort Niles, tinham se debruçado em pedras enormes sobre esses mesmos bancos de lodo e fisgado, com bicheiros, lagostas vivas tão grandes quanto qualquer ser humano. Tinham escrito sobre isso em seus diários; relatos de capturas de lagostas monstruosas e horrendas de um metro e meio, velhas como jacarés e cobertas de lama, que atingiram extremos repulsivos após passarem séculos escondidas, sem ser importunadas. O próprio Webster, peneirando com as mãos desprotegidas e cegas, encontrara na lama pinças petrificadas de lagostas do tamanho de luvas de beisebol. Desenterrara mariscos do tamanho de melões, ouriços, cações, peixes mortos. Ruth não entraria ali nem sonhando. Nem sonhando.

Então o senador e Ruth teriam que ficar sentados, vendo Webster afundar. O que podiam fazer? Nada. Eles ficavam sentados num silêncio tenso. Às vezes uma gaivota passava voando. Outras vezes, não havia movimento algum. Eles assistiam e aguardavam, e de vez em quando sentiam o pânico fervilhando em seus corações. Porém o próprio Webster nunca entrava em pânico na lama. Ele ficava em pé, submerso até acima dos quadris, e esperava. Parecia estar esperando alguma coisa desconhecida que, após um longo período, ele ia encontrar. Ou quem sabe a coisa o encontraria. Webster começava a se mexer, cruzando a lama que baixava.

Ruth não entendia direito como ele fazia aquilo. Olhando da praia, era como se um trilho tivesse se erguido do fundo para alcançar os pés descalços de Webster, e ele agora estivesse postado em segurança sobre esse trilho, que o conduzia, num avanço lento e fluido, para longe de um lugar perigoso. Da praia parecia um resgate suave e deslizante.

Por que ele nunca ficava preso? Por que nunca se cortava em mariscos, vidro, lagostas, moluscos, ferro, pedras? Todos os perigos ocultos na lama pareciam educadamente abrir caminho para Webster Pommeroy passar. Ele nem sempre estava em perigo, é claro. Às vezes ficava vagando na lama rasa que ia até os tornozelos, perto da praia, olhando para baixo, sem expressão. Isso podia ser entediante. E quando ficava entediante demais, o senador Simon e Ruth, sentados nas pedras, conversavam um com o outro. Na maior parte do tempo, falavam de mapas, explorações, naufrágios e tesouros escondidos, os assuntos favoritos do senador. Principalmente naufrágios.

Uma tarde, Ruth disse ao senador que talvez tentasse achar trabalho num barco lagosteiro. Isso não era totalmente verdade, embora fosse exatamente o que Ruth escrevera para a mãe numa longa carta no dia anterior. Ruth *queria* querer trabalhar num barco lagosteiro, porém não existia uma vontade real. Ela mencionou a ideia ao senador só porque gostava de como aquilo soava.

— Estive pensando — ela disse — em procurar trabalho num barco lagosteiro.

O senador se irritou imediatamente. Odiava ouvir Ruth falar de pôr os pés em qualquer barco. Já ficava bastante nervoso quando ela ia passar o dia em Rockland com o pai. Durante todas as épocas da vida de Ruth em que ela trabalhara com o pai, o senador ficara apreensivo. Ele imaginava, todo dia, que ela ia cair do barco e se afogar, ou que o barco afundaria ou que uma tempestade terrível a levaria embora. Então quando Ruth mencionou a ideia, o senador disse que não toleraria o risco de perdê-la para o mar. Disse que a proibiria expressamente de trabalhar num barco lagosteiro.

— Você quer *morrer*? — ele perguntou. — Quer se afogar?

— Não, quero ganhar dinheiro.

— De jeito nenhum. De jeito *nenhum*. O seu lugar não é num barco. Se você precisa de dinheiro, eu te dou dinheiro.

— Não é um jeito muito digno de ganhar a vida.

— Por que você quer trabalhar num barco? Com o cérebro que você tem? Os barcos são para idiotas como os irmãos Pommeroy. Você devia deixar os barcos para eles. Sabe o que você realmente devia fazer? Ir para o continente e ficar lá. Ir morar em Nebraska. É isso que eu faria. Ia fugir do mar.

— Se pescar lagostas é bom o bastante para os irmãos Pommeroy, é bom o bastante para mim — disse Ruth. Ela não acreditava naquilo, mas parecia moralmente correto.

— Ah, pelo amor de Deus, Ruth.

— Você sempre incentivou os irmãos Pommeroy a serem marinheiros, senador. Sempre está tentando arranjar serviços de pesca para eles. Sempre fala que eles deviam ser circum-

-navegadores. Não vejo motivo para você não me incentivar um pouquinho, de vez em quando.

— Eu incentivo você.

— Não a ser pescadora.

— Eu vou me matar se você virar pescadora, Ruth. Vou me matar todo dia.

— Mas e se eu quisesse ser pescadora? E se eu quisesse ser marinheira? E se eu quisesse entrar para a Guarda Costeira? E se eu quisesse ser circum-navegadora?

— Você não quer ser circum-navegadora.

— Eu talvez queira ser circum-navegadora.

Ruth não queria ser circum-navegadora. Estava falando aquilo por falar. Ela e o senador gastavam horas em conversas sem sentido como aquela. Dia após dia. Nenhum dos dois dava muita atenção à conversa sem sentido do outro. O senador Simon passou a mão na cabeça da cachorra e disse:

— A Cookie está dizendo, "Do que a Ruth está falando, virar circum-navegadora? A Ruth não quer ser circum-navegadora." Você não disse isso, Cookie? Não é verdade, Cookie?

— Fica fora disso, Cookie — disse Ruth.

Cerca de uma semana depois, o senador trouxe o assunto à tona outra vez enquanto os dois observavam Webster nos bancos de lodo. Ruth e o senador sempre tinham conversado assim, em longos, eternos círculos. Na verdade, eles só tinham uma única conversa, a mesma que vinham tendo desde quando Ruth tinha uns dez anos de idade. Eles davam voltas e mais voltas. Repassavam o mesmo assunto inúmeras vezes, como duas garotinhas.

— Por que você precisa de experiência num barco de pesca, meu Deus? — disse o senador Simon. — Você não está presa nesta ilha para o resto da vida que nem os Pommeroy. Eles são pobres coitados. Pescar é a única coisa que eles podem fazer.

Ruth tinha esquecido que um dia falara em arranjar trabalho num barco de pesca. Mas agora defendeu a ideia.

— Uma mulher poderia fazer esse serviço tão bem quanto qualquer pessoa.

— Não estou dizendo que uma mulher não poderia fazer isso. Estou dizendo que ninguém deveria fazer isso. É um trabalho terrível. É para os imbecis. E se todo mundo tentasse virar lagosteiro, em pouco tempo todas as lagostas iam sumir.

— Tem lagostas suficientes para todo mundo.

— De jeito nenhum, Ruthie. Deus do céu, quem foi que te disse isso?

— Meu pai.

— Bom, tem lagostas suficientes para ele.

— O que você quer dizer com isso?

— Ele é o Fominha Número Dois. Sempre vai garantir a parte dele.

— Não chama o meu pai assim. Ele odeia esse apelido.

O senador passou a mão na cachorra.

— Seu pai é o Fominha Número Dois. Meu irmão é o Fominha Número Um. Todo mundo sabe disso. Até a Cookie sabe disso.

Ruth olhou para Webster nos bancos de lodo e não respondeu. Depois de alguns minutos, o senador Simon disse:

— Não tem botes salva-vidas nos barcos lagosteiros, sabia? Não é seguro para você.

— Por que deveria ter botes salva-vidas nos barcos lagosteiros? Um barco lagosteiro não é muito maior que um bote salva-vidas, para começo de conversa.

— Não que um bote salva-vidas possa realmente salvar uma pessoa...

— É claro que um bote salva-vidas pode salvar uma pessoa. Os botes salvam pessoas o tempo inteiro — garantiu Ruth.

— Mesmo num bote salva-vidas, é melhor você torcer para ser resgatada logo. Se eles acharem você boiando no seu bote na primeira hora depois de um naufrágio, é claro que vai ficar tudo bem...

— Quem foi que falou em naufrágios? — Ruth perguntou, mas sabia muito bem que o senador estava sempre a um passo de falar em naufrágios. Fazia anos que ele falava em naufrágios para ela.

O senador disse:

— Se você não for resgatada no bote salva-vidas na primeira hora, suas chances de qualquer resgate são muito pequenas. Realmente muito pequenas, Ruthie. Menores a cada hora que passa. Depois de um dia inteiro perdida no mar dentro de um bote, você pode assumir que não vai ser resgatada nunca mais. O que você faria nesse caso?

— Eu ia remar.

— Você ia remar. Você ia *remar*, se estivesse presa num bote salva-vidas e o sol estivesse se pondo, sem nenhum resgate à vista? Você ia *remar*. É esse o seu plano?

— Acho que eu teria que pensar em algum jeito.

— Pensar em que jeito? O que é que tem para pensar? Em como remar até outro continente?

— Caramba, senador. Eu nunca vou me perder no mar dentro de um bote salva-vidas. Te prometo.

— Se você sobreviver a um naufrágio — disse o senador —, só vai ser resgatada por sorte... isso se conseguir ser resgatada. E lembre, Ruthie, a maioria dos sobreviventes de naufrágios se machuca. Não é como se eles pulassem da beirada de um barco na água calma para dar uma nadadinha. A maioria dos sobreviventes tem pernas quebradas, ou cortes sinistros ou queimaduras. E o que você acha que te mata no final?

Ruth sabia a resposta.

— Exposição à intempérie? — ela chutou errado, só para dar continuidade à conversa.

— Não.

— Tubarões?

— Não. Falta d'água. Sede.

— É mesmo? — Ruth perguntou, educada.

Mas agora que surgira o assunto dos tubarões, o senador parou. Por fim ele disse:

— Nos trópicos, os tubarões vêm até o seu barco. Enfiam o focinho no barco, que nem cachorros fuçando. Mas os barracudas são piores. Digamos que você está num naufrágio. Está agarrada a um pedaço dos destroços. Um barracuda vem e crava os dentes em você. Você pode partir ele ao meio, Ruthie, mas a cabeça dele vai continuar presa em você. Que nem uma tartaruga mordedora, Ruthie. Um barracuda continua preso em você muito tempo depois de morrer. Pois é.

— Eu não me preocupo muito com barracudas por aqui, senador. E acho que você não devia se preocupar com eles também.

— Bom, e que tal as anchovas, então? Você não tem que estar nos trópicos para se deparar com uma anchova, Ruthie. Temos um monte de anchovas bem aqui. — O senador

Simon Addams fez um gesto para além dos bancos de lodo e de Webster, apontando para o Atlântico. — E as anchovas caçam em bandos, como os lobos. E as arraias! Sobreviventes de naufrágios disseram que arraias gigantes vieram bem embaixo do barco deles e passaram o dia inteiro lá, rondando. Antigamente eram chamadas de "peixe-cobertor". Você podia encontrar arraias maiores que seu botinho salva-vidas. Elas ficam espreitando embaixo do seu barco que nem a sombra da morte.

— Que imagem vívida, senador. Parabéns.

Ele perguntou:

— Que sanduíche é esse, Ruthie?

— Salada de presunto. Quer metade?

— Não, não. Você precisa dele.

— Pode dar uma mordida.

— O que tem aí? Mostarda?

— Por que você não dá uma mordida, senador?

— Não, não. Você precisa dele. Vou te dizer outra coisa. As pessoas enlouquecem num bote salva-vidas. Perdem a noção do tempo. Às vezes ficam perdidas num bote ao ar livre durante vinte dias. Então são resgatadas e ficam surpresas quando descobrem que não conseguem andar. Seus pés estão apodrecendo pelo contato com a água, e elas têm feridas abertas de ficar sentadas em poças de água salgada; têm lesões do naufrágio e queimaduras de sol; e ficam surpresas quando descobrem que não conseguem andar, Ruthie. Nunca têm a mínima compreensão do que está acontecendo com elas.

— Delírio.

— Isso mesmo. Delírio. Exatamente. Alguns homens em botes salva-vidas sofrem de uma condição chamada "delírio coletivo". Digamos que há dois homens num bote. Os dois enlouquecem do mesmo jeito. Um homem diz, "Vou tomar uma cerveja na taverna", e anda para fora do bote e se afoga. O segundo homem diz, "Eu vou com você, Ed", e então anda para fora do bote e se afoga também.

— Com os tubarões à espreita.

— E as anchovas. E tem outro delírio coletivo que é muito comum, Ruthie. Digamos que só haja dois homens num bote salva-vidas. Quando eles finalmente são resgatados, ambos juram que havia um terceiro homem com eles o tempo todo. Eles dizem "Cadê o meu amigo?" E as pessoas que resgataram dizem, "Seu amigo está na cama bem do seu lado. Ele está salvo." E os homens dizem "Não! Cadê o meu outro amigo? Cadê o outro homem?" Mas nunca houve outro homem nenhum. Eles se recusam a acreditar nisso. Passam o resto das vidas se perguntando: Cadê o outro homem?

Ruth Thomas entregou ao senador metade do sanduíche, e ele comeu depressa.

— No Ártico, é claro, eles morrem de frio — ele continuou.

— É claro.

— Eles caem no sono. Pessoas que caem no sono em botes salva-vidas não acordam nunca mais.

— É claro que não.

Outros dias, eles falavam de cartografia. O senador era um grande fã de Ptolomeu. Gabava-se de Ptolomeu como se fosse seu filho talentoso.

— Ninguém alterou os mapas de Ptolomeu até 1511! — ele dizia, orgulhoso. — Ora, isso é um tempão, Ruth. Mil e trezentos anos, esse cara entendia das coisas! Nada mal, Ruth. Nada mal mesmo.

Outro assunto favorito do senador era o naufrágio do *Victoria* e do *Camperdown*. Este surgia de quando em quando. Não precisava de uma deixa específica. Certa tarde de sábado no meio de junho, por exemplo, Ruth estava contando ao senador como odiara a cerimônia de formatura da escola, e ele disse:

— Lembre-se do naufrágio do *Victoria* e do *Camperdown*, Ruthie!

— Tá — disse Ruth, condescendente. — Se você insiste.

E Ruth Thomas realmente se lembrava do naufrágio do *Victoria* e do *Camperdown*, pois o senador vinha lhe contando sobre esse episódio desde que ela era criancinha. Para ele, aquele naufrágio era ainda mais perturbador que o do *Titanic*.

O *Victoria* e o *Camperdown* eram as capitânias da poderosa Marinha Britânica. Em 1893, eles colidiram um com o outro em plena luz do dia, em águas calmas, porque um comandante deu uma ordem estúpida durante uma manobra. O naufrágio afligia tanto o senador porque acontecera num dia em que barco nenhum deveria ter afundado e porque os marinheiros eram os melhores do mundo. Até os barcos eram os melhores do mundo, e os oficiais eram os mais brilhantes da Marinha Britânica, porém os barcos foram a pique. O *Victoria* e o *Camperdown* colidiram porque os bons oficiais — completamente cientes de que a ordem que tinham recebido era estúpida — obedeceram devido a um senso de dever e morreram por isso. O *Victoria* e o *Camperdown* eram prova de que qualquer coisa pode acontecer no mar. Por mais calmo que estivesse o tempo, por mais habilidosa que fosse a tripulação, uma pessoa num barco nunca estava segura.

Nas horas após a colisão do *Victoria* e do *Camperdown*, como o senador vinha dizendo a Ruth havia anos, o mar encheu-se de homens se afogando. As hélices do navio naufragante dilaceraram os homens de um modo terrível. Eles foram cortados em pedacinhos, como ele sempre enfatizava.

— Foram cortados em pedacinhos, Ruthie — disse o senador.

Ela não via como isso tinha a ver com sua história sobre a formatura, mas deixou passar.

— Eu sei, senador — ela disse. — Eu sei.

Na semana seguinte, ainda em Potter Beach, Ruth e o senador voltaram a falar de naufrágios.

— E quanto ao *Margaret B. Rouss*? — Ruth perguntou, depois que o senador passara algum tempo em silêncio. — Esse naufrágio até que terminou bem para todo mundo.

Ela mencionou o nome desse navio com cuidado. Às vezes o nome *Margaret B. Rouss* acalmava o senador, mas às vezes o deixava agitado.

— Meu Deus, Ruthie! — ele exclamou. — Meu Deus!

Desta vez, o nome o deixou agitado.

— O *Margaret B. Rouss* estava cheio de madeira e levou um tempão para afundar! Você sabe disso, Ruthie. Meu Deus! Você sabe que foi uma exceção. Sabe que geralmente não é tão fácil sobreviver a um naufrágio. E vou te dizer mais uma coisa. Não é agradável ser torpedeado em qualquer circunstância, com qualquer carregamento, apesar do que aconteceu com a tripulação do maldito *Margaret B. Rouss*.

— E o que aconteceu mesmo com a tripulação, senador?

— Você sabe muito bem o que aconteceu com a tripulação do *Margaret B. Rouss*.

— Eles remaram quarenta milhas...

— ... quarenta e cinco milhas.

— Eles remaram quarenta e cinco milhas até Monte Carlo, onde ficaram amigos do príncipe de Mônaco. E viveram uma vida de luxo a partir daquele dia. Essa é uma história feliz de um naufrágio, não é?

— Um naufrágio extraordinariamente fácil, Ruthie.

— Concordo.

— Uma exceção.

— Meu pai diz que é uma exceção quando qualquer barco afunda.

— Espertinho ele, não? E você é uma espertinha também, não é? Acha que por causa do *Margaret B. Rouss* é seguro passar a vida trabalhando na água, no barco lagosteiro de alguém?

— Eu não vou passar a vida em água nenhuma, senador. Só o que eu disse foi que talvez pudesse arranjar um emprego passando três meses na água. Na maior parte do tempo, eu estaria a menos de três quilômetros da praia. Eu só estava dizendo que queria trabalhar na água durante o verão.

— Você sabe que é extremamente perigoso colocar qualquer barco em mar aberto, Ruth. É muito perigoso lá. E a maior parte das pessoas não vai conseguir remar quarenta e cinco milhas para Monte Carlo nenhum.

— Desculpa por ter puxado esse assunto.

— Em condições normais, até lá você morreria de exposição à intempérie. Houve um naufrágio no Círculo Ártico. Os homens passaram três dias em botes salva-vidas, imersos até os joelhos em água gelada.

— Qual naufrágio?

— Não lembro o nome.

— Sério? — Ruth nunca ouvira falar de um naufrágio que o senador não conhecesse pelo nome.

— O nome não importa. Os marinheiros naufragados acabaram indo parar numa ilha da Islândia. Todos eles tinham geladuras. Os esquimós tentaram reviver seus membros congelados. O que os esquimós fizeram, Ruthie? Esfregaram vigorosamente os pés dos homens com óleo. Vigorosamente! Os homens ficaram gritando, implorando para os esquimós pararem. Mas os esquimós continuaram esfregando vigorosamente os pés deles com óleo. Não consigo lembrar o nome do navio. Mas você devia pensar nisso quando entrar num barco.

— Não tenho planos de navegar para a Islândia.

— Alguns desses homens na ilha da Islândia desmaiaram com a dor da esfregação vigorosa e morreram ali mesmo.

— Não estou dizendo que os naufrágios são bons, senador.

— Todos esses homens no fim precisaram ser amputados.

— Senador?

— Até o joelho, Ruthie.

— Senador? — Ruth disse de novo.

— Eles morreram com a dor da esfregação.

— Senador, por favor.

— Os sobreviventes tiveram que ficar no Ártico até o verão seguinte, e a única coisa que tinham para comer era gordura de baleia, Ruth.

— Por favor — ela disse.

Por favor. *Por favor.*

Pois lá estava Webster, parado diante deles. Estava coberto de lama até sua cintura esquálida. Tinha cachos empapados nos cabelos e riscos de lama no rosto. E em suas duas mãos imundas, estendidas, segurava uma presa de elefante.

— Ah, senador — disse Ruth. — Meu Deus.

Webster depôs a presa na areia aos pés do senador, como alguém oferecendo um presente a um rei. Bem, o senador não tinha palavras para aquele presente. As três pessoas na praia — o velho, a moça, o rapaz miúdo e enlameado — contemplaram a presa de elefante. Ninguém se mexeu, até que Cookie se levantou, com o corpo duro e curvado, e foi andando desconfiada na direção da coisa.

— Não, Cookie — disse o senador Simon, e a cadela assumiu a postura de uma esfinge, esticando o focinho na direção da presa como se quisesse cheirá-la.

Por fim, num tom hesitante, como que pedindo desculpas, Webster disse:

— Acho que era um elefante pequeno.

De fato, a presa era pequena. Muito pequena para um elefante que atingira um tamanho fabuloso ao longo de 138 anos de mito. Era pouco maior que um dos braços de Webster. Era uma presa fina, com uma curvatura modesta. Uma das extremidades era uma ponta romba, feito um polegar. A outra era a borda serrilhada onde a presa se quebrara do esqueleto. Havia profundos sulcos pretos no marfim, como rachaduras.

— Era só um elefante pequeno, eu acho — repetiu Webster, pois o senador ainda não respondera. Desta vez, Webster parecia quase desesperado. — A gente pensou que ia ser maior, né?

O senador ficou de pé, tão devagar e tão rijo como se estivesse sentado na praia durante 138 anos, esperando a presa. Olhou mais um pouco para ela, depois passou o braço atrás das costas de Webster.

— Bom trabalho, filho — ele disse.

Webster caiu de joelhos, e o senador se abaixou lentamente ao lado dele e pôs a mão no ombro esguio do menino.

— Você está decepcionado, Webster? — ele perguntou. — Você achou que eu ia ficar decepcionado? É uma bela presa.

Webster deu de ombros, e seu rosto parecia consternado. Uma brisa soprou e o rapaz teve um leve calafrio.

— Acho que era só um elefante pequeno — ele repetiu.

— Webster, essa presa de elefante é ótima — disse Ruth. — Você fez um bom trabalho, Webster. Fez um bom trabalho.

Então ele deu duas fungadas fortes.

— Ora, vamos, menino — disse o senador, e sua voz também estava embargada. Webster estava chorando. Ruth virou a cabeça. Ainda podia ouvi-lo, no entanto, fazendo aqueles barulhos tristes, por isso ficou de pé e se afastou das pedras em direção aos abetos-falsos que ladeavam a costa. Ela deixou Webster e o senador sentados na praia por um bom tempo enquanto andava sem rumo entre as árvores, catando e quebrando gravetos. Os mosquitos estavam atrás dela, mas Ruth não se importou. Odiava ver pessoas chorando. De quando em quando, olhava na direção da praia, mas via que Webster ainda estava soluçando e o senador ainda o estava consolando, e não queria participar daquilo.

Ruth sentou-se de costas para a praia, num tronco coberto de musgo. Levantou uma pedra chata à sua frente, e uma salamandra saiu em disparada, dando-lhe um susto. Talvez ela fosse virar veterinária, pensou Ruth, distraída. Recentemente lera um livro que o senador lhe dera sobre a criação de cães caçadores de pássaros e tinha achado muito bonito. O livro era de 1870, escrito numa linguagem encantadora. Ela quase fora levada às lágrimas por uma descrição do melhor labrador Chesapeake que o autor já tinha visto, um que buscara uma ave marinha abatida, saltando sobre blocos de gelo em movimento e nadando para muito além de onde a vista alcançava. O cachorro, cujo nome era Bugle, voltara à praia quase morto de frio, mas trazendo o pássaro muito delicadamente em sua boca mole. Não havia sequer uma marca nele.

Ruth olhou de relance por cima do ombro para Webster e o senador lá atrás. Webster parecia ter parado de chorar. Ela andou até a beira do mar, onde Webster estava sentado, olhando fixo à frente, com uma expressão soturna. O senador levara a presa para enxaguar numa poça morna de água de maré. Ruth Thomas foi até lá, e ele se endireitou e entregou a presa para ela. Ela a secou na camisa. Era leve como um osso e amarela como dentes velhos, e seu interior oco estava atulhado de lama. Estava morna. Ela nem tinha visto Webster encontrá-la! Todas aquelas horas sentada na praia vendo o menino vasculhar a lama, e ela não tinha visto o momento em que ele a achara!

— Você também não viu ele achar a presa — ela disse ao senador. Ele fez que não com a cabeça. Ruth sopesou a presa nas mãos. — Inacreditável.

— Não achei que ele fosse realmente encontrá-la, Ruth — disse o senador, num sussurro desesperado. — Agora que diabos eu vou fazer com ele? Olha para ele, Ruth.

Ela olhou. Webster tremia como um velho motor em ponto morto.

— Ele está chateado? — ela perguntou.

— É claro que ele está chateado! Esse projeto manteve ele ativo durante um ano — sussurrou o senador, em pânico. — Não sei o que fazer com o menino agora.

Webster Pommeroy se levantou e veio postar-se ao lado de Ruth e do senador. O senador endireitou todo o corpo e abriu um sorriso largo.

— Você limpou ela? — perguntou Webster. — Está com uma cara m-m-melhor?

O senador virou-se e abraçou o pequeno Webster Pommeroy, puxando-o para junto de si.

— Ah, é esplêndida! — ele disse. — É linda! Estou tão orgulhoso de você, filho! Estou tão orgulhoso de você!

Webster fungou outra vez e começou a chorar de novo. Ruth, num reflexo, fechou os olhos.

— Sabe o que eu acho, Webster? — Ruth ouviu o senador perguntar. — Acho que é uma descoberta magnífica. Realmente acho. E acho que a gente devia levá-la para o sr. Ellis.

Os olhos de Ruth se abriram depressa, assustados.

— E sabe o que o sr. Ellis vai fazer quando nos vir chegando com a presa? — o senador perguntou, cingindo o ombro de Webster com seu braço enorme. — Você sabe, Webster?

O rapaz não sabia. Encolheu os ombros, num gesto patético.

— O sr. Ellis vai sorrir — disse o senador. — Não é verdade, Ruthie? Isso não vai ser incrível? Você não acha que o sr. Ellis vai adorar isso?

Ruth não respondeu.

— Você não acha, Ruthie? Não acha?

3

As lagostas, por instinto,
Agem de forma egoísta e impensada.
Rudes são seus sentimentos,
Sua honra sempre delicada.

— *O médico e o poeta*
J. H. Stevenson
1718-1785

O sr. Lanford Ellis morava na Ellis House, uma residência datada de 1883. A casa era a construção mais sofisticada de Fort Niles Island e também mais sofisticada do que qualquer coisa que existisse em Courne Haven. Era feita de granito preto de qualidade, bom para lápides, à maneira de um grande banco ou estação de trem, apenas em proporções um pouco menores. Havia colunas, arcos, janelas recuadas e um saguão de ladrilhos brilhantes do tamanho de uma das vastas e ecoantes termas romanas. A Ellis House, no ponto mais alto de Fort Niles, situava-se o mais longe possível do porto. Ficava no final da Ellis Road. Ou melhor dizendo, a Ellis House interrompia a Ellis Road abruptamente, como se a casa fosse um grande policial com um apito e um braço estendido num gesto de autoridade.

Já a Ellis Road remontava a 1880. Era uma velha rua utilitária que antigamente ligava as três pedreiras da Ellis Granite Company em Fort Niles Island. Em outras épocas, a Ellis Road tinha sido uma via movimentada, porém no dia em que Webster Pommeroy, o senador Simon Addams e Ruth Thomas seguiram por ela em direção à Ellis House, naquela manhã de junho de 1976, fazia muito tempo que caíra em desuso.

Paralelo à Ellis Road corria o trecho morto da Ellis Rail, um trilho de três quilômetros, datado de 1882, que fora construído para transportar as toneladas de blocos de granito das pedreiras até as chalupas que esperavam no porto. Aquelas chalupas pesadas partiram para Nova York, Filadélfia e Washington durante anos e anos. Avançavam em formação lenta rumo a cidades que sempre precisavam de blocos de calçamento de Courne Haven Island e mais granito para lápides de Fort Niles Island. Durante décadas, as chalupas levaram embora o miolo de granito das duas ilhas, voltando, semanas depois, abarrotadas com o carvão necessário para alimentar a escavação de ainda mais granito, para eviscerar mais profundamente as entranhas das ilhas.

Ao lado da antiga Ellis Rail jaziam espalhadas, cobertas de ferrugem laranja, diversas ferramentas e peças de máquinas das pedreiras da Ellis Granite Company — martelos de bola, cunhas, calços e outras ferramentas — que ninguém, nem mesmo o senador Simon, era mais capaz de identificar. O grande torno da Ellis Granite Company apodrecia no mato ali perto, maior que uma locomotiva, destinado a nunca mais se mover. O torno estava abandonado na penumbra entre as trepadeiras, como se tivesse sido deixado ali de castigo. Suas 140 toneladas de engrenagens mecânicas deterioravam-se juntas, engatadas numa espécie de trismo. Trechos pitônicos de cabos enferrujados espreitavam em toda a grama ao redor.

Eles caminhavam. Webster Pommeroy, o senador Simon Addams e Ruth Thomas seguiam pela Ellis Road, junto à Ellis Rail, em direção à Ellis House, carregando a presa de elefante. Não estavam sorrindo, nem rindo. A Ellis House não era um lugar que nenhum dos três frequentasse.

— Nem sei por que a gente está se dando a esse trabalho — disse Ruth. — Ele nem vai estar aqui. Ainda está em New Hampshire. Só vai estar aqui no sábado que vem.

— Ele veio para a ilha mais cedo este ano — disse o senador.

— Do que você está falando?

— Este ano, o sr. Ellis chegou no dia dezoito de abril.

— Você está brincando.

— Não estou brincando.

— Ele está aqui? Está aqui esse tempo todo? Desde que eu voltei da escola?

— Isso mesmo.

— Ninguém me falou.

— Você perguntou para alguém? Não devia ficar tão surpresa. Tudo na Ellis House agora é diferente de como era antes.

— Bom. Acho que eu devia saber disso.

— Sim, Ruthie. Acho que você devia.

O senador espantava mosquitos da cabeça e do pescoço enquanto andava, usando um leque que fizera de frondes de samambaia.

— Sua mãe vem para a ilha este verão, Ruth?

— Não.

— Você viu sua mãe este ano?

— Não, não vi.

— Ah, é? Você não foi para Concord este ano?

— Não, não fui.

— Sua mãe gosta de morar em Concord?

— Pelo jeito, gosta. Faz bastante tempo que ela mora lá.

— Aposto que a casa dela é boa. É boa?

— Eu já te disse um milhão de vezes que é.

— Você sabe que faz uma década que eu não vejo a sua mãe?

— E você já me disse isso um milhão de vezes.

— Então você está dizendo que ela não vem visitar a ilha este verão?

— Ela nunca vem — disse Webster Pommeroy abruptamente. — Não sei por que todo mundo continua falando dela.

Aquilo pôs fim à conversa. Os três ficaram um bom tempo sem falar, e então Ruth disse:

— O sr. Ellis veio mesmo para cá no dia dezoito de abril?

— Veio — disse o senador.

Aquilo era uma notícia insólita, até surpreendente. A família Ellis chegava a Fort Niles Island no terceiro sábado de junho, e vinha procedendo assim desde o terceiro sábado de junho de 1883. Eles passavam o resto do ano em Concord, New Hampshire. O patriarca original da família Ellis, o dr. Jules Ellis, dera início à prática em 1883, trazendo sua crescente família à ilha no verão para fugir das doenças da cidade, e também para ficar de olho em sua empresa de granito. Nenhum dos moradores locais sabia exatamente que tipo de doutor era o dr. Jules Ellis. Ele certamente não agia como um médico. Agia mais como um capitão industrial. Mas isso era em outra época, como o senador Simon gostava de observar, quando um homem podia ser várias coisas. Foi no tempo em que um homem podia usar vários chapéus.

Nenhum dos nativos de Fort Niles Island gostava da família Ellis, mas era um estranho motivo de orgulho que o dr. Ellis tivesse escolhido construir a Ellis House em Fort Niles e não em Courne Haven, onde a Ellis Granite Company também operava. Esse motivo de orgulho não tinha muito valor real; os moradores não deveriam ter ficado lisonjeados. O dr. Jules Ellis escolhera Fort Niles como lar não porque gostasse mais daquela ilha. Escolhera aquele lugar porque, construindo a Ellis House nos altos penhascos da ilha, voltados para o leste, podia ficar de olho tanto em Fort Niles quanto em Courne Haven, do outro lado do Worthy Channel. Podia morar no topo de uma ilha e vigiar cautelosamente a outra, e também desfrutar da vantagem de ficar de olho no sol nascente.

Durante o reinado do dr. Jules Ellis, o verão trazia a Fort Niles Island uma pequena multidão. Em certo momento, havia cinco filhos que chegavam todo verão, junto com numerosos membros da família Ellis estendida, uma rotatividade contínua de hóspedes bem-vestidos e parceiros comerciais, e uma criadagem de verão com dezesseis empregados. Os empregados traziam à casa de veraneio dos Ellis suprimentos de Concord por trem e depois por barco. No terceiro sábado de junho, os empregados apareciam nas docas, descarregando baús e mais baús de louças, roupa de cama, cristais e cortinas. Nas fotos, essas pilhas de baús lembram estruturas autônomas, parecendo construções mal-ajambradas. Esse enorme acontecimento, a chegada da família Ellis, conferia grande importância ao terceiro sábado de junho.

Os empregados da família Ellis também traziam de barco diversos cavalos de equitação para o veraneio. A Ellis House tinha um excelente estábulo, além de um bem cuidado jardim de rosas, um salão de baile, um frigorífico, chalés para hóspedes, uma quadra de tênis e um tanque de peixes-dourados. A família e os amigos, ao passarem o verão em Fort Niles Island, dedicavam-se a diversas formas de recreação. E ao final do verão, no segundo sábado de setembro, o dr. Ellis, sua mulher, seus cinco filhos, seus cavalos de equitação, seus dezesseis empregados, seus hóspedes, a prataria, as louças, a roupa de cama, os cristais e as cortinas iam embora. A família e os empregados se apinhavam em sua balsa, os objetos eram guardados nas enormes pilhas de baús, e tudo e todos eram enviados de volta a Concord, New Hampshire, para passar o inverno.

Porém tudo isso tinha sido muito tempo atrás. Fazia anos que aquela majestosa produção não acontecia.

No décimo nono verão de Ruth Thomas, em 1976, o único Ellis que ainda vinha a Fort Niles Island era Lanford Ellis, o filho mais velho do dr. Jules Ellis. Ele era um ancião. Tinha 94 anos de idade.

Todos os outros filhos do dr. Jules Ellis, exceto uma filha, estavam mortos. Havia netos e até bisnetos do dr. Ellis que talvez pudessem apreciar o casarão em Fort Niles, mas Lanford Ellis não gostava deles nem os aprovava, e os mantinha afastados. Era o direito dele. A casa lhe pertencia inteiramente; ele a herdara sozinho. Vera Ellis, a única irmã viva do sr. Lanford Ellis, era a única pessoa da família por quem ele tinha apreço, porém fazia dez verões que Vera Ellis parara de vir à ilha. Considerava-se frágil demais para fazer a viagem. Considerava sua saúde fraca. Passara muitos verões felizes em Fort Niles, mas agora preferia descansar em Concord o ano inteiro, com sua acompanhante residente tomando conta dela.

Portanto, fazia dez anos que Lanford Ellis vinha passando o verão sozinho em Fort Niles. Ele não tinha cavalos e não convidava hóspedes. Não jogava *croquet* nem fazia passeios de barco. Não tinha empregados consigo na Ellis House a não ser um único homem, Cal Cooley, que servia de caseiro e assistente. Ele preparava até as refeições do velho homem e morava na Ellis House o ano todo, tomando conta das coisas.

O senador Simon Addams, Webster Pommeroy e Ruth Thomas continuaram andando em direção à Ellis House. Andavam lado a lado, Webster trazendo a presa apoiada num dos ombros como se fosse um mosquete da Guerra da Revolução. À sua esquerda corria a estagnada Ellis Rail. Perdidas no mato, do lado direito, ficavam as mórbidas ruínas das "*peanut houses*", ou "casas de amendoim", os pequenos barracos construídos pela Ellis Granite Company um século antes para abrigar seus operários imigrantes italianos. Em certa época, mais de trezentos imigrantes italianos já haviam se amontoado naqueles barracos. Eles não eram bem-vindos na comunidade em geral, embora tivessem permissão de às vezes fazerem desfiles em Ellis Road em seus dias festivos. Antigamente, havia uma pequena igreja católica na ilha para atender os italianos. Porém não mais. Em 1976, já fazia muito tempo que a igreja católica fora consumida pelas chamas.

Durante o reinado da Ellis Granite Company, Fort Niles era como uma cidade de verdade, movimentada e útil. Era como um ovo Fabergé — um objeto incrustado com grande riqueza de detalhes. Tanta gente numa superfície tão pequena. Havia duas lojas de confecções na ilha. Havia um museu de excentricidades, um rinque de patinação, um taxidermista, um jornal, uma pista de corrida de pôneis, um hotel com um piano-bar e, um em frente ao outro, o Teatro Ellis Eureka e o Salão de Dança Ellis Olympia. Em 1976, tudo já tinha sido queimado ou derrubado. *Para onde tinha ido tudo aquilo?*, Ruth se perguntava. *E como tinha cabido tudo aqui, para começo de conversa?* A maior parte da ilha voltara a ser ocupada por mato. Do império Ellis, apenas dois prédios restavam: a loja da Ellis Granite Company e a própria Ellis House. E a loja da empresa, uma estrutura de madeira de três andares perto do porto, estava vazia e prestes a desmoronar. Havia as pedreiras, é claro, buracos na terra de mais de trezentos metros de profundidade — lisos e oblíquos — agora cheios de água artesiana.

O pai de Ruth Thomas chamava as casas de amendoim atrás do bosque de "cabanas de carcamanos", expressão que devia ter aprendido com o pai ou com o avô, pois os barracos já estavam vazios quando o pai de Ruth era menino. Mesmo quando o senador Simon Addams era menino, as casas de amendoim estavam esvaziando. A indústria do granito estava morrendo em 1910 e morta em 1930. A procura por granito acabou antes de o próprio granito acabar. A Ellis Granite Company teria escavado as pedreiras para sempre, caso houvesse mercado para isso. A empresa teria escavado granito até que Fort Niles e Courne Haven tivessem sido evisceradas. Até que as ilhas fossem meras cascas finas de granito no mar. Pelo menos era isso que os moradores diziam. Comentavam que a família Ellis teria levado tudo, não fosse o fato de que ninguém mais queria o material de que as ilhas eram feitas.

Os três subiram a Ellis Road e só afrouxaram o passo uma vez, quando Webster viu uma cobra morta no caminho e parou para cutucá-la com a ponta da presa de elefante.

— Cobra — ele disse.

— Inofensiva — disse o senador Simon.

Em outro ponto, Webster parou de andar e tentou entregar a presa ao senador.

— Leva você — ele disse. — Não quero ir até lá para ver sr. Ellis nenhum.

Porém o senador Simon se recusou. Disse que Webster achara a presa e devia receber o crédito pelo achado. Disse que não havia nada a temer no sr. Ellis. Ele era um bom homem. Embora no passado tivesse havido pessoas da família Ellis que despertavam temor, o sr. Lanford Ellis era um homem decente, que, aliás, considerava Ruth praticamente sua própria neta.

— Não é verdade, Ruth? Que ele sempre abre um grande sorriso para você? E sempre foi bom para a sua família?

Ruth não respondeu. Os três continuaram andando.

Eles não voltaram a falar até chegarem à Ellis House. Não havia janelas abertas, nem nenhuma cortina aberta. As cercas vivas do lado de fora ainda estavam embrulhadas em material protetor contra os ventos severos do inverno. O lugar parecia abandonado. O senador subiu os largos degraus pretos de granito até as portas escuras da frente e tocou a campainha. E bateu. E chamou. Não houve resposta. Na entrada em formato de forca estava estacionada uma picape verde, que os três reconheceram como pertencente a Cal Cooley.

— Bom, parece que o velho Cal Cooley está aqui — disse o senador.

Ele contornou até os fundos da casa, e Ruth e Webster foram atrás. Passaram pelos jardins, que agora eram menos jardins do que pilhas de arbustos descuidados. Passaram pela quadra de tênis, que estava coberta de mato e molhada. Passaram pela fonte, que estava coberta de mato e seca. Andaram na direção do estábulo e acharam escancarada sua vasta porta corrediça. A entrada era grande o bastante para dois coches, lado a lado. Era um belo estábulo, mas ficara tanto tempo sem uso que não tinha mais nem um vestígio do cheiro de cavalos.

— Cal Cooley! — chamou o senador. — Sr. Cooley?

Dentro do estábulo, com seu piso de pedra e suas baias frescas, vazias e inodoras, estava Cal Cooley, sentado no meio do chão. Estava sentado num simples banquinho diante de alguma coisa enorme e lustrava o objeto com um pano.

— Meu Deus! — disse o senador. — Olha o que você tem aqui!

O que Cal Cooley tinha era uma enorme peça de farol marítimo, a parte de cima de um farol. Era, na verdade, a impressionante lente circular de vidro e latão de um farol. Devia ter uns dois metros de altura. Cal Cooley levantou-se do banco, e ele também tinha quase dois metros de altura. Tinha cabelos grossos, preto-azulados e penteados para trás, e enormes olhos preto-azulados. Tinha um grande porte quadrado, um nariz grosso, um queixo imenso e uma linha profunda e fina cruzando a testa, como se tivesse dado um encontrão num varal. Parecia talvez ser parte indiano. Fazia cerca de vinte anos que Cal Cooley estava com a família Ellis, mas não parecia ter envelhecido nem um dia, e um estranho teria dificuldade em adivinhar se ele tinha quarenta anos ou sessenta.

— Ora, é meu grande amigo senador — disse Cal Cooley numa voz arrastada.

Cal Cooley nascera no Missouri, estado cujo nome ele insistia em pronunciar *Missourah*. Ele tinha um sotaque sulista marcante, que Ruth Thomas — mesmo nunca tendo ido ao Sul — acreditava ser exagerado. Ela acreditava, de um modo geral, que todos os trejeitos de Cal Cooley eram fajutos. Havia muitas coisas nele que ela odiava, mas ela se irritava especialmente com seu sotaque fajuto e seu hábito de referir-se a si mesmo como "o velho Cal Cooley". Como em "O velho Cal Cooley mal pode esperar a primavera" ou "Parece que o velho Cal Cooley precisa de outro drinque".

Ruth não conseguia tolerar essa afetação.

— E olha! É a srta. Ruth Thomas! — Cal Cooley continuou dizendo em sua voz arrastada. — Ela é sempre um oásis para os olhos. E vejam quem vem com ela: um selvagem.

Webster Pommeroy, enlameado e silencioso sob o olhar de Cal Cooley, ficou parado com a presa de elefante na mão. Seus pés trocavam de lugar depressa, nervosos, como se ele estivesse se preparando para uma corrida.

— Eu sei o que é isso — disse o senador Simon Addams, aproximando-se do enorme e impressionante vidro que Cal Cooley estava polindo. — Eu sei exatamente o que é isso!

— Consegue adivinhar, amigo? — perguntou Cal Cooley, piscando para Ruth Thomas como se eles tivessem um incrível segredo em comum. Ela desviou o olhar. Sentiu seu rosto ficar quente. Pensou se havia algum jeito de organizar sua vida de modo a poder morar em Fort Niles para sempre e nunca mais ter que ver Cal Cooley.

— É a lente Fresnel do farol de Goat's Rock, não é? — perguntou o senador.

— É sim. Exatamente. Você já visitou o farol? Você deve ter ido a Goat's Rock, não é?

— Bom, não — admitiu o senador, ficando vermelho. — Nunca posso ir a um lugar como Goat's Rock. Não sabe que eu não ando de barco?

Cal Cooley sabe perfeitamente bem, pensou Ruth.

— É mesmo? — perguntou Cal, inocente.

— Tenho medo da água.

— Que distúrbio terrível — murmurou Cal Cooley.

Ruth se perguntou se alguma vez na vida Cal Cooley já tinha sido seriamente espancado. Ela teria gostado de ver isso.

— Meu Deus — espantou-se o senador. — Meu Deus. Como é que você adquiriu o farol de Goat's Rock? É um farol notável. Um dos mais antigos do país.

— Bom, meu amigo. Nós compramos. O sr. Ellis sempre gostou deste farol. Por isso nós compramos.

— Mas como vocês o trouxeram até aqui?

— De barco e depois de caminhão.

— Mas como vocês trouxeram até aqui sem ninguém ficar sabendo?

— Ninguém ficou sabendo?

— É lindo.

— Estou restaurando isto para o sr. Ellis. Estou polindo cada centímetro e cada parafuso. Já faz noventa horas que estou polindo, eu calculo. Imagino que vá levar meses para terminar. Mas não vai ficar com um brilho incrível?

— Eu não sabia que o farol de Goat's Rock estava à venda. Não sabia que era possível *comprar* uma coisa dessas.

— A Guarda Costeira substituiu este belo artefato por um aparelho moderno. O novo farol nem precisa de faroleiro. Isso não é incrível? É tudo automatizado. Muito barato de operar. O novo farol é inteiramente elétrico e totalmente feio.

— Realmente *é* um artefato — disse o senador. — Você tem razão. Ora, é perfeito para um museu!

— Tem razão, amigo.

O senador Simon Addams estudou a lente Fresnel. Era uma bela coisa de se ver, toda de latão e vidro, com painéis oblíquos grossos feito tábuas, dispostos um sobre o outro em camadas. A pequena parte que Cal Cooley já tinha desmontado, polido e montado de novo tinha um brilho de ouro e cristal. Quando o senador Simon Addams passou atrás da lente para olhar a peça inteira, sua imagem ficou distorcida e ondulada, como se vista através do gelo.

— Nunca vi um farol antes — ele disse. Sua voz estava embargada de emoção. — Não pessoalmente. Nunca tive a oportunidade.

— Não é um farol — corrigiu Cal Cooley, meticuloso. — É só uma lente de farol, senhor.

Ruth revirou os olhos.

— Eu nunca vi uma. Nossa, esse é um grande presente para mim, um presente e tanto. É claro que já vi fotos. Vi fotos deste mesmo farol.

— Este é um projeto pessoal meu e do sr. Ellis. Ele perguntou ao Estado se podia comprar, eles estipularam um preço, e ele aceitou. E, como eu disse, faz cerca de noventa horas que estou trabalhando nisto.

— Noventa horas — repetiu o senador, olhando fixo para a lente Fresnel como se tivesse sido sedado.

— Construída em 1929, pelos franceses — disse Cal. — Pesa mais de duas toneladas, meu amigo.

A lente Fresnel estava montada em sua plataforma giratória original de latão, em que Cal Cooley agora deu um empurrão sutil. A lente inteira, com esse toque, começou a girar com uma leveza assombrosa — enorme, silenciosa e espantosamente equilibrada.

— Dois dedos — disse Cal Cooley, mostrando dois de seus dedos. — Dois dedos bastam para girar esse peso de mais de duas toneladas. Você acredita? Já viu uma peça tão incrível de engenharia?

— Não — respondeu o senador Simon Addams. — Não, nunca vi.

Cal Cooley girou a lente Fresnel de novo. O pouco de luz que havia no estábulo pareceu se lançar na grande lente giratória e depois saltar para longe, explodindo em faíscas nas paredes.

— Olha como ela devora a luz — disse Cal.

— Teve uma mulher numa ilha do Maine uma vez — disse o senador — que morreu queimada quando a luz do sol atravessou a lente e a atingiu.

— Eles costumavam cobrir as lentes com sacos de estopa escuros nos dias de sol — disse Cal Cooley. — Senão, as lentes teriam ateado fogo em tudo; são fortes a esse ponto.

— Eu sempre adorei faróis.

— Eu também, senhor. O sr. Ellis também.

— Durante o reinado do Ptolomeu II, havia um farol em Alexandria que era considerado uma das maravilhas do mundo antigo. Foi destruído por um terremoto no século XIV.

— Pelo menos é o que a história registra — retrucou Cal Cooley. — Há controvérsias.

— Os primeiros faróis — comentou o senador — foram construídos pelos líbios no Egito.

— Eu conheço os faróis dos líbios — disse Cal Cooley, sem alteração na voz.

A antiga lente Fresnel do farol de Goat's Rock girava sem parar no vasto estábulo vazio, e o senador ficou olhando fixo para ela, cativado. Ela girou cada vez mais devagar e parou com um sussurro baixo. O senador estava em silêncio, hipnotizado.

— E o que é que *você* tem aí? — perguntou Cal Cooley, por fim.

Cal estava olhando para Webster Pommeroy, que segurava a presa de elefante. O rapaz, empapado de lama e com uma aparência um tanto patética, agarrava-se com desespero a seu pequeno achado. Não respondeu à pergunta de Cal, porém seus pés batiam no chão, de nervoso. O senador também não respondeu. Ainda estava em transe com a lente Fresnel.

E então Ruth Thomas disse:

— O Webster achou uma presa de elefante hoje, Cal. É do naufrágio do *Clarice Monroe*, 138 anos atrás. O Webster e o Simon vêm procurando essa presa faz quase um ano. Não é maravilhosa?

E era maravilhosa. Em quaisquer outras circunstâncias, a presa teria sido reconhecida como um objeto inegavelmente maravilhoso. Mas não à sombra da Ellis House, e não na presença da intacta e bela lente Fresnel de latão e vidro, fabricada pelos franceses em 1929. De repente, a presa parecia estúpida. Além disso, Cal Cooley, com sua altura e seu porte, era capaz de diminuir qualquer coisa. Ele fazia suas noventa horas de polimento parecerem heroicas e produtivas, enquanto — sem dizer uma palavra, é claro — fazia um ano da vida de um menino perdido vasculhando a lama parecer uma piada deprimente.

A presa de elefante de repente era como um ossinho ridículo.

— Que interessante — disse Cal Cooley, afinal. — Que projeto extremamente interessante.

— Achei que o sr. Ellis talvez gostasse de ver isto — disse o senador. Ele conseguira desligar-se da lente Fresnel e agora estava lançando a Cal Cooley um olhar nada atraente de súplica. — Achei que ele talvez fosse sorrir quando visse a presa.

— Talvez.

Cal Cooley não se comprometeu.

— Se o sr. Ellis estiver disponível hoje... — o senador começou a dizer, porém não completou a frase. O senador não usava chapéu, mas se usasse, estaria revirando a aba em suas mãos tensas. Sem chapéu nenhum, ele apenas retorceu as mãos.

— Sim, amigo?

— Se o sr. Ellis estiver disponível, eu gostaria de falar com ele sobre isso. Sobre a presa. Acho que esse é o tipo de objeto que pode finalmente convencê-lo da nossa necessidade de ter um Museu de História Natural na ilha. Eu gostaria de pedir ao sr. Ellis que cogitasse me ceder o prédio da loja da Ellis Granite Company para o Museu de História Natural. Para a ilha. Tudo em prol da educação.

— Um museu?

— Um Museu de História Natural. Faz vários anos que Webster e eu temos coletado artefatos. Temos uma coleção bastante grande.

Coisa que Cal Cooley sabia. Que o sr. Ellis sabia. Que todo mundo sabia. Ruth agora estava oficialmente furiosa. Seu estômago doía. Ela sentiu que estava franzindo a testa e se obrigou a manter o rosto liso. Recusava-se a demonstrar qualquer emoção na frente de Cal Cooley. Obrigou-se a parecer impassível. Ficou se perguntando o que uma pessoa teria que fazer para que Cal Cooley fosse demitido. Ou morto.

— Temos vários artefatos — disse o senador. — Recentemente adquiri uma lagosta totalmente branca, conservada em álcool.

— Um Museu de História Natural — repetiu Cal Cooley, como se estivesse contemplando a ideia pela primeiríssima vez. — Que intrigante.

— Precisamos de um espaço para o museu. Já temos os artefatos. O prédio é grande o bastante para podermos continuar colecionando artefatos com o passar do tempo. Por exemplo, talvez fosse o lugar perfeito para expor esta lente Fresnel.

— Você não está dizendo que quer o *farol* do sr. Ellis? — Cal Cooley parecia totalmente chocado.

— Oh, não. Não! Não, não, não! Não queremos nada do sr. Ellis, a não ser a permissão de usar o prédio da loja da empresa. Nós alugaríamos, é claro. Poderíamos oferecer algum dinheiro todo mês pelo prédio. Ele talvez aprecie isso, já que faz anos que o prédio não tem sido usado para nada. Não precisamos de nenhum *dinheiro* do sr. Ellis. Não queremos tomar as *posses* dele.

— Realmente espero que você não esteja pedindo dinheiro.

— Sabe de uma coisa? — disse Ruth Thomas. — Vou esperar lá fora. Não estou mais com vontade de ficar parada aqui.

— Ruth — disse Cal Cooley, preocupado. — Você parece agitada, meu bem.

Ela não deu atenção.

— Webster, quer vir comigo? — perguntou ela.

Porém Webster Pommeroy preferiu ficar arrastando os pés sem sair do lugar, ao lado do senador, segurando sua presa promissora. Então Ruth Thomas saiu do estábulo sozinha, voltando pelos pastos abandonados, em direção aos penhascos rochosos virados para o leste e para Courne Haven Island. Ela odiava ver Simon Addams se humilhar diante do caseiro do sr. Lanford Ellis. Já tinha visto aquilo antes e não conseguia suportar. Por isso andou até a beira do penhasco e arrancou líquen de algumas pedras. Do outro lado do canal, via Courne Haven Island nitidamente. Uma miragem de calor flutuava sobre a ilha, como um cogumelo atômico.

Esta seria a quinta vez que o senador Simon Addams fazia uma visita formal ao sr. Lanford Ellis. A quinta vez até onde Ruth Thomas sabia, é claro. O sr. Ellis nunca consentia em receber o senador. Talvez tivesse havido outras visitas de que Ruth não ficara sabendo. Talvez tivesse havido mais horas gastas esperando à toa no pátio da frente da Ellis House, mais incidentes em que Cal Cooley explicara, com pedidos insinceros de desculpas, que lamentava muito, mas o sr. Ellis não estava se sentindo bem e não receberia nenhuma visita. Todas as vezes, Webster tinha vindo junto, sempre trazendo alguma descoberta ou achado que o senador esperava usar para convencer o sr. Ellis da necessidade de um Museu de História Natural. O senador estava sempre pronto a explicar com sinceridade e paixão que o Museu de História Natural seria um lugar público, onde as pessoas da ilha — por apenas dez centavos de entrada! — poderiam explorar os artefatos de sua história peculiar. O senador Simon tinha preparado um discurso muito eloquente para o sr. Ellis, mas nunca tivera a chance de apresentá-lo. Tinha recitado o discurso para Ruth várias vezes. Ela ouvia educadamente, embora aquilo cada vez partisse um pouco seu coração.

— Implore menos — ela sempre sugeria. — Seja mais assertivo.

Era verdade que alguns dos artefatos do senador Simon eram desinteressantes. Ele colecionava de tudo, e não era exatamente um curador, nem muito bom de triar objetos e descartar os que não tinham valor. O senador achava que todos os objetos velhos tinham valor. Numa ilha, as pessoas raramente jogam alguma coisa fora, portanto cada porão em Fort Niles Island já era essencialmente um museu — um museu de apetrechos de pesca obsoletos, ou um museu dos pertences de antepassados mortos, ou um museu dos brinquedos de crianças há muito crescidas. Porém isso não era organizado, catalogado ou explicado em lugar algum, e o desejo do senador de criar um museu era nobre.

— São os objetos comuns — ele dizia a Ruth o tempo todo — que se tornam raros. Durante a Guerra Civil, o objeto mais comum do mundo era um casaco militar de lã azul da União. Um simples casaco azul com botões de latão. Todo soldado da União possuía um. Mas por acaso os soldados guardaram isso depois da guerra, como souvenirs? Não. Ah, eles guardaram os uniformes dos generais e as belas calças da cavalaria, mas ninguém pensou em guardar os simples casacos azuis. Os homens voltavam para casa da guerra e usavam os casacos para trabalhar no campo, e quando os casacos se desmanchavam, suas mulheres faziam trapos e retalhos para colchas com eles, e hoje um casaco comum da Guerra Civil é uma das coisas mais raras do mundo.

Ele explicava isso a Ruth enquanto punha uma caixa vazia de cereal matinal ou uma lata fechada de atum num caixote marcado PARA A POSTERIDADE.

— Não podemos saber hoje o que será valioso amanhã, Ruth — ele dizia.

— Wheaties? — ela respondia, incrédula, olhando para a caixa de cereal. — Wheaties, senador? *Wheaties?*

Por isso não era surpresa que o senador não tivesse mais espaço em casa para suas crescentes coleções. E não era surpresa que o senador tivesse a ideia de procurar acesso à loja da Ellis Granite Company, que estava vaga havia quarenta anos. Era um espaço inútil e em progressivo apodrecimento. Mesmo assim, o sr. Ellis jamais dera ao senador uma resposta, um aceno de cabeça ou esboçara qualquer reação, apenas postergava todo aquele assunto. Era como se quisesse vencer o senador pelo cansaço. Como se Lanford Ellis esperasse sobreviver ao senador, e neste caso a questão se acertaria sem a inconveniência de uma decisão.

Os barcos lagosteiros ainda estavam no canal, trabalhando e dando voltas. Empoleirada nos penhascos, Ruth viu o barco do sr. Angus Addams, o barco do sr. Duke Cobb e o barco do seu pai. Além deles, viu um quarto barco, que talvez pertencesse a alguém em Courne Haven Island; ela não conseguiu identificar. O canal estava tão tomado por boias de armadilhas para lagostas que parecia um chão coberto de confetes ou uma estrada cheia de lixo. Os homens deixavam suas armadilhas quase em cima uma da outra naquele canal. Era arriscado pescar ali. A fronteira entre Courne Haven Island e Fort Niles Island nunca tinha sido estabelecida, mas em nenhum lugar era mais disputada do que no Worthy Channel. Homens de ambas as ilhas demarcavam e defendiam ferrenhamente seu território, sempre empurrando os limites na direção uns dos outros. Eles cortavam as armadilhas alheias e faziam ataques coletivos contra a ilha adversária.

— Vão largar as armadilhas deles na porta das nossas casas, se a gente deixar — dizia Angus Addams.

Em Courne Haven Island dizia-se o mesmo sobre os pescadores de Fort Niles, é claro, e ambas as afirmações eram verdadeiras.

Naquele dia, Ruth Thomas achou que o barco de Courne Haven estava meio perto de Fort Niles, mas não era fácil ter certeza, mesmo olhando de cima. Ela tentou contar fileiras de boias. Pegou uma folha de grama e fez um apito com ela, apertando-a entre os polegares. Jogou um jogo consigo mesma, fingindo que estava vendo aquela paisagem pela primeira vez na vida. Fechou os olhos por um longo instante, depois os abriu devagar. O mar! O céu! Era lindo. Ela realmente morava num lugar lindo. Tentou olhar para os barcos lagosteiros lá embaixo como se não soubesse quanto custavam, a quem pertenciam e que cheiro tinham. Que aspecto teria aquela cena para um visitante? Que aspecto teria o Worthy Channel para alguém, digamos, de Nebraska? Os barcos pareceriam brinquedos, adoráveis e robustos como botes *bathtub*, pilotados por personagens de Down East que vestiam macacões pitorescos e acenavam amigavelmente uns para os outros da proa.

Daqui não dá pra chegar lá...[1]

Ruth se perguntou se gostaria mais de pescar lagostas caso tivesse o próprio barco, caso fosse a capitã. Talvez trabalhar com o pai é que era tão desagradável. Ela não conseguia imaginar, no entanto, quem recrutaria como ajudante. Passou em mente os nomes de todos os rapazes de Fort Niles, e logo confirmou que, sim, eram todos idiotas. Cada um daqueles bêbados. Incompetentes, preguiçosos, rabugentos, inarticulados, de aspecto cômico. Ela não tinha paciência com nenhum deles,

[1] A frase no original "you can't get there from here", é típica do Maine, e significa que não há rota direta para o lugar ou objetivo que deseja alcançar. A organização confusa das estradas do Maine explica a origem do ditado." (N. do T.)

com a possível exceção de Webster Pommeroy, que lhe inspirava pena e preocupação maternal. Mas Webster era um menino com problemas, e com certeza não era nenhum ajudante de pesca. Não que Ruth fosse uma lagosteira. Ela não podia se iludir a esse respeito. Não sabia muito de navegação, nada sobre a manutenção de um barco. Ela gritara "Fogo!" para o pai uma vez, quando vira fumaça saindo do compartimento de carga; fumaça que na verdade era vapor de uma mangueira rompida.

— Ruth — ele dissera —, você é bonitinha, mas não é muito inteligente.

Mas ela *era* inteligente. Ruth sempre tivera a sensação de ser mais inteligente que qualquer um à sua volta. De onde ela tirara aquela ideia? Quem lhe dissera uma coisa dessas? É claro que Ruth jamais admitiria em público aquela impressão. Soaria chocante, horrível, admitir o que ela acreditava sobre a própria inteligência.

— Você acha que é mais inteligente que todo mundo. — Ruth muitas vezes ouvira aquela acusação de seus vizinhos em Fort Niles. Alguns dos irmãos Pommeroy tinham lhe dito aquilo, assim como Angus Addams, as irmãs da sra. Pommeroy e aquela velha megera da Langly Road, cuja grama Ruth cortara certo verão por dois dólares ao dia.

— Ah, por favor — era a resposta padrão de Ruth.

Mas ela não conseguia negar com mais convicção porque, de fato, achava que era consideravelmente mais inteligente que todos os outros. Era uma sensação que não vinha da cabeça, mas do peito. Ela sentia aquilo nos próprios pulmões.

Ela com certeza era inteligente o bastante para descobrir como arranjar seu próprio barco se quisesse um. Se fosse isso que ela queria, era capaz de conseguir. Sem dúvida. Ela com certeza não era mais burra que nenhum dos homens de Fort Niles ou Courne Haven que ganhavam a vida pescando lagostas. Por que não? Angus Addams conhecia uma mulher em Monhegan Island que pescava sozinha e ganhava bem. O irmão da mulher morrera e deixara o barco para ela. Ela tinha três filhos, nenhum marido. O nome da mulher era Flaggie. Flaggie Cornwall. Ela conseguia se virar bem. Angus contava que suas boias eram pintadas de rosa-choque, com pontos amarelos em formato de coração. Porém Flaggie Cornwall também era durona. Cortava armadilhas dos outros se achasse que estavam atrapalhando o seu trabalho. Angus Addams tinha uma certa admiração por ela. Falava dela com frequência.

Ruth podia fazer aquilo. Podia pescar sozinha. Porém não pintaria suas boias de cor-de-rosa com corações amarelos. *Meu Deus, Flaggie, tenha alguma dignidade!* Ruth pintaria suas boias num belo tom clássico de verde-azulado. Ruth se perguntava que espécie de nome era Flaggie. Devia ser um apelido. Florence? Agatha? Ruth nunca tivera um apelido. Decidiu que, se virasse lagosteira, inventaria um jeito de ganhar bem a vida sem acordar tão cedo. Sinceramente, havia algum motivo para que um pescador esperto tivesse que acordar às quatro da manhã? Tinha que haver um jeito melhor.

— Está gostando da nossa vista?

Cal Cooley estava parado bem atrás de Ruth. Ela levou um susto, porém não demonstrou. Virou-se devagar e lançou-lhe um olhar impassível.

— Talvez.

Cal Cooley não sentou; ficou ali de pé, logo atrás de Ruth Thomas. Seus joelhos quase encostavam nos ombros dela.

— Mandei os seus amigos embora — ele disse.

— O sr. Ellis recebeu o senador? — Ruth perguntou, já sabendo a resposta.

— O sr. Ellis está meio estranho hoje. Não pôde receber o senador.

— E isso por acaso é estranho? Ele nunca recebe o senador.

— Talvez seja verdade.

— Pessoas do seu tipo não têm noção de como agir. Não têm noção de como são grossas.

— Não sei o que o sr. Ellis acha deles, Ruth, mas eu mandei os dois embora. Achei que era cedo demais para ficar lidando com deficientes mentais.

— São quatro da tarde, seu cretino. — Ruth gostou do jeito como a frase soou. Muito calma.

Cal Cooley ficou parado atrás de Ruth por um tempo. Ficou atrás dela como um mordomo, porém mais íntimo. Educado, mas perto demais. Sua proximidade criava uma sensação constante que ela não apreciava. E ela não gostava de falar com ele sem vê-lo.

— Por que você não senta? — ela disse, afinal.

— Você quer que eu sente perto de você? — ele perguntou.

— Isso é você quem sabe, Cal.

— Obrigado — ele disse e sentou-se. — Muito hospitaleiro da sua parte. Obrigado pelo convite.

— É a sua propriedade. Não posso ser hospitaleira na sua propriedade.

— Não é minha propriedade, mocinha. É do sr. Ellis.

— É mesmo? Sempre me esqueço disso, Cal. Esqueço que a propriedade não é sua. Você às vezes se esquece disso também?

Cal não respondeu. Perguntou:

— Qual é o nome do garotinho? O garotinho com a presa de elefante.

— Webster Pommeroy.

Coisa que Cal Cooley sabia.

Cal lançou um olhar perdido para a água e recitou sem ânimo:

— O grumete Pommeroy era um pequeno espertalhão. Enfiou um vidro no cu e circuncidou o capitão.

— Bonito — disse Ruth.

— Ele parece uma criança simpática.

— Ele tem 23 anos, Cal.

— E acho que ele está apaixonado por você. É verdade?

— Meu Deus, Cal. Isso é realmente relevante.

— Olha só você falando, Ruth! Você é tão culta hoje em dia. É um prazer tão grande te ouvir usando palavras tão sofisticadas. É recompensador, Ruth. Todos nós ficamos contentes de ver que a sua educação cara está dando resultado.

— Eu sei que você tenta me irritar, Cal, mas não entendo direito o que você ganha com isso.

— Isso não é verdade, Ruth. Eu não tento irritar você. Sou seu maior admirador.

Ruth deu uma risada brusca.

— Sabe de uma coisa, Cal? Aquela presa de elefante é um achado muito importante.

— Sim. Você disse isso.

— Você nem prestou atenção na história, uma história interessante, sobre um naufrágio incomum. Você não perguntou para o Webster como ele achou a presa. É uma história incrível, e você não prestou atenção nenhuma. Seria irritante se não fosse tão típico.

— Isso não é verdade. Eu presto atenção em tudo.

— Você presta muita atenção em algumas coisas.

— O velho Cal Cooley é incapaz de não prestar atenção.

— Então devia ter prestado mais atenção naquela presa.

— Eu estou interessado naquela presa, Ruth. Na verdade estou guardando ela para o sr. Ellis poder olhar depois. Acho que ele vai ficar realmente muito interessado.

— Como assim, guardando?

— Estou guardando.

— Você *ficou* com ela?

— Como eu disse, estou guardando.

— Você ficou com ela. Mandou eles embora sem a presa. Meu Deus. Por que alguém faria uma coisa dessas?

— Quer dividir um cigarro comigo, mocinha?

— Pessoas do seu tipo são sempre cretinas.

— Se você quiser fumar um cigarro, não vou contar para ninguém.

— Cal, eu não *fumo*, porra.

— Tenho certeza de que você faz várias coisas ruins que não conta para ninguém.

— Você pegou aquela presa das mãos do Webster e mandou ele embora? Bom, isso é uma coisa simplesmente horrível de se fazer. E típica.

— Você está muito bonita hoje, Ruth. Eu queria te dizer isso logo de cara, mas não surgiu a oportunidade.

Ruth ficou de pé.

— Ok — ela disse. — Estou indo para casa.

Ela começou a se afastar, mas Cal Cooley disse:

— Na verdade, acredito que você precisa ficar.

Ruth parou de andar. Não se virou, mas ficou imóvel, pois sabia pelo tom de voz dele o que estava por vir.

— Se você não estiver muito ocupada hoje — disse Cal Cooley —, o sr. Ellis gostaria de te ver.

Eles andaram juntos até a Ellis House. Andaram em silêncio, passando pelos pastos e pelos velhos jardins, e subiram os degraus até a varanda dos fundos, cruzando as largas portas-janelas. Atravessaram a vasta sala de estar velada, seguiram por um corredor dos fundos, subiram a escada modesta dos fundos — a dos empregados —, seguiram por outro corredor e finalmente chegaram a uma porta.

Cal Cooley ficou parado como se fosse bater, mas em vez disso deu um passo atrás. Andou mais uns passos no corredor e entrou por uma porta recuada. Quando ele fez um gesto para que Ruth o seguisse, ela obedeceu. Cal Cooley pôs suas mãos grandes nos ombros de Ruth e sussurrou:

— Eu sei que você me odeia. — E sorriu.

Ruth ficou ouvindo.

— Eu sei que você me odeia, mas posso te contar qual é o motivo disso tudo se você quiser saber.

Ruth não respondeu.

— Você quer saber?

— Tanto faz o que você me conta ou não me conta — disse Ruth. — Isso não faz diferença nenhuma na minha vida.

— É claro que faz. Primeiro de tudo — disse Cal, numa voz sussurrada —, o sr. Ellis simplesmente quer te ver. Faz semanas que ele vem perguntando sobre você, e eu venho mentindo. Disse a ele que você ainda estava na escola. Depois disse que você estava trabalhando com o seu pai no barco.

Cal Cooley esperou que Ruth respondesse; ela não respondeu.

— Achei que você fosse me agradecer por isso — ele disse. — Não gosto de mentir para o sr. Ellis.

— Então não minta — disse Ruth.

— Ele vai te dar um envelope — disse Cal. — Dentro dele tem trezentos dólares.

Outra vez, Cal esperou uma resposta, mas Ruth não deu trela, por isso ele continuou:

— O sr. Ellis vai dizer que o dinheiro é só seu, para você se divertir. E até certo ponto, isso é verdade. Você pode gastar no que quiser. Mas você sabe para que é esse dinheiro na verdade, não sabe? O sr. Ellis quer te pedir um favor.

Ruth continuou em silêncio.

— Isso mesmo — disse Cal Cooley. — Ele quer que você visite sua mãe em Concord. Eu devo levar você lá.

Os dois ficaram na abertura da porta recuada. As mãos grandes dele nos ombros largos dela eram tão pesadas quanto o medo. Cal e Ruth ficaram ali parados um bom tempo. Por fim, ele disse:

— Acabe logo com isso, mocinha.

— Merda — disse Ruth.

Ele baixou as mãos.

— Pegue o dinheiro. Minha sugestão é você não contrariá-lo.

— Eu nunca o contrario.

— Pegue o dinheiro e seja educada. Depois nós acertamos os detalhes.

Cal Cooley saiu da frente daquela porta e andou de volta até a primeira. Ele bateu. Sussurrou para Ruth:

— Era isso que você queria, não é? Saber? Você não gosta de surpresas. Quer saber tudo o que está acontecendo, não é?

Ele abriu a porta, e Ruth entrou sozinha. A porta se fechou atrás dela com um belo ruído de atrito, como o roçar de um tecido caro.

Ela estava no quarto do sr. Ellis.

A cama estava arrumada, tão impecavelmente como se jamais fosse usada. Estava arrumada como se a roupa de cama tivesse sido produzida ao mesmo tempo que o próprio móvel, e pregada ou colada à madeira. Parecia uma peça de exposição numa loja cara. Havia estantes por toda parte, abrigando fileiras de livros escuros, cada um exatamente da mesma cor e tamanho que os adjacentes, como se o sr. Ellis possuísse um único volume e tivesse mandado reproduzi-lo no quarto inteiro. A lareira estava acesa, e havia pesados patos de madeira na cornija. O papel de parede mofado era interrompido por gravuras emolduradas de veleiros e navios altos.

O sr. Ellis estava perto do fogo, sentado numa grande poltrona. Ele era velhíssimo e muito magro. Uma manta xadrez estava puxada até acima da sua cintura e presa ao redor dos pés. Sua calvície era absoluta, e seu crânio parecia fino e frio. Ele estendeu os braços para Ruth Thomas, com suas palmas trêmulas viradas para cima e abertas. Seus olhos estavam nadando em azul, nadando em lágrimas.

— É bom ver você, sr. Ellis — disse Ruth.

Ele não parava de sorrir.

4

> Ao percorrer o leito marinho em busca da presa, a lagosta anda agilmente sobre suas pernas delicadas. Quando tirada da água, ela só pode rastejar, devido ao peso do corpo e das pinças, que as pernas finas agora são incapazes de sustentar.
>
> — *A lagosta americana: um estudo de seus hábitos e desenvolvimento*
> Francis Hobert Herrick, ph.D.
> 1895

Naquela noite, quando Ruth Thomas contou ao pai que tinha ido à Ellis House, ele disse:

— Não me importa com quem você passa o seu tempo, Ruth.

Ruth tinha ido procurar o pai logo depois de se separar do sr. Ellis. Desceu a pé até o porto e viu que o barco dele estava atracado, mas segundo os outros pescadores fazia tempo que ele tinha terminado o serviço do dia. Ela tentou achá-lo em casa, mas quando chamou o pai, não houve resposta. Por isso Ruth montou na bicicleta e pedalou até a casa dos irmãos Addams para ver se ele tinha ido beber alguma coisa com Angus. E ele tinha.

Os dois homens estavam sentados na varanda, recostados em cadeiras dobráveis, com cervejas nas mãos. Cookie, a cachorra do senador Simon, estava deitada aos pés de Angus, ofegando. Era o fim do entardecer, e um brilho dourado oscilava no ar. Morcegos voavam baixo e rápido logo acima. Ruth largou a bicicleta no gramado e subiu na varanda.

— Oi, pai.

— Oi, meu bem.

— Oi, sr. Addams.

— Oi, Ruth.

— Como vai a pesca de lagostas?

— Ótima, ótima — disse Angus. — Estou economizando para comprar um revólver e dar um tiro na porra da minha cabeça.

Angus Addams, quase o oposto de seu irmão gêmeo, estava ficando mais magro conforme envelhecia. Sua pele estava castigada pelos anos que passara em meio a todo tipo de tempo ruim. Ele espremia os olhos, como se olhasse para dentro de um campo ensolarado. Estava ficando surdo depois de uma vida inteira passada perto demais de motores barulhentos de barcos e falava alto. Odiava quase todo mundo em Fort Niles e não havia como fazê-lo ficar quieto quando ele tinha vontade de explicar, com riqueza de detalhes, os motivos.

A maior parte dos moradores tinha medo de Angus Addams. O pai de Ruth gostava dele. Quando o pai de Ruth era menino, trabalhara como ajudante de Angus e tinha sido um aprendiz inteligente, forte e ambicioso. Agora, é claro, o pai de Ruth tinha o próprio barco, e os dois homens dominavam a indústria lagosteira de Fort Niles. Fominha Número Um e Fominha Número Dois. Eles pescavam com tempo bom ou ruim, sem limites nas capturas, sem misericórdia pelos colegas. Os meninos da ilha que trabalhavam como ajudantes de Angus Addams e de Stan Thomas geralmente se demitiam após algumas semanas, por não conseguir aguentar o ritmo. Outros pescadores — mais beberrões, mais gordos, mais preguiçosos, mais burros (na opinião do pai de Ruth) — eram chefes mais fáceis.

Quanto ao pai de Ruth, ainda era o homem mais bonito de Fort Niles Island. Nunca se casara de novo depois que a mãe de Ruth partira, mas Ruth sabia que ele tinha casos. Tinha algumas suspeitas de quem eram suas amantes, mas ele nunca falava sobre elas com a filha, e Ruth preferia não pensar muito nelas. Seu pai não era alto, mas tinha ombros largos e o quadril fino. "Não tenho bunda nenhuma", ele gostava de dizer. Aos 45 anos, pesava o mesmo que pesara aos 25. Era meticulosamente caprichoso com suas roupas e fazia a barba todo dia. Ia à sra. Pommeroy a cada duas semanas para cortar o cabelo. Ruth suspeitava que talvez houvesse alguma coisa entre o seu pai e a sra. Pommeroy, mas ela odiava tanto essa ideia que jamais investigou aquilo. Os cabelos do pai de Ruth eram escuros, castanho-escuros, e seus olhos eram quase verdes. Ele tinha bigode.

Ruth, aos dezoito anos, achava seu pai uma pessoa bastante decente. Sabia que ele tinha fama de pescador mesquinho e inescrupuloso, mas também sabia que sua reputação ganhara asas nas mentes dos homens da ilha que geralmente gastavam o dinheiro de uma semana de pesca em uma noite num bar. Eram homens que viam a frugalidade como algo arrogante e ofensivo. Homens que não eram iguais ao seu pai e sabiam e se ressentiam disso. Ruth também sabia que o melhor amigo do pai dela era truculento e preconceituoso, mas sempre gostara de Angus Addams assim mesmo. Pelo menos não o achava hipócrita, o que o situava acima de muitas pessoas.

Em termos gerais, Ruth se dava bem com o pai. Ela se dava melhor com ele quando os dois não estavam trabalhando juntos ou quando ele não estava tentando lhe ensinar alguma coisa, como dirigir um carro, consertar uma corda ou se orientar com uma bússola. Em tais situações, os berros eram inevitáveis. Não eram tanto os berros que incomodavam Ruth. Ela não gostava era quando seu pai a tratava com o regime do silêncio. Ele ficava em silêncio completo, tipicamente, quando o assunto tinha qualquer relação com a mãe de Ruth. Ela achava que ele era um covarde a esse respeito. O silêncio do pai às vezes lhe causava repulsa.

— Quer uma cerveja? — Angus Addams perguntou a Ruth.

— Não, obrigada.

— Que bom — disse Angus. — Isso engorda que nem o diabo.

— Você não engordou, sr. Addams.

— Só porque eu trabalho.

— A Ruth pode trabalhar, também — disse Stan Thomas sobre a filha. — Ela está pensando em trabalhar num barco lagosteiro este verão.

— Vocês dois vêm falando isso faz quase um mês. O verão já está praticamente no fim.

— Você quer contratar a Ruth como ajudante?

— Contrata você, Stan.

— A gente ia se matar — disse o pai de Ruth. — Contrata você.

Angus Addams fez que não com a cabeça.

— Vou te dizer a verdade — ele disse. — Não gosto de pescar com ninguém se eu puder evitar. Antigamente, a gente pescava sozinho. Melhor assim. Não tem que dividir.

— Eu sei que você odeia dividir — disse Ruth.

— Odeio mesmo, odeio pra caralho, mocinha. E vou te dizer por quê. Em 1936, só ganhei trezentos e cinquenta dólares na porra do ano inteiro e pesquei até me foder todo. Tive quase trezentos dólares de despesas. Sobraram cinquenta dólares para passar todo o inverno. E tive que tomar conta do meu maldito irmão. Por isso, não, eu não divido se tiver como evitar.

— Vamos, Angus. Dá um emprego para a Ruth. Ela é forte — disse Stan. — Vem cá, Ruth. Arregaça as mangas, querida. Mostra para a gente como você é forte.

Ruth veio e, obediente, flexionou o braço direito.

— Essa é a pinça de triturar — disse o pai dela, apertando seu músculo. Depois Ruth flexionou o braço esquerdo, e ele o apertou também, dizendo: — E essa aqui é a pinça de comprimir!

— Ah, pelo amor de Deus — disse Angus.

— Seu irmão está aqui? — Ruth perguntou a Angus.

— Ele foi até a casa dos Pommeroy — disse Angus. — Está todo preocupado com aquele moleque cagão.

— Ele está preocupado com o Webster?

— Devia adotar logo esse pentelho.

— Então o senador deixou a Cookie com você, é isso? — perguntou Ruth.

Angus resmungou outra vez e empurrou a cachorra com o pé. Cookie acordou e olhou em volta, paciente.

— Pelo menos a cachorra está nas mãos de alguém amoroso — disse o pai de Ruth, sorrindo. — Pelo menos o Simon deixou a cachorra com alguém que vai cuidar dela direito.

— Com amor e carinho — acrescentou Ruth.

— Odeio essa cachorra maldita — disse Angus.

— Sério? — perguntou Ruth, de olhos arregalados. — É verdade? Eu não sabia disso. Você sabia disso, pai?

— Nunca ouvi falar nada sobre isso, Ruth.

— Odeio essa cachorra maldita — disse Angus. — E o fato de que eu preciso dar comida para ela me rói a alma por dentro.

Ruth e o pai começaram a rir.

— Odeio essa cachorra maldita — disse Angus, levantando a voz enquanto listava seus problemas com Cookie. — A cachorra tem uma maldita infecção no ouvido, e eu tenho que comprar a porra do remédio, e tenho que segurar a cachorra duas vezes por dia enquanto o Simon pinga as gotinhas. Eu tenho que *comprar* a porra do remédio, sendo que eu preferia ver essa cadela maldita ficar surda. Ela bebe água da privada. Vomita todo santo dia e nunca fez cocô duro nem uma vez na vida.

— Tem mais alguma coisa que te incomoda? — perguntou Ruth.

— Simon quer que eu demonstre afeto por essa cachorra, mas isso vai contra o meu instinto.

— Que é qual? — perguntou Ruth.

— Pisoteá-la com umas botas bem pesadas.

— Você é terrível — disse o pai de Ruth, dobrando o corpo de tanto rir. — Você é terrível, Angus.

Ruth entrou na casa e pegou um copo d'água. A cozinha da casa dos Addams era imaculada. Angus Addams era desleixado, mas o senador Simon Addams cuidava de seu irmão gêmeo como uma esposa e mantinha a pia brilhando e a geladeira cheia. Ruth sabia comprovadamente que o senador Simon acordava todo dia às quatro da manhã, fazia o café da manhã para Angus (biscoitos, ovos, uma fatia de torta) e preparava sanduíches para ele almoçar no barco. Os outros homens da ilha gostavam de provocar Angus, dizendo que queriam que as coisas fossem assim tão boas na casa deles, e Angus Addams gostava de mandar eles calarem a boca e dizer que, aliás, eles não deviam ter casado com aquelas malditas putas gordas e preguiçosas em primeiro lugar. Ruth olhou pela janela da cozinha para o quintal, onde havia macacões e ceroulas balançando no varal. Havia um pão doce no balcão, ela cortou um pedaço e andou de volta para a varanda, comendo.

— Não precisa pegar para mim não, obrigado — disse Angus.

— Desculpa. Você queria um pedaço?

— Não, mas eu aceito outra cerveja, Ruth.

— Eu pego da próxima vez que for à cozinha.

Angus ergueu as sobrancelhas para Ruth e deu um assobio.

— É assim que as meninas cultas tratam os amigos, é?

— Ai, Jesus.

— É assim que as meninas da família Ellis tratam os amigos?

Ruth não respondeu, e seu pai olhou para os pés. Fez-se um grande silêncio na varanda. Ruth esperou para ver se o pai lembraria a Angus Addams que Ruth pertencia à família Thomas, não à família Ellis, porém seu pai não disse nada.

Angus pôs a garrafa de cerveja vazia no chão da varanda e disse:

— Então eu mesmo pego. — E entrou na casa.

O pai de Ruth ergueu os olhos para ela.

— O que você fez hoje, meu bem? — ele perguntou.

— Podemos falar disso no jantar.

— Vou jantar aqui hoje. Podemos falar disso agora.

Então ela disse:

— Eu me encontrei com o sr. Ellis hoje. Você ainda quer falar disso agora?

— Não me importa o que você fala nem quando você fala — ele disse, sem alteração na voz.

— Você está bravo por eu ter encontrado ele?

Foi nesse instante que Angus Addams voltou, justo quando o pai de Ruth estava dizendo:

— Não me importa com quem você passa o seu tempo, Ruth.

— Com quem diabos ela está passando o tempo dela? — perguntou Angus.

— Lanford Ellis.

— Pai. Não quero falar disso agora.

— Esses malditos cretinos de novo — disse Angus.

— A Ruth teve uma reuniãozinha com ele.

— Pai...

— A gente não precisa guardar segredos dos nossos amigos, Ruth.

— Então tá — disse Ruth, jogando ao pai o envelope que o sr. Ellis lhe dera. Ele levantou a aba e espiou as notas que havia dentro. Pôs o envelope no braço da cadeira.

— Que droga é essa? — perguntou Angus. — Que é isso, um monte de grana? O sr. Ellis te deu esse dinheiro, Ruth?

— Deu. Deu sim.

— Então devolve pra ele, caralho.

— Acho que isso não é da sua conta, Angus. Você quer que eu devolva o dinheiro, pai?

— Não me importa como essas pessoas esbanjam o dinheiro delas, Ruth — disse Stan Thomas. Mas ele pegou o envelope de dinheiro, tirou as notas e contou. Havia quinze notas. Quinze notas de vinte dólares.

— Pra que é esse maldito dinheiro? — perguntou Angus. — Pra que diabos é esse maldito dinheiro, afinal?

— Fica fora disso, Angus — disse o pai de Ruth.

— O sr. Ellis disse que o dinheiro é para eu me divertir.

— Para você o quê?

— Me divertir.

— Para se divertir? Se divertir?

Ela não respondeu.

— Está mesmo bem divertido até agora — seu pai disse. — Você está se divertindo, Ruth? — Outra vez, ela não respondeu. — Esses Ellis realmente sabem se divertir.

— Não sei para que é o dinheiro, mas tira essa bunda da cadeira e vai lá devolver — disse Angus.

Os três ficaram ali sentados, com o dinheiro assomando entre eles.

— E tem outra coisa — disse Ruth.

O pai de Ruth passou a mão no rosto, só uma vez, como se de repente percebesse que estava cansado.

— O quê?

— Tem mais uma coisa sobre esse dinheiro. O sr. Ellis quer que eu use parte do dinheiro para ir visitar a mãe. A minha mãe.

— Meu Deus! — Angus Addams explodiu. — Meu Deus, você passou o ano inteiro fora, Ruth! Você acabou de voltar para cá, e eles já estão tentando te mandar embora de novo!

O pai de Ruth não disse nada.

— Essa maldita família Ellis controla você o tempo inteiro, te dizendo o que fazer, aonde ir e quem visitar — continuou Angus. — Você faz tudo o que essa maldita família manda. Você está ficando tão ruim quanto a sua mãe.

— Fica fora disso, Angus! — Stan Thomas gritou.

— Tudo bem para você se eu for, pai? — perguntou Ruth, delicadamente.

— Caramba, Stan! — Angus falou cuspindo. — Manda a sua maldita filha ficar aqui, onde é o lugar dela.

— Em primeiro lugar — o pai de Ruth disse a Angus —, cala essa sua boca maldita.

Não houve um segundo lugar.

— Se você não quiser que eu visite ela, eu não vou — Ruth disse. — Se você quiser que eu devolva o dinheiro, eu devolvo o dinheiro.

O pai de Ruth passou os dedos no envelope. Depois de um breve silêncio, disse para sua filha de dezoito anos:

— Não me importa com quem você passa o seu tempo.

Ele jogou o envelope de dinheiro de volta para ela.

— Qual é seu problema? — Angus Addams berrou para o amigo. — Qual é o problema de vocês dois?

Quanto à mãe de Ruth Thomas, certamente havia um grande problema com ela.

O povo de Fort Niles Island sempre tivera problemas com a mãe de Ruth Thomas. O maior problema era sua origem. Ela não era como todas as pessoas de Fort Niles Island, cujas famílias tinham vivido ali desde sempre. Não era como todos os outros, que sabiam exatamente quem eram seus antepassados. A mãe de Ruth Thomas nascera em Fort Niles, mas não era exatamente de lá. A mãe de Ruth era um problema porque era filha de uma órfã e um imigrante.

Ninguém sabia o nome verdadeiro da órfã; ninguém sabia absolutamente nada sobre o imigrante. A mãe de Ruth Thomas, portanto, tinha uma genealogia cauterizada em ambas as pontas — dois becos sem saída de informações. A mãe de Ruth não tinha avós paternos, não tinha avós maternos, não tinha nenhum traço de família registrado que pudesse defini-la. Enquanto Ruth Thomas podia retraçar dois séculos da linhagem do pai sem sair do cemitério de Fort Niles Island, não havia como ir além da órfã e do imigrante que eram o começo e o fim da história obtusa de sua mãe. Sua mãe, sem poder prestar contas de si mesma, sempre recebera olhares enviesados em Fort

Niles Island. Tinha sido gerada por dois mistérios, e não havia mistérios na história de mais ninguém. Uma pessoa não devia simplesmente aparecer em Fort Niles sem uma crônica de família para explicar sua origem. Isso deixava os outros ressabiados.

A avó de Ruth Thomas — mãe de sua mãe — tinha sido uma órfã chamada Jane Smith, nome inventado às pressas e sem inspiração. Em 1884, quando era bebê, Jane Smith foi deixada nos degraus do Bath Naval Orphans' Hospital. As enfermeiras a recolheram, deram banho nela e lhe atribuíram aquele nome comum, que decidiram ser tão bom quanto qualquer outro. Na época, o Bath Naval Orphans' Hospital era uma instituição relativamente nova. Tinha sido fundado logo após a Guerra Civil em prol das crianças orfanadas por essa guerra; especificamente para filhos de oficiais navais mortos no conflito.

O Bath Naval Orphans' Hospital era uma instituição rigorosa e bem organizada, onde se incentivavam a limpeza, o exercício e o funcionamento regular dos intestinos. É possível que o bebê que veio a ser conhecido como Jane Smith fosse a filha de um marinheiro, talvez até um oficial naval, mas o bebê não possuía nenhum indício que apontasse para isso. Não havia bilhete, nenhum objeto revelador, nenhuma roupa distintiva. Apenas um bebê bastante saudável, bem embrulhado e deixado em silêncio nos degraus do orfanato.

Em 1894, quando a órfã chamada Jane Smith completou dez anos, foi adotada por um certo cavalheiro de nome dr. Jules Ellis. Ele era jovem, mas já conquistara um certo renome. Era o fundador da Ellis Granite Company, de Concord, New Hampshire. O dr. Jules Ellis, ao que parecia, sempre passava as férias de verão nas ilhas de lá, onde possuía diversas pedreiras lucrativas em funcionamento. Ele gostava do Maine. Acreditava que os cidadãos de lá eram excepcionalmente robustos e decentes; portanto, quando decidiu que era hora de adotar uma criança, procurou uma num orfanato do Maine. Achou que isso lhe garantiria uma menina saudável.

Seu motivo para adotar uma menina era o seguinte. O dr. Jules Ellis tinha uma filha predileta, uma menina um tanto mimada de nove anos, chamada Vera, e Vera insistia que queria uma irmã. Ela tinha vários irmãos, porém morria de tédio com eles e queria uma menina para brincar e lhe fazer companhia naqueles longos verões isolados em Fort Niles Island. Por isso o dr. Jules Ellis adquiriu Jane Smith como irmã para sua filhinha.

— Essa é a sua nova irmã gêmea — ele disse a Vera em seu décimo aniversário.

Aos dez anos, Jane era uma menina grande e tímida. Ao ser adotada, recebeu o nome de Jane Smith-Ellis, outra invenção que aceitou sem queixa alguma, como da primeira vez em que fora batizada. O dr. Jules Ellis pusera um grande laço vermelho na cabeça da menina no dia em que a deu de presente à filha. Tiraram fotos naquele dia; nelas, o laço parece absurdo na grande menina com a roupa do orfanato. O laço parece um insulto.

Daquele momento em diante, Jane Smith-Ellis acompanhava Vera Ellis por toda parte. No terceiro sábado de todo mês de junho, as meninas viajavam a Fort Niles Island, e no segundo sábado de todo mês de setembro, Jane Smith-Ellis acompanhava Vera Ellis de volta à mansão Ellis em Concord.

Não há motivo para imaginar que a avó de Ruth Thomas tenha sido considerada, sequer por um momento, uma verdadeira *irmã* da srta. Vera Ellis. Embora a adoção tornasse as meninas legalmente irmãs, a ideia de que elas mereciam o mesmo respeito no lar dos Ellis teria sido uma farsa. Vera Ellis não amava Jane Smith-Ellis como irmã, mas confiava totalmente nela como empregada. Embora Jane Smith-Ellis tivesse as responsabilidades de uma criada, ela era, por lei, um membro da família, e consequentemente não recebia salário por seus serviços.

— Sua avó — o pai de Ruth sempre dissera — era uma escrava daquela maldita família.

— Sua avó — a mãe de Ruth sempre dissera — teve sorte de ter sido adotada por uma família tão generosa quanto os Ellis.

A srta. Vera Ellis não era uma grande beldade, mas tinha a vantagem da riqueza e passava os dias em trajes deslumbrantes. Há fotos da srta. Vera Ellis impecavelmente vestida para nadar, andar a cavalo, patinar, ler e, conforme foi ficando mais velha, para dançar, dirigir e casar. Esses modelitos da virada do século eram complexos e pesados. Era a avó de Ruth Thomas quem abotoava os vestidos apertados da srta. Vera Ellis, quem separava suas luvas de pelica, quem cuidava das plumas de seus chapéus, quem enxaguava suas meias e rendas. Era a avó de Ruth Thomas quem escolhia, arrumava e embalava os corpetes, anáguas, sapatos, crinolinas, sombrinhas, camisolas, pós, broches, capas, bolsinhas e vestidos campestres necessários para o veraneio anual da srta. Vera Ellis em Fort Niles Island. Era a avó de Ruth Thomas quem embalava os acessórios da srta. Vera para sua volta a Concord todo outono, sem jamais perder um único item.

Era sempre possível, é claro, que a srta. Vera Ellis visitasse Boston no fim de semana, ou o Hudson Valley em outubro, ou Paris, para o maior refinamento de seus encantos. E precisava ser assistida nessas circunstâncias também. A avó de Ruth Thomas, a órfã Jane Smith-Ellis, fazia um bom serviço.

Jane Smith-Ellis também não era nenhuma beldade. Nenhuma das duas era excelente aos olhos. Nas fotografias, a srta. Vera Ellis pelo menos traz no rosto uma expressão remotamente interessante — uma expressão de insolência dispendiosa —, porém a avó de Ruth não demonstra nem isso. Postada atrás da srta. Vera Ellis em seu tédio deslumbrante, Jane Smith-Ellis não demonstra nada em seu rosto. Nem inteligência, nem um queixo obstinado, nem uma boca melancólica. Não há nela nenhuma faísca, mas também nenhuma brandura. Apenas uma fadiga profunda e sem brilho.

No verão de 1905, a srta. Vera Ellis casou-se com um rapaz de Boston chamado Joseph Hanson. O casamento não foi de grande importância, ou seja, a família de Joseph Hanson era boa o bastante, mas os Ellis eram muito melhores, por isso a srta. Vera manteve todo o poder. Não sofreu nenhuma inconveniência excessiva com o casamento. Jamais se referia a si mesma como sra. Joseph Hanson; foi conhecida para sempre como srta. Vera Ellis. O casal morava na casa onde a noiva nascera, a mansão Ellis em Concord. No terceiro sábado de todo mês de junho, o casal seguia o padrão estabelecido, mudando-se para Fort Niles Island e, no segundo sábado de todo mês de setembro, mudando-se de volta para Concord.

Além disso, o casamento entre a srta. Vera Ellis e Joe Hanson não gerou mudança alguma na vida da avó de Ruth. Os deveres de Jane Smith-Ellis ainda eram claros. Naturalmente, ela serviu a srta. Vera no próprio dia do casamento. (Não como dama de honra. Esses papéis foram preenchidos por primas e filhas de amigos da família. Jane foi a assistente que vestiu a srta.

Vera, lidou com as dezenas de botões perolados nas costas do vestido, amarrou as botas altas da noiva, cuidou do véu gaiola.) A avó de Ruth também acompanhou a srta. Vera às Bermudas em sua lua de mel. (Para recolher guarda-sóis na praia, tirar areia dos cabelos da srta. Vera, garantir que os maiôs de lã secassem sem desbotar.) E a avó de Ruth continuou com a srta. Vera depois do casamento e da lua de mel.

A srta. Vera e Joseph Hanson não tiveram filhos, mas Vera tinha pesadas obrigações sociais. Tinha inúmeros eventos para comparecer, compromissos para manter e cartas para escrever. A srta. Vera costumava ficar deitada na cama todas as manhãs, depois de beliscar o desjejum que a avó de Ruth trazia numa bandeja, e ditar — numa indulgente imitação de alguém com um verdadeiro cargo ditando a uma verdadeira funcionária — as responsabilidades do dia.

— Veja se você pode cuidar disso, Jane — ela dizia.

Todo dia, durante anos e anos.

A rotina certamente teria se estendido por muitos outros anos, não fosse por um evento peculiar. Jane Smith-Ellis engravidou. No final de 1925, a órfã calada que os Ellis tinham adotado do Bath Naval Orphans' Hospital estava grávida. Jane tinha 41 anos de idade. Aquilo era impensável. Obviamente, ela era solteira, e ninguém tinha considerado a possibilidade de que ela pudesse aceitar um pretendente. Ninguém na família Ellis, é claro, pensara em Jane Smith-Ellis sequer por um instante como uma mulher de intimidades. Eles nunca esperaram que ela viesse a ter um amigo, muito menos um amante. Nunca tinham considerado essa hipótese. Outras empregadas estavam sempre se envolvendo em todo tipo de situações ridículas, porém Jane era prática demais e necessária demais para arranjar problemas. A srta. Vera não dispensava Jane por tempo suficiente para que Jane *encontrasse* problemas. E por que Jane sequer procuraria problemas em primeiro lugar?

A família Ellis, de fato, tinha perguntas sobre a gravidez. Tinha muitas perguntas. E exigências. Como aquilo chegara a acontecer? Quem era o responsável por aquele desastre? Mas a avó de Ruth, por mais obediente que geralmente fosse, não lhes contou nada além de um único detalhe.

— Ele é italiano — ela disse.

Italiano? *Italiano?* Era um ultraje! O que eles deviam inferir daquilo? Obviamente, o responsável era um dentre as centenas de operários imigrantes italianos nas pedreiras da Ellis Granite Company em Fort Niles. Aquilo era incompreensível para a família Ellis. Como Jane Smith-Ellis tinha ido parar nas pedreiras? E ainda mais desconcertante, como um operário tinha ido parar junto *dela*? Será que a avó de Ruth tinha visitado as casas de amendoim, onde os italianos moravam, no meio da noite? Ou — que horror! — um italiano tinha visitado a Ellis House? Impensável. Houvera outros encontros? Talvez anos de encontros? Houvera outros amantes? Aquilo era um deslize, ou Jane vinha levando uma perversa vida dupla? Será que fora um estupro? Um capricho? Um caso?

Os operários italianos da pedreira não falavam inglês. Eram substituídos o tempo todo e, mesmo para seus supervisores imediatos, não tinham nome. No que dizia respeito aos capatazes da pedreira, os italianos podiam muito bem ter cabeças intercambiáveis. Ninguém pensava neles como indivíduos. Eles eram católicos. Não tinham convívio com a população local da ilha, muito menos com ninguém ligado à família Ellis. Os italianos geralmente eram ignorados. Só chamavam atenção, na verdade, quando eram atacados. O jornal de Fort Niles Island, que fechou pouco depois de a indústria de granito ter ido embora, ocasionalmente publicara editoriais fulminando os italianos.

Do *Fort Niles Bugle* em fevereiro de 1905: "Esses garibaldinos constituem as criaturas mais pobres e abjetas da Europa. Seus filhos e suas esposas são aleijados e corrompidos pelas depravações dos homens italianos."

"Esses napolitanos", afirmava um editorial posterior, "assustam nossas crianças, que são obrigadas a passar por eles enquanto eles tagarelam e latem pavorosamente em nossas ruas."

Era impensável que um italiano, um garibaldino, um napolitano, pudesse ter obtido acesso ao domicílio dos Ellis. Mesmo assim, ao ser interrogada pela família Ellis sobre o pai de seu filho, a avó de Ruth Thomas apenas respondia:

— Ele é italiano.

Falou-se em tomar uma atitude. O dr. Jules Ellis queria que Jane fosse despedida imediatamente, porém sua esposa lembrou a ele que seria difícil e um tanto grosseiro despedir uma mulher que, afinal, não era uma empregada mas sim legalmente um membro da família.

— Então deserdem ela! — trovejaram os irmãos de Vera Ellis, mas Vera não quis nem saber. Jane cometera um deslize, e Vera sentia-se traída, porém, mesmo assim, Jane era indispensável. Não, não havia outra alternativa: Jane precisava continuar com a família porque Vera Ellis não podia viver sem ela. Até os irmãos de Vera tiveram que admitir que aquele era um bom motivo. Afinal, Vera era impossível e, sem os constantes cuidados de Jane, teria se transformado numa pequena megera assassina. Por isso, sim, Jane devia ficar.

O que Vera de fato exigiu, em vez de um castigo para Jane, foi uma medida punitiva para a comunidade italiana de Fort Niles. Ela provavelmente não conhecia o termo linchamento, mas era mais ou menos isso que tinha em mente. Perguntou ao pai se seria um transtorno muito grande juntar alguns italianos e mandar espancá-los, ou mandar queimar uma ou duas casas de amendoim. Porém o dr. Jules Ellis não quis nem saber. O dr. Ellis era um empresário esperto demais para interromper o trabalho na pedreira ou ferir seus bons operários, por isso decidiu-se abafar aquela história inteira. O caso seria tratado da forma mais discreta possível.

Jane Smith-Ellis continuou com a família Ellis durante a gravidez, realizando suas tarefas para a srta. Vera. Seu bebê nasceu na ilha em junho de 1926, justamente na noite em que a família Ellis chegou a Fort Niles para passar o verão. Ninguém cogitara alterar o cronograma para atender às necessidades de Jane com sua enorme barriga. Ela não deveria ter chegado nem perto de um barco naquele estado, mas Vera a obrigou a viajar para lá, aos nove meses de gravidez. Jane praticamente pariu a criança nas docas de Fort Niles. E a garotinha foi batizada de Mary. Era a filha ilegítima de uma órfã e um imigrante, e era a mãe de Ruth.

A srta. Vera concedeu à avó de Ruth uma semana de dispensa de suas tarefas após o difícil parto de Mary.

Ao final da semana, Vera mandou chamar Jane e disse, quase aos prantos:

— Preciso de você, querida. O bebê é um amor, mas preciso que você me ajude. Não posso ficar sem você. Você vai ter que cuidar de *mim* agora.

Assim, Jane Smith-Ellis deu início a sua rotina de passar a noite inteira acordada para tomar conta do bebê e trabalhar o dia inteiro para a srta. Vera — costurando, vestindo, trançando cabelos, preparando banhos, abotoando e desabotoando vestido após vestido. Os empregados da Ellis House tentavam cuidar do bebê durante o dia, mas tinham suas próprias tarefas para cumprir. A mãe de Ruth, embora pertencesse legalmente e de direito à família Ellis, passou a primeira infância em quartos de empregados, em dispensas e porões, passada de mão em mão, em silêncio, como se fosse um contrabando. A situação não melhorou no inverno, quando a família voltou a Concord. Vera não dava sossego a Jane.

No começo de julho de 1927, quando Mary tinha pouco mais de um ano, a srta. Vera Ellis adoeceu de rubéola e teve febre alta. Um médico, que era um dos hóspedes da família em Fort Niles, tratou Vera com morfina, que aliviava seu desconforto e a fazia dormir durante muitas horas todos os dias. Essas horas proporcionaram a Jane Smith-Ellis o primeiro período de descanso que ela teve desde que chegara à Ellis House quando criança. Foi seu primeiro gostinho de lazer, sua primeira trégua dos deveres.

E assim, uma tarde, enquanto a srta. Vera e a pequena Mary estavam ambas dormindo, a avó de Ruth desceu a trilha íngreme entre os penhascos no litoral leste da ilha. Seria aquele o seu primeiro passeio? As primeiras horas livres de sua vida? Provavelmente. Ela levou consigo seu tricô, dentro de uma bolsa preta. Era um belo dia de céu limpo, e o mar estava calmo. Na praia, Jane Smith-Ellis subiu numa grande pedra que avançava para dentro do mar e lá ficou empoleirada, tricotando em silêncio. As ondas subiam e desciam num ritmo constante, razoavelmente distantes abaixo dela. Gaivotas voavam em círculos. Ela estava sozinha. Continuou a tricotar. O sol brilhava.

Já na Ellis House, depois de várias horas, a srta. Vera acordou e tocou o sino. Estava com sede. Uma camareira veio ao seu quarto com um copo d'água, mas a srta. Vera não quis aceitar.

— Eu quero a Jane — ela disse. — Você é um *amor*, mas eu quero a minha irmã Jane. Você pode chamá-la? Onde será que ela está?

A camareira transmitiu o pedido ao mordomo. O mordomo mandou chamar um jovem ajudante de jardineiro e pediu que ele fosse buscar Jane Smith-Ellis. O jovem jardineiro foi ladeando os penhascos até que viu Jane, sentada lá embaixo na pedra, tricotando.

— Srta. Jane! — ele gritou, acenando.

Ela ergueu o olhar e acenou de volta.

— Srta. Jane! — ele gritou. — A srta. Vera quer você!

Ela assentiu com a cabeça e sorriu. E então, como o jovem jardineiro viria a testemunhar, uma grande onda silenciosa ergueu-se do mar e cobriu completamente o enorme rochedo onde Jane Smith-Ellis estava sentada. Quando a onda gigante baixou, ela tinha sumido. A maré retomou seu movimento tranquilo, e não havia sinal de Jane. O jardineiro chamou os outros empregados, que desceram correndo a trilha entre os penhascos para procurá-la, porém não encontraram nem mesmo um sapato. Ela tinha sumido. Tinha simplesmente sido engolida pelo mar.

— Que bobagem — a srta. Vera Ellis declarou quando lhe disseram que Jane desaparecera. — É claro que ela não desapareceu. Vão achá-la. Agora. Achem ela.

Os empregados procuraram, e os cidadãos de Fort Niles Island também, mas ninguém encontrou Jane Smith-Ellis. Durante dias, os grupos de busca esquadrinharam as praias, porém nenhum vestígio foi descoberto.

— Achem ela — a srta. Vera continuava a ordenar. — Preciso dela. Ninguém mais pode me ajudar.

E assim ela continuou durante semanas, até que seu pai, o dr. Jules Ellis, veio ao quarto dela com todos os seus quatro irmãos e explicou delicadamente a situação.

— Lamento muito, querida — disse o dr. Ellis a sua única filha legítima. — Lamento mesmo, mas a Jane sumiu. É inútil continuar procurando.

Uma careta teimosa instalou-se no rosto da srta. Vera.

— Pelo menos não dá para alguém achar o *corpo* dela? Não podem fazer uma *drenagem* para achar o corpo?

O irmão caçula caçoou da srta. Vera:

— Não dá para *drenar* o mar, Vera, como se fosse um *tanque*.

— Vamos adiar o funeral o máximo que pudermos — o dr. Ellis garantiu à filha. — Quem sabe o corpo da Jane vem à tona com o tempo. Mas você tem que parar de mandar os empregados a procurarem. É uma perda de tempo para eles, e é preciso cuidar da casa.

— Eles não vão achá-la — explicou Lanford, o irmão mais velho de Vera. — Ninguém nunca vai achar a Jane.

A família Ellis postergou o funeral de Jane Smith-Ellis até a primeira semana de setembro. Então, já que precisavam voltar a Concord dentro de uns poucos dias, eles não puderam mais adiar o evento. Nem se falou em esperar até a volta a Concord, onde poderiam pôr uma lápide no jazigo da família; não havia lugar para Jane ali. Fort Niles parecia ser um lugar tão bom quanto qualquer outro para o enterro de Jane. Sem cadáver para enterrar, o funeral da avó de Ruth foi mais um memorial do que um enterro. Esse tipo de cerimônia não é incomum numa ilha, onde vítimas de afogamento muitas vezes não são recuperadas. Uma pedra foi colocada no cemitério de Fort Niles, esculpida em granito preto da ilha. Lia-se:

JANE SMITH-ELLIS
? 1884 – 10 DE JULHO DE 1927
DEIXARÁ MUITA SAUDADE

Resignada, a srta. Vera compareceu à cerimônia. Ainda não aceitava o fato de que Jane a abandonara. Aliás, estava um tanto brava. Ao final da cerimônia, a srta. Vera pediu que alguns dos empregados lhe trouxessem o bebê de Jane. Mary tinha pouco mais de um ano. Ela cresceria e se tornaria a mãe de Ruth Thomas, mas na época era só uma garotinha. A srta. Vera pegou Mary Smith-Ellis e a embalou nos braços. Sorriu para a criança e disse:

— Bom, pequena Mary. Agora vamos voltar as atenções para você.

5

> A popularidade da lagosta estende-se muito além dos limites da nossa ilha, e ela viaja por todas as partes do mundo conhecido, feito um espírito aprisionado, soldado numa caixa hermética.
>
> — *Sobre caranguejos, camarões e lagostas*
> W. B. Lord
> 1867

Cal Cooley fez os arranjos para que Ruth Thomas visitasse a mãe em Concord. Ele fez os arranjos, depois ligou para Ruth e lhe disse para estar na varanda de casa, com as malas prontas, às seis em ponto da manhã seguinte. Ela concordou, mas pouco antes das seis horas naquela manhã, Ruth mudou de ideia. Teve um breve instante de pânico e saiu correndo. Não foi longe. Deixou as malas na varanda da casa do pai e correu até a casa da sra. Pommeroy logo ao lado.

Ruth imaginou que a sra. Pommeroy estaria acordada e que talvez ganhasse um café da manhã na visita. De fato, a sra. Pommeroy estava acordada. Mas não estava sozinha e não estava preparando o café da manhã. Suas duas irmãs mais velhas, Kitty e Gloria, a estavam ajudando. As três estavam usando sacos pretos de lixo para proteger as roupas, com apenas as cabeças e os braços para fora do plástico. Ruth percebeu na hora que as três tinham passado a noite acordadas. Quando Ruth entrou na casa, as mulheres vieram na direção dela ao mesmo tempo, esmagando-a entre si e deixando manchas de tinta em todo o corpo da menina.

— Ruth! — elas gritaram. — Ruthie!

— São seis da manhã! — disse Ruth. — Olha só vocês!

— Pintando! — gritou Kitty. — Estamos pintando!

Kitty deu uma pincelada em Ruth, passando mais tinta na camisa dela, depois caiu de joelhos, dando risada. Kitty estava bêbada. Kitty, na verdade, *era* uma bêbada. ("A avó dela era o mesmo tipo de pessoa", o senador Simon uma vez dissera a Ruth. "Sempre tirando a tampa dos tanques de gasolina de velhos Fords Modelo T para cheirar os vapores. Passou a vida inteira cambaleando pela ilha, atordoada.") Gloria ajudou a irmã a ficar de pé. Kitty delicadamente cobriu a boca com a mão para parar de rir, depois pôs as mãos na cabeça, num gesto elegante, para arrumar o cabelo.

Todas as três irmãs Pommeroy tinham cabelos excelentes, que usavam empilhados na cabeça, no mesmo estilo que fizera da sra. Pommeroy uma beldade tão famosa. Os cabelos da sra. Pommeroy ficavam mais prateados a cada ano. Tão prateados que, quando ela virava a cabeça à luz do sol, brilhava como uma truta em movimento. Kitty e Gloria tinham os mesmos cabelos deslumbrantes, mas não eram tão atraentes quanto os da sra. Pommeroy. Gloria tinha um rosto pesado, infeliz, e Kitty tinha o rosto machucado; havia uma cicatriz de queimadura em uma das bochechas, grossa feito um calo, de uma explosão numa fábrica de enlatados muitos anos antes.

Gloria, a mais velha, nunca se casara. Kitty, a seguinte, casava e descasava com o irmão do pai de Ruth, o desajuizado tio Len Thomas. Kitty e Len não tinham filhos. A sra. Pommeroy era a única das irmãs Pommeroy que tinha filhos, aquela enorme ninhada de meninos: Webster, Conway, Fagan etc. etc. Àquela altura, em 1976, os garotos tinham crescido. Quatro tinham deixado a ilha para ganhar a vida em outras partes do planeta, mas Webster, Timothy e Robin ainda estavam em casa. Eles moravam em seus velhos quartos na enorme casa vizinha à de Ruth e seu pai. Webster, é claro, não tinha emprego. Mas Timothy e Robin trabalhavam em barcos, como ajudantes. Os irmãos Pommeroy só achavam empregos temporários, em barcos dos outros. Eles não tinham barcos próprios, não tinham verdadeiros meios de vida. Tudo indicava que Timothy e Robin seriam empregados para sempre. Naquela manhã, ambos já tinham saído para pescar; tinham saído antes de o sol raiar.

— O que você vai fazer hoje, Ruthie? — perguntou Gloria. — O que está fazendo acordada tão cedo?

— Me escondendo de uma pessoa.

— Fique aqui, Ruthie! — disse a sra. Pommeroy. — Você pode ficar olhando a gente!

— Ficar olhando *de longe*, só se for — disse Ruth, apontando para a tinta em sua camisa. Kitty caiu de joelhos outra vez com aquela piada, rindo sem parar. Ela sempre era derrubada pelas piadas, como se tivesse levado um chute. Gloria esperou que Kitty parasse de rir e outra vez a ajudou a se levantar. Kitty deu um suspiro e pôs a mão nos cabelos.

Todos os objetos da cozinha da sra. Pommeroy estavam empilhados na mesa ou escondidos sob lençóis. As cadeiras da cozinha estavam na sala, jogadas no sofá, para não atrapalharem. Ruth pegou uma cadeira e sentou-se no meio da cozinha enquanto as três irmãs Pommeroy voltavam a pintar. A sra. Pommeroy estava pintando os parapeitos das janelas com um pequeno pincel. Gloria estava pintando uma parede com um rolo. Kitty estava raspando tinta velha de outra parede em golpes bêbados e absurdos.

— Quando você decidiu pintar a cozinha? — perguntou Ruth.

— Ontem à noite — disse a sra. Pommeroy.

— Essa cor não é repulsiva, Ruthie? — perguntou Kitty.

— É horrível.

A sra. Pommeroy recuou do parapeito e contemplou sua obra.

— É horrível mesmo — ela admitiu, sem tristeza.

— Isso é tinta para boias? — Ruth perguntou. — Você está pintando a sua cozinha com tinta para boias?

— Infelizmente é tinta para boias, querida. Você reconhece a cor?

— Não acredito — disse Ruth, pois de fato reconheceu a cor. Por incrível que parecesse, a sra. Pommeroy estava pintando a cozinha no exato tom que seu falecido esposo usava para pintar as boias das armadilhas: um possante verde-limão que ardia nos olhos. Os lagosteiros sempre usam cores chamativas nas armadilhas dos cestos para ajudá-los a enxergá-las em contraste com o azul do mar, em quaisquer condições atmosféricas. Era uma tinta grossa industrial, totalmente inapropriada para o atual serviço.

— Você tem medo de perder a sua cozinha na neblina? — perguntou Ruth.

Kitty bateu nos joelhos, dando risada. Gloria franziu a testa e disse:

— Ah, pelo amor de Deus, Kitty, se controla. — Ela puxou Kitty para cima.

Kitty pôs a mão nos cabelos e disse:

— Se eu tivesse que morar numa cozinha dessa cor, ia vomitar por todo canto.

— Não tem problema usar tinta para boias dentro de casa? — perguntou Ruth. — O certo não é usar tinta de parede para pintar a casa? Isso não vai te dar câncer ou coisa assim?

— Não sei — disse a sra. Pommeroy. — Achei todas essas latas de tinta na casinha de ferramentas ontem à noite e pensei comigo mesma, melhor não desperdiçar! E isso me lembra o meu marido. Quando a Kitty e a Gloria vieram jantar, começamos a rir, e quando eu percebi, já estávamos pintando a cozinha. O que você acha?

— Sinceramente? — perguntou Ruth.

— Deixa pra lá — disse a sra. Pommeroy. — Eu gosto.

— Se eu tivesse que morar nessa cozinha, ia vomitar tanto que a minha cabeça ia cair — anunciou Kitty.

— Cuidado, Kitty — disse Gloria. — Talvez você tenha que morar nessa cozinha logo, logo.

— Vou porra nenhuma!

— A Kitty é sempre bem-vinda se quiser ficar nesta casa — disse a sra. Pommeroy. — Você sabe disso, Kitty. Você também sabe disso, Gloria.

— Você não presta, Gloria — disse Kitty. — Você não vale nada.

Gloria continuou pintando a parede, com a boca tensa, aplicando com o rolo camadas precisas e homogêneas de cor.

— O tio Len vai expulsar você de casa outra vez, Kitty?

— Vai — disse Gloria, em voz baixa.

— Não! — disse Kitty. — Não, ele não vai me expulsar de *casa*, Gloria! Você não presta, porra!

— Ele disse que vai expulsar ela de casa se ela não parar de beber — disse Gloria, no mesmo tom baixo.

— Então por que *ele* não para de beber, cacete? — perguntou Kitty. — O Len fala que eu tenho que parar de beber, mas ninguém bebe tanto quanto ele.

— A Kitty é bem-vinda se quiser vir morar comigo — disse a sra. Pommeroy.

— Por que *ele* ainda pode beber pra caralho todo santo dia? — Kitty gritou.

— Bom — disse Ruth —, porque ele é um velho alcoólatra.

— Ele é um grosso — disse Gloria.

— Verdade, ele tem uma coisa que é a mais grossa dessa ilha inteira — disse Kitty.

Gloria continuou pintando, mas a sra. Pommeroy deu risada. De cima veio o barulho de um bebê chorando.

— Ai, nossa — disse a sra. Pommeroy.

— Agora você conseguiu — disse Gloria. — Agora você acordou o maldito bebê, Kitty.

— Não fui eu! — Kitty gritou, e o choro do bebê virou uma sirene.

— Ai, nossa — repetiu a sra. Pommeroy.

— Caramba, esse bebê chora alto — disse Ruth.

— Você acha? — disse Gloria.

— Então pelo jeito a Opal está em casa?

— Ela voltou para casa faz alguns dias, Ruth. Acho que ela e o Robin fizeram as pazes, e isso é bom. Eles agora são uma família e deviam ficar juntos. Acho que os dois são bastante maduros. Estão realmente crescendo.

— A verdade — disse Gloria — é que a própria família dela ficou de saco cheio e mandou ela de volta para cá.

Elas ouviram passos no andar de cima e o choro diminuiu. Pouco tempo depois, Opal desceu, carregando o bebê.

— Você é sempre tão barulhenta, Kitty — resmungou Opal. — Sempre acorda o meu Eddie.

Opal era a mulher de Robin Pommeroy, um fato que ainda era fonte de espanto para Ruth: Robin Pommeroy, aos dezessete anos, gordo e abobalhado, tinha uma mulher. Opal era de Rockland, e também tinha dezessete anos. Seu pai era dono de um posto de gasolina lá. Robin a conhecera em suas viagens à cidade, quando estava enchendo galões de gasolina para seu caminhão na ilha. Ela era até bonita ("Uma bela piranhinha suja", Angus Addams havia declarado), com cabelos loiro-acinzentados que prendia com um certo descuido em marias-chiquinhas. Naquela manhã, estava usando um penhoar e pantufas puídas, e arrastava os pés feito uma velha senhora. Estava mais gorda do que Ruth lembrava, mas Ruth não a via desde o verão anterior. O bebê usava uma fralda pesada e uma única meia. Ele tirou os dedos da boca e agarrou o ar.

— Meu Deus! — exclamou Ruth. — Ele está enorme!

— Oi, Ruth — disse Opal, tímida.

— Oi, Opal. Seu bebê está enorme!

— Eu não sabia que você tinha voltado da escola, Ruth.

— Faz quase um mês que eu voltei.

— Você está feliz de voltar?

— Claro.

— Voltar para Fort Niles é como cair de um cavalo — disse Kitty Pommeroy. — Você nunca esquece como faz.

Ruth ignorou aquilo.

— Seu bebê está enorme, Opal! Oi, Eddie! E aí, garotão!

— Isso mesmo! — disse Kitty. — Ele é o nosso garotão lindo! Não é, Eddie? Você não é o nosso garotão?

Opal pôs Eddie em pé no chão entre suas pernas e lhe deu seus dois indicadores para segurar. Ele tentou travar os joelhos e cambaleou como um bêbado. Sua barriga despontava comicamente por cima da fralda, e suas coxas eram rijas e rechonchudas. Seus braços pareciam divididos em partes, e ele tinha vários queixos. Seu peito brilhava de baba.

— Ah, ele está tão grande! — a sra. Pommeroy abriu um vasto sorriso. Ela se ajoelhou na frente de Eddie e beliscou suas bochechas. — Quem é o meu garotão? Qual é o seu tamanho? Qual é o tamanho do Eddie?

Eddie, contente, gritou:

— Gá!

— Ah, ele está mesmo bem grande — disse Opal, satisfeita. — Quase não consigo mais levantar ele. Até o Robin diz que o Eddie está ficando pesado demais para carregar. Robin diz que é melhor o Eddie aprender logo a andar.

— Olha quem vai ser um grande pescador! — disse Kitty.

— Acho que eu nunca vi um menino tão grande e saudável — disse Gloria. — Olha essas pernas. Esse menino vai ser jogador de futebol americano, com certeza. Esse não é o maior bebê que você já viu, Ruth?

— É o maior bebê que eu já vi — concordou Ruth.

Opal ficou vermelha.

— Todos os bebês da minha família são grandes. É isso que minha mãe diz. E Robin era um bebê grande também. Não é verdade, sra. Pommeroy?

— Ah, sim, Robin era um bebezão enorme. Mas não tão grande quanto o grande sr. Eddie! — A sra. Pommeroy fez cócegas na barriga de Eddie.

— Gá! — ele gritou.

— Eu quase não dou conta de alimentar esse menino — disse Opal. — Você devia ver ele comendo. Ele come mais que eu! Ontem comeu cinco tiras de bacon!

— Meu Deus! — disse Ruth. Bacon! Ela não conseguia parar de olhar para o menino. Ele não se parecia com nenhum bebê que ela jamais tivesse visto. Parecia um homem gordo e careca, encolhido em sessenta centímetros de altura.

— Ele tem um apetite enorme, é por isso. Não tem? Não tem, garotão? — Gloria pegou Eddie no colo, dando um grunhido, e cobriu sua bochecha de beijos. — Não tem, bochechinha gorda? Tem muito apetite e saúde. Porque você é o nosso lenhadorzinho, não é? Você é o nosso pequeno jogador de futebol, não é? Você é o maior menininho do mundo inteiro.

O bebê resmungou e deu um chute possante em Gloria. Opal estendeu os braços.

— Eu pego ele, Gloria. A fralda está com cocô. — Ela pegou Eddie e disse: — Vou lá em cima trocar. Vejo vocês depois. Até mais, Ruth.

— Até mais, Opal — disse Ruth.

— Tchau tchau, garotão! — exclamou Kitty, acenando para Eddie.

— Tchau tchau, seu garotão lindo! — exclamou Gloria.

As irmãs Pommeroy observaram Opal subir a escada e sorriram e acenaram para Eddie até perdê-lo de vista. Depois ouviram os passos de Opal no quarto lá em cima, e todas pararam de sorrir ao mesmo tempo.

Gloria limpou as mãos, virou-se para as irmãs e disse, numa voz séria:

— Esse bebê está grande demais.

— Ela dá muita comida para ele — disse a sra. Pommeroy, franzindo a testa.

— Não é bom para o coração — declarou Kitty.

As mulheres voltaram a pintar.

Kitty imediatamente começou a falar de novo sobre o marido, Len Thomas.

— Ah, ele me bate, claro — ela disse a Ruth. — Mas vou te dizer uma coisa. Ele não pode fazer nada pior comigo do que eu posso fazer com ele.

— O quê? — perguntou Ruth. — O que ela está tentando dizer, Gloria?

— Kitty está tentando dizer que o Len não pode bater nela mais forte do que ela pode bater nele.

— Isso mesmo — disse a sra. Pommeroy, orgulhosa. — A Kitty tem um murro e tanto.

— Isso mesmo — disse Kitty. — Eu enfio a cabeça dele na porra da porta se eu tiver vontade.

— E ele faz a mesma coisa com você, Kitty — disse Ruth. — Belo acordo.

— Belo casamento — disse Gloria.

— Isso mesmo — disse Kitty, satisfeita. — É um belo casamento. Não que você saiba alguma coisa sobre *isso*, Gloria. E ninguém vai expulsar ninguém da casa de ninguém.

— Veremos — disse Gloria, muito baixo.

A sra. Pommeroy tinha sido baderneira na juventude, mas parara de beber quando o sr. Pommeroy se afogou. Gloria nunca tinha sido baderneira. Kitty também tinha sido baderneira na juventude, mas continuara sendo. Ela era uma beberrona incurável, uma cachaceira, uma pinguça. Kitty Pommeroy era o exemplo do que a sra. Pommeroy talvez tivesse se tornado se não houvesse largado a bebida. Kitty vivera fora da ilha por um tempo, quando era jovem. Tinha trabalhado numa fábrica de arenque enlatado durante muitos anos e guardara todo o seu dinheiro para comprar um conversível veloz. E fizera sexo com dezenas de homens — ou pelo menos era o que Gloria afirmava. Kitty tinha feito *abortos*, dizia Gloria, e era por isso que não podia ter filhos agora. Depois da explosão na fábrica de enlatados, Kitty Pommeroy voltara a Fort Niles. Juntara-se com Len Thomas, outro bêbado de primeira, e os dois vinham batendo um no outro desde então. Ruth não suportava seu tio Len.

— Tenho uma ideia, Kitty — disse Ruth.

— Ah, é?

— Por que uma noite dessas você não mata o tio Len enquanto ele dorme?

Gloria riu, e Ruth continuou:

— Por que você não mata ele com umas pauladas, Kitty? Faça isso antes que ele faça com você. Seja mais rápida que ele.

— Ruth! — a sra. Pommeroy exclamou, mas também estava rindo.

— Por que não, Kitty? Por que você não enche ele de porrada?

— Cala a boca, Ruth. Você não sabe de nada.

Kitty estava sentada na cadeira que Ruth trouxera, acendendo um cigarro, e Ruth foi até lá e sentou no colo dela.

— Sai do meu colo, Ruth. Você tem a bunda ossuda, que nem a do seu pai.

— Como você sabe que o meu pai tem a bunda ossuda?

— Porque eu trepei com ele, sua tonta — disse Kitty.

Ruth riu como se fosse uma grande piada, mas teve uma sensação perturbadora de que talvez fosse verdade. Ela riu para encobrir seu desconforto e pulou do colo de Kitty.

— Ruth Thomas — disse Kitty —, você não sabe mais coisa nenhuma sobre essa ilha. Você não mora mais aqui, por isso não tem o direito de dizer nada. Você nem é daqui.

— Kitty! — exclamou a sra. Pommeroy. — Deixa de ser maldosa!

— Desculpa, Kitty, mas eu moro aqui sim.

— Durante alguns meses por ano, Ruth. Você mora aqui como uma turista, Ruth.

— Não acho que isso seja culpa minha, Kitty.

— É verdade — disse a sra. Pommeroy. — Não é culpa da Ruth.

— Você nunca acha que nada é culpa da Ruth.

— Acho que eu entrei na casa errada — disse Ruth. — Acho que hoje entrei na casa do ódio.

— Não, Ruth — disse a sra. Pommeroy. — Não fique chateada. A Kitty só está te provocando.

— Não estou chateada — disse Ruth, que estava ficando chateada. — Acho isso engraçado; só isso.

— Eu *não* estou provocando ninguém. Você não sabe mais nada sobre este lugar. Faz quatro malditos anos que você praticamente nem *vem* aqui. Muita coisa muda num lugar em quatro anos, Ruth.

— Aham, principalmente um lugar que nem este — disse Ruth. — Grandes mudanças, onde quer que eu olhe.

— A Ruth não queria ir embora — disse a sra. Pommeroy. — O sr. Ellis mandou ela estudar fora. Ela não teve escolha, Kitty.

— Exatamente — disse Ruth. — Eu fui banida.

— Isso mesmo — disse a sra. Pommeroy, indo dar um cutucão em Ruth. — Ela foi banida! Eles tiraram ela da gente!

— Eu queria que um milionário rico me banisse para uma escola particular de milionários — murmurou Kitty.

— Não, você não queria, Kitty. Confie em mim.

— Eu queria que um milionário *me* banisse para uma escola particular — disse Gloria, numa voz um pouco mais forte que a da irmã.

— Tá bom, Gloria — disse Ruth. — Você talvez quisesse isso. Mas a Kitty não ia querer.

— Que merda você quer dizer com isso? — Kitty latiu. — O quê? Eu sou burra demais para ir à escola?

— Você teria morrido de tédio naquela escola. A Gloria talvez tivesse gostado, mas você teria odiado.

— O que você quer dizer com *isso*? — perguntou Gloria. — Que eu não teria me entediado? Por que não, Ruth? Porque eu sou chata? Você está me chamando de chata, Ruth?

— Socorro — disse Ruth.

Kitty ainda estava resmungando que era inteligente o bastante para qualquer escola maldita, e Gloria estava encarando Ruth nos olhos.

— Me ajuda, sra. Pommeroy — disse Ruth.

— Ruth não está chamando ninguém de burra — disse a sra. Pommeroy, solícita. — Só está dizendo que a Gloria é um pouco mais inteligente que a Kitty.

— Bom — disse Gloria. — Isso é verdade.

— Ai, Deus, me salva — disse Ruth, agachando-se embaixo da mesa enquanto Kitty vinha até ela do outro lado da cozinha. Kitty se debruçou e começou a bater na cabeça de Ruth.

— Ai — disse Ruth, mas estava rindo. Era ridículo. Ela só tinha vindo tomar café da manhã! A sra. Pommeroy e Gloria estavam rindo também.

— Eu não sou burra, Ruth! — Kitty deu outro tapa nela.

— Ai.

— É você que é burra, Ruth, e você nem é mais daqui.

— Ai.

— Pare de reclamar — disse Kitty. — Você não aguenta um tapa na cabeça? Eu já tive cinco concussões na vida. — Kitty parou de bater em Ruth por um instante para contar suas concussões nos dedos. — Eu caí de um cadeirão. Caí de uma bicicleta. Caí numa pedreira e levei duas concussões do Len. E fui atingida na explosão de uma fábrica. E tive eczema. Por isso não me diga que você não aguenta um maldito tapa, menina!

Ela bateu em Ruth outra vez. Agora num gesto cômico. Afetuoso.

— Ai — Ruth repetiu. — Eu sou uma vítima. Ai.

Gloria Pommeroy e a sra. Pommeroy continuaram rindo. Kitty finalmente parou e disse:

— Tem alguém na porta.

A sra. Pommeroy foi atender.

— É o sr. Cooley — ela disse. — Bom dia, sr. Cooley.

Uma voz arrastada atravessou a sala:

— Senhoras...

Ruth ficou embaixo da mesa, protegendo a cabeça com os braços.

— É o Cal Cooley, gente! — anunciou a sra. Pommeroy.

— Estou procurando Ruth Thomas — ele disse.

Kitty Pommeroy levantou um canto do lençol da mesa e gritou:

— Tcha-ran!

Ruth agitou os dedos para Cal, num aceno infantil.

— Aí está a mocinha que eu estou procurando — ele disse. — Se escondendo de mim, como sempre.

Ruth saiu de baixo da mesa e ficou de pé.

— Oi, Cal. Você me achou. — Ela não estava chateada de vê-lo; sentia-se relaxada. Era como se Kitty tivesse limpado a cabeça dela com os tapas.

— Você realmente parece ocupada, srta. Ruth.

— Na verdade, estou mesmo um pouco ocupada, Cal.

— Parece que você esqueceu do nosso compromisso. Você devia estar me esperando na sua casa. Quem sabe você estava ocupada demais para manter o compromisso?

— Eu me atrasei — disse Ruth. — Estava ajudando a minha amiga a pintar a cozinha.

Cal Cooley deu uma longa olhada na cozinha à sua volta, notando a horrível tinta verde para boias, as irmãs desmazeladas vestindo sacos de lixo, o lençol jogado às pressas na mesa da cozinha, a tinta na camisa de Ruth.

— O velho Cal Cooley odeia tirar você do seu trabalho — disse ele.

Ruth sorriu.

— Eu odeio ser tirada do trabalho pelo velho Cal Cooley.

— Você acordou cedo, rapaz — disse Kitty Pommeroy, dando um soco no braço de Cal.

— Cal — disse Ruth. — Acho que você conhece a sra. Kitty Pommeroy. Acho que vocês já foram apresentados. Estou certa?

As irmãs deram risada. Antes de Kitty casar com Len Thomas — e por vários anos depois — ela e Cal Cooley tinham sido amantes. Essa era uma informação que ele hilariamente gostava de imaginar que era confidencial, porém não havia ninguém na ilha que não soubesse. E todo mundo sabia que eles ainda eram amantes de vez em quando, apesar do casamento de Kitty. Todo mundo exceto Len Thomas, é claro. As pessoas davam boas risadas daquilo.

— Bom te ver, Kitty — disse Cal numa voz inexpressiva.

Kitty caiu de joelhos, dando risada. Gloria a ajudou a se levantar. Kitty pôs a mão na boca e depois nos cabelos.

— Odeio tirar você da sua festa de comadres, Ruth — disse Cal, e Kitty deu uma gargalhada. Ele franziu o rosto.

— Agora preciso ir — disse Ruth.

— Ruth! — exclamou a sra. Pommeroy.

— Estou sendo banida outra vez.

— Ela é uma vítima! — Kitty gritou. — Você tome cuidado com esse sujeito, Ruth. Ele é um galo e sempre vai ser um galo. Fique com as pernas cruzadas.

Até Gloria riu dessa vez, mas a sra. Pommeroy não riu. Olhou para Ruth Thomas, preocupada.

Ruth abraçou as três irmãs. Quando chegou à sra. Pommeroy, deu-lhe um longo abraço e sussurrou no seu ouvido:

— Eles estão me obrigando a visitar minha mãe.

A sra. Pommeroy suspirou. Segurou Ruth perto de si. Sussurrou no seu ouvido:

— Traz ela de volta com você, Ruth. Traz ela de volta para cá, que é o lugar dela.

Cal Cooley muitas vezes gostava de afetar uma voz de cansaço na presença de Ruth Thomas. Gostava de fingir que ela o deixava exausto. Várias vezes ele suspirava, balançava a cabeça, como se Ruth não tivesse a mínima noção do sofrimento que lhe causava. E assim, enquanto eles andavam da casa da sra. Pommeroy até a picape dele, Cal suspirou, balançou a cabeça e disse, como se vencido pela fadiga:

— Por que você sempre precisa se esconder de mim, Ruth?

— Eu não estava me escondendo de você, Cal.

— Não?

— Só estava te evitando. Me esconder de você é inútil.

— Você sempre põe a culpa em mim, Ruth — Cal Cooley lamentou. — Pare de sorrir, Ruth. Estou falando sério. Você sempre pôs a culpa em mim.

Ele abriu a porta da picape e parou.

— Você não tem nenhuma bagagem? — ele perguntou.

Ela fez que não com a cabeça e entrou na picape.

Cal disse, com uma fadiga dramática:

— Se você não levar nenhuma roupa para a casa da srta. Vera, a srta. Vera vai ter que comprar roupas novas para você. — Quando Ruth não respondeu, ele continuou: — Você sabe disso, não sabe? Se isso é um protesto, seu tiro vai sair pela culatra. Você sempre acaba dificultando as coisas para você mais do que precisa.

— Cal — Ruth suspirou num tom conspiratório, debruçando-se na direção dele, na cabine da picape. — Eu não gosto de levar bagagem quando vou para Concord. Não gosto que ninguém na mansão Ellis pense que eu vou ficar.

— Esse é o seu truque?

— Esse é o meu truque.

Eles foram na direção do porto, onde Cal estacionou a picape. Ele disse para Ruth:

— Você está muito bonita hoje.

Agora foi ela quem deu um suspiro dramático.

— Você come sem parar — continuou Cal — e nunca ganha peso. Isso é maravilhoso. Eu sempre fico me perguntando quando o seu grande apetite vai fazer efeito e você vai virar um balão. Acho que esse é o seu futuro.

Ela suspirou de novo.

— Você me cansa tanto, Cal.

— Bom, você me cansa também, querida.

Eles saíram da picape, e Ruth olhou para o porto e para o outro lado da enseada, porém o barco dos Ellis, o *Stonecutter*, não estava lá. Aquilo era uma surpresa. Ela conhecia o esquema. Fazia anos que Cal Cooley vinha transportando Ruth, para a escola, para a mãe dela. Eles sempre saíam de Fort Niles no *Stonecutter*, cortesia do sr. Lanford Ellis. Mas naquela manhã Ruth viu apenas os velhos barcos lagosteiros, balançando na água. E uma coisa estranha: lá estava o *New Hope*. O barco missionário estendia seu corpo esbelto na água, com o motor em ponto morto.

— O que o *New Hope* está fazendo aqui?

— O pastor Wishnell vai nos dar uma carona até Rockland — disse Cal Cooley.

— Por quê?

— O sr. Ellis não quer mais que eu use o *Stonecutter* para viagens curtas. E ele e o pastor Wishnell são bons amigos. É um favor.

Ruth nunca estivera no *New Hope*, embora visse aquele barco passando havia anos. Era o melhor barco da área, tão bom quanto o iate de Lanford Ellis. O barco era o orgulho do pastor Toby Wishnell. Ele podia ter renunciado ao grande legado pesqueiro da família Wishnell em nome de Deus, mas ainda sabia reconhecer um belo barco. Havia restaurado o *New Hope*, transformando-o numa embarcação encantadora de doze metros de vidro e latão, e até os homens de Fort Niles Island, todos os quais detestavam Toby Wishnell, tinham que admitir que o *New*

Hope era um espetáculo. Embora certamente odiassem ver aquele barco aparecer no porto deles.

Porém eles não o viam muito. O pastor Toby Wishnell raramente passava por ali. Ele percorria a costa, de Casco até Nova Scotia, ministrando a fé para todas as ilhas no caminho. Quase sempre estava no mar. E, ainda que sua base fosse logo do outro lado do canal, em Courne Haven Island, ele não visitava Fort Niles com muita frequência. Vinha para enterros e casamentos, é claro. Vinha para um ou outro batismo, embora a maior parte dos cidadãos de Fort Niles pulasse esse procedimento para evitar chamá-lo. Ele vinha a Fort Niles apenas quando era convidado, e isso era raro.

Por isso Ruth realmente ficou surpresa ao ver o barco dele.

Naquela manhã, um rapaz estava parado no final do porto de Fort Niles, esperando por eles. Cal Cooley e Ruth Thomas andaram na direção dele, e Cal apertou a mão do menino.

— Bom dia, Owney.

O rapaz não respondeu, apenas desceu a escada do cais até um belo bote a remo branco. Cal Cooley e Ruth Thomas desceram atrás, e o bote balançou de leve sob o peso deles. O rapaz desfez a amarra, sentou-se na popa e remou até o *New Hope*. Ele era grande — talvez vinte anos de idade, com uma cabeça avantajada, reta. Seu corpo era grosso e quadrado, com quadris tão largos quanto os ombros. Ele vestia uma capa impermeável, como um lagosteiro, e calçava botas de borracha altas de pescador. Embora estivesse vestido como um lagosteiro, seu impermeável estava limpo e suas botas não cheiravam a isca. Suas mãos nos remos eram quadradas e grossas como as de um pescador e no entanto estavam limpas. Ele não tinha cortes, calos nem cicatrizes. Estava vestido de pescador e tinha o corpo de um pescador, porém obviamente não era um pescador. Quando ele puxava os remos, Ruth via seus enormes antebraços, que avultavam feito pernas de peru e eram cobertos de pelos loiros esparsos, tão claros quanto cinzas. Seus cabelos amarelos, de uma cor que nunca se via em Fort Niles Island, tinham um corte caseiro em estilo militar. Cabelos suecos. Olhos azul-claros.

— Qual é mesmo o seu nome? — Ruth perguntou ao menino. — Owen?

— Owney — respondeu Cal Cooley. — O nome dele é Owney Wishnell. Ele é sobrinho do pastor.

— Owney? — disse Ruth. — Owney, é isso? Sério? Olá, Owney.

Owney olhou para Ruth mas não a cumprimentou. Remou em silêncio o caminho inteiro até o *New Hope*. Eles subiram por uma escada, e Owney içou o bote atrás de si e o acomodou no convés. Aquele era o barco mais limpo que Ruth jamais tinha visto. Ela e Cal Cooley andaram até a cabine, e lá estava o pastor Toby Wishnell, comendo um sanduíche.

— Owney — disse o pastor Wishnell —, vamos partir de uma vez.

O garoto içou a âncora e pôs o barco em movimento. Pilotou a embarcação para fora do porto, e todos ficaram assistindo, embora o menino não parecesse ciente da presença deles. Ele deixou as águas rasas em volta de Fort Niles e passou por boias que oscilavam nas ondas com sinos de advertência. Passou perto do barco lagosteiro do pai de Ruth. Ainda era de manhã cedo, porém fazia três horas que Stan Thomas tinha saído para o mar. Ruth, debruçando-se na amurada, viu o pai enganchar seu longo bicheiro de madeira numa boia de armadilha. Viu Robin Pommeroy na popa, limpando uma armadilha, jogando caranguejos e lagostas pequenas de volta no mar com um movimento do punho. A neblina os cercava feito uma assombração. Ruth não os chamou. Robin Pommeroy parou de trabalhar por um momento e ergueu os olhos na direção do *New Hope*. Claramente levou um susto ao ver Ruth. Ficou de pé por um instante, boquiaberto, olhando fixo para ela. O pai de Ruth não olhou para cima. Não estava interessado em ver o *New Hope* com sua filha a bordo.

Mais adiante, eles passaram por Angus Addams, pescando sozinho. Ele também não olhou para cima. Manteve a cabeça baixa, enfiando arenques apodrecidos em sacos de isca, furtivamente, como se enfiando a pilhagem numa sacola durante um roubo a banco.

Quando Owney Wishnell estava na rota certa, cruzando o mar aberto rumo a Rockland, o pastor Toby Wishnell finalmente se dirigiu a Cal Cooley e Ruth Thomas. Ele contemplou Ruth em silêncio. Depois disse para Cal:

— Vocês se atrasaram.

— Desculpe.

— Eu disse seis horas.

— Ruth não estava pronta às seis horas.

— Nós íamos partir às seis para estar em Rockland no começo da tarde, sr. Cooley. Eu expliquei isso a você, não expliquei?

— Foi culpa da moça.

Ruth ouviu a conversa com um certo prazer. Cal Cooley geralmente era um cretino arrogante; era agradável ver aquele homem se submeter ao pastor. Ela nunca tinha visto Cal se submeter a ninguém. Ficou se perguntando se Toby Wishnell realmente ia comer o couro de Cal. Ela gostaria muito de assistir àquilo.

Porém Toby Wishnell tinha terminado de repreendê-lo. Virou-se para falar com o sobrinho, e Cal Cooley olhou de relance para Ruth. Ela ergueu uma das sobrancelhas.

— Foi mesmo culpa sua — ele disse.

— Você é um homem corajoso, Cal.

Ele fez uma careta. Ruth voltou a atenção para o pastor Wishnell. Ele ainda era um homem extremamente belo, agora no meio da casa dos quarenta. Provavelmente passara tanto tempo no mar quanto qualquer pescador de Fort Niles ou Courne Haven, mas não se parecia com nenhum dos pescadores que Ruth já conhecera. Havia nele uma fineza que combinava com a fineza de seu barco: belos traços, uma economia de detalhes, um brilho, um acabamento. Seus cabelos loiros eram finos e retos, e ele os usava repartidos do lado e alisados com a escova. Ele tinha um nariz estreito e olhos azul-claros. Usava óculos pequenos, com armação de arame. O pastor Toby Wishnell tinha o aspecto de um oficial britânico de elite: privilegiado, frio, brilhante.

Eles velejaram por um bom tempo sem mais conversa alguma. Partiram no pior tipo de neblina, a neblina fria que assenta no corpo feito uma toalha úmida, fazendo doerem os pulmões, os nós dos dedos e os joelhos. Os pássaros não cantam na neblina, por isso não havia gaivotas gritando, e foi uma viagem silenciosa. Conforme eles foram se afastando da ilha, a neblina diminuiu e depois sumiu por completo, e o dia clareou. Porém mesmo assim era um dia estranho. O céu estava azul, o vento estava leve, mas o mar era uma massa revolta — enormes ondas arredondadas, brutas e constantes. Isso às vezes acontece quando há uma tempestade muito mais à frente no mar. O mar sofre os efeitos da violência, mas não há sinal da tempestade no céu. É como se o mar e o céu não estivessem se comunicando. Eles não notam um ao outro, como se nunca tivessem sido apresentados. Os marinheiros chamam isso de "mar de fundo". É desconcertante estar num mar tão violento sob um céu azul de dia de piquenique. Ruth ficou de pé junto à amurada e observou a água furiosa.

— Você não se aflige com o mar violento? — o pastor Toby Wishnell perguntou a Ruth.

— Não sinto enjoo.

— Você é uma menina de sorte.

— Não acho que temos sorte hoje — disse Cal Cooley. — Os pescadores dizem que dá azar ter mulheres ou padres num barco. E temos os dois.

O pastor deu um sorriso fraco.

— Nunca comece uma viagem numa sexta-feira — ele recitou. — Nunca suba num navio que teve azar na primeira aventura no mar. Nunca suba num barco se o nome dele foi mudado. Nunca pinte nada de azul num barco. Nunca assobie num barco, senão você chama o vento. Nunca traga mulheres ou padres a bordo. Nunca mexa num ninho de pássaro num barco. Nunca diga o número *treze* num barco. Nunca use a palavra *porco.*

— Porco? — disse Ruth. — Essa eu nunca ouvi.

— Bom, agora já foi dita duas vezes — disse Cal Cooley. — Porco, porco, porco. Temos padres; temos mulheres; temos pessoas gritando *porco.* Por isso agora estamos perdidos. Obrigado a todos que participaram.

— O Cal Cooley é um velho lobo do mar — Ruth disse para o pastor Wishnell. — Nascido no *Missourah* e tudo, ele está totalmente *imerso* na sabedoria marítima.

— Eu *sou* um velho lobo do mar, Ruth.

— Na verdade, Cal, acho que você é um menino de fazenda — corrigiu Ruth. — Acho que você é da roça.

— Só porque eu nasci no Missourah não quer dizer que eu não possa ter alma de ilhéu.

— Não acho que os outros ilhéus necessariamente concordariam, Cal.

Cal deu de ombros.

— Um homem não escolhe o lugar onde nasce. Não é porque um gato nasce no forno que ele é biscoito.

Ruth deu risada, porém Cal Cooley não. O pastor Wishnell estava olhando Ruth de perto.

— Ruth? — ele disse. — Esse é o seu nome? Ruth Thomas?

— Sim, senhor — disse a garota, parando de rir. Ela tossiu dentro do punho.

— Você tem um rosto familiar, Ruth.

— Se pareço familiar, é só porque sou exatamente igual a todo mundo em Fort Niles. Somos todos parecidos, senhor. Você sabe o que eles dizem sobre nós: somos pobres demais para comprar caras novas, por isso compartilhamos a mesma. Rá.

— Ruth é muito mais bonita que qualquer outra pessoa em Fort Niles — Cal contribuiu. — Muito mais morena. Olha esses belos olhos escuros. É a italiana que existe nela. Isso vem do seu vovô italiano.

— Cal — disse Ruth, ríspida —, pare de falar.

Ele sempre aproveitava a oportunidade de lembrar a ela a vergonha de sua avó.

— Italiano? — disse o pastor Wishnell, franzindo a testa. — Em Fort Niles?

— Conte ao homem sobre o seu vovô, Ruth — disse Cal.

Ruth ignorou Cal, assim como o pastor. Wishnell ainda estava olhando para Ruth com grande atenção. Por fim, ele disse:

— Ah... — Ele assentiu com a cabeça. — Agora sei como é que eu reconheço você. Creio que enterrei o seu pai, Ruth, quando você era garotinha. É isso. Creio que presidi ao funeral do seu pai. Não é?

— Não, senhor.

— Tenho certeza absoluta disso.

— Não, senhor. Meu pai não está morto.

O pastor Wishnell refletiu sobre aquilo.

— Seu pai não se afogou? Quase dez anos atrás?

— Não, senhor. Acho que o senhor está pensando num homem chamado Ira Pommeroy. O senhor presidiu ao enterro do sr. Pommeroy cerca de dez anos atrás. A gente passou pelo meu pai preparando iscas quando saímos do porto. Ele está muito vivo.

— Ele foi achado preso nas linhas de pesca de outro homem, esse Ira Pommeroy?

— Isso mesmo.

— E tinha vários filhos?

— Sete filhos.

— E uma filha?

— Não.

— Mas você estava lá, não estava? No enterro?

— Sim, senhor.

— Então não foi minha imaginação.

— Não, senhor. Eu estava lá. Não foi sua imaginação.

— Você parecia mesmo pertencer à família.

— Bom, eu não pertenço, pastor Wishnell. Não pertenço àquela família.

— E aquela bela viúva...?

— A sra. Pommeroy?

— Sim. A sra. Pommeroy. Ela não é sua mãe?

— Não, senhor. Ela não é minha mãe.

— Ruth pertence à família Ellis — disse Cal Cooley.

— Eu pertenço à família Thomas — corrigiu Ruth. Ela não levantou a voz, mas estava brava. O que havia exatamente em Cal Cooley que lhe trazia pensamentos homicidas tão imediatos? Ela nunca tinha aquela reação com mais ninguém. Bastava que Cal abrisse a boca, e ela começava a imaginar caminhões passando por cima dele. Incrível.

— A mãe da Ruth é a dedicada sobrinha da srta. Vera Ellis — explicou Cal Cooley. — A mãe da Ruth mora com a srta. Vera Ellis na mansão Ellis em Concord.

— Minha mãe é a empregada da srta. Vera Ellis — disse Ruth, sem alteração na voz.

— A mãe da Ruth é a dedicada sobrinha da srta. Vera Ellis — Cal Cooley repetiu. — Estamos indo visitá-las agora.

— É mesmo? — disse o pastor Wishnell. — Eu tinha certeza de que você era uma Pommeroy, mocinha. Tinha certeza de que aquela bela e jovem viúva era sua mãe.

— Bom, eu não sou. E ela não é.

— Ela ainda está na ilha?

— Está — disse Ruth.

— Com os filhos?

— Alguns dos filhos dela entraram para o Exército. Um está trabalhando numa fazenda em Orono. Três moram em casa.

— Como ela sobrevive? Como ganha dinheiro?

— Os filhos dela mandam dinheiro. E ela corta o cabelo das pessoas.

— Ela consegue sobreviver com isso?

— Todo mundo na ilha corta o cabelo com ela. Ela é excelente.

— Talvez eu devesse cortar o cabelo com ela algum dia.

— O senhor com certeza ficaria satisfeito — disse Ruth, num tom formal. Ela não conseguia acreditar no jeito como estava falando com aquele homem. *O senhor com certeza ficaria satisfeito?* Desde quando ela se importava com a satisfação capilar do pastor Wishnell?

— Interessante. E quanto à sua família, Ruth? O seu pai é lagosteiro, então?

— É.

— Uma profissão terrível.

Ruth não respondeu.

— Selvagem. Traz à tona a ganância num homem. O jeito como eles defendem seu território! Nunca vi tanta ganância! Já houve mais assassinatos nestas ilhas por causa de limites de áreas...

O pastor interrompeu a frase. Ruth outra vez não respondeu. Estava observando o sobrinho dele, Owney Wishnell, que estava de costas para ela. Owney, de pé ao leme, ainda estava pilotando o *New Hope* na direção de Rockland. Teria sido fácil assumir que o garoto era surdo, do modo como ele os tinha ignorado a manhã inteira. E no entanto, agora que o pastor Wishnell começara a falar sobre pesca de lagostas, uma mudança parecia ter se operado no corpo de Owney. Suas costas pareceram ficar repuxadas e imóveis, como as de um gato caçando. Uma sutil onda de tensão. Ele estava escutando.

— Naturalmente — continuou o pastor Wishnell —, você não deve ver isso como eu vejo, Ruth. Você só vê os lagosteiros da sua ilha. Eu vejo muitos. Vejo homens como os seus vizinhos ao longo de todo este litoral. Vejo estes dramas selvagens se desenrolando em... quantas ilhas, Owney? Em quantas ilhas nós ministramos, Owney? Quantas guerras lagosteiras nós já vimos? Quantas destas disputas por território eu já mediei só na última década?

Porém Owney Wishnell não respondeu. Continuou totalmente imóvel, com sua cabeça em formato de lata de tinta voltada para a frente, as mãos grandes repousadas no leme do *New Hope*, seus grandes pés — grandes feito pás — plantados em suas botas altas e limpas de lagosteiro. O barco sob seu comando vencia as ondas.

— Owney sabe como é terrível a vida de um lagosteiro — disse o pastor Wishnell depois de um algum tempo. — Ele era criança em 1965, quando alguns dos pescadores de Courne Haven tentaram formar uma cooperativa. Você se lembra desse incidente, Ruth?

— Lembro de ouvir falar disso.

— Era uma ideia brilhante, é claro, no papel. Uma cooperativa de pescadores é o único jeito de prosperar nesse negócio em vez de passar fome. Barganhas coletivas com os atacadistas, barganhas coletivas com os vendedores de iscas, preços fixos, acordos sobre os limites das armadilhas. Teria sido uma coisa muito sensata de se fazer. Mas vá dizer isso para esses ignorantes que ganham a vida com a pesca.

— Para eles é difícil confiar uns nos outros — disse Ruth. O pai dela era totalmente contra qualquer ideia de uma cooperativa de pescadores. Assim como Angus Addams. Assim como o tio Len Thomas. Assim como a maioria dos pescadores que ela conhecia.

— Como eu disse, eles são ignorantes.

— Não — disse Ruth. — Eles são independentes, e para eles é difícil mudar de atitude. Eles se sentem mais seguros fazendo as coisas como sempre fizeram, cuidando de si mesmos.

— E o seu pai? — disse o pastor Wishnell. — Como ele leva as lagostas que pega para Rockland?

— Leva no barco dele. — Ela não sabia direito como aquela conversa tinha virado um interrogatório.

— E como ele arranja isca e combustível?

— Traz de Rockland no barco dele.

— E assim fazem todos os outros homens da ilha, certo? Cada homem em seu próprio barquinho, navegando para Rockland sozinho porque é incapaz de confiar nos outros o bastante para juntar as lagostas capturadas e se revezar para fazer a viagem. Correto?

— Meu pai não quer que o mundo inteiro fique sabendo quantas lagostas ele pega, ou que preços ele consegue. Por que ele ia querer que todo mundo soubesse disso?

— Então ele é ignorante o bastante para nunca firmar parceria com os vizinhos.

— Prefiro não pensar no meu pai como um ignorante — disse Ruth, em voz baixa. — Além disso, ninguém tem capital para fundar uma cooperativa.

Cal Cooley bufou.

— Cala a boca, Cal — acrescentou Ruth, em voz não tão baixa.

— Bom, meu sobrinho Owney viu, de perto, a guerra que surgiu dessa última tentativa coletiva, não viu? Foi Dennis Burden quem tentou formar a cooperativa em Courne Haven. Ele arriscou a vida por isso. E foi para os filhos pequenos de Dennis Burden que nós levamos comida e roupas depois que seus vizinhos... seus *próprios* vizinhos... atearam fogo no barco dele e o pobre homem não tinha mais como ganhar a vida.

— Ouvi dizer que esse Dennis Burden tinha feito um acordo secreto com o atacadista de Sandy Point — disse Ruth. — Ouvi dizer que ele passou a perna nos vizinhos. — Ela fez uma pausa e, então, imitando a entonação do pastor, acrescentou: — Seus *próprios* vizinhos.

O pastor franziu a testa.

— Isso é uma lenda.

— Não foi isso que eu ouvi dizer.

— Você teria queimado o barco do homem?

— Eu não estava lá.

— Não. Você não estava lá. Mas eu estava lá e Owney estava lá. E foi uma boa lição para Owney sobre a realidade da indústria lagosteira. Ele viu essas batalhas e disputas medievais em todas as ilhas daqui até o Canadá. Ele entende a degradação, o perigo, a ganância. E não é tolo de se envolver numa profissão dessas.

Owney Wishnell não fez nenhum comentário.

Por fim, o pastor disse a Ruth:

— Você é uma menina inteligente, Ruth.

— Obrigada.

— Parece que você teve uma boa educação.

Cal Cooley se intrometeu:

— Educação demais. Custou caro pra caralho.

O pastor lançou a Cal um olhar tão duro que quase fez Ruth franzir o rosto. Cal desviou o olhar. Ruth teve a sensação de que era a última vez que ela ouviria a palavra *caralho* pronunciada no *New Hope*.

— E o que vai ser de você, Ruth? — o pastor Toby Wishnell perguntou. — Você tem bom-senso, não tem? O que vai fazer com a sua vida?

Ruth Thomas olhou para as costas e a nuca de Owney Wishnell e percebeu que ele ainda estava escutando com muita atenção.

— Faculdade? — sugeriu o pastor Toby Wishnell.

Que urgência havia na postura de Owney Wishnell!

Então Ruth decidiu atacar. Disse:

— Mais que qualquer outra coisa, senhor, eu gostaria de me tornar pescadora de lagostas.

O pastor Toby Wishnell lançou um olhar frio para ela. Ela retribuiu o olhar.

— Porque é uma vocação muito nobre, senhor — ela disse.

Esse foi o fim da conversa. Ruth tinha acabado com o diálogo. Não conseguiu se controlar. Nunca conseguia se impedir de abrir a boca. Ficou chocada com o jeito como falara com aquele homem. Chocada e um pouco orgulhosa. Pois é! Ela podia ser insolente com qualquer um deles! Mas, meu Deus, que silêncio constrangedor. Talvez ela devesse ter sido mais civilizada.

O *New Hope* balançava e pulava no mar revolto. Cal Cooley parecia pálido e rapidamente saiu para o convés, onde se agarrou à amurada. Owney continuou pilotando, em silêncio, com a nuca corada, do tom de uma ameixa. Ruth Thomas estava profundamente desconfortável ali sozinha na presença do pastor Wishnell, porém torceu para que seu desconforto não fosse aparente. Tentou parecer relaxada. Não tentou continuar conversando com o pastor. Embora ele tivesse uma última coisa a dizer a ela. Eles ainda estavam a uma hora de Rockland quando o pastor Toby Wishnell disse a Ruth uma última coisa.

Ele chegou mais perto dela e disse:

— Você sabia que eu fui o primeiro homem da família Wishnell que não virou pescador de lagostas, Ruth? Você sabia disso?

— Sabia, senhor.

— Bom — ele disse. — Então você vai entender quando eu lhe disser isto. Meu sobrinho Owney será o segundo Wishnell que não vai pescar.

Ele sorriu, recostou-se no assento e a observou com atenção durante o resto da viagem. Ela manteve um sorrisinho desafiador. Não ia demonstrar seu desconforto àquele homem. Não, senhor. Ele fixou seu olhar frio e inteligente nela durante mais uma hora. Ela apenas continuou sorrindo para ele. Estava se sentindo péssima.

Cal Cooley levou Ruth Thomas até Concord no Buick bicolor que pertencia à família Ellis desde que Ruth era garotinha. Depois de dizer a Cal que estava cansada, ela deitou-se no banco de trás e fingiu dormir. Ele assobiou *"I wish I was in Dixie"* durante a viagem inteira, literalmente. Sabia que Ruth estava acordada e sabia que a estava irritando profundamente.

Eles chegaram a Concord por volta do entardecer. Caía uma chuva fina, e o Buick fazia um chiado agradável no macadame molhado — um som que Ruth nunca ouvia na rua de terra de Fort Niles. Cal entrou na longa via de acesso à mansão Ellis e foi parando o carro aos poucos. Ruth ainda fingia estar dormindo, e Cal fingiu acordá-la. Ele torceu o corpo no banco da frente e cutucou o quadril dela.

— Tente se arrastar de volta para o estado consciente.

Ela abriu os olhos devagar e se espreguiçou num gesto dramático.

— Já chegamos?

Eles saíram do carro, andaram até a porta da frente e Cal tocou a campainha. Ele pôs as mãos nos bolsos do casaco.

— Você está muito irritada por estar aqui — disse Cal e deu risada. — Você me odeia demais.

A porta se abriu, e lá estava a mãe de Ruth. Ela levou um susto e saiu à soleira da porta para abraçar a filha. Ruth deitou a cabeça no ombro da mãe e disse:

— Estou aqui.

— Eu nunca sei direito se você vai vir de verdade.

— Estou aqui.

Elas ficaram abraçadas.

— Você está maravilhosa, Ruth — disse a mãe dela, embora não pudesse ver direito com a cabeça da filha deitada em seu ombro.

— Estou aqui — disse Ruth. — Estou aqui.

Cal Cooley deu uma tossida decorosa.

6

> Os jovens animais que saem dos ovos da lagosta são distintos do adulto em todos os aspectos, inclusive formato, hábitos e meio de locomoção.
>
> — William Saville-Kent
> 1897

A srta. Vera Ellis nunca quisera que a mãe de Ruth se casasse.

Quando Mary Smith-Ellis era garotinha, a srta. Vera dizia:

— Você sabe como foi difícil para mim quando a sua mãe morreu.

— Sim, srta. Vera — dizia Mary.

— Mal consegui sobreviver sem ela.

— Eu sei, srta. Vera.

— Você é tão parecida com ela.

— Obrigada.

— Não consigo fazer nada sem você!

— Sim, eu sei.

— Minha ajudante!

— Sim, srta. Vera.

A mãe de Ruth levava uma vida um tanto peculiar com a srta. Vera. Mary Smith-Ellis jamais teve amigos próximos ou namorados. Sua vida era circunscrita pelo serviço — consertar roupas, levar correspondências, arrumar malas, fazer compras, trançar cabelos, tranquilizar, ajudar, dar banho e assim por diante. Ela herdara a mesma carga de trabalho que em outra época pesara sobre sua mãe e fora criada na servidão, exatamente como a mãe tinha sido.

Invernos em Concord, verões em Fort Niles. Mary chegou a ir à escola, porém só até os dezesseis anos, e só porque a srta. Vera não queria uma completa idiota como companheira.

À parte esses anos de escolaridade, a vida de Mary Smith-Ellis consistia em tarefas para a srta. Vera. Assim Mary atravessou a infância e a adolescência. De repente era uma moça, depois não tão moça. Nunca teve um pretendente. Não era feia, mas era ocupada. Tinha trabalho a fazer.

Foi no fim do verão de 1955 que a srta. Vera Ellis decidiu dar um piquenique para o povo de Fort Niles. Ela tinha hóspedes da Europa visitando a Ellis House e queria lhes mostrar o espírito local, por isso planejou um banquete de lagostas em Gavin Beach, para o qual todos os moradores de Fort Niles seriam convidados. A decisão era inédita. Nunca houvera ocasiões sociais frequentadas pelos nativos de Fort Niles e a família Ellis, mas a srta. Vera achou que seria um evento muito agradável. Uma excentricidade.

Mary, é claro, organizou tudo. Falou com as mulheres dos pescadores e combinou de elas assarem as tortas de mirtilo. Ela tinha um jeito modesto, quieto, e as mulheres dos pescadores até que gostavam dela. Sabiam que ela vinha da Ellis House, mas não a condenavam por isso. Ela parecia uma menina simpática, embora um pouco acanhada e tímida. Mary também encomendou milho, batatas, carvão e cerveja. Pegou mesas compridas da escola primária de Fort Niles e pediu que carregassem os bancos da igreja de Fort Niles até a praia. Falou com o sr. Fred Burden de Courne Haven, que era um violinista razoável, e o contratou para providenciar a música. Por fim, precisava encomendar várias centenas de quilos de lagosta. As mulheres dos pescadores sugeriram que ela discutisse isso com o sr. Angus Addams, que era o pescador mais prolífico da ilha. Disseram para ela esperar o barco dele, o *Sally Chestnut*, nas docas no meio da tarde.

Então Mary desceu até as docas numa tarde de agosto com muito vento e abriu caminho entre os montes de armadilhas quebradas de madeira, redes e barris. Cada vez que um pescador passava por ela, fedendo com suas botas altas e seu impermeável grudento, ela perguntava:

— Licença, senhor? Você é o sr. Angus Addams? Licença? Você é o capitão do *Sally Chestnut*, senhor?

Todos eles faziam que não com a cabeça ou resmungavam negativas grosseiras e passavam reto. Até o próprio Angus Addams passou reto, de cabeça baixa. Ele não fazia ideia de quem diabos era aquela mulher e que diabos ela queria, e não tinha interesse nenhum em descobrir. O pai de Ruth Thomas foi outro dos homens que passaram por Mary Smith-Ellis, e quando ela perguntou "Você é Angus Addams?", ele resmungou que não, assim como os outros homens. Exceto que, depois de passar, ele afrouxou o passo e virou-se para dar uma olhada na mulher. Uma boa e longa olhada.

Ela era bonita. Era atraente. Vestia calças simples amarelo-ocre e uma blusa branca de manga curta, com um pequeno colarinho redondo enfeitado com minúsculas flores bordadas. Não usava maquiagem. Tinha um relógio fino e prateado no pulso, e seus cabelos escuros eram curtos e caprichosamente ondulados. Ela trazia um bloco de anotações e um lápis. Ele gostou de sua cintura fina e sua aparência limpa. Ela parecia arrumada. Stan Thomas, um homem meticuloso, gostava daquilo.

Sim, Stan Thomas realmente deu uma conferida nela.

— Você é o sr. Angus Addams? — ela estava perguntando a Wayne Pommeroy, que passava cambaleando com uma armadilha quebrada no ombro. Wayne pareceu constrangido, depois irritado com seu constrangimento, e passou depressa sem responder.

Stan Thomas ainda estava olhando para Mary quando ela se virou e flagrou seu olhar. Ele sorriu. Ela andou até ele e estava sorrindo também, com uma expressão doce, esperançosa. Era um belo sorriso.

— Tem certeza de que *você* não é o sr. Angus Addams? — ela perguntou.

— Não. Eu sou Stan Thomas.

— Eu sou Mary Ellis — ela disse, estendendo a mão. — Trabalho na Ellis House.

Stan Thomas não respondeu, porém não parecia hostil, por isso ela continuou.

— Minha tia Vera vai dar uma festa para a ilha inteira no domingo que vem e quer comprar várias centenas de quilos de lagosta.

— É mesmo?

— É.

— De quem ela quer comprar?

— Acho que isso não importa. Me mandaram procurar Angus Addams, mas para mim tanto faz.

— Eu poderia vender isso para ela, mas ela teria que pagar o preço de varejo.

— Você tem tantas lagostas assim?

— Eu consigo arranjar. Estão bem ali. — Ele apontou para o mar com um aceno e sorriu. — Só preciso ir buscar.

Mary deu risada.

— Mas teria que ser preço de varejo — ele repetiu. — Se eu vender isso para ela.

— Ah, isso não vai ser problema. Ela quer garantir que tenha muita lagosta.

— Não quero ter nenhum prejuízo no acordo. Tenho um distribuidor em Rockland que espera uma certa quantidade de lagostas de mim toda semana.

— Tenho certeza de que não vamos ter problema com o seu preço.

— Como vocês pretendem cozinhar as lagostas?

— Acho que... desculpe... na verdade, não sei.

— Eu faço isso para vocês.

— Ah, sr. Thomas.

— Vou acender uma grande fogueira na praia e ferver as lagostas em latas de lixo, com algas marinhas.

— Minha nossa! É assim que se faz?

— É assim que se faz.

— Minha nossa! Latas de lixo! Não me diga.

— A família Ellis pode comprar latas novas. Eu encomendo para vocês. Vou buscar em Rockland daqui a uns dois dias.

— É mesmo?

— O milho vai logo em cima. E os mariscos. Eu faço tudo para vocês. Querida, esse é o único jeito!

— Sr. Thomas, nós com certeza vamos lhe pagar por tudo isso e ficaríamos muito gratos. Eu na verdade não tinha ideia de como fazer isso.

— Não precisa — disse Stan Thomas. — Quer saber? Eu faço isso de graça.

Ele se surpreendeu com aquela fala espontânea. Stan Thomas jamais fizera nada de graça na vida.

— Sr. Thomas!

— Você pode me ajudar. Que tal, Mary? Você pode ser a minha ajudante. Esse pagamento seria suficiente para mim.

Ele pôs a mão no braço de Mary e sorriu. Suas mãos estavam imundas e fediam a isca de arenque podre, mas isso não importava. Ele gostava do tom da pele dela, que era mais escuro e mais liso do que ele estava acostumado a ver na ilha. Ela não era tão jovem quanto ele achara a princípio. Agora que estava perto, ele percebeu que ela não era nenhuma garota. Porém era magra e tinha belos seios redondos. Ele gostava do jeito sério e nervoso como ela franzia a testa. Uma boca bonita, também. Ele apertou seu braço.

— Acho que você vai dar uma ótima ajudante — ele disse.

Ela deu risada.

— Eu ajudo o tempo inteiro! — ela disse. — Acredite em mim, sr. Thomas, eu sou uma ajudante muito boa!

Chovia a cântaros no dia do piquenique, e essa foi a última vez que a família Ellis tentou entreter a ilha inteira. Foi um dia horrível. A srta. Vera ficou na praia durante apenas uma hora, sentada embaixo de uma lona, resmungando. Seus hóspedes europeus foram dar um passeio na praia e perderam os guarda-chuvas no vento. Um dos senhores austríacos reclamou que sua câmera fora destruída pela chuva. O sr. Burden, o violinista, se embebedou dentro do carro de alguém e tocou o violino ali mesmo, com as janelas fechadas e as portas trancadas. Levaram horas para conseguir tirá-lo de lá. A fogueira de Stan Thomas acabou não dando certo, com aquela areia encharcada e aquela chuva incessante, e as mulheres da ilha seguraram seus bolos e tortas grudados no corpo, como se estivessem protegendo crianças pequenas. O evento foi um desastre.

Mary Smith-Ellis ficou correndo de um lado para o outro, vestindo um impermeável de pescador que pegara emprestado, carregando cadeiras para baixo de árvores e cobrindo mesas com lençóis, porém não houve meio de salvar o dia. A organização da festa ficara por conta dela e foi uma calamidade, porém Stan Thomas gostou do jeito como ela aceitou a derrota sem esmorecer. Gostou do jeito como ela continuou se mexendo, tentando manter o ânimo. Era uma mulher nervosa, mas ele gostou da energia dela. Era uma boa trabalhadora. Ele gostava muito daquilo. Ele próprio era um bom trabalhador e desprezava o ócio em qualquer homem ou mulher.

— Você devia vir se aquecer na minha casa — disse Stan enquanto ela passava correndo por ele no fim da tarde.

— Não, não — ela disse. — Você devia vir comigo até a Ellis House e se aquecer lá.

Ela reforçou o convite mais tarde, depois que ele a ajudara a devolver as mesas para a escola e os bancos para a igreja, por isso ele a levou de caminhão até a Ellis House, no topo da ilha. Ele sabia onde era, é claro, embora nunca tivesse entrado.

— Deve mesmo ser um bom lugar de se morar — ele disse.

Eles estavam sentados dentro do caminhão dele, na via de acesso circular; o vidro das janelas estava embaçado com a respiração deles e o vapor de suas roupas molhadas.

— Ah, eles só ficam aqui no verão — disse Mary.

— E você?

— Eu fico aqui também, claro. Fico onde quer que a família fique. Eu cuido da srta. Vera.

— Você cuida da srta. Vera Ellis? O tempo todo?

— Sou a ajudante dela — disse Mary, com um sorriso fraco.

— E qual é mesmo o seu sobrenome?

— Ellis.

— Ellis?

— Isso mesmo.

Ele não conseguiu entender aquilo direito. Não conseguiu entender quem era aquela mulher. Uma empregada? Ela certamente agia como uma empregada, e ele tinha visto o jeito como Vera Ellis, aquela megera, ficava lhe dando ordens. Mas por que o sobrenome dela era Ellis? Ellis? Seria uma parente pobre? Quem já ouviu falar de uma Ellis carregando cadeiras e bancos de um lado para o outro e correndo na chuva com um impermeável emprestado? Ele pensou em perguntar qual era a história dela afinal, mas ela era um doce, e ele não queria contrariá-la. Em vez disso, segurou a mão dela. E ela deixou que segurasse.

Stan Thomas, afinal, era um homem bonito, com cabelos bem aparados e belos olhos escuros. Não era alto, mas tinha um porte esbelto e uma intensidade atraente, alguma coisa direta, de que Mary gostava muito. Ela não se incomodou nem um pouco que ele segurasse sua mão, mesmo fazendo tão pouco tempo que a conhecesse.

— Quanto tempo você vai ficar por aqui? — ele perguntou.

— Até a segunda semana de setembro.

— É verdade. É sempre nesta época que eles... que vocês vão embora.

— Pois é.

— Quero te ver de novo — ele disse.

Ela riu.

— Estou falando sério — ele disse. — Vou querer fazer isso outra vez. Gosto de segurar a sua mão. Quando posso te ver de novo?

Mary pensou em silêncio por alguns instantes e depois disse, de um jeito franco:

— Eu também quero te ver mais vezes, sr. Thomas.

— Que bom. Me chame de Stan.

— Tudo bem.

— Então, quando eu posso te ver de novo?

— Não sei direito.

— Eu provavelmente vou querer te ver amanhã. Que tal amanhã? Como eu posso te ver amanhã?

— Amanhã?

— Tem algum motivo para eu não poder te ver amanhã?

— Não sei — disse Mary, virando-se de repente para ele, com um olhar que beirava o pânico. — Não sei!

— Não sabe? Você não gosta de mim?

— Gosto sim. Eu gosto de você, sr. Thomas. Stan.

— Que bom. Eu venho te buscar amanhã por volta das quatro. A gente dá uma volta.

— Ah, meu Deus.

— É isso que nós vamos fazer — disse Stan Thomas. — Avise quem você tiver que avisar.

— Não sei se preciso avisar alguém, mas não sei se vou ter tempo de dar uma volta.

— Faça o que você tiver que fazer, então. Arranje um jeito. Eu realmente quero te ver. Eu insisto!

— Tá bom! — Ela riu.

— Ótimo. O convite para entrar ainda está de pé?

— Claro! — disse Mary. — Por favor, entre!

Eles saíram do caminhão, mas Mary não seguiu a calçada até a suntuosa porta da frente. Correndo no meio da chuva, contornou pela lateral, e Stan Thomas foi atrás. Ela correu junto à parede de granito da casa, sob a proteção do grande beiral, e se enfiou numa porta lisa de madeira, segurando-a aberta para Stan. Eles estavam num corredor dos fundos, e ela pegou o impermeável dele e o pendurou num cabide na parede.

— Vamos para a cozinha — ela disse, abrindo outra porta. Uma escadaria de ferro em espiral descia até uma enorme cozinha subterrânea à moda antiga. Havia um fogão imenso com ganchos de ferro, panelas e aberturas que pareciam ainda ser usadas para assar pão. Uma parede era ladeada de pias, outra de fogões e fornos. Maços de ervas pendiam do teto, e o chão era de ladrilhos gastos e limpos. Na larga mesa de pinho no centro do recinto estava sentada uma mulher miúda de meia-idade com cabelos curtos ruivos e um rosto atento, agilmente cortando vagens numa vasilha prateada.

— Olá, Edith — disse Mary.

A mulher a cumprimentou com a cabeça e disse:

— Ela quer você.

— É mesmo?

— Está te chamando sem parar.

— Desde que horas?

— Desde a tarde inteira.

— Ah, mas eu estava ocupada devolvendo todas as cadeiras e mesas — disse Mary, correndo até uma das pias, lavando as mãos com pressa e as secando nas calças.

— Ela não sabe que você já voltou, Mary — disse a mulher chamada Edith. — Por isso você pode muito bem sentar e tomar um café.

— Eu devia ir ver o que ela precisa.

— Mas e o seu amigo aqui?

— Stan! — disse Mary, virando-se para ele. Claramente ela esquecera que ele estava ali. — Desculpa, mas afinal eu não vou poder sentar aqui e me aquecer com você.

— Senta e toma um café, Mary — disse Edith, ainda cortando as vagens. Sua voz era de autoridade. — Ela não sabe que você já voltou.

— É, Mary, senta e toma um café — disse Stan Thomas, e Edith, a cortadora de vagens, lançou-lhe um olhar de viés. Foi um olhar breve e furtivo, mas que assimilou uma série de informações.

— E por que você não senta, senhor? — disse Edith.

— Obrigado, senhora, vou sentar. — Ele sentou.

— Traz um café para o seu convidado, Mary.

Mary franziu o rosto.

— Não posso — ela disse. — Tenho que ir falar com a srta. Vera.

— Ela não vai morrer se você sentar aqui por cinco minutos e se secar — disse Edith.

— Não posso! — disse Mary. Ela passou depressa por Stan Thomas e Edith, saindo direto pela porta da cozinha. Eles ouviram seus passos rápidos subindo a escada enquanto ela gritava: — Desculpa!

E ela sumiu.

— Acho que eu mesmo posso pegar o café — disse Stan Thomas.

— Eu pego para você. Esta cozinha é minha.

Edith deixou as vagens e serviu uma xícara de café para Stan. Sem perguntar como ele tomava, ela acrescentou um pouco de creme e não ofereceu açúcar, o que estava bom para ele. Ela preparou para si uma xícara igual.

— Você está paquerando ela? — Edith perguntou, depois de sentar. Estava olhando para ele com uma desconfiança que não fez tentativa alguma de disfarçar.

— Acabei de conhecê-la.

— Você está interessado nela?

Stan Thomas não respondeu, porém ergueu as sobrancelhas num gesto de surpresa irônica.

— Não tenho nenhum conselho para você, viu? — disse Edith.

— Não precisa me dar nenhum conselho.

— Alguém devia.

— Alguém quem?

— Ela já é casada, não sabe, sr....?

— Thomas. Stan Thomas.

— Ela já é casada, sr. Thomas.

— Não. Ela não usa aliança. Não me disse nada.

— Ela é casada com aquela bruxa velha lá em cima. — Edith apontou para o teto com um polegar fino e amarelado. — Viu como ela sai correndo mesmo antes de ser chamada?

— Posso te fazer uma pergunta? — disse Stan. — Quem diabos é ela?

— Não gosto desse palavreado — disse Edith, embora seu tom de voz não sugerisse que ela se importasse tanto com aquilo. Ela suspirou. — Tecnicamente, Mary é sobrinha da srta. Vera. Mas na verdade é escrava dela. É uma tradição da família. Foi a mesma coisa com a mãe dela, e aquela coitada só saiu da escravidão quando se afogou. Foi a mãe da Mary que foi varrida pela onda em vinte e sete. Eles nunca acharam o corpo. Você ouviu falar disso?

— Ouvi.

— Ai, Deus, já contei essa história um milhão de vezes. O dr. Ellis adotou Jane como coleguinha para a filha pequena dele... que agora é essa criatura gritando lá em cima. Jane era a mãe da Mary. Ela engravidou de um operário italiano da pedreira. Foi um escândalo.

— Eu ouvi alguma coisa sobre isso.

— Bom, eles tentaram abafar o caso, mas as pessoas gostam de um bom escândalo.

— Aqui com certeza gostam.

— Então ela se afogou, e a srta. Vera assumiu o bebê e criou a garotinha para ser sua ajudante, para substituir a mãe. Essa é a Mary. E eu, pessoalmente, não consigo acreditar que as pessoas que protegem as crianças permitiram isso.

— Quais pessoas que protegem as crianças?

— Sei lá. Só não consigo acreditar que a justiça permita que uma criança nasça escrava nos dias de hoje.

— Isso não pode ser escravidão.

— É exatamente isso que é, sr. Thomas. Nós todos ficamos aqui sentados nesta casa vendo isso acontecer e nos perguntamos por que ninguém pôs um fim nisso.

— Por que você não pôs um fim nisso?

— Eu sou cozinheira, sr. Thomas. Não sou policial. E o que você faz? Não, já sei com certeza. Você mora aqui, por isso obviamente é pescador.

— Sou.

— Você ganha bem?

— O suficiente.

— Suficiente para quê?

— Suficiente para viver aqui.

— O seu trabalho é perigoso?

— Não muito.

— Quer uma bebida de verdade?

— Com certeza.

Edith, a cozinheira, foi até um armarinho, mexeu em algumas garrafas e voltou com um frasco prateado. Despejou um líquido âmbar em duas xícaras limpas de café. Entregou uma para Stan.

— Você não é um bêbado, é? — ela perguntou.

— Você é?

— Muito engraçado, com o tanto de trabalho que eu tenho para fazer. Muito engraçado. — Edith olhou para Stan com os olhos estreitos. — E você nunca casou com ninguém daqui?

— Nunca casei com ninguém de lugar nenhum — disse Stan e deu risada.

— Você parece bem-humorado. Tudo é uma grande piada. Há quanto tempo você está paquerando a Mary?

— Ninguém está paquerando ninguém, senhora.

— Há quanto tempo você está interessado na Mary?

— A gente só se conheceu esta semana. Pelo jeito, isso é mais complicado do que eu pensava. Acho que ela é uma boa moça.

— Ela é uma boa moça. Mas não tem boas moças aqui mesmo na sua ilha?

— Ei, agora vai com calma.

— Bom, acho curioso que você não seja casado. Quantos anos você tem?

— Estou na casa dos vinte. Vinte e muitos. — Stan Thomas tinha 25.

— Um homem de boa aparência e bem-humorado como você, com um bom trabalho? Que não é um bêbado? E ainda não se casou? Até onde eu sei, as pessoas se casam jovens por aqui, principalmente os pescadores.

— Talvez ninguém aqui goste de mim.

— Espertinho. Talvez você tenha ambições maiores.

— Escuta, só o que eu fiz foi levar a Mary de caminhão para resolver algumas coisas.

— Você quer vê-la de novo? É essa a sua ideia?

— Eu estava pensando nisso.

— Ela tem quase trinta anos, sabia?

— Acho ela bem bonita.

— E ela é uma Ellis... legalmente uma Ellis... mas não tem dinheiro nenhum, por isso não vá colocando ideias na sua cabeça. Eles nunca vão dar nem um centavo para ela, a não ser para mantê-la vestida e alimentada.

— Não sei que tipo de ideias você acha que eu tenho.

— É isso que estou tentando descobrir.

— Bom, deu para perceber que você está tentando descobrir alguma coisa. Isso é bem claro.

— Ela não tem mãe, sr. Thomas. Ela é considerada importante nesta casa porque a srta. Vera precisa dela, mas ninguém aqui toma conta da Mary. Ela é uma moça sem mãe para protegê-la, e eu estou tentando descobrir as suas intenções.

— Bom, você não fala como uma mãe. Com todo o respeito, senhora, mas você fala como um pai.

Aquilo agradou Edith.

— Isso ela também não tem.

— Deve ser difícil.

— Como você acha que vai fazer para vê-la, sr. Thomas?

— Acho que vou vir buscá-la para dar um passeio às vezes.

— Vai, é?

— O que você acha disso?

— Não é da minha conta.

Stan Thomas deu uma gargalhada.

— Ora, aposto que qualquer coisa pode passar a ser da sua conta, senhora.

— Muito engraçado — ela disse. Ela tomou outro grande gole de bebida. — Tudo para você é uma grande piada. Mary vai embora daqui a algumas semanas, sabia? E só volta em junho do ano que vem.

— Então acho que vou ter que buscá-la para passear todo dia.

Stan Thomas agraciou Edith com seu maior sorriso, que foi muito convincente.

Edith declarou:

— Você está se metendo numa grande enrascada. O que é uma pena, porque eu não desgostei de você, sr. Thomas.

— Obrigado. Eu também não desgostei de você.

— Não vá fazer mal a essa menina.

— Não pretendo fazer mal a ninguém — ele disse.

Edith obviamente achou que a conversa tinha terminado, por isso voltou para as vagens. Como ela não pediu para Stan Thomas ir embora, ele ficou ali sentado na cozinha da Ellis House por mais alguns minutos, na esperança de que Mary voltasse para sentar com ele. Ele esperou por um bom tempo, mas Mary não voltou, por isso ele finalmente foi para casa. Já estava escuro, e ainda chovia. Ele entendeu que teria que vê-la outro dia.

Eles se casaram em agosto do ano seguinte. Não foi um casamento apressado. Não foi um casamento inesperado, pois Stan disse a Mary já em junho de 1956 — o dia seguinte à volta dela a Fort Niles Island com a família Ellis — que eles se casariam no fim daquele verão. Ele lhe disse que ela ficaria em Fort Niles com ele dali em diante e podia esquecer aquela história de ser escrava da maldita srta. Vera Ellis. Ou seja, tudo tinha sido combinado com bastante antecedência. Mesmo assim, a cerimônia em si foi marcada pela pressa.

Mary e Stan foram declarados casados na sala de estar de Stan Thomas por Mort Beekman, que naquele tempo era o pastor itinerante das ilhas do Maine. Beekman foi o antecessor de Toby Wishnell. Na época, ele era o capitão do *New Hope*. Diferente de Wishnell, o pastor Beekman era benquisto. Tinha um ar de quem estava cagando para tudo, o que agradava a todos os envolvidos. Não era nenhum carola, e isso o deixava em bons lençóis com os pescadores em suas paróquias remotas.

Stan Thomas e Mary Smith-Ellis não tinham testemunhas em sua cerimônia, não tinham alianças nem convidados, porém o pastor Mort Beekman, fiel a sua natureza, conduziu a cerimônia assim mesmo. “Pra que diabos vocês precisam de uma testemunha, afinal de contas?", ele perguntou. Beekman estava na ilha por acaso para realizar um batismo, e por que ia se importar com alianças, convidados ou testemunhas? Aqueles dois jovens certamente pareciam adultos. Eles podiam assinar a certidão? Sim. Tinham idade para fazer aquilo sem permissão de ninguém? Sim. Ia dar muito trabalho? Não.

— Vocês querem todas aquelas rezas e Escrituras e coisas do tipo? — o pastor Beekman perguntou ao casal.

— Não, obrigado — disse Stan. — Só a parte do casamento.

— Talvez um pouquinho de reza... — sugeriu Mary, hesitante.

O pastor Mort Beekman deu um suspiro e improvisou uma cerimônia com um pouco de reza, por consideração à dama. Não pôde deixar de notar que ela tinha uma aparência péssima, com toda aquela palidez e tremores. A cerimônia inteira foi concluída em cerca de quatro minutos. Stan Thomas deu uma nota de dez dólares para o pastor quando ele estava na porta.

— Muito agradecido — disse Stan. — Obrigado pela visita.

— Claro, claro — disse o pastor e partiu para o barco para conseguir sair da ilha antes que escurecesse; nunca houve nenhum alojamento decente em Fort Niles, e ele não pretendia passar a noite naquele rochedo inóspito.

Foi o casamento menos ostentoso da história da família Ellis. Isso, é claro, se Mary Smith-Ellis podia ser considerada um membro da família, uma questão agora seriamente em disputa.

— Como sua tia — a srta. Vera dissera a Mary —, preciso dizer que acho que o casamento seria um erro para você. Acho que é um grande erro você se algemar a esse pescador e a essa ilha.

— Mas você adora essa ilha — Mary dissera.

— Não em fevereiro, meu bem.

— Mas eu poderia visitar você em fevereiro.

— Meu bem, você vai ter um marido para cuidar e não vai ter tempo para visitas. Eu mesma já tive um marido uma vez, e sei como é. Era uma grande *restrição* — ela declarou, embora não tivesse havido restrição nenhuma.

Para a surpresa de muitos, a srta. Vera não fez maiores objeções aos planos de casamento de Mary. Para aqueles que haviam testemunhado a violenta revolta com a gravidez da mãe de Mary trinta anos antes, e seus chiliques com a morte da mãe de Mary vinte e nove anos antes (para não falar em seus surtos diários de irritação sobre diversos assuntos insignificantes), aquela calma diante da notícia de Mary foi um mistério. Como Vera podia suportar aquilo? Como podia perder outra ajudante? Como podia tolerar aquela deslealdade, aquele abandono?

Talvez ninguém tenha se surpreendido mais com essa reação do que a própria Mary, que perdera quase cinco quilos ao longo daquele verão, de pura ansiedade a respeito de Stan Thomas. O que fazer com ele? Thomas não estava pressionando para que ela o visse, não a estava tirando de suas responsabilidades, mas não parava de insistir que eles se casariam no fim do verão. Vinha dizendo aquilo desde junho. Não parecia haver espaço para negociação.

— Você também acha que é uma boa ideia — ele lembrou a ela, e ela de fato achava. Gostava da ideia de se casar. Não era algo em que tivesse pensado muito antes, mas agora parecia a coisa certa a se fazer. E ele era tão bonito. E tão confiante. — A gente está ficando velho — ele lembrou a ela, e eles realmente estavam.

Mesmo assim, Mary vomitou duas vezes no dia em que precisou contar à srta. Vera que se casaria com Stan Thomas. Não podia mais adiar aquilo e finalmente revelou a notícia no meio de julho. Mas a conversa, surpreendentemente, não foi nem um pouco difícil. Vera não ficou furiosa, embora muitas vezes tivesse se enfurecido por questões muito menores. Vera fez seu discurso de "isso é um grande erro" como tia preocupada e depois resignou-se totalmente à ideia, deixando que Mary fizesse todas as perguntas aflitas.

— O que você vai fazer sem mim? — ela perguntou.

— Mary, minha menina querida. Não fique pensando nisso. — A frase foi acompanhada por um sorriso afetuoso, uma batidinha na mão de Mary.

— Mas o que eu vou fazer? Eu nunca fiquei longe de você!

— Você é uma moça adorável e muito capaz. Vai ficar bem sem mim.

— Mas você acha que eu não devia fazer isso, não acha?

— Ah, Mary. Que importância tem o que eu acho?

— Você acha que ele não vai ser um bom marido.

— Eu nunca disse uma palavra contra ele.

— Mas você não gosta dele.

— É você que tem que gostar dele, Mary.

— Você acha que eu vou acabar pobre e sozinha.

— Ah, isso nunca, Mary. Você sempre vai ter um teto para morar. Nunca vai ter que vender fósforos na cidade grande ou uma coisa terrível dessas.

— Você acha que eu não vou fazer amigos aqui na ilha. Acha que eu vou ficar sozinha e que eu vou enlouquecer no inverno.

— Quem não ia querer ser seu amigo?

— Você acha que eu sou promíscua, saindo por aí com um pescador. Acha que eu estou ficando que nem a minha mãe.

— Nossa, as coisas que eu acho! — disse a srta. Vera e deu risada.

— Eu vou ser feliz com Stan — disse Mary. — Eu *vou*!

— Então eu não poderia estar mais feliz por você. Uma noiva feliz é uma noiva radiante.

— Mas onde a gente vai se casar?

— Numa igreja de Deus, eu realmente espero.

Mary ficou em silêncio, assim como a srta. Vera. Era uma tradição que as noivas da família Ellis se casassem nos jardins da Ellis House, numa cerimônia presidida pelo bispo episcopal de Concord, trazido de barco para a ocasião. As noivas da família Ellis tinham casamentos luxuosos, testemunhados por todos os parentes disponíveis e por todos os melhores amigos da família. As noivas da família Ellis davam recepções elegantes na Ellis House. Por isso, quando a srta. Vera Ellis sugeriu um casamento numa "igreja de Deus" anônima, Mary teve motivos para ficar em silêncio.

— Mas eu quero me casar aqui, na Ellis House.

— Ah, Mary. Você não quer essa dor de cabeça. Devia fazer uma cerimônia simples e acabar logo com isso.

— Mas você vai estar lá? — Mary perguntou, depois de um longo instante.

— Ah, meu bem.

— Você vai?

— Eu só ia ficar chorando, meu bem, e estragar o seu dia especial.

Ainda naquela tarde, o sr. Lanford Ellis — irmão mais velho de Vera e patriarca reinante da família — chamou Mary Smith-Ellis a seu quarto para lhe dar os parabéns pelo futuro casamento. Manifestou sua esperança de que Stan Thomas fosse um rapaz honrado. Disse, "Você devia comprar um belo vestido de noiva", e lhe entregou um envelope. Ela mexeu na aba e ele disse, "Não abra aqui dentro." Ele lhe deu um beijo. Apertou sua mão e disse, "Sempre tivemos uma grande afeição por você." E não disse mais nada.

Mary só abriu o envelope quando estava sozinha em seu quarto, naquela noite. Contou mil dólares em dinheiro vivo. Dez notas de cem, que ela enfiou embaixo do travesseiro. Era bastante dinheiro para um vestido de noiva em 1956, mas, no fim, Mary casou-se num vestido florido de algodão que costurara para si mesma dois verões antes. Ela não queria gastar o dinheiro. Em vez disso, decidiu entregar o envelope e seu conteúdo para Stan Thomas.

Aquele dinheiro foi o que ela trouxe para o casamento, junto com suas roupas e os lençóis de sua cama. Eram suas únicas posses, após décadas de serviço para a família Ellis.

Na mansão Ellis em Concord, a mãe de Ruth Thomas a conduziu até seu quarto. Fazia algum tempo que as duas não se viam. Ruth não gostava de ir a Concord e raramente ia. Houvera alguns natais, aliás, em que preferira ficar em seu quarto no colégio interno. Ela gostava daquilo mais que de estar em Concord e na mansão Ellis. O Natal anterior era um exemplo.

— Você está maravilhosa, Ruth — disse sua mãe.

— Obrigada. Você também está bem.

— Você não trouxe nenhuma mala?

— Não. Desta vez, não.

— Nós colocamos um papel de parede novo para você.

— Ficou bonito.

— E aqui tem uma foto de quando você era pequena.

— Olha só — disse Ruth e se aproximou da foto emoldurada, pendurada na parede ao lado da cômoda. — Essa sou eu?

— É você.

— O que é isso na minha mão?

— Pedrinhas. Pedrinhas da entrada da casa dos Ellis.

— Nossa, olha esses punhos!

— E aqui estou eu — disse a mãe de Ruth.

— Aqui está você.

— Estou tentando fazer você me entregar as pedrinhas.

— Pelo jeito você não vai conseguir.

— Não, pelo jeito não. Aposto que não consegui.

— Quantos anos eu tinha?

— Uns dois. Tão fofa.

— E quantos anos você tinha?

— Ah. Uns trinta e três.

— Eu nunca vi essa foto antes.

— Não, acho que não.

— Quem será que tirou?

— A srta. Vera tirou.

Ruth Thomas sentou-se na cama, uma bela herança de família, toda de latão, coberta com uma colcha de rendas. Sua mãe sentou-se ao seu lado e perguntou:

— Você está sentindo cheiro de mofo aqui?

— Não, está ótimo.

Elas ficaram sentadas em silêncio por um instante. A mãe de Ruth levantou-se e abriu as persianas.

— É melhor a gente deixar entrar um pouco de luz — ela disse, sentando-se outra vez.

— Obrigada — disse Ruth.

— Quando eu comprei esse papel de parede, achei que fossem flores de cerejeira, mas olhando agora, acho que são de macieira. Não é engraçado? Não sei por que não vi isso antes.

— Eu gosto de flores de macieira.

— Não faz muita diferença, imagino.

— Eu gosto das duas. Você fez um bom trabalho com o papel de parede.

— A gente pagou um homem para fazer isso.

— Está muito bonito.

Depois de outro longo silêncio, Mary Smith-Ellis Thomas pegou a mão da filha e perguntou:

— Vamos ver Ricky agora?

Ricky estava num berço de bebê, embora tivesse nove anos de idade. Era do tamanho de uma criança pequena, de três anos, talvez, e seus dedos das mãos e dos pés eram curvos feito garras de ave. Seus cabelos eram pretos e curtos, achatados atrás devido ao jeito como ele mexia a cabeça para a frente e para trás, para a frente e para trás. Ele estava sempre esfregando a cabeça no colchão, sempre virando o rosto de um lado para o outro, como se buscando alguma coisa, desesperado. E seus olhos também rolavam para a esquerda e para a direita, sempre procurando. Ele dava gritinhos estridentes, gemidos e uivos agudos, porém, quando Mary se aproximou, ele passou a emitir um murmúrio constante.

— Chegou a mamãe — ela disse. — Chegou a mamãe.

Ela o tirou do berço e o deitou, de costas, num tapete de pele de carneiro no chão. Ele não conseguia ficar sentado nem levantar a cabeça. Não conseguia se alimentar. Não conseguia falar. No tapete de pele de carneiro, suas pernas pequenas e tortas ficavam caídas para um lado, e seus braços, para o outro. Ele balançava a cabeça para a frente e para trás, para a frente e para trás, e seus dedos tensos se agitavam, tremulando no ar como fazem as plantas marinhas na água.

— Ele está melhorando? — perguntou Ruth.

— Bom — disse a mãe dela —, acho que sim, Ruth. Eu sempre acho que ele está melhorando um pouquinho, mas ninguém mais percebe isso.

— Cadê a enfermeira dele?

— Ah, ela está por aí. Talvez esteja na cozinha, fazendo uma pausa. Ela é nova e parece muito boa. Ela gosta de cantar para o Ricky. Não gosta, Ricky? Sandra não canta para você? É porque ela sabe que você gosta. Não sabe?

Mary falava com ele como as mães falam com os recém-nascidos, ou como o senador Simon Addams falava com sua cachorra Cookie, numa voz carinhosa, sem nenhuma expectativa de resposta.

— Está vendo a sua irmã? — ela perguntou. — Está vendo a sua irmã mais velha? Ela veio visitar você, meu pequeno. Veio dar um oi para o Ricky.

— Oi, Ricky — disse Ruth, tentando seguir a cadência da voz da mãe. — Oi, irmãozinho.

Ruth sentiu enjoo. Curvou-se e afagou a cabeça de Ricky, que ele logo tirou de baixo da mão dela, e ela sentiu seu cabelo achatado escorregar para longe num piscar de olhos. Ela recolheu a mão, e ele deixou a cabeça em repouso por um instante. Então virou a cabeça tão de repente que Ruth levou um susto.

Ricky nascera quando Ruth tinha nove anos de idade. Nascera num hospital em Rockland. Ruth jamais o viu quando ele era bebê, pois sua mãe não voltou para a ilha depois do nascimento. Seu pai foi para Rockland com a esposa quando o bebê estava para nascer, e Ruth ficou com a sra. Pommeroy na casa ao lado. Sua mãe deveria voltar com um bebê, porém não voltou nunca mais. Não voltou porque havia algo de errado com o bebê. Ninguém estava esperando aquilo.

Segundo o que Ruth ouvira, seu pai, a partir do momento em que viu que a criança tinha uma grave deficiência, começou rapidamente a distribuir a culpa, sem piedade. Estava enojado e furioso. Quem tinha feito aquilo com o filho dele? Ele decidiu logo de cara que o bebê tinha herdado aquela triste condição dos antepassados de Mary. Afinal, o que é que se sabia da órfã do Bath Naval Hospital ou do imigrante italiano? Quem sabia quais monstros se escondiam naquele passado obscuro? Os antepassados de Stan Thomas, por outro lado, eram conhecidos havia dez gerações, e nada desse gênero jamais tinha aparecido. Nunca houvera nenhuma aberração na família de Stan. Obviamente, disse Stan, é nisso que dá casar com uma pessoa de origem desconhecida. Sim, é nisso que dá.

Mary, ainda exausta no leito do hospital, revidou com sua própria defesa ensandecida. Ela normalmente não era de briga, mas dessa vez brigou. Revidou com um golpe sujo. Ah, sim, ela disse, todos os antepassados de Stan eram conhecidos, justamente porque eram todos *parentes* uns dos outros. Eram todos irmãos e primos de primeiro grau, e ninguém precisa ser gênio para perceber que, depois de várias gerações de casamentos consanguíneos e incestos, é este o resultado. Este menino, este Ricky com as mãos curvas e a cabeça que não para quieta.

— Ele é *seu* filho, Stan! — ela disse.

Foi uma briga feia, horrível, e abalou as enfermeiras da ala da maternidade, que ouviram cada palavra cruel. Algumas das enfermeiras mais novas choraram. Elas nunca tinham ouvido nada parecido. A enfermeira-chefe assumiu o posto à meia-noite e conduziu Stan Thomas para fora do quarto da esposa. A enfermeira-chefe era uma mulher grande, difícil de ser intimidada, mesmo por um lagosteiro de boca suja. Ela o obrigou a sair enquanto Mary ainda estava gritando com ele.

— Pelo amor de Deus — a enfermeira disse a Stan numa voz severa —, a mulher precisa descansar.

Umas poucas tardes depois, um visitante veio ver Mary, Stan e o recém-nascido no hospital; era o sr. Lanford Ellis. De algum modo, ele ficara sabendo da notícia. Tinha vindo a Rockland no *Stonecutter* para manifestar sua solidariedade e oferecer a Mary e Stan as condolências da família Ellis naquela situação trágica. Àquela altura, Stan e Mary tinham se reconciliado, embora friamente. Pelo menos conseguiam ficar no mesmo quarto.

Lanford Ellis contou a Mary sobre uma conversa que tivera com sua irmã Vera e sobre o consenso deles. Ele e a irmã tinham discutido o problema imediato e concordado que Mary não devia levar o bebê para Fort Niles Island. Mary não teria nenhuma assistência médica lá, nenhuma ajuda profissional para Ricky. Os médicos já haviam anunciado que ele precisaria de cuidados ininterruptos para o resto da vida. Mary e Stan tinham algum plano?

Mary e Stan admitiram que não tinham. Lanford Ellis se compadeceu. Entendeu que aquele era um momento difícil para o casal e tinha uma sugestão. Devido ao apego da família Ellis por Mary, eles estavam dispostos a ajudar. Lanford Ellis pagaria pelos cuidados de Ricky numa instituição apropriada. Para o resto da vida. Fosse qual fosse o custo. Ele ouvira falar de um estabelecimento particular excelente em Nova Jersey.

— Nova Jersey? — disse Mary Thomas, incrédula.

Nova Jersey realmente parecia longe, Lanford Ellis admitiu. Mas dizia-se que a instituição era a melhor do país. Ele conversara com o administrador naquela manhã. Se Stan e

Mary não julgassem conveniente aquele plano, havia uma outra possibilidade...

Ou...

Ou o quê?

Ou, se Mary e sua família se mudassem para Concord, onde Mary poderia retomar seu posto como companheira da srta. Vera, a família Ellis forneceria a Ricky cuidados particulares ali mesmo, na mansão Ellis. Lanford Ellis mandaria converter parte da ala dos empregados em uma área confortável para o jovem Ricky. Contrataria boas enfermeiras particulares e a melhor assistência médica. Para o resto da vida. Também encontraria um bom emprego para Stan Thomas e enviaria Ruth para uma boa escola.

— Não se atreva a fazer essa merda — disse Stan Thomas, numa voz perigosamente baixa. — Não se atreva a tentar levar a minha mulher de volta.

— É só uma sugestão — disse Lanford Ellis. — A decisão é de vocês.

E ele foi embora.

— Vocês envenenaram ela, caralho? — Stan Thomas gritou atrás de Lanford enquanto o velho homem se afastava, seguindo o corredor do hospital. Stan foi atrás dele. — Vocês envenenaram a minha mulher? Foram vocês que provocaram isso? Responda! Você e a sua maldita família armaram toda essa merda só pra levar ela de volta?

Porém Lanford Ellis não tinha mais nada a dizer, e a enfermeira grande intercedeu outra vez.

Naturalmente, Ruth Thomas nunca soube os detalhes da discussão que seus pais tiveram depois da oferta do sr. Ellis. Mas soube que alguns pontos foram esclarecidos logo de início, bem ali no quarto do hospital. Em hipótese alguma Mary Smith-Ellis Thomas, filha de uma órfã, colocaria seu filho, por mais deficiente que fosse, numa instituição. E em hipótese alguma Stan Thomas, ilhéu de décima geração, se mudaria para Concord, New Hampshire. E ele também não permitiria que sua filha se mudasse para lá, onde talvez fosse transformada em escrava da srta. Vera Ellis, como a mãe e a avó tinham sido.

Depois que esses pontos foram definidos, não havia mais como negociar. E por maior que fosse a gravidade da discussão, a decisão foi rápida e definitiva. Mary foi para Concord com o filho. Voltou à mansão Ellis e a seu posto junto a Vera Ellis. Stan Thomas voltou sozinho à ilha para encontrar sua filha. Não imediatamente, porém. Ele ficou desaparecido durante alguns meses.

— Aonde você foi? — Ruth perguntou a ele quando tinha dezessete anos. — Para onde você fugiu durante todo aquele tempo?

— Eu estava bravo — ele respondeu. — E isso não é da sua conta.

— Cadê a minha mãe? — Ruth perguntou ao pai, quando tinha nove anos e ele finalmente voltou a Fort Niles, sozinho. Sua explicação foi um desastre — algo sobre o que não importava, o que não valia a pena perguntar e o que deveria ser esquecido. Ruth ficou desnorteada com aquilo, e então o sr. Pommeroy se afogou, e ela pensou — fazia todo o sentido — que talvez sua mãe tivesse se afogado também. É claro. Essa era a resposta. Umas poucas semanas depois de chegar a essa conclusão, Ruth começou a receber cartas da mãe, o que a deixou confusa. Por um tempo, ela achou que as cartas vinham do céu. Conforme foi ficando mais velha, ela mais ou menos juntou os pedaços da história. Até que um dia Ruth sentiu que entendia completamente o que acontecera.

Agora, no quarto de Ricky, que cheirava a remédio, a mãe de Ruth tirou da cômoda um frasco de loção e sentou-se no chão ao lado do filho. Esfregou a loção em seus pés estranhos, massageando e alongando os dedos, e apertando os arcos tortos com os polegares.

— Como está o seu pai? — ela perguntou.

Ricky deu um gritinho e balbuciou.

— Está bem — disse Ruth.

— Ele está cuidando bem de você?

— Talvez eu esteja cuidando bem dele.

— Eu ficava preocupada que você não fosse ser amada o suficiente.

— Foi suficiente.

No entanto, a mãe de Ruth parecia tão apreensiva que Ruth tentou pensar em algo para tranquilizá-la, algum episódio em que seu pai tivesse demonstrado amor. Ela disse:

— No meu aniversário, quando me dá presentes, ele sempre diz, "Não vai usar a sua visão de raio X, hein, Ruth".

— Visão de raio X?

— Antes de eu abrir o presente, entendeu? Quando estou olhando para a caixa. Ele sempre diz isso. "Não vai usar a sua visão de raio X, Ruth." Ele é bem engraçado.

Mary Smith-Ellis Thomas assentiu devagar com a cabeça, parecendo tão apreensiva quanto antes.

— Ele te dá bons presentes de aniversário?

— Claro.

— Isso é bom.

— No meu aniversário, quando eu era pequena, ele costumava me pôr de pé numa cadeira e dizer: "Está se sentindo maior hoje? Você com certeza parece maior."

— Eu me lembro dele fazendo isso.

— A gente se diverte muito — disse Ruth.

— Angus Addams ainda está por lá?

— Ah, claro. A gente vê o Angus quase todo dia.

— Eu costumava ter medo dele. Uma vez vi ele batendo numa criança com uma boia. Logo quando eu tinha acabado de casar.

— Sério? Uma criança?

— Um coitado de um menino que estava trabalhando no barco dele.

— Ah, então não era uma criança. Devia ser o ajudante dele. Algum adolescente preguiçoso. O Angus é um chefe durão, isso com certeza. Não consegue pescar com ninguém hoje em dia. Ele não se dá bem com ninguém.

— Acho que ele nunca foi muito com a minha cara.

— Ele não gosta de demonstrar que vai com a cara de ninguém.

— Você tem que entender, Ruth, que eu nunca tinha conhecido pessoas assim. Sabe, foi no meu primeiro verão em Fort Niles que Angus Addams perdeu o dedo enquanto estava pescando. Você lembra de ouvir essa história? Estava muito frio, e ele não estava usando luvas, por isso as mãos dele congelaram. E acho que ele prendeu o dedo no... onde foi mesmo?

— No cabeçote do guincho.

— Ele prendeu o dedo no cabeçote do guincho, e o dedo se enroscou em alguma corda e foi arrancado da mão dele. O outro homem no barco disse que Angus chutou o dedo no mar e continuou pescando o resto do dia.

— A versão que eu ouvi — disse Ruth — é que ele cauterizou a mão com a ponta acesa do charuto para poder continuar pescando o resto do dia.

— Ah, Ruth.

— Mas não sei se eu acredito nisso. Nunca vi Angus Addams com um charuto na boca que estivesse realmente aceso.

— Ah, Ruth.

— Uma coisa é certa. Ele não tem mesmo um dedo.

A mãe de Ruth não disse nada. Ruth baixou o olhar para as próprias mãos.

— Desculpa — ela disse. — Você estava tentando dizer alguma coisa?

— Só que eu nunca tinha convivido com pessoas tão brutas.

Ruth pensou em comentar que muita gente achava a srta. Vera Ellis bastante bruta, porém mordeu a língua e disse:

— Entendi.

— Só fazia um ano que eu estava na ilha quando Angus Addams apareceu em casa com a Snoopy, a gata dele. Ele disse, "Estou de saco cheio dessa gata, Mary. Se você não tirar ela de cima de mim, vou dar um tiro nela bem aqui na sua frente." E ele estava com uma arma. Você sabe como a voz dele é grossa, como ele sempre parece bravo? Bom, eu acreditei nele, por isso é claro que peguei a gata. Seu pai ficou furioso; me mandou devolver a gata, mas Angus outra vez ameaçou que ia atirar nela na minha frente. Eu não queria ver aquela gata levar um tiro. Seu pai disse que ele não faria aquilo, mas eu não tinha como ter certeza. Era uma gata bonita. Você lembra da Snoopy?

— Acho que sim.

— Uma gatona branca, tão bonita. Seu pai disse que isso era um golpe do Angus, que era o jeito dele de se livrar da gata. E acho que era mesmo um golpe, porque algumas semanas depois a Snoopy teve cinco filhotes, e aqueles filhotes eram problema nosso. Então fui eu que fiquei brava, mas seu pai e Angus acharam tudo muito engraçado. E Angus achou que tinha sido esperto de me enganar desse jeito. Ele e o seu pai ficaram caçoando de mim durante meses. Seu pai acabou afogando os gatinhos.

— Que pena.

— Foi mesmo. Mas de qualquer jeito, eu acho que tinha alguma coisa errada com aqueles gatinhos.

— Aham — disse Ruth. — Eles não sabiam nadar.

— Ruth!

— Só estou brincando. Desculpa. Foi uma piada idiota. — Ruth se odiava. Mais uma vez, ficou surpresa com o modo sutil como chegava àquele ponto com a mãe, o ponto de fazer uma piada cruel às custas de uma mulher tão frágil. Apesar de suas melhores intenções, em poucos minutos ela dizia alguma coisa que magoava a mãe. Na presença dela, Ruth às vezes se sentia transformada num rinoceronte em plena investida. Um rinoceronte numa loja de porcelana. Mas por que a mãe dela se magoava tão fácil? Por que a mãe era uma loja de porcelana, para começo de conversa? Ruth não estava acostumada a mulheres como ela. Estava acostumada a mulheres como as irmãs Pommeroy, que passavam por cima de tudo, como se fossem invencíveis. Ruth ficava mais confortável perto de pessoas duronas. Pessoas duronas faziam Ruth se sentir menos como um... rinoceronte.

Mary esfregou as pernas do filho e delicadamente rodou cada um de seus pés, alongando os tornozelos.

— Ah, Ruth — ela disse —, eu fiquei tão triste no dia em que os gatinhos foram afogados.

— Sinto muito — disse Ruth e realmente sentia. — Sinto muito.

— Obrigada, querida. Quer me ajudar com o Ricky? Você me ajuda a esfregar ele?

— Claro — disse Ruth, embora não pudesse pensar em nada mais desagradável.

— Você pode esfregar as mãos dele. Dizem que é bom para impedir que elas fiquem retorcidas demais, coitadinho.

Ruth despejou um pouco de loção na palma da mão e começou a esfregar uma das mãos de Ricky. Imediatamente sentiu uma convulsão no estômago, uma onda crescente, como um enjoo marítimo. Uma mãozinha tão atrofiada, tão sem vida!

Uma vez, Ruth estava pescando com o pai quando ele puxou uma armadilha com uma lagosta na época da muda. Não era incomum, no verão, achar lagostas com carapaças novas e moles, com apenas alguns dias de idade, porém aquela lagosta devia ter mudado de casca cerca de uma hora antes. Sua carapaça perfeita e vazia jazia ao seu lado dentro do cesto, agora inútil, uma armadura oca. Ruth segurara a lagosta pelada na palma da mão, e mexer nela lhe causara o mesmo enjoo que ela agora sentia ao mexer no irmão. Uma lagosta sem casca era carne sem ossos; quando Ruth a levantou, a lagosta mole ficou pendendo da mão dela, oferecendo não mais resistência que uma meia molhada. Ficou ali pendurada como algo derretendo, como se fosse acabar pingando de seus dedos. Não se parecia em nada com uma lagosta normal, nada como um daqueles pequenos tanques de guerra, agitados e ferozes. E no entanto, Ruth podia sentir na mão a vida do animal, seu sangue vibrando. Sua carne era uma geleia azulada, como uma vieira crua. Ela sentira calafrios. Só de mexer na lagosta, Ruth começara a matá-la, deixando suas impressões digitais na pele fina de seus órgãos. Ela jogara a lagosta pela amurada do barco e a observara afundar, translúcida. A lagosta não tinha chance alguma. Não tinha a mínima chance de sobreviver. Alguma coisa provavelmente a devorou antes de ela sequer encostar no fundo.

— Isso — disse a mãe de Ruth. — É gentil da sua parte.

— Coitadinho — Ruth se forçou a dizer, aplicando a loção nos estranhos dedos do irmão, em seu pulso, seu antebraço. A voz dela soava tensa, mas a mãe pareceu não notar. — Coitadinho.

— Você sabia que quando seu pai era menino na escola de Fort Niles, nos anos quarenta, os professores ensinavam as crianças a dar nós? Isso era uma parte importante do currículo na ilha. E eles aprendiam a ler tábuas de marés, também. Na escola! Dá para imaginar?

— Provavelmente era uma boa ideia — disse Ruth. — Faz sentido as crianças da ilha saberem essas coisas. Ainda mais naquela época. Eles iam ser pescadores, não é?

— Mas na *escola*, Ruth? Eles não podiam primeiro ensinar as crianças a ler e deixar os nós para mais tarde?

— Com certeza elas também aprendiam a ler.

— É por isso que nós quisemos mandar você para uma escola particular.

— Meu pai não queria.

— Eu quis dizer os Ellis e eu. Estou muito orgulhosa de você, Ruth. Orgulhosa de como você foi bem. Décima primeira aluna da classe! E estou orgulhosa por você ter aprendido francês. Fala alguma coisa em francês para mim?

Ruth deu risada.

— Que foi? — a mãe perguntou. — Qual é a graça?

— Nada. É só que sempre que eu falo francês perto do Angus Addams, ele diz "O quê? Você está com dor *onde*?".

— Ah, Ruth. — Ela parecia triste. — Eu estava esperando que você fosse me dizer alguma coisa em francês.

— Não vale a pena, mãe. Meu sotaque é idiota.

— Bom. Você é quem sabe, meu bem.

Elas ficaram em silêncio por alguns instantes, e depois a mãe de Ruth disse:

— Seu pai provavelmente queria que você tivesse ficado na ilha e aprendido a dar nós!

— Tenho certeza de que é exatamente isso que ele queria — disse Ruth.

— E marés! Tenho certeza de que ele queria que você aprendesse sobre marés. Eu nunca consegui aprender isso, por mais que tentasse. Seu pai tentou me ensinar a manejar um barco. Conduzir o barco era fácil, mas eu também tinha que saber onde ficavam todas as rochas e saliências, e quais despontavam durante quais marés. Eles praticamente não tinham boias lá, e as poucas que tinham estavam sempre saindo do curso, e o seu pai gritava comigo se eu tentasse me orientar por elas. Ele não confiava nas boias, mas como é que eu ia saber? E as correntezas! Achei que fosse só direcionar o barco e puxar o acelerador. Eu não sabia nada sobre correntezas.

— Como você poderia saber?

— Como eu poderia saber, Ruth? Achei que soubesse sobre a vida na ilha, afinal tinha passado os verões ali, mas eu não sabia nada. Não fazia ideia de como o vento fica horrível no inverno. Sabia que algumas pessoas enlouqueceram por causa disso?

— Acho que a maioria das pessoas em Fort Niles enlouqueceu — disse Ruth, dando risada.

— O vento não para! No meu primeiro inverno lá, o vento começou a soprar no final de outubro e só parou em abril. Eu tive os sonhos mais esquisitos naquele inverno, Ruth. Ficava sonhando que a ilha estava prestes a ser soprada para longe. As árvores da ilha tinham raízes muito compridas, que desciam até o fundo do mar, e eram a única coisa que impedia a ilha de ser arrastada pelo vento.

— Você ficava com medo?

— Ficava apavorada.

— Ninguém era legal com você?

— Sim. A sra. Pommeroy era legal comigo.

Alguém bateu na porta, e a mãe de Ruth levou um susto. Ricky se assustou também e começou a jogar a cabeça para a frente e para trás. Ele guinchava; era um som terrível, como o guincho dos freios ruins de um carro velho.

— Shh — disse a mãe. — Shh.

Ruth abriu a porta do quarto, e lá estava Cal Cooley.

— Matando a saudade? — ele perguntou. Cal entrou e instalou seu alto porte numa cadeira de balanço. Sorriu para Mary, porém não olhou para Ricky.

— A srta. Vera quer dar um passeio de carro — ele disse.

— Ah! — exclamou Mary, ficando de pé num pulo. — Vou buscar a enfermeira. Vamos pegar os nossos casacos. Ruth, vá pegar seu casaco.

— Ela quer fazer compras — disse Cal, ainda sorrindo, mas agora olhando para Ruth. — Ela ficou sabendo que Ruth chegou sem bagagem.

— E como ela ficou sabendo disso, Cal? — Ruth perguntou.

— Não faço ideia. Só sei que ela quer comprar umas roupas novas para você, Ruth.

— Não preciso de nada.

— Eu falei para você — ele disse, com imensa satisfação. — Falei para você trazer suas próprias roupas, senão a srta. Vera ia acabar comprando coisas novas para você e te deixando irritada.

— Olha, eu não me importo — disse Ruth. — O que quer que vocês me obriguem a fazer, eu não me importo. Estou cagando. Só quero que isso acabe logo.

— Ruth! — exclamou Mary, mas a garota não se importou. Que todos eles fossem para o inferno. Cal Cooley também não pareceu se importar. Apenas deu de ombros.

Eles foram até a loja de roupas no velho Buick bicolor. Mary e Cal levaram quase uma hora para fazer a srta. Vera se vestir, se cobrir e descer a escada até o carro, onde ela sentou-se no banco do passageiro da frente com sua bolsinha de contas no colo. Mary disse que fazia vários meses que ela não saía de casa.

A srta. Vera era muito pequena; era como um passarinho empoleirado no banco da frente. Suas mãos eram minúsculas, e ela tremia os dedos finos pousados sobre a bolsa de contas, como se estivesse lendo em Braille ou rezando com um terço infinito. Ela trazia luvas de renda consigo, que pôs ao seu lado no banco. Sempre que Cal Cooley dobrava uma esquina, ela punha a mão esquerda nas luvas, como se temesse que fossem escorregar. Ela levava um sustinho a cada curva, embora Cal estivesse dirigindo na velocidade aproximada de um pedestre saudável. A srta. Vera vestia um longo casaco de minque e um chapéu com um véu preto. Sua voz era muito baixa, com uma leve oscilação. Ela sorria enquanto falava, pronunciava as palavras com um vestígio de sotaque britânico e entoava cada frase com uma certa melancolia.

— Ah, sair para passear... — ela disse.

— É — concordou a mãe de Ruth.

— Você sabe dirigir, Ruth?

— Sei — disse a garota.

— Ah, que inteligente, você. Eu mesma nunca fui perita. Eu sempre *colidia*... — A lembrança fez a srta. Vera dar uma risadinha. Ela pôs a mão na boca, como uma menina tímida. Ruth não lembrava que a srta. Vera fosse de dar risadinhas. Aquilo devia ter surgido com a idade, uma afetação tardia. Ruth olhou para a velha senhora e lembrou que, em Fort Niles Island, a srta. Vera obrigava os homens locais que estavam trabalhando em seu gramado a beber da mangueira do jardim. Não permitia que eles entrassem na cozinha para tomar um copo d'água. Nem nos dias mais quentes. Essa sua política era tão odiada que deu origem a uma expressão na ilha: *Beber água da mangueira*. Aquilo indicava o mais profundo dos insultos. *Minha mulher ficou com a casa e com os filhos também. Essa bruxa realmente me deixou bebendo água da mangueira.*

Cal Cooley, num cruzamento de mão dupla, parou numa placa de *pare* e deixou outro carro passar. Então, quando ele começou a avançar, a srta. Vera gritou:

— Espere!

Cal parou. Não havia outros carros à vista. Ele começou a avançar outra vez.

— Espere! — repetiu a srta. Vera.

— Nós temos a preferência — disse Cal. — É a nossa vez de passar.

— Acho mais prudente esperar. Pode ter outros carros vindo.

Cal pôs o motor em ponto morto e esperou na placa de *pare*. Nenhum outro carro apareceu. Durante vários minutos, eles ficaram ali sentados em silêncio. Por fim, um carro comprido parou atrás do Buick e o motorista deu uma buzinada curta. Cal não disse nada. Mary não disse nada. A srta. Vera não disse nada. Ruth afundou no banco e pensou em como o mundo era cheio de cretinos. O motorista buzinou mais uma vez, duas vezes, e a srta. Vera disse:

— Que indelicado.

Cal baixou o vidro e acenou para que o carro passasse. Ele passou. Eles ficaram sentados no Buick, esperando na placa de *pare*. Outro carro parou atrás deles, e Cal acenou para que este passasse também. Uma picape vermelha enferrujada passou por eles, vindo da direção oposta. Então, como antes, não havia carros à vista.

A srta. Vera apertou as luvas na mão esquerda e disse:

— Vai!

Cal atravessou o cruzamento devagar e seguiu para a rodovia. A srta. Vera deu outra risadinha.

— Que aventura! — ela disse.

Eles chegaram ao centro de Concord, e Mary instruiu Cal Cooley a estacionar em frente a uma loja de roupas femininas. O nome, Blaire's, estava pintado em dourado na vitrine, em elegantes letras cursivas.

— Não vou entrar — disse a srta. Vera. — É muito esforço para mim. Mas mande o sr. Blaire vir aqui. Vou dizer a ele exatamente do que precisamos.

Mary entrou na loja e logo reapareceu com um rapaz. Parecia apreensiva. O rapaz andou até o lado do passageiro do carro e deu uma batidinha na janela. A srta. Vera franziu a testa. Ele sorriu e fez um gesto para que ela baixasse o vidro. A mãe de Ruth ficou atrás dele, numa postura de extrema ansiedade.

— Quem *diabos* é essa pessoa? — disse a srta. Vera.

— Talvez a senhora devesse baixar o vidro e ver o que ele quer — sugeriu Cal.

— Não vou fazer isso! — Ela olhou feio para o rapaz. O rosto dele brilhava ao sol da manhã, e ele sorriu para ela, outra vez fazendo o gesto de baixar o vidro. Ruth mudou de lugar no banco de trás e baixou o vidro dela.

— Ruth! — exclamou a srta. Vera.

— Posso ajudar? — Ruth perguntou ao homem.

— Sou o sr. Blaire — disse o rapaz. Ele enfiou a mão pela janela para apertar a de Ruth.

— Muito prazer, sr. Blaire — ela disse. — Eu sou Ruth Thomas.

— Ele não é! — declarou a srta. Vera. Ela virou-se no banco com uma agilidade repentina e assustadora, e lançou um olhar ferino para o rapaz. — Você não é o sr. Blaire. O sr. Blaire tem um bigode grisalho!

— Esse é o meu pai, senhora. Ele se aposentou, e eu tomo conta da loja.

— Diga ao seu pai que a srta. Vera Ellis quer falar com ele.

— Eu diria isso com prazer, senhora, mas ele não está aqui. Meu pai mora em Miami, senhora.

— Mary!

A mãe de Ruth correu até o Buick e enfiou a cabeça na janela de Ruth.

— Mary! Quando isso aconteceu?

— Não sei. Não sei nada sobre isso.

— Não preciso de roupa nenhuma — disse Ruth. — Não preciso de nada. Vamos para casa.

— Quando o seu pai se aposentou? — a mãe de Ruth perguntou ao jovem sr. Blaire. Estava pálida.

— Há sete anos, senhora.

— Impossível! Ele teria me informado — disse a srta. Vera.

— A gente pode ir a outro lugar? — perguntou Ruth. — Não tem outra loja em Concord?

— Não há nenhuma loja em Concord além da Blaire's — disse a srta. Vera.

— Bom, ficamos felizes em saber que a senhora pensa isso — disse o sr. Blaire. — E tenho certeza de que podemos ajudá-la, senhora.

A srta. Vera não respondeu.

— Meu pai me ensinou tudo o que sabia, senhora. Todos os clientes dele agora são meus clientes. Tão satisfeitos quanto antes!

— Tire a sua cabeça do meu carro.

— Senhora?

— Tire a sua maldita cabeça do meu carro.

Ruth começou a rir. O rapaz tirou a cabeça do Buick e voltou depressa para dentro da loja, num passo duro. Mary foi atrás, tentando encostar no braço dele, tentando apaziguá-lo, mas ele a afastou.

— Mocinha, isso não tem graça — a srta. Vera virou-se outra vez no banco e lançou um olhar maligno para Ruth.

— Desculpe.

— Veja se pode!

— Devemos voltar para casa, srta. Vera? — perguntou Cal.

— Vamos esperar a Mary! — ela disse, ríspida.

— Naturalmente. Foi isso que eu quis dizer.

— Porém não foi isso que você disse.

— Perdão.

— Ah, esses *mentecaptos*! — exclamou a srta. Vera. — Estão por toda parte!

Mary voltou e sentou-se em silêncio ao lado da filha. Cal afastou o carro do meio-fio, e a srta. Vera disse, exasperada:

— Cuidado! Cuidado, cuidado, cuidado.

Ninguém disse nada durante o caminho inteiro, até eles estacionarem na casa. Lá, a srta. Vera virou-se e abriu um sorriso amarelo para Ruth. Deu outra risadinha. Ela havia se recomposto.

— Nós nos divertimos muito, a sua mãe e eu — ela disse. — Depois de tantos anos vivendo com homens, finalmente estamos sozinhas juntas. Não temos maridos para cuidar, nem irmãos ou pais tomando conta de nós. Duas senhoras independentes, e fazemos o que nos dá na telha. Não é verdade, Mary?

— É.

— Senti falta da sua mãe quando ela fugiu e se casou com o seu pai, Ruth. Você sabia disso?

Ruth não disse nada. Sua mãe olhou nervosa para ela e respondeu, em voz baixa:

— Tenho certeza de que Ruth sabe disso.

— Lembro dela saindo de casa após me contar que ia se casar com um pescador. Fiquei olhando a sua mãe ir embora. Eu estava lá em cima, no meu quarto. Você conhece esse quarto, Ruth? Sabe que ele tem vista para a entrada da casa? Ah, minha pequena Mary parecia tão miúda e corajosa. Ah, Mary. Os seus ombrinhos estavam tão retos, como se dissessem, *Posso fazer qualquer coisa!* Mary, minha querida. Minha pobre, querida, adorável menina. Você foi tão corajosa.

Mary fechou os olhos. Ruth sentiu uma raiva terrível, biliosa, brotando em sua garganta.

— Pois é, fiquei olhando a sua mãe ir embora, Ruth, e isso me fez chorar. Fiquei sentada no meu quarto, aos prantos. Meu irmão entrou e me deu um abraço. Você sabe como meu irmão Lanford é gentil. Não sabe?

Ruth não conseguia falar. Seu maxilar estava cerrado com tanta força que ela não conseguia nem pensar em soltá-lo para pronunciar uma única palavra. Muito menos uma palavra educada. Ela talvez tivesse soltado uma série de palavrões. Talvez tivesse conseguido fazer isso por aquela bruxa cruel.

— E o meu excelente irmão disse para mim, "Vera, vai ficar tudo bem." Sabe o que eu respondi? Eu disse, "Agora sei como a pobre sra. Lindbergh se sentiu!"

Eles ficaram sentados em silêncio pelo que pareceu um ano, deixando que aquela frase pairasse sobre eles. A mente de Ruth estava a mil. Será que ela podia bater naquela mulher? Será que podia sair daquele carro velho e voltar a pé para Fort Niles?

— Mas agora ela está comigo, onde é o lugar dela — disse a srta. Vera. — E fazemos o que nos dá vontade. Não temos maridos para nos dizer o que fazer. Não temos filhos para cuidar. A não ser o Ricky, é claro. Pobre Ricky. Mas Deus sabe que ele não pede muito. Sua mãe e eu somos mulheres independentes, Ruth, e nos divertimos juntas. Aproveitamos nossa independência, Ruth. Gostamos muito dela.

Ruth ficou com a mãe durante uma semana. Vestiu a mesma roupa todo dia, e ninguém disse uma palavra a respeito. Não houve mais passeios para fazer compras. Ela dormia de roupa e a vestia de novo toda manhã depois do banho. Não reclamou daquilo.

Que diferença fazia?

Esta era sua estratégia de sobrevivência: Foda-se.

Foda-se tudo. O que quer que eles pedissem, ela fazia. Qual fosse o ato revoltante de exploração que ela visse a srta. Vera cometer contra sua mãe, ela ignorava. Ruth estava pagando penitência em Concord. Esperando aquilo acabar. Tentando manter a sanidade. Porque se reagisse a tudo que a irritava, teria ficado num estado constante de desgosto e raiva, o que teria deixado sua mãe mais nervosa, a srta. Vera, mais predatória, e Cal Cooley, mais arrogante. Por isso ela engolia tudo e ficava quieta. *Foda-se.*

Toda noite antes de ir para a cama, ela dava um beijo na bochecha da mãe. A srta. Vera perguntava numa voz marota, "Cadê o meu beijo?", e Ruth cruzava a sala com as pernas duras, curvava-se e beijava aquela bochecha cheirando a lavanda. Ela fazia aquilo por respeito à mãe. Fazia aquilo porque era menos transtorno que arremessar um cinzeiro do outro lado da sala. Ela via o alívio que aquilo trazia à mãe. Bom. O que quer que ela pudesse fazer para ajudar, ótimo. *Foda-se.*

— Cadê o *meu* beijo? — Cal perguntava toda noite.

E toda noite Ruth murmurava algo como:

— Boa noite, Cal. Tente se lembrar de não matar a gente durante o sono.

E a srta. Vera dizia:

— Que palavras tão cheias de ódio, para uma menina da sua idade.

Dane-se, pensava Ruth. Ela sabia que devia manter a boca totalmente fechada, porém gostava de dar umas alfinetadas em Cal de vez em quando. Isso a fazia se sentir ela mesma. Era familiar, de algum modo. Reconfortante. Ela levava a satisfação consigo para a cama e aninhava-se nela, como se fosse um ursinho de pelúcia. Sua cutucada noturna em Cal ajudava Ruth Thomas a cair no sono sem passar horas fritando, pensando na eterna pergunta incômoda: *Que destino a tinha colocado na vida da família Ellis? E por quê?*

7

Em cada ninhada de ovos que se segmentam, um certamente irá se deparar com formas irregulares e, em alguns casos, a maior parte parecerá ser anormal.

— *A lagosta americana: um estudo de seus hábitos e desenvolvimento*
Francis Hobart Herrick, ph.D.
1895

Ao fim da semana, Cal Cooley e Ruth voltaram para Rockland, Maine. Choveu o tempo todo. Ela ficou sentada no banco da frente do Buick com Cal, e ele não calou a boca. Provocou Ruth por causa da única roupa que ela trouxera, por causa da ida até a Blaire's, e fez imitações grotescas da mãe dela e sua assistência servil à srta. Vera.

— Cala a boca, Cal — disse Ruth.

— Oh, srta. Vera, quer que eu lave o seu cabelo agora? Oh, srta. Vera, quer que eu lixe os seus calos agora? Oh, srta. Vera, quer que eu limpe a sua bunda agora?

— Deixa a minha mãe em paz — disse Ruth. — Ela faz o que precisa fazer.

— Oh, srta. Vera, quer que eu deite no meio da rua agora?

— Você é pior, Cal. Você puxa mais o saco da família Ellis do que qualquer outra pessoa. Você mama naquele velho pra tirar cada centavo e bajula a srta. Vera loucamente.

— Ah, acho que não, meu bem. Acho que a sua mãe ganha o prêmio.

— Enfia você sabe onde, Cal.

— Que articulada, Ruth!

— Enfia você sabe onde, seu sicofanta.

Cal caiu na gargalhada.

— Assim está melhor! Vamos comer.

A mãe de Ruth tinha preparado para eles uma cesta com pão, queijo e chocolates, e Ruth a abriu. O queijo era uma pequena roda, macio e coberto de cera, e quando Ruth o cortou, ele exalou um cheiro mortífero, como alguma coisa apodrecendo no fundo de um buraco úmido. Especificamente, cheirava como vômito no fundo desse buraco.

— Cacete! — Cal gritou.

— Meu Deus! — disse Ruth, enfiando o queijo de volta na cesta e fechando a tampa de vime. Ela tapou o nariz com a ponta do suéter. Ambas as medidas foram inúteis.

— Joga isso fora! — gritou Cal. — Tira isso daqui.

Ruth abriu a cesta, baixou o vidro e jogou o queijo para fora. Ele quicou e saiu rolando na estrada atrás deles. Ela enfiou a cabeça para fora da janela, respirando fundo.

— O que era aquilo? — perguntou Cal. — O que era *aquilo*?

— Minha mãe disse que era queijo de leite de ovelha — disse Ruth, ao recuperar o fôlego. — É caseiro. Alguém deu para a srta. Vera no Natal.

— Pra matar ela!

— Supostamente é uma iguaria fina.

— Uma iguaria fina? Ela disse que era uma iguaria fina?

— Deixa ela em paz.

— Ela queria que a gente comesse isso?

— Era um presente. Ela não sabia.

— Agora eu sei por que as pessoas associam o cheiro de alguns queijos ao chulé.

— Ah, pelo amor de Deus.

— Eu nunca soube por que eles diziam isso antes, mas agora eu sei — disse Cal. — *Queijo e chulé.* Nunca tinha pensado nisso.

Ruth disse:

— Agora chega, Cal. Faz um favor e não fala mais comigo pelo resto da viagem.

Depois de um longo silêncio, Cal Cooley disse, pensativo:

— De onde será que vem a palavra chulé?

Ruth disse:

— Me deixa em paz, Cal. Por favor, pelo amor de Deus, me deixa em paz.

Quando eles chegaram ao porto de Rockland, o pastor Wishnell e seu sobrinho já estavam lá. Ruth viu o *New Hope* parado no mar cinzento e calmo, salpicado de chuva. Não houve cumprimentos.

O pastor Wishnell disse:

— Me leve até a loja, Cal. Preciso de óleo, mantimentos e material de papelaria.

— Claro — disse Cal. — Sem problema.

— Fique aqui — o pastor Wishnell disse a Owney, e Cal, imitando a entonação do pastor, apontou para Ruth e disse: — Fique aqui.

Os dois homens partiram de carro, deixando Ruth e Owney no porto, na chuva. Assim sem mais. O rapaz vestia um impermeável amarelo novinho em folha, um chapéu de chuva amarelo e botas amarelas. Ele ficou ali, imóvel e largo, olhando para o mar, suas mãos grandes unidas atrás das costas. Ruth gostava do tamanho dele. Seu corpo era denso e cheio de gravidade. Ela gostava de seus cílios loiros.

— Você teve uma boa semana? — Ruth perguntou a Owney Wishnell.

Ele fez que sim com a cabeça.

— O que você fez?

Ele suspirou. Depois fez uma careta, como se estivesse fazendo esforço para pensar.

— Não muita coisa — ele finalmente disse. Sua voz era grave e baixa.

— Ah — disse Ruth. — Eu fui ver a minha mãe em Concord, New Hampshire.

Owney assentiu com a cabeça, franziu a testa e respirou fundo. Parecia prestes a dizer algo, mas em vez disso juntou as mãos atrás das costas de novo e ficou em silêncio, sem expressão no rosto. *Ele é incrivelmente tímido,* pensou Ruth. Ela achou aquilo encantador. *Tão grande e tão tímido!*

— Para falar a verdade — disse Ruth —, eu fico triste de ver a minha mãe. Não gosto de ir ao continente; quero voltar para Fort Niles. E você? Você preferia estar lá? Ou aqui?

O rosto de Owney Wishnell ficou rosa, depois cor de cereja, depois rosa de novo, depois voltou ao normal. Ruth, fascinada, observou aquela transição extraordinária e perguntou:

— Estou te incomodando?

— Não. — Ele corou outra vez.

— Minha mãe sempre me pressiona para sair de Fort Niles. Não pressiona de verdade, mas me obrigou a ir à escola em Delaware, e agora quer que eu me mude para Concord. Ou vá para a faculdade. Mas eu gosto de lá. — Ruth apontou para o oceano. — Não quero morar com a família Ellis. Quero que eles me deixem em paz.

Ela não entendia por que estava tagarelando com aquele rapaz enorme, quieto e tímido de impermeável amarelo; lhe ocorreu que ela parecia uma criança ou uma tonta. Mas quando ela olhava para Owney, via que ele estava escutando. Não estava olhando para Ruth como se ela fosse nem uma criança nem uma tonta.

— Tem certeza de que eu não estou te incomodando?

Owney Wishnell tossiu em seu punho fechado e encarou Ruth. Seus olhos azul-claros tremulavam com o esforço.

— Hã... — ele disse e tossiu de novo. — Ruth.

— Sim? — Ela ficou arrebatada ao ouvi-lo dizer seu nome. Não sabia que ele o conhecia. — O que foi, Owney?

— Quer ver uma coisa? — ele perguntou. Owney soltou aquela frase como se fosse uma confissão. Disse aquilo com muita urgência, como se estivesse prestes a revelar um esconderijo de dinheiro roubado.

— Ah, sim — disse Ruth. — Eu adoraria.

Ele parecia indeciso, tenso.

— Pode me mostrar — disse Ruth. — Me mostra alguma coisa. Claro. Pode me mostrar o que você quiser.

— A gente tem que ser rápido — disse Owney, despertando de repente. Ele correu até a ponta do cais, e Ruth o seguiu. Ele desceu a escada depressa e entrou num bote a remo, desamarrou o bote num piscar de olhos e fez um gesto para que Ruth entrasse. Parecia que ele já estava remando quando ela caiu tropeçando dentro do bote. Ele puxava os remos com belas remadas sólidas — *tchuf, tchuf, tchuf* — e o bote oscilava, atravessando as ondas.

Ele passou pelo *New Hope*, passou por todos os outros barcos ancorados no porto, sem nunca afrouxar o ritmo. Os nós de seus dedos estavam brancos, e sua boca era uma linha estreita, concentrada. Ruth segurou-se de ambos os lados do bote, outra vez espantada com a força dele. Aquilo não era de modo algum o que ela esperava estar fazendo cerca de trinta segundos atrás, quando estava parada no porto. Owney remou até eles saírem da enseada protegida, e as ondas tinham ficado maiores, batendo no pequeno bote e fazendo-o balançar. Eles chegaram a um enorme rochedo de granito — uma pequena ilha de granito, na verdade — e Owney o contornou com o barco. Estavam completamente fora do campo de visão da praia. As ondas chapinhavam no rochedo.

Owney mantinha o olhar fixo no mar à sua frente, franzindo o rosto e respirando pesado. Remou para longe da ilha, avançando cerca de doze metros para dentro do mar, e parou. Ficou de pé no bote e espiou dentro da água, depois sentou-se e remou mais três metros, e espiou dentro da água outra vez. Ruth debruçou-se, porém não viu nada.

Owney Wishnell procurou um bicheiro no fundo do bote, uma vara comprida com um gancho na ponta. Lentamente, ele o mergulhou na água e começou a puxá-lo, e Ruth viu que ele tinha enganchado o bicheiro numa boia, como as que os lagosteiros usavam para marcar onde tinham deixado armadilhas. Mas aquela boia era totalmente branca, sem nenhuma das cores vivas que identificavam os lagosteiros. E em vez de oscilar na superfície, a boia estava amarrada numa linha curta, que a mantinha escondida vários metros abaixo. Ninguém teria achado aquilo sem saber exatamente, precisamente, onde procurar.

Owney jogou a boia dentro do barco e então, com uma mão após a outra, puxou a linha que estava amarrada até chegar ao fim. E lá estava uma armadilha de madeira feita à mão. Ele a içou para dentro do barco; estava apinhada de enormes lagostas batendo as pinças.

— De quem é essa armadilha? — perguntou Ruth.

— Minha! — disse Owney.

Ele abriu a porta da armadilha e tirou as lagostas, uma por uma, segurando cada uma para que Ruth visse, e depois deixando-as cair na água.

— Ei! — ela disse depois da terceira. — Não jogue elas de volta! Elas são boas!

Ele as jogou de volta, todas elas. As lagostas realmente eram boas. Eram enormes. Estavam abarrotadas naquela armadilha feito peixes numa rede em alto-mar. No entanto, estavam se comportando de um jeito estranho. Quando Owney encostou nelas, elas não fecharam as pinças depressa nem lutaram. Ficaram imóveis na mão dele. Ruth nunca tinha visto nada parecido com aquelas lagostas obedientes. E nunca tinha visto, nem de longe, tantas lagostas numa única armadilha.

— Por que tem tantas lagostas? Por que elas não brigam com você? — ela perguntou.

— Porque não — ele disse e jogou outra no mar.

— Por que você não fica com elas? — perguntou Ruth.

— Não posso! — Owney gritou.

— Quando você deixou a armadilha?

— Semana passada.

— Por que você deixa a boia embaixo d'água, onde não dá para ver?

— Para esconder.

— De quem?

— De todo mundo.

— Então como você achou a armadilha?

— Eu sabia onde estava — ele disse. — Eu sei onde elas estão.

— "Elas?"

Ele jogou a última lagosta no mar e arremessou pela amurada a armadilha, que fez um barulho forte ao bater na água. Enquanto enxugava as mãos no macacão, ele disse, com uma urgência trágica:

— Eu sei onde as lagostas estão.

— Você sabe onde as lagostas estão.

— Sei.

— Você é mesmo um Wishnell — ela disse. — Não é?

— Sou.

— Onde estão as suas outras armadilhas, Owney?

— Por toda parte.

— Por toda parte? Por todo o litoral do Maine?

— É.

— Seu tio sabe?

— Não! — Ele pareceu pasmo, horrorizado.

— Quem construiu as armadilhas?

— Eu.

— Quando?

— De noite.

— Você faz tudo isso escondido do seu tio.

— Faço.

— Porque ele ia matar você, não é?

Sem resposta.

— Por que você joga elas de volta, Owney?

Ele cobriu o rosto com as mãos, depois as deixou cair. Parecia prestes a chorar. Só conseguia balançar a cabeça.

— Ah, Owney.

— Eu sei.

— Isso é loucura.

— Eu sei.

— Você podia ser rico! Meu Deus, se você tivesse um barco e uns apetrechos, podia ser rico!

— Não posso.

— Porque alguém...

— Meu tio.

— ... ia descobrir.

— É.

— E ele quer que você seja pastor ou alguma coisa patética desse gênero?

— Quer.

— Bom, isso é um puta desperdício, não é?

— Não quero ser pastor.

— Não culpo você, Owney. Eu também não quero ser pastora. Quem mais sabe disso?

— A gente tem que ir — disse Owney. Ele agarrou os remos e deu meia-volta com o barco, com suas costas largas e retas viradas para a praia, e começou a atravessar a água em belas remadas compridas, feito uma máquina deslumbrante.

— Quem mais sabe, Owney?

Ele parou de remar e olhou para ela.

— Você.

Ela olhou de volta, bem direto para ele, direto para sua grande cabeça loira e quadrada, seus olhos azuis suecos.

— Você — ele repetiu. — Só você.

8

> Conforme a lagosta aumenta de tamanho, fica mais audaciosa e se afasta mais da praia, embora nunca chegue a realmente perder seu instinto de cavar, e jamais abandone o hábito de escônder-se sob as pedras quando surge a necessidade.
>
> — *A lagosta americana: um estudo de seus hábitos e desenvolvimento*
> Francis Hobart Herrick, ph.D.
> 1895

Georges Bank, ao fim da Era do Gelo, era uma floresta exuberante, densa e primeva. Tinha rios, montanhas, mamíferos. Depois foi encoberta pelo mar e tornou-se um dos melhores territórios de pesca do planeta. A transformação levou milhões de anos, mas os europeus não demoraram muito para achar o lugar assim que chegaram ao Novo Mundo e pescaram sem dó nem piedade.

Os grandes barcos partiam com redes e linhas para todo tipo de peixe — vermelhos, arenques, bacalhaus, carapaus, baleias de diversos tipos, lulas, atuns, peixes-espada, cações — e havia dragas também, para pescar vieiras. No final do século XIX, Georges Bank se tornara uma cidade internacional em alto-mar; havia barcos alemães, russos, americanos, canadenses, franceses e portugueses, todos pescando toneladas de peixes. Cada barco tinha homens a bordo para enfiar os peixes vivos dentro dos tanques, tão distraidamente quanto homens enfiando pás no carvão. Cada embarcação ficava no mar durante uma semana, ou até duas seguidas. À noite, as luzes das centenas de navios brilhavam na água feito as luzes de uma pequena cidade.

Os barcos e navios dali, parados no mar aberto, a um dia de viagem de qualquer praia, eram alvos fixos para o tempo ruim. As tempestades surgiam depressa e eram cruéis, capazes de varrer uma frota inteira, devastando a comunidade de onde ela vinha. Uma vila podia mandar uns poucos barcos de pesca numa viagem rotineira a Georges Bank e, uns poucos dias depois, descobrir-se uma vila de viúvas e órfãos. Os jornais listavam os falecidos e também seus dependentes que sobreviveram. Este era, talvez, o ponto crucial da tragédia. Era imprescindível contar quem restava, estimar quantas almas sobravam em terra sem pais, irmãos, maridos, filhos, tios para sustentá-las. O que seria dessas pessoas?

46 MORTOS, dizia a manchete. 197 DEPENDENTES DESAMPARADOS.

Esse era o número verdadeiramente triste. Esse era o número que todos precisavam saber.

A pesca de lagostas não é assim, no entanto, e nunca foi. É bastante perigosa, mas não tão fatal quanto a pesca em alto-mar. Nem de longe. As vilas de lagosteiros não perdem homens aos batalhões. Os lagosteiros pescam sozinhos, raramente se perdem de vista da praia, geralmente estão em casa no começo da tarde para comer torta, beber cerveja e dormir de bota no sofá. As viúvas e os órfãos não são gerados aos montes. Não há uniões de viúvas, não há grupos de viúvas. As viúvas das comunidades lagosteiras surgem uma por vez, devido a acidentes aleatórios, afogamentos insólitos, estranhas neblinas e tempestades que vêm e vão sem causar outros estragos.

Esse foi o caso da sra. Pommeroy, que, em 1976, era a única viúva em Fort Niles; quer dizer, a única viúva de pescador. Ela era a única mulher que perdera seu homem para o mar. De que lhe valia essa condição? Muito pouco. O fato de que seu marido tinha sido um bêbado que caíra para fora do barco num calmo dia de sol reduzia as dimensões catastróficas do acontecimento, e conforme os anos se passaram, sua tragédia foi em grande parte esquecida. A própria sra. Pommeroy era algo como um dia calmo de sol, e era tão simpática que as pessoas tinham dificuldade de se lembrar de sentir pena dela.

Além disso, ela conseguira se virar bem sem um marido para sustentá-la. Sobrevivera sem Ira Pommeroy e não demonstrava ao mundo nenhum sinal de sofrimento com sua perda. Ela tinha seu casarão, que tinha sido construído e pago muito antes de ela nascer, e era tão sólido que exigia pouca manutenção. Não que alguém se importasse com a manutenção. Ela tinha seu jardim. Tinha suas irmãs, que eram irritantes mas dedicadas. Tinha Ruth Thomas para lhe tratar com o companheirismo de uma filha. Tinha seus meninos, que, embora fossem de certo modo um monte de bundões preguiçosos, não eram mais bundões que os filhos dos outros e contribuíam para o sustento da mãe.

Os irmãos Pommeroy que haviam ficado na ilha tinham rendas pequenas, é claro, porque só podiam trabalhar como ajudantes em barcos alheios. As rendas eram pequenas porque os barcos, o território e o equipamento de pesca dos Pommeroy tinham sido todos perdidos com a morte do pai. Os outros homens da ilha tinham comprado tudo por uma merreca, e nada jamais pôde ser recuperado. Por causa disso, e devido a sua preguiça natural, os irmãos Pommeroy não tinham futuro em Fort Niles. Não podiam, depois de adultos, começar a montar um negócio próprio de pesca. Eles cresceram sabendo disso, por isso não foi surpresa que alguns deles houvessem deixado a ilha para sempre. E por que não? Eles não tinham futuro em casa.

Fagan, o filho do meio, era o único Pommeroy com ambições. Era o único com um objetivo na vida e foi atrás dele com êxito. Estava trabalhando numa esquálida fazendinha de batatas num condado remoto, cercado de terra, no norte do Maine. Ele sempre quisera ir para longe do mar, e era isso que tinha feito. Sempre quisera ser fazendeiro. Sem gaivotas, sem vento. Ele mandava dinheiro para a mãe. Ligava para ela a cada poucas semanas para dizer como ia a colheita de batatas. Dizia que tinha esperança de ser o capataz da fazenda algum dia. Ele a entediava incrivelmente, mas ela tinha orgulho por ele ter um emprego, e ficava contente de receber o dinheiro que lhe mandava.

Conway, John e Chester Pommeroy tinham entrado para as forças militares, e Conway (um homem da Marinha da cabeça aos pés, ele gostava de dizer, como se fosse um almirante) foi sortudo o bastante de pegar mais ou menos o último ano de ação na Guerra do Vietnã. Ele era marinheiro num barco de patrulha fluvial, numa área de conflitos pesados. Serviu dois períodos no Vietnã. Passou pelo primeiro sem ferimentos, embora mandasse à mãe cartas vaidosas e cruentas, explicando em detalhes explícitos quantos de seus camaradas tinham empacotado, e exatamente quais erros estúpidos estes idiotas tinham cometido que os levaram a empacotar. Ele também descreveu para a mãe o aspecto dos corpos dos camaradas depois que eles empacotaram, e garantiu a ela que nunca ia empacotar porque era esperto demais para deixar acontecer alguma merda.

Em 1972, Conway, em seu segundo período de serviço, quase empacotou ele mesmo, com uma bala perto da espinha dorsal, mas se recuperou após seis meses num hospital do Exército. Casou-se com a viúva de um de seus camaradas idiotas que de fato tinham empacotado lá no barco de patrulha fluvial e mudou-se para Connecticut. Usava uma bengala para caminhar. Recebia pensão por invalidez. Conway estava bem. Não sugava os recursos de sua mãe viúva.

John e Chester tinham entrado para o Exército. John foi mandado para a Alemanha, onde permaneceu depois que seu serviço no Exército terminou. O que um Pommeroy podia fazer da vida num país europeu estava além da imaginação de Ruth Thomas, mas ninguém ouvia notícias de John, por isso todos assumiam que ele estava bem. Chester cumpriu seu tempo no Exército, mudou-se para a Califórnia, consumiu muitas drogas e ficou amigo de umas pessoas esquisitas que se consideravam videntes. Elas se autodenominavam os Gypsy Bandoleer Bandits.

Os Gypsy Bandoleer Bandits viajavam num velho ônibus escolar, ganhando dinheiro com a leitura de mãos e cartas de tarô, embora Ruth tivesse ouvido falar que eles realmente ganhavam dinheiro vendendo maconha. Ruth era muito interessada nessa parte da história. Ela mesma nunca experimentara maconha, porém tinha interesse. Chester voltou para visitar a ilha uma vez — sem os outros Gypsy Bandits — quando Ruth Thomas tinha vindo passar as férias escolares em casa, e ele tentou lhe dar alguns de seus famosos conselhos espirituais. Isso foi em 1974. Ele estava chapadíssimo.

— Que tipo de conselho você quer? — Chester perguntou. — Posso te dar todos os tipos. — Ele contou os diferentes tipos nos dedos. — Posso dar conselhos sobre o seu trabalho, sobre a sua vida amorosa, sobre o que fazer, conselhos especiais ou conselhos normais.

— Você tem maconha? — Ruth perguntou.

— Ô se tenho.

— Posso experimentar? Quer dizer, você vende para os outros? Eu tenho dinheiro. Podia comprar um pouco.

— Eu sei um truque de cartas.

— Acho que não, Chester.

— Aham, eu sei um truque de cartas. — Ele enfiou um baralho na mão de Ruth e balbuciou com a voz arrastada: — Escolhe uma carta.

Ela não queria escolher.

— Escolhe uma carta! — gritou Chester Pommeroy, o Gypsy Bandoleer Bandit.

— Por que eu faria isso?

— Escolhe a porra duma carta! Vai logo! Eu já plantei a porra da carta, e sei que é o três de copas, por isso escolhe a porra da carta, tá bom?

Ela não escolheu. Ele jogou o baralho na parede.

Ela perguntou:

— Agora eu posso provar a maconha?

Ele fez uma careta e um gesto de desprezo com a mão. Depois chutou uma mesa e a chamou de vaca imbecil. Ruth concluiu que ele realmente tinha surtado, por isso ficou longe dele durante o resto da semana. Isso tudo aconteceu quando Ruth tinha dezesseis anos, e foi a última vez que ela viu Chester Pommeroy. Ela ouviu falar que ele tinha um monte de filhos mas não era casado com ninguém. Ela nunca conseguiu maconha nenhuma com ele.

Com quatro dos irmãos Pommeroy fora da ilha para sempre, restavam três morando em casa. Webster Pommeroy, o mais velho e mais inteligente, era pequeno, nanico, deprimido, tímido, e seu único talento era vasculhar os bancos de lodo em busca de artefatos para o futuro Museu de História Natural do senador Simon Addams. Webster não trazia nenhuma renda para a mãe, mas não dava muita despesa. Ainda vestia as roupas da infância e não comia praticamente nada. A sra. Pommeroy o amava mais que todos os outros, preocupava-se com ele mais do que com os outros e não se importava por ele não dar nenhuma contribuição à família, contanto que ele não passasse dia após dia no sofá com a cabeça embaixo do travesseiro, dando suspiros lamentosos.

No outro extremo estava o célebre idiota Robin Pommeroy, o mais novo. Aos dezessete anos, ele era casado com Opal, que vinha da cidade, e era pai do enorme bebê Eddie. Robin trabalhava como ajudante no barco do pai de Ruth. O pai dela meio que odiava Robin Pommeroy, pois o menino não calava a boca o dia inteiro. Desde que superara seu problema articulatório, Robin se tornara um falador incessante. E não falava só com o pai de Ruth, que era a única pessoa presente. Também falava consigo mesmo e com as lagostas. Ligava o rádio durante as pausas para falar com todos os outros barcos lagosteiros. Sempre que via outro barco lagosteiro passando perto, ele pegava o rádio e dizia para o capitão que se aproximava, "Olha que bela cena, você chegando". Depois ele desligava o microfone e esperava uma resposta, que geralmente era algo como "Não enche, moleque". Tristonho, ele perguntava ao pai de Ruth, "Por que é que ninguém nunca diz que a *gente* é uma bela cena chegando?"

Robin sempre estava derrubando coisas do barco sem querer. De algum modo deixara o bicheiro escorregar de suas mãos e depois correra até o outro lado do barco para agarrá-lo. Tarde demais. Aquilo não acontecia todo dia; acontecia quase todo dia. Era um verdadeiro incômodo para o pai de Ruth, que tinha que voltar com o barco e tentar recuperar a ferramenta. O pai dela criara o hábito de levar ferramentas sobressalentes, só por via das dúvidas. Ruth sugeriu que ele prendesse uma pequena boia a cada ferramenta, pois assim pelo menos ela boiaria. Ela dizia que seriam ferramentas "à prova de Robin".

Robin era cansativo, mas o pai de Ruth tolerava o menino porque era mão de obra barata, baratíssima. Robin aceitava muito menos dinheiro do que qualquer outro ajudante. Ele tinha que aceitar menos dinheiro, pois ninguém queria trabalhar com ele. Ele era burro e preguiçoso, mas forte o bastante para fazer o serviço, e o pai de Ruth estava poupando muito dinheiro com Robin Pommeroy. Tolerava o menino por causa do custo-benefício.

Ainda restava Timothy. Sempre o mais quieto, Timothy Pommeroy nunca foi um mau menino e virou um sujeito bastante decente. Não incomodava ninguém. Era parecido com o pai, com punhos pesados feito maçanetas, músculos compactos, cabelos escuros e olhos estreitos. Trabalhava no barco de Len

Thomas, o tio de Ruth, e era um bom trabalhador. Len Thomas era falastrão e esquentadinho, mas Timothy, em silêncio, içava armadilhas, contava lagostas, enchia sacos de isca e ficava de pé na popa enquanto o barco avançava, virado de costas para Len e guardando seus pensamentos para si. Era um bom acordo para Len, que geralmente tinha dificuldade de achar ajudantes que aguentassem seu lendário temperamento. Ele uma vez bateu num ajudante com uma chave inglesa e deixou o garoto desmaiado durante uma tarde inteira. Mas Timothy não provocava a ira de Len. Timothy ganhava a vida de modo bastante respeitável. Dava tudo para a mãe, exceto a parte que usava para comprar seu uísque, que ele bebia sozinho, toda noite, em seu quarto, com a porta bem fechada.

Tudo isso queria dizer que os filhos da sra. Pommeroy não acabaram sendo um grande fardo financeiro para ela e, na verdade, eram gentis o bastante para lhe repassar algum dinheiro. No fim das contas, eles tinham se saído bem, a não ser Webster. A sra. Pommeroy cortava cabelos para engrossar a renda que os filhos lhe forneciam.

Ela era uma boa cabeleireira. Tinha um dom. Tingia e fazia cachos em cabelos de mulheres e parecia ter um instinto natural para as formas, mas na verdade era especializada em cabelos masculinos. Cortava cabelos de homens que antes só tinham tido três tipos de cortes na vida: cortes de suas mães, cortes do Exército, cortes de suas esposas. Eram homens que não tinham interesse em estilo, mas deixavam a sra. Pommeroy fazer coisas frívolas com seus cabelos. Ficavam sentados sob a mão dela com pura vaidade, desfrutando da atenção tanto quanto qualquer astro de cinema.

O fato era que ela sabia como deixar um homem maravilhoso. A sra. Pommeroy magicamente escondia a calvície, incentivava barbas nos que tinham queixo fraco, rareava selvas de cachos incontroláveis e domava os redemoinhos mais teimosos. Ela lisonjeava e brincava com cada homem, cutucando e provocando enquanto trabalhava em seus cabelos, e o flerte imediatamente tornava o sujeito mais atraente, trazia cor às faces e um brilho aos olhos. Ela quase conseguia resgatar os homens da verdadeira feiura. Conseguia até fazer o senador Simon e Angus Addams parecerem respeitáveis. Quando terminava o serviço num velho ranzinza como Angus, até ele ficava corado do rosto à nuca com o prazer da companhia dela. Quando terminava o serviço num homem naturalmente atraente como o pai de Ruth, ele ficava constrangedoramente bonito, bonito como um galã de cinema.

— Vai se esconder — ela dizia a ele. — Foge daqui, Stan. Se você sair andando pela cidade com essa cara, é culpa sua se você for estuprado.

As mulheres de Fort Niles, surpreendentemente, não se importavam de deixar que sra. Pommeroy paparicasse seus maridos. Talvez fosse porque os resultados eram tão bons. Talvez fosse porque elas queriam ajudar uma viúva, e esse era o jeito fácil de fazer isso. Talvez as mulheres se sentissem culpadas na presença da sra. Pommeroy porque elas pelo menos *tinham* marido, porque tinham homens que até agora conseguiram evitar ficar bêbados e cair do barco. Ou talvez, ao longo dos anos, as mulheres tivessem passado a odiar seus maridos a tal ponto que a ideia de enfiar seus próprios dedos nos cabelos sujos daqueles pescadores fedidos, grudentos e frouxos era repulsiva. Elas preferiam deixar que a sra. Pommeroy fizesse isso, já que ela parecia gostar tanto, e já que isso deixava seus homens de bom humor, pelo menos uma vez.

E foi assim que, quando Ruth voltou da visita à mãe em Concord, ela foi direto para a casa da sra. Pommeroy e a encontrou cortando o cabelo de toda a família de Russ Cobb. A sra. Pommeroy estava com todos os Cobb ali: o sr. Russ Cobb, sua mulher, Ivy, e sua filha mais nova, Florida, que tinha quarenta anos e ainda morava com os pais.

Eles eram uma família infeliz. Russ Cobb tinha quase oitenta anos, mas ainda saía para pescar todo dia. Sempre dissera que pescaria enquanto conseguisse jogar a perna para dentro do barco. No inverno anterior, ele perdera metade da perna direita até a altura do joelho, amputada devido a seu diabetes, ou “açúcares”, como ele chamava, mas ainda assim ia pescar todo dia, jogando o que restava dessa perna por cima da amurada do barco. Sua esposa, Ivy, era uma mulher de aparência frustrada, que pintava guirlandas, velas e rostos de Papai Noel em bolachas-

-da-praia e tentava vendê-las para os vizinhos como enfeites de Natal. Florida, a filha dos Cobb, jamais dizia uma palavra. Seu silêncio era devastador.

A sra. Pommeroy já tinha prendido bobes nos volumosos cabelos brancos de Ivy Cobb e estava cuidando das costeletas de Russ Cobb quando Ruth entrou.

— Tão grosso! — a sra. Pommeroy estava dizendo ao sr. Cobb. — O seu cabelo é tão grosso, você parece o Rock Hudson!

— Cary Grant! — ele berrou.

— Cary Grant! — a sra. Pommeroy deu risada. — Tudo bem, parece o Cary Grant!

A sra. Cobb revirou os olhos. Ruth atravessou a cozinha e beijou a bochecha da sra. Pommeroy. A mulher pegou a mão da garota e a segurou por um longo instante.

— Bem-vinda ao lar, querida.

— Obrigada. — Ruth sentiu que estava em casa.

— Você se divertiu?

— Foi a pior semana da minha vida. — Ruth pretendia dizer aquilo de um modo sarcástico, como uma piada, mas a frase sem querer saiu de sua boca como a verdade nua e crua.

— Tem torta.

— Muito obrigada.

— Você viu o seu pai?

— Ainda não.

— Eu vou terminar daqui a pouquinho — disse a sra. Pommeroy. — Sente, querida.

Então Ruth sentou-se, ao lado da silenciosa Florida Cobb, numa cadeira que tinha sido pintada naquele tom medonho de verde para boias de armadilha. A mesa da cozinha e o armário do canto também tinham sido pintados naquele verde pavoroso, por isso a cozinha toda combinava, de um jeito terrível. Ruth observou a sra. Pommeroy realizar sua mágica de sempre no feioso sr. Cobb. Suas mãos estavam o tempo todo em ação nos cabelos dele. Mesmo quando ela não estava cortando, estava acariciando sua cabeça, passando os dedos nos cabelos, dando tapinhas, puxando as orelhas. Ele recostava a cabeça nas mãos dela feito um gato se esfregando na perna de uma pessoa querida.

— Olha que bonito — ela murmurou, como uma amante encorajadora. — Olha como você está bonito.

Ela aparou as costeletas dele, raspou seu pescoço em arcos através da espuma e o enxugou com uma toalha. Pressionou seu corpo contra as costas dele. Foi afetuosa com o sr. Cobb como se ele fosse a última pessoa em quem ela jamais tocaria, como se o crânio feio daquele homem fosse seu último contato humano neste mundo. A sra. Cobb, com seus bobes cinza de aço, ficou olhando, com suas mãos cinza no colo, seus olhos de aço no rosto acabado do marido.

— Como vão as coisas, sra. Cobb? — Ruth perguntou.

— Tem uns guaxinins malditos por todo o nosso maldito quintal — a sra. Cobb disse, demonstrando seu notável truque de falar sem mexer os lábios. Quando Ruth era criança, costumava puxar conversa com a sra. Cobb apenas para ver aquele truque. Na verdade, aos dezoito anos de idade, Ruth estava puxando conversa com ela pelo mesmo motivo.

— Que chato isso. Você já tinha tido problemas com guaxinins antes?

— Nunca, problema nenhum.

Ruth ficou olhando para a boca da mulher. A boca realmente não se mexia. Era incrível.

— Ah, é? — ela perguntou.

— Eu queria dar um tiro num deles.

— Não tinha um único guaxinim nesta ilha até 1958 — disse Russ Cobb. — Tinha em Courne Haven, mas não aqui.

— É mesmo? O que aconteceu? Como eles chegaram aqui? — perguntou Ruth, sabendo exatamente o que ele ia dizer.

— Eles trouxeram os guaxinins para cá.

— Eles quem?

— O povo de Courne Haven! Puseram umas fêmeas grávidas num saco. Trouxeram de remo até aqui. No meio da noite. Jogaram elas na nossa praia. Seu tio-avô David Thomas viu isso. Voltando da casa da namorada dele. Viu uns estranhos na praia. Viu eles tirando alguma coisa de um saco. Viu eles remando para longe. Poucas semanas depois, tinha guaxinim para todo lado. Na ilha inteira. Comendo as galinhas das pessoas. Lixo. Tudo.

É claro que a história que Ruth ouvira de parentes era que tinha sido Johnny Pommeroy quem vira os estranhos na praia, pouco antes de partir para ser morto na Coreia em 1954, mas ela ficou quieta.

— Eu tive um filhote de guaxinim como bicho de estimação quando era menina — disse a sra. Pommeroy, sorrindo com a lembrança. — Pensando bem, aquele guaxinim mordeu meu braço, e o meu pai matou ele. Acho que era um macho. Pelo menos eu sempre chamei de *ele*.

— Quando foi isso, sra. Pommeroy? — perguntou Ruth. — Quanto tempo faz?

A mulher franziu a testa e esfregou os dedos bem fundo na nuca do sr. Cobb. Ele gemeu de felicidade. Ela disse, inocente:

— Ah, acho que deve ter sido no começo dos anos 1940, Ruth. Nossa, como estou velha. Os anos 1940! Faz tanto tempo.

— Então não era um guaxinim — disse o sr. Cobb. — Não pode ter sido.

— Ah, era sim um pequeno guaxinim. Tinha um rabo listrado e uma máscara lindinha no rosto. Eu chamava ele de Masky!

— Não era um guaxinim. Não pode ter sido. Não tinha nenhum guaxinim nesta ilha até 1958 — disse o sr. Cobb. — O povo de Courne Haven trouxe eles para cá em 1958.

— Bom, era um *filhote* de guaxinim — disse a sra. Pommeroy, à guisa de explicação.

— Devia ser um gambá.

— Eu queria dar um tiro num guaxinim! — disse a sra. Cobb, com tanta força que sua boca chegou a se mexer, e sua filha silenciosa, Florida, chegou a levar um susto.

— Meu pai sem dúvida atirou no Masky — disse a sra. Pommeroy.

Ela enxugou o cabelo do sr. Cobb com uma toalha e espanou sua nuca com um pincel de cozinha. Espalhou talco sob o colarinho puído de sua camisa e esfregou um tônico oleoso em seus cabelos duros, moldando-os num topete com curvas demais.

— Olha só para você! — ela disse, entregando-lhe um antigo espelho de mão prateado. — Parece um astro de música country. O que você acha, Ivy? Ele não é um garanhão?

— Bobinha — disse Ivy Cobb, mas seu marido estava radiante. Suas bochechas brilhavam tanto quanto seu topete. A sra. Pommeroy tirou o lençol dele, levantando-o com cuidado para não espalhar os cabelos por toda a sua reluzente cozinha verde, e o sr. Cobb ficou de pé, ainda se admirando no espelho antigo. Ele virou a cabeça devagar de um lado para o outro e sorriu para si mesmo, como um garanhão.

— O que você achou do seu pai, Florida? — a sra. Pommeroy perguntou. — Ele não está bonito?

Florida Cobb ficou profundamente enrubescida.

— Ela não fala nada — disse o sr. Cobb, de repente cheio de desgosto. Ele pôs o espelho de mão na mesa da cozinha e tirou algum dinheiro do bolso. — Nunca fala uma maldita palavra. Não ia falar merda nenhuma, nem se estivesse com a boca cheia de bosta.

Ruth deu risada e decidiu pegar um pedaço de torta, afinal.

— Agora vou tirar esses bobes para você, Ivy — disse a sra. Pommeroy.

Mais tarde, depois que os Cobb foram embora, a sra. Pommeroy e Ruth sentaram-se na varanda da frente. Havia ali um sofá velho, com um estofado de grandes rosas vermelhas, que tinha cheiro de que chuva havia caído em cima, ou coisa pior. Ruth bebeu cerveja e a sra. Pommeroy bebeu ponche de frutas, e a garota contou à sra. Pommeroy sobre a visita a sua mãe.

— Como vai o Ricky? — perguntou a sra. Pommeroy.

— Ah, não sei. Ele só, bom... se mexe de um lado para o outro.

— Foi a coisa mais triste do mundo, quando esse bebê nasceu. Sabe, eu nunca vi esse coitadinho.

— Eu sei.

— Nunca vi a coitada da sua mãe depois disso.

Ruth sentira falta do sotaque da sra. Pommeroy.

— Eu sei — ela disse.

— Eu tentei ligar para ela. Eu *liguei* para ela. Falei para ela trazer o bebê aqui para a ilha, mas ela disse que ele era doente demais. Eu fiz ela descrever o que tinha de errado com ele e vou te dizer uma coisa; não me pareceu tão ruim assim.

— Ah, é bem ruim.

— Não me pareceu uma coisa de que a gente não pudesse cuidar aqui mesmo. Do que ele precisava? Não precisava de muito. Alguns remédios. Isso é fácil. Jesus, o sr. Cobb toma remédio todo santo dia para o diabetes dele e consegue dar um jeito. De que mais o Ricky precisava? Alguém para tomar conta dele. A gente podia ter feito isso. Afinal é o *filho* de uma pessoa; você acha um lugar para ele. Foi isso que eu disse para ela. Ela não parava de chorar.

— Todos os outros disseram que ele devia estar numa instituição.

— Quem disse? Vera Ellis disse isso. Quem mais?

— Os médicos.

— Ela devia ter trazido esse bebê para cá, para a casa dele. Ele teria ficado muito bem aqui. Ela ainda podia trazer ele para cá. A gente ia tomar conta dessa criança tão bem quanto qualquer pessoa.

— Ela disse que você era a única amiga dela. Disse que você era a única pessoa daqui que era legal com ela.

— Isso é gentil. Mas não é verdade. Todo mundo era legal com ela.

— Angus Addams não era.

— Ah, ele adorava ela.

— Adorava? *Adorava?*

— Gostava dela tanto quanto gosta de qualquer pessoa.

Ruth deu risada. Depois disse:

— Você já conheceu um menino chamado Owney Wishnell?

— Quem é esse? É de Courne Haven?

— Sobrinho do pastor Wishnell.

— Ah, sim. Aquele meninão loiro.

— É.

— Eu sei quem é.

Ruth não disse nada.

— Por quê? — perguntou a sra. Pommeroy. — Por que a pergunta?

— Por nada — disse Ruth.

A porta da casa se abriu, chutada por Opal, mulher de Robin Pommeroy, cujas mãos estavam tão tomadas por seu enorme filho que ela não conseguia usar a maçaneta. O bebê, ao ver a sra. Pommeroy, soltou um urro ensandecido, como um filhote de gorila contente.

— Aí está o meu netinho — disse a sra. Pommeroy.

— Oi, Ruth — disse Opal, tímida.

— Oi, Opal.

— Não sabia que você estava aqui.

— Oi, Eddie, grandalhão — Ruth disse para o bebê. Opal trouxe o filho e se debruçou, gemendo um pouco com o esforço, para que Ruth pudesse beijar a cabeça imensa do menino. Ruth mudou de lugar no sofá para abrir espaço para Opal, que sentou, levantou a camiseta e deu o peito para Eddie. O bebê foi direto no alvo e começou a mamar com concentração e muito barulho molhado. Sugava aquele peito como se estivesse respirando através dele.

— Isso não dói? — perguntou Ruth.

— Dói — disse Opal. Ela bocejou sem cobrir a boca, exibindo uma mina de obturações prateadas.

As três mulheres no sofá ficaram olhando fixo para o bebezão agarrado tão ferrenhamente ao peito de Opal.

— Ele mama que nem uma velha bomba de porão — disse Ruth.

— E morde também — disse a lacônica Opal.

Ruth franziu o rosto.

— Quando foi a última vez que você deu de mamar para ele? — perguntou a sra. Pommeroy.

— Não sei. Faz uma hora. Meia hora.

— Você devia tentar manter um horário fixo com ele, Opal.

Ela deu de ombros.

— Ele está sempre com fome.

— É claro que sim, meu bem. Isso é porque você dá de mamar para ele o tempo todo. Isso aumenta o apetite. Você sabe o que eles dizem. Se a mamãe está oferecendo, o bebê está topando.

— Eles dizem isso?

— Acabei de inventar — disse a sra. Pommeroy.

— Essa sua rima ficou ótima — disse Ruth, e a sra. Pommeroy sorriu e deu um soquinho nela. Ruth sentira falta do prazer de provocar os outros sem temer que eles fossem cair aos prantos. Ela deu um soquinho na sra. Pommeroy também.

— Minha ideia é deixar ele comer quando quiser — disse Opal. — Acho que se está comendo, é porque está com fome. Ele comeu três cachorros-quentes ontem.

— Opal! — exclamou a sra. Pommeroy. — Ele só tem dez meses!

— Não posso fazer nada.

— Não pode fazer *nada*? Ele pegou os cachorros-quentes sozinho? — perguntou Ruth. A sra. Pommeroy e Opal deram risada, e o bebê de repente largou do peito com o barulho forte de um lacre de sucção se rompendo. Ele deixou a cabeça cair como um bêbado, depois também deu risada.

— Contei uma piada de bebê! — disse Ruth.

— O Eddie gosta de você — disse Opal. — Você gosta da Ruth? Você gosta da sua tia Ruth, Eddie?

Ela pôs o bebê no colo de Ruth, onde ele deu um sorriso torto e vomitou sopa amarela na calça dela. Ruth o entregou de volta para a mãe.

— Ops — disse Opal. Ela levantou o bebê e entrou na casa, saindo um momento depois para jogar uma toalha de mão para Ruth. — Acho que é hora da soneca do Eddie — ela disse e sumiu dentro da casa outra vez.

Ruth limpou de sua perna a poça quente e espumosa.

— Vômito de bebê — ela disse.

— Eles dão muita comida para esse bebê — disse a sra. Pommeroy.

— Ele faz os ajustes necessários, eu diria.

— Outro dia ela estava dando calda de chocolate para ele, Ruth. Na colher. Tirando direto do pote. Eu vi!

— Essa Opal não é muito esperta.

— Mas ela tem uns peitões enormes.

— Ah, sorte dela.

— Sorte do Eddie. Como ela pode já ter peitos tão grandes com dezessete anos? Eu nem sabia o que eram peitos quando tinha dezessete anos.

— Sabia sim. Jesus, sra. Pommeroy, você já era casada com dezessete anos.

— Ah, é verdade. Mas eu não sabia o que eram peitos quando tinha doze anos. Vi os peitos da minha irmã e perguntei o que eram aquelas coisas grandes. Ela disse que era gordura de neném.

— A Gloria disse isso?

— A Kitty disse isso.

— Ela devia ter falado a verdade.

— Ela provavelmente não sabia a verdade.

— A Kitty? A Kitty nasceu sabendo a verdade.

— Imagina se ela tivesse me falado a verdade? Imagina se ela dissesse, "São tetas, Rhonda, e algum dia homens adultos vão querer chupar elas."

— Homens adultos e jovens também. E maridos das outras, conhecendo a Kitty.

— Por que você me perguntou sobre Owney Wishnell, Ruth?

Ruth lançou um olhar de relance para a sra. Pommeroy, depois olhou para o gramado.

— Motivo nenhum — ela disse.

A sra. Pommeroy ficou observando Ruth por um longo instante. Inclinou a cabeça. Esperou.

— Não é verdade que você era a única pessoa da ilha que era legal com a minha mãe? — perguntou Ruth.

— Não, Ruth, eu te disse. Todo mundo gostava dela. Ela era maravilhosa. Mas era um pouco *sensível*, e às vezes tinha dificuldade de entender o jeito como algumas pessoas são.

— Angus Addams, por exemplo.

— Ah, um monte de gente. Ela não conseguia entender toda essa bebedeira. Eu falava para ela, Mary, esses homens ficam no frio e no molhado dez horas por dia, a vida inteira. Isso pode deixar uma pessoa realmente *áspera*. Eles precisam beber, senão não há meio de lidar com isso.

— Meu pai nunca bebeu tanto.

— Ele também não falava tanto com ela. Ela sentia solidão aqui. Não conseguia aguentar os invernos.

— Acho que ela sente solidão em Concord.

— Ah, tenho certeza. Ela quer que você se mude para lá com ela?

— Quer. Ela quer que eu vá para a faculdade. Diz que é isso que os Ellis querem. Diz que o sr. Ellis vai pagar, é claro. Vera Ellis acha que se eu ficar aqui muito mais tempo, vou engravidar. Ela quer que eu me mude para Concord e depois vá para uma tal faculdade pequena e respeitável para mulheres, onde os Ellis conhecem o presidente.

— As pessoas realmente engravidam aqui, Ruth.

— Acho que o bebê da Opal é grande o bastante para cumprir a cota de todas nós. E além disso, uma pessoa tem que fazer sexo para engravidar hoje em dia. Pelo menos é o que dizem.

— Você devia ficar com a sua mãe, se é isso que ela quer. Não tem nada te prendendo aqui. A gente daqui, Ruth, não é sua gente de verdade.

— Vou te falar uma coisa. Não vou fazer com a minha vida absolutamente nada que os Ellis querem que eu faça. Esse é o meu plano.

— Esse é o seu plano?

— Por enquanto.

A sra. Pommeroy tirou os sapatos e apoiou os pés na velha armadilha para lagostas que usava como mesa na varanda. Ela suspirou.

— Me fale mais sobre Owney Wishnell — ela disse.

— Bom, eu conheci ele — disse Ruth.

— E?

— E ele é uma pessoa estranha.

Mais uma vez, a sra. Pommeroy esperou, e Ruth olhou para o gramado da frente. Uma gaivota empoleirada no caminhão de brinquedo de uma criança olhou de volta para ela. A sra. Pommeroy estava olhando para ela também.

— O quê? — Ruth perguntou. — Por que todo mundo está me olhando?

— Acho que tem mais coisa para contar — disse a sra. Pommeroy. — Por que você não me conta, Ruth?

Então Ruth começou a contar à sra. Pommeroy sobre Owney Wishnell, embora não fosse sua intenção original contar a ninguém sobre ele. Ela contou à sra. Pommeroy sobre os trajes limpos de pescador de Owney, sobre sua facilidade com barcos, e que ele a levara para trás do rochedo no bote a remo e lhe mostrara suas armadilhas para lagostas. Ela falou dos discursos ameaçadores do pastor Wishnell sobre os males e as imoralidades da pesca lagosteira, e que Owney quase tinha chorado ao lhe mostrar sua armadilha para lagostas, abarrotada e inútil.

— Coitada dessa criança — disse a sra. Pommeroy.

— Não é exatamente uma criança. Acho que ele tem mais ou menos a minha idade.

— Abençoado seja.

— Você acredita nisso? Ele tem armadilhas ao longo de toda a costa e joga as lagostas de volta. Você devia ver como ele manipula elas. É a coisa mais estranha do mundo. Ele meio que coloca elas em transe.

— Ele parece um Wishnell, né?

— Parece.

— É bonito, então?

— Tem uma cabeça grande.

— Todos eles têm.

— A cabeça do Owney é realmente enorme. Parece um balão meteorológico com orelhas.

— Tenho certeza de que ele é bonito. Todos eles têm peito grande, também, todos os Wishnell, tirando Toby Wishnell. Muito músculo.

— Talvez seja gordura de neném — disse Ruth.

— É músculo — disse a sra. Pommeroy, sorrindo. — São todos uns suecões enormes. Tirando o pastor. Ah, como um dia eu quis casar com um Wishnell.

— Qual deles?

— Qualquer um. Qualquer Wishnell. Ruth, eles ganham tanto dinheiro. Você viu as casas deles lá. As mais lindas de todas. Os gramados mais lindos. Eles sempre têm uns jardinzinhos de flores, tão encantadores... Mas acho que nunca nem falei com um Wishnell, quando eu era menina. Você acredita nisso? Eu via eles em Rockland às vezes, e eram tão bonitos.

— Você devia ter casado com um Wishnell.

— Como, Ruth? Francamente. Pessoas normais não casam com um Wishnell. Além disso, a minha família teria me matado se eu tivesse casado com alguém de Courne Haven. E eu nunca nem *conheci* um Wishnell. Nem sabia dizer com qual deles eu queria casar.

— Você podia ter escolhido — disse Ruth. — Uma gostosona que nem você?

— Eu amava o meu Ira — disse a sra. Pommeroy. Mas ela encostou no braço de Ruth para agradecer o elogio.

— É claro que você amava o seu Ira. Mas ele era seu primo.

A sra. Pommeroy deu um suspiro.

— Eu sei. Mas a gente se divertia. Ele costumava me levar para as cavernas marinhas em Boon Rock, sabe? Com as estalactites, ou o que quer que sejam, penduradas por toda parte. Nossa, aquilo era bonito.

— Ele era seu *primo*! As pessoas não deviam casar com os primos! Você tem sorte que os seus filhos não nasceram com barbatanas dorsais!

— Você é terrível, Ruth! Você é terrível! — Porém ela deu risada.

Ruth disse:

— Você não ia acreditar em como esse Owney tem medo do pastor Wishnell.

— Eu acredito em tudo. Você gosta desse Owney Wishnell, Ruth?

— Se eu gosto dele? Não sei. Não. Claro. Não sei. Acho que ele é... interessante.

— Você nunca fala de meninos.

— Eu nunca conheço nenhum menino para falar.

— Ele é bonito? — a sra. Pommeroy perguntou de novo.

— Eu te disse. Ele é grande. Loiro.

— Tem olhos bem azuis?

— Isso parece o nome de uma música romântica.

— São bem azuis ou não, Ruth? — Ela parecia levemente irritada.

Ruth mudou de tom.

— São. São bem azuis, sra. Pommeroy.

— Quer saber de uma coisa engraçada, Ruth? Eu sempre tive a esperança secreta de que você ia casar com um dos meus meninos.

— Ah, sra. Pommeroy, *não*.

— Eu sei. Eu sei.

— É só que...

— Eu sei, Ruth. Olha para eles. Que bando! Você não podia acabar ficando com nenhum deles. O Fagan é fazendeiro. Você consegue imaginar? Uma menina que nem você nunca poderia morar numa fazenda de batatas. O John? Quem sabe do John? Onde ele está? A gente nem sabe. Na Europa? Mal consigo lembrar como ele é. Faz tanto tempo que eu não vejo o John, mal consigo lembrar a cara dele. Não é terrível uma mãe dizer isso?

— Eu também mal consigo me lembrar do John.

— Você não é mãe dele, Ruth. E também tem o Conway. Uma pessoa tão violenta, por algum motivo. E agora ele é manco. Você nunca ia querer casar com um homem manco.

— Não quero nenhum manco!

— E o Chester? Ai, Jesus.

— Ai, Jesus.

— Fica achando que pode prever o futuro? Anda com aqueles hippies?

— Vende drogas.

— Vende drogas? — disse a sra. Pommeroy, surpresa.

— Brincadeira — Ruth mentiu.

— Ele provavelmente vende. — A sra. Pommeroy suspirou. — E o Robin. Bom, eu tenho que admitir que nunca pensei que você fosse casar com o Robin. Nem quando vocês dois eram pequenos. Você nunca achou que o Robin era grande coisa.

— Você deve ter pensado que ele não ia conseguir me pedir em casamento. Não ia conseguir pronunciar o meu nome. Ia ser, tipo, *Quer casar comigo, Woof?* Teria sido constrangedor para todo mundo.

A sra. Pommeroy balançou a cabeça e enxugou rapidamente os olhos. Ruth percebeu o gesto e parou de rir.

— Mas e o Webster? — perguntou Ruth. — Ainda sobra o Webster.

— Pois é, Ruth — disse a sra. Pommeroy, e sua voz era triste. — Eu sempre achei que você fosse casar com o Webster.

— Ah, sra. Pommeroy. — Ruth mudou de lugar no sofá e abraçou a amiga.

— O que aconteceu com o Webster, Ruth?

— Não sei.

— Ele era o mais inteligente. Era o meu filho mais inteligente.

— Eu sei.

— Depois que o pai dele morreu...

— Eu sei.

— Ele parou até de *crescer.*

— Eu sei. Eu sei.

— Ele é tão *tímido.* Parece uma *criança.* — A sra. Pommeroy enxugou lágrimas de ambas as bochechas com as costas da mão. Um gesto rápido, contínuo. — Acho que tanto eu quanto a sua mãe tivemos um filho que não cresceu. Ai, droga. Eu sou tão chorona. Olha só para mim!

Ela assoou o nariz na manga e sorriu para Ruth. As duas juntaram as testas por um instante. Ruth pôs a mão atrás da cabeça da sra. Pommeroy, e a mulher fechou os olhos. Depois se afastou um pouco e disse:

— Acho que alguma coisa foi tirada dos meus filhos, Ruthie.

— É.

— Muita coisa foi tirada dos meus filhos. O pai deles. A herança deles. O barco deles. O território de pesca. O equipamento de pesca.

— Eu sei — disse Ruth, sentindo uma pontada de culpa, como vinha sentindo havia anos, sempre que pensava no pai dela em seu barco com as armadilhas do sr. Pommeroy.

— Queria poder ter outro filho para você.

— O quê? Para mim?

— Para você casar. Queria poder ter mais um filho e fazer com que ele fosse normal. Um filho bom.

— Que isso, sra. Pommeroy. Todos os seus filhos são bons.

— Você é uma fofa, Ruth.

— Tirando o Chester, é claro. Ele não é bom.

— Eles são bons o bastante, do jeito deles. Mas não o bastante para uma menina inteligente como você. Aposto que eu podia acertar se tivesse outra chance. — Os olhos da sra. Pommeroy se encheram de lágrimas de novo. — Ora, que coisa de se dizer, uma mulher com sete filhos.

— Tudo bem.

— Além disso, não posso querer que você fique esperando um bebê crescer, posso? Escuta o que eu estou dizendo.

— Estou escutando.

— Agora estou falando loucuras.

— É meio loucura — Ruth admitiu.

— Ah, as coisas nem sempre dão certo.

— Nem sempre. Acho que elas têm que dar certo às vezes.

— É, talvez. Você não acha que devia ir morar com a sua mãe, Ruth?

— Não.

— Aqui não tem nada para você.

— Isso não é verdade.

— A verdade é que eu gosto de ter você por perto, mas isso não é justo. Aqui não tem nada para você. É como uma prisão. É a sua pequena San Quentin. Eu sempre pensei, "Ah, Ruth vai casar com o Webster", e sempre pensei, "Ah, Webster vai assumir o barco do pai dele." Achei que já tinha tudo planejado. Mas não existe barco.

E mal existe um Webster, pensou Ruth.

— Você não acha que um dia devia morar lá? — a sra. Pommeroy estendeu o braço e apontou. Era óbvio que pretendia apontar para o oeste, na direção da costa e do país que ficava além dela, porém estava apontando para o sentido totalmente errado. Estava apontando para o mar aberto. Mas Ruth sabia o que ela estava tentando dizer. A sra. Pommeroy era conhecida por não ter um grande senso de direção.

— Não preciso casar com um dos seus filhos para ficar aqui com você, sabia? — disse Ruth.

— Ah, Ruth.

— Queria que você não me dissesse que eu devia ir embora. Já ouço isso bastante da minha mãe e do Lanford Ellis. Pertenço a esta ilha tanto quanto qualquer outra pessoa. Esqueça a minha mãe.

— Ah, Ruth. Não diga isso.

— Tá bom, não estou falando de esquecer que ela existe. Mas não importa onde ela mora ou com quem mora. Para mim não importa. Vou ficar aqui com você; vou aonde você for. — Ruth estava sorrindo ao dizer isso, e cutucando a sra. Pommeroy como esta muitas vezes a cutucava. Uma cutucadinha de provocação, carinhosa.

— Mas eu não vou a lugar nenhum — disse a sra. Pommeroy.

— Tudo bem. Eu também não vou. Está decidido. Não vou arredar pé. É aqui que eu fico de agora em diante. Chega de viagens para Concord. Chega dessa história de ir para a faculdade.

— Você não pode fazer uma promessa dessas.

— Posso fazer o que eu quiser. Posso até fazer promessas maiores.

— Lanford Ellis ia te matar se ouvisse você falando desse jeito.

— Ele que vá pro inferno. *Eles* que vão pro inferno. De agora em diante, o que quer que Lanford Ellis disser, eu vou fazer o contrário. Fodam-se os Ellis. Me segura! Me segura, mundo! Olha a frente!

— Mas por que você quer passar sua vida nessa ilha podre? Essa não é sua gente, Ruth.

— Claro que é. Sua e minha. Se é sua gente, então é minha gente!

— Escuta o que você está dizendo!

— Estou me sentindo bem grandiosa hoje. Posso fazer grandes promessas hoje.

— Estou vendo!

— Você acha que não estou falando nada disso a sério.

— Acho que você diz coisas muito doces. E acho que, no fim, você vai fazer o que quiser.

Elas ficaram ali sentadas no sofá da varanda durante mais uma hora, mais ou menos. Opal apareceu algumas outras vezes com seu jeito entediado e sem rumo com Eddie, e a sra. Pommeroy e Ruth se revezaram colocando o bebê no colo e tentando brincar com ele sem se machucarem. Da última vez que Opal saiu da varanda, ela não entrou na casa; saiu na direção do porto, para "descer a rua até a loja", ela disse. Suas sandálias batiam nas solas dos pés, e seu enorme bebê estalava os lábios, assentando seu grande peso na coxa direita dela. A sra. Pommeroy e Ruth observaram a mãe e o bebê descerem o morro.

— Você acha que eu pareço velha, Ruth?

— Você está de parar o trânsito. Sempre vai ser a mulher mais bonita daqui.

— Olha isso — disse a sra. Pommeroy, levantando o queixo. — Meu pescoço está todo flácido.

— Não está não.

— Está sim, Ruth. — A sra. Pommeroy puxou a pele frouxa embaixo de seu queixo. — Não é horrível, essa coisa pendurada? Eu pareço um pelicano.

— Você não parece um pelicano.

— Eu pareço um pelicano. Podia carregar um salmão inteiro aqui dentro, que nem um pelicano velho e acabado.

— Você parece um pelicano muito jovem — disse Ruth.

— Ah, isso é bem melhor, Ruth. Muito obrigada. — A sra. Pommeroy passou a mão no pescoço e perguntou: — O que você ficou pensando quando estava sozinha com Owney Wishnell?

— Ah, não sei.

— Claro que sabe. Me conta.

— Não tenho nada para contar.

— Hmmm — disse a sra. Pommeroy. — O que será? — Ela beliscou a pele das costas da mão. — Olha como eu estou seca e pelancuda. Se eu pudesse mudar alguma coisa em mim mesma, tentaria recuperar a minha pele antiga. Eu tinha a pele linda na sua idade.

— Todo mundo tem a pele linda na minha idade.

— O que você mudaria na sua aparência se pudesse, Ruth?

Sem hesitar, Ruth respondeu:

— Queria ser mais alta. Queria ter mamilos menores. E queria saber cantar.

A sra. Pommeroy deu risada.

— Quem disse que os seus mamilos são grandes demais?

— Ninguém. Ora, sra. Pommeroy. Ninguém nunca viu eles além de mim.

— Você mostrou eles para Owney Wishnell?

— Não — disse Ruth. — Mas eu queria.

— Então você devia.

Aquele pequeno diálogo surpreendeu as duas; elas tinham chocado uma à outra. A ideia ficou pairando na varanda por um bom tempo. O rosto de Ruth ardia. A sra. Pommeroy ficou em silêncio. Parecia estar pensando com muito cuidado sobre o comentário de Ruth.

— Bom — ela disse, afinal. — Acho que você quer ele.

— Ah, não sei. Ele é esquisito. Quase não fala...

— Não, você quer ele. É ele que você quer. Eu entendo dessas coisas, Ruth. Então vamos ter que conseguir ele para você. Vamos bolar um jeito.

— Ninguém tem que bolar nada.

— Vamos bolar um jeito, Ruth. Que bom. Estou contente por você querer alguém. Isso é apropriado para uma menina da sua idade.

— Não estou pronta para nenhuma bobagem dessas — disse Ruth.

— Bom, é melhor você *ficar* pronta.

Ruth não sabia como responder àquilo. A sra. Pommeroy levantou as pernas no sofá e pôs os pés descalços no colo da garota.

— Pé nocê — ela disse e parecia profundamente triste.

— Pé em mim — disse Ruth, sentindo um repentino e intenso constrangimento pelo que tinha admitido. Ela se sentia culpada por tudo o que dissera; culpada por seu interesse sexual sincero em um Wishnell, culpada por sua estranha promessa de nunca ir embora de Fort Niles, culpada por confessar que jamais se casaria com um dos filhos da sra. Pommeroy nem em um milhão de anos. Meu Deus, mas era verdade! A sra. Pommeroy podia ter um filho por ano durante o resto da vida, e Ruth nunca se casaria com um deles. Pobre sra. Pommeroy!

— Eu te amo, sabia? — ela disse para a sra. Pommeroy. — Você é a minha pessoa preferida.

— Pé nocê, Ruth — disse a sra. Pommeroy em voz baixa, à guisa de resposta.

Mais tarde, Ruth deixou a sra. Pommeroy e andou até a casa dos Addams para ver o que o senador estava aprontando. Ela ainda não tinha vontade de ir para casa. Não tinha vontade de falar com o pai quando estava melancólica, por isso optou por falar com o senador. Talvez ele fosse lhe mostrar algumas fotos antigas de sobreviventes de naufrágios para animá-la. Mas quando ela chegou à casa dos Addams, encontrou apenas Angus. Ele tentava fazer rosca num pedaço de cano e estava num humor pavoroso. Disse a ela que o senador estava em Potter Beach outra vez com Webster Pommeroy, aquele maldito boçal magrelo, procurando uma maldita presa de elefante.

— Não — disse Ruth —, eles já acharam a presa de elefante.

— Pelo amor de Deus, Ruthie, eles estão procurando a outra presa maldita. — Ele disse aquilo como se estivesse bravo com *ela* por algum motivo.

— Credo — ela disse. — Desculpa.

Quando ela desceu até Potter Beach, encontrou o senador desanimado, andando de um lado para o outro na areia rochosa, com Cookie nos seus calcanhares.

— Não sei o que fazer com Webster, Ruth — disse o senador. — Não consigo dissuadi-lo.

Webster Pommeroy estava lá longe nos bancos de lodo, andando desajeitado de um lado para o outro, parecendo irrequieto e em pânico. Ruth talvez não o tivesse reconhecido. Ele parecia uma criança atrapalhada andando ali, uma criancinha tonta num grande apuro.

— Ele se recusa a desistir — disse o senador. — Está assim a semana inteira. Dois dias atrás estava chovendo litros, e ele não quis entrar. Ontem ele cortou a mão numa lata enquanto estava cavando. Não era nem uma lata velha. Fez um rasgo enorme no polegar direito. Ele não quer me deixar olhar.

— O que acontece se você for embora?

— Não vou abandonar ele ali fora, Ruth. Ele ia ficar a noite inteira. Diz que quer achar a outra presa, para substituir a que o sr. Ellis pegou.

— Então vai até a Ellis House e exige essa presa de volta, senador. Fala para aqueles bostas que você precisa dela.

— Não posso fazer isso, Ruth. Talvez o sr. Ellis esteja guardando a presa enquanto se decide sobre o museu. Talvez esteja mandando avaliarem a presa, ou algo assim.

— O sr. Ellis provavelmente nunca nem viu essa coisa. Como você sabe que o Cal Cooley não ficou com ela?

Eles observaram Webster se debater mais um pouco.

O senador disse, em voz baixa:

— Quem sabe você podia ir à Ellis House e perguntar sobre ela?

— Eu não vou lá — disse Ruth. — Não vou lá nunca mais, pelo resto da minha vida.

— Por que você veio até aqui hoje, Ruth? — perguntou o senador, após um silêncio doloroso. — Você precisa de alguma coisa?

— Não, eu só queria dar um oi.

— Bom, oi, Ruthie. — Ele não estava olhando para ela; estava observando Webster com um semblante de intensa preocupação.

— Oi de volta. Essa não é uma boa hora para você, é? — perguntou Ruth.

— Ah, eu estou bem. Como vai a sua mãe, Ruth? Como foi a sua viagem para Concord?

— Ela está bem, eu acho.

— Você mandou minhas lembranças para ela?

— Acho que mandei. Você podia escrever uma carta para ela, se realmente quiser deixar ela feliz.

— Essa é uma boa ideia, uma boa ideia. Ela continua tão linda quanto antes?

— Não sei o quanto ela era linda antes, mas ela parece bem. Só acho que está solitária lá. Os Ellis vivem dizendo para ela que querem que eu vá para a faculdade; eles iam pagar.

— O sr. Ellis disse isso?

— Não para mim. Mas minha mãe fala sobre isso, e a srta. Vera, e até o Cal Cooley. Está chegando a hora, senador. Aposto que o sr. Ellis vai fazer um anúncio sobre isso em breve.

— Bom, parece uma oferta muito boa.

— Se viesse de qualquer outra pessoa, seria uma ótima oferta.

— Teimosa, teimosa.

O senador percorreu todo o comprimento da praia. Ruth foi atrás dele, e Cookie foi atrás de Ruth. O senador estava imensamente distraído.

— Estou incomodando você? — perguntou Ruth.

— Não — disse o senador. — Não, não. Mas pode ficar. Pode ficar aqui e olhar.

— Não se preocupe. Não era nada — disse Ruth. Mas ela não suportava ficar ali vendo Webster se debater na lama de modo tão doloroso. E não queria ficar seguindo o senador se a única coisa que ele fosse fazer fosse andar de uma ponta à outra da praia, retorcendo as mãos. — Eu estava indo para casa, de qualquer jeito.

Então ela foi para casa. Não tinha mais nenhuma ideia, e não havia mais ninguém em Fort Niles com quem quisesse falar. Não havia nada em Fort Niles que quisesse fazer. Ela podia ir logo encontrar o pai. Podia ir logo fazer o jantar.

9

> Se lançado de volta na água de costas ou de cabeça, o animal, a não ser que esteja exausto, endireita-se imediatamente e, com uma ou duas flexões da cauda, dispara em sentido oblíquo rumo ao fundo, como se escorregasse por um plano inclinado.
>
> — *A lagosta americana: um estudo de seus hábitos e desenvolvimento*
> Francis Hobart Herrick, ph.D.
> 1895

A segunda guerra lagosteira entre Courne Haven e Fort Niles aconteceu entre 1928 e 1930. Foi uma guerra patética, que não vale a pena discutir.

A terceira guerra lagosteira entre Courne Haven e Fort Niles foi um conflito feio, curto, de quatro meses, que estourou em 1946 e surtiu maior efeito em alguns moradores da ilha do que o bombardeio de Pearl Harbor. Essa guerra impediu que os habitantes pescassem num ano que registrou a maior captura total de lagostas jamais conhecida na indústria pesqueira do Maine: seis mil pescadores licenciados pescaram um peso recorde de nove milhões de quilos de lagostas naquele ano. Porém os homens de Fort Niles e Courne Haven perderam essa bocada porque estavam ocupados demais brigando.

A quarta guerra lagosteira entre Courne Haven e Fort Niles começou na metade da década de 1950. A causa desta guerra não foi claramente definida. Não houve uma única instigação, nenhum acontecimento colérico que tenha acendido o pavio. Então como aquilo começou? Com empurrões. Empurrões lentos, típicos, cotidianos.

De acordo com as leis do Maine, qualquer homem com uma licença de pesca pode deixar armadilhas em qualquer lugar nas águas do Maine. É isso que dizem as leis. A realidade é diferente. Certas famílias pescam em certos territórios porque sempre fizeram assim; certas áreas pertencem a certas ilhas porque sempre pertenceram; certas vias aquáticas estão sob o controle de certas pessoas porque sempre estiveram. O oceano, embora não seja demarcado por cercas e escrituras, é estritamente demarcado por tradições, e um novato faria bem em prestar atenção a essas tradições.

As barreiras, embora invisíveis, são reais, e estão sendo testadas o tempo todo. É da natureza humana tentar expandir sua propriedade, e os lagosteiros não são exceção. Eles empurram. Veem com o que conseguem se safar. Forçam e derrubam as fronteiras sempre que podem, tentando aumentar cada império um metro aqui, um metro ali.

Digamos que o sr. Cobb sempre interrompeu sua linha de armadilhas na embocadura de um certo estuário. Mas o que aconteceria se, um dia, o sr. Cobb decidisse deixar algumas armadilhas umas poucas dezenas de metros mais à frente, num ponto onde o sr. Thomas tradicionalmente pescava? Que mal haveria em umas poucas dezenas de metros? Talvez o avanço passe despercebido. O sr. Thomas não é mais tão cuidadoso quanto era antes, pensa o sr. Cobb. Quem sabe o sr. Thomas esteve doente, teve um ano ruim ou perdeu a esposa, e não está prestando tanta atenção quanto costumava prestar, e talvez — só talvez — o avanço passe despercebido.

E talvez passe mesmo. O sr. Thomas pode não sentir o golpe. Ou, por diversos motivos, pode não se importar a ponto de questionar o sr. Cobb. Por outro lado, talvez se importe. Talvez se incomode profundamente. Talvez o sr. Thomas mande um recado de insatisfação. Talvez, quando o sr. Cobb for puxar suas armadilhas na semana seguinte, descubra que o sr. Thomas deu um nó simples no meio de cada linha, como advertência. Talvez o sr. Thomas e o sr. Cobb sejam vizinhos que jamais tiveram conflitos no passado. Talvez sejam casados com irmãs. Talvez sejam bons amigos. Esses nós inofensivos são o jeito de o sr. Thomas dizer, "Eu vi o que você está tentando fazer aqui, amigo, e peço que por favor dê o fora do meu território enquanto eu ainda tenho paciência com você."

E talvez o sr. Cobb vá recuar, e esse seja o fim do conflito. Ou talvez ele não recue. Quem sabe que motivos ele pode ter para insistir? Talvez o sr. Cobb esteja ressentido de que o sr. Thomas sinta ter direito a um pedaço tão grande do mar para começo de conversa, enquanto o sr. Thomas nem é um pescador tão talentoso. E talvez o sr. Cobb esteja bravo por ter ouvido um boato de que o sr. Thomas está guardando lagostas pequenas ilegais, ou talvez o filho do sr. Thomas tenha olhado de maneira lasciva para a atraente filha de treze anos do sr. Cobb em mais de uma ocasião. Quem sabe o sr. Cobb teve seus próprios problemas em casa e precisa de mais dinheiro. Quem sabe o avô do sr. Cobb uma vez reivindicou esse mesmo estuário, e o sr. Cobb está pegando de volta o que acredita pertencer de direito a sua família.

Por isso, na semana seguinte, ele deixa suas armadilhas no território do sr. Thomas de novo, com a diferença de que agora não pensa na área como um território do sr. Thomas, mas sim como oceano livre e sua própria propriedade como americano livre. E para falar a verdade, está um pouco irritado com o sr. Thomas, esse cretino ganancioso, por ter dado nós nas linhas de pesca de um homem que, pelo amor de Deus, só está tentando ganhar a vida. Que diabos aquilo queria dizer, um monte de nós nas linhas dele? Se o sr. Thomas está incomodado, por que não fala sobre isso como um homem? E a essa altura o sr. Cobb também não se importa se o sr. Thomas tentar cortar a linha que prende suas armadilhas. Ele que corte! Ele que vá para o inferno! Ele que tente. O sr. Cobb vai dar uma surra naquele cretino.

E quando o sr. Thomas encontra as boias do vizinho flutuando em seu território outra vez, precisa fazer uma escolha. Será que ele corta a linha das armadilhas? O sr. Thomas se pergunta quão sérias são as intenções de Cobb. Quem são os amigos e aliados de Cobb? Thomas pode se dar ao luxo de perder armadilhas se Cobb revidar cortando algumas? Será que o território é tão excelente, afinal? Vale a pena lutar por ele? Algum Cobb alguma vez já fez alguma reivindicação legítima dele? Cobb está sendo malicioso, ou é ignorante?

Há diversos motivos que podem levar um homem a deixar armadilhas sem querer na área de outro homem. Será que essas armadilhas por acaso foram arrastadas até ali numa tempestade? Cobb é um jovem esquentadinho? Um homem deve protestar a cada afronta? Um homem precisa estar em vigilância constante contra seus vizinhos? Por outro lado, um homem deve ficar sentado em silêncio enquanto algum cretino ganancioso come do prato dele? Um homem deve ser destituído de seus meios de ganhar a vida? E se Cobb decidir dominar a área inteira? E se Cobb empurrar Thomas para cima das armadilhas de outro pescador e causar mais problemas para Thomas? Um homem precisa passar horas de cada dia de trabalho tomando esse tipo de decisão?

Na verdade, precisa.

Se ele é um lagosteiro, precisa tomar essas decisões todo dia. É assim que o negócio funciona. E ao longo dos anos, um lagosteiro desenvolve uma política, uma reputação. Se está pescando para ganhar a vida, pescando para alimentar sua família, não pode se dar ao luxo de ser passivo, e com o tempo passará a ser conhecido ou como empurrador ou como cortador. É difícil não se tornar um nem o outro. Ele precisa lutar para expandir seu território empurrando a linha de armadilhas de outro homem, ou precisa lutar para defender seu território cortando as armadilhas de qualquer homem que empurre a sua.

Tanto *empurrador* quanto *cortador* são termos depreciativos. Ninguém quer ser chamado de nenhum desses nomes, mas quase todos os lagosteiros são um ou outro. Ou ambos. Em geral, os empurradores são jovens, e os cortadores são mais velhos. Os empurradores têm poucas armadilhas em sua frota; os cortadores têm muitas. Os empurradores têm pouco a perder; os cortadores têm tudo a defender. A tensão entre empurradores e cortadores é constante, mesmo dentro de uma mesma comunidade, mesmo dentro de uma mesma família.

Em Fort Niles Island, Angus Addams era o cortador residente mais famoso. Cortava as armadilhas de qualquer um que chegasse perto e se gabava disso. Dizia de seus primos e vizinhos, "Faz cinquenta anos que eles vêm empurrando o meu rabo, e eu cortei um por um todos esses cretinos." Via de regra, Angus cortava sem aviso. Não perdia tempo dando nós amistosos de advertência nas linhas de um pescador que, por ignorância ou por acaso, pudesse ter invadido o seu domínio. Ele nem queria saber quem era o pescador errante ou quais eram seus motivos. Angus Addams cortava as armadilhas com raiva e consistência, xingando enquanto serrava a corda molhada e escorregadia, coberta de algas marinhas, xingando aqueles que estavam tentando tomar o que lhe pertencia de direito. Ele era um bom pescador; sabia que estava o tempo todo sendo seguido e observado por homens medíocres que queriam um pedaço do que ele tinha. Pelo amor de Cristo, ele não ia dar nada para eles.

Angus Addams tinha cortado armadilhas até do pai de Ruth, Stan Thomas, que era seu melhor amigo no mundo. Stan Thomas não era muito de empurrar, porém uma vez deixara armadilhas depois de Jatty Rock, onde as únicas boias que jamais boiaram eram as de listras amarelas e verdes, pertencentes a Angus Addams. Stan observou que fazia meses que Angus não deixava nenhuma armadilha ali e achou que não custava tentar. Não achou que Angus fosse perceber. Mas Angus percebeu. E cortou uma por uma todas as armadilhas da linha de seu melhor amigo, içou as boias vermelhas e azuis decepadas de Stan Thomas, amarrou todas juntas com um pedaço de corda, e não pescou mais o dia inteiro, de tão bravo que estava. Ele saiu para procurar Stan Thomas. Percorreu todos os estuários e ilhas dentro e fora do Worthy Channel até que viu o *Miss Ruthie* flutuando à frente, cercado de gaivotas ávidas pela isca. Angus acelerou o barco. Stan Thomas parou de trabalhar e olhou para o amigo.

— Algum problema, Angus? — perguntou Stan.

Angus Addams jogou as boias cortadas no convés de Stan sem dizer uma palavra. Jogou as boias num gesto triunfante, como se fossem as cabeças decepadas de seus inimigos mundanos. Stan olhou impassível para as boias.

— Algum problema, Angus? — ele repetiu.

— Se você me empurrar de novo — disse Angus —, a próxima coisa que eu vou cortar é a sua maldita garganta.

Essa era a ameaça padrão de Angus. Stan Thomas ouvira aquilo dezenas de vezes, às vezes dirigido ao malfeitor e às vezes no exultante relato de uma história, acompanhado de cervejas e *cribbage*. Porém Angus nunca tinha dito aquilo para Stan. Os dois homens, os dois melhores amigos, se entreolharam. Seus barcos oscilavam sob eles.

— Você me deve doze armadilhas — disse Stan Thomas. — Eram novinhas em folha. Eu podia mandar você sentar e fazer doze armadilhas novas para mim, mas você pode me dar doze das suas velhas, e fica por isso mesmo.

— E você pode lamber o meu rabo.

— Você não deixou nenhuma armadilha ali a primavera toda — disse Stan.

— Não vem achando que pode folgar comigo porque a gente tem um maldito *histórico*, Stan.

Angus Addams estava com o pescoço roxo, porém Stan Thomas continuou encarando o homem sem demonstrar nenhuma raiva.

— Se você fosse qualquer outra pessoa — disse Stan —, eu socava esses seus dentes agora mesmo, pelo jeito como você está falando comigo.

— Não precisa me dar nenhum tratamento especial.

— Verdade. Você também não me deu.

— Verdade. E também nunca vou te dar, por isso deixe as suas malditas armadilhas longe da minha frente.

E ele afastou o barco, mostrando o dedo do meio para Stan Thomas enquanto ia embora. Stan e Angus ficaram sem se falar durante quase oito meses. E esse conflito foi entre bons amigos, entre dois homens que jantavam juntos várias noites por semana, entre dois vizinhos, entre um professor e seu protegido. Foi um conflito entre dois homens que não achavam que o outro estava trabalhando dia e noite para destruí-lo, que era o que os homens de Fort Niles Island e Courne Haven Island de fato achavam uns dos outros. E com razão, na maior parte das vezes.

É um negócio arriscado. E foi esse movimento de empurrar e cortar que provocou a quarta guerra lagosteira, no final dos anos 1950. Quem começou? Difícil dizer. A hostilidade pairava no ar. Havia homens que tinham voltado da Coreia e queriam retomar a atividade pesqueira e descobriram que seu território tinha sido devorado. Havia, na primavera de 1957, diversos rapazes que tinham acabado de se tornar adultos e comprar seus próprios barcos. Estavam tentando encontrar um lugar para si. A pesca tinha sido boa no ano anterior, por isso todos tinham dinheiro bastante para comprar mais armadilhas e barcos maiores com motores maiores, e os pescadores estavam empurrando uns aos outros.

Houve cortes de ambos os lados; houve alguns empurrões. Gritaram-se xingamentos por sobre as popas de alguns barcos. E, ao longo de vários meses, o rancor foi ficando mais intenso. Angus Addams cansou de cortar armadilhas de Courne Haven em seu território, por isso começou a provocar o inimigo de modos mais imaginativos. Levava no barco todo o seu lixo de casa e, quando achava armadilhas alheias no caminho, recolhia cada uma e enchia de lixo. Uma vez ele enfiou um travesseiro velho na armadilha de alguém, para que nenhuma lagosta conseguisse entrar, e gastou uma tarde inteira cobrindo uma armadilha de pregos; no fim, ficou parecendo um instrumento de tortura cheio de espetos. Angus tinha outro truque; enchia de pedras a armadilha do pescador intruso e jogava de volta no mar. Dava bastante trabalho, esse truque. Ele tinha que carregar as pedras em seu próprio barco, com sacos e um carrinho de mão, o que levava um bom tempo. Mas Angus considerava que era tempo bem gasto. Gostava de imaginar o cretino de Courne Haven lutando e suando para recolher uma armadilha, apenas para achá-la cheia de entulho.

Angus se divertia muito com essas brincadeiras, até o dia em que recolheu uma das próprias armadilhas e achou dentro dela uma boneca de criança, com uma tesoura enferrujada cravada no peito. Foi uma mensagem alarmante e violenta de se puxar do mar. Ao ver aquilo, o ajudante de Angus Addams deu um grito estridente, como uma menina. Até Angus ficou horrorizado com a boneca. Seus cabelos loiros estavam molhados e espalhados no rosto, que era de porcelana rachada. Os lábios rígidos da boneca formavam um "O" chocado. Um caranguejo se enfiara na armadilha e estava agarrado ao vestido dela.

— Que porra é essa? — Angus gritou. Ele tirou a boneca esfaqueada da armadilha e arrancou a tesoura. — Que porra é essa, algum tipo de ameaça?

Ele levou a boneca de volta a Fort Niles e a mostrou para as pessoas, enfiando-a na cara delas de um jeito bastante perturbador. O povo de Fort Niles geralmente ignorava os ataques de Angus Addams, mas desta vez eles prestaram atenção. Havia algo na selvageria daquela boneca esfaqueada que enfureceu todo mundo. Uma boneca? Que diabos aquilo queria dizer? Lixo e pregos eram uma coisa, mas uma boneca assassinada? Se alguém de Courne Haven tinha um problema com Angus, por que não podia dizer isso na cara dele? E de quem era aquela boneca? Provavelmente pertencia à filha pobre de algum pescador. Que espécie de homem ia esfaquear a boneca da própria filha, só para passar um recado? E qual exatamente *era* o recado?

Essas pessoas de Courne Haven eram animais.

Na manhã seguinte, vários dos lagosteiros de Fort Niles se reuniram na doca muito mais cedo que de costume. Ainda faltava mais de uma hora para o sol nascer, e estava escuro. Havia estrelas no céu, e a lua estava baixa, com um brilho fraco. Os homens partiram em direção a Courne Haven numa pequena frota. Seus motores cuspiam uma enorme nuvem fedida de fumaça de diesel. Eles não tinham um propósito específico, porém seguiram com determinação até Courne Haven e pararam os barcos logo em frente ao porto. Havia doze deles, os pescadores de Fort Niles, formando um pequeno cerco. Ninguém falava. Uns poucos fumavam cigarros.

Depois de mais ou menos uma hora, eles avistaram um movimento nas docas de Courne Haven. Os homens de lá, chegando para começar seu dia de pesca, olharam para o mar e viram a fileira de barcos. Eles se juntaram num pequeno grupo nas docas e continuaram olhando para os barcos. Alguns dos homens estavam bebendo café em garrafas térmicas, e fiapos de vapor erguiam-se entre eles. O grupo aumentou conforme mais homens chegaram para começar o dia e encontraram o aglomerado nas docas.

Alguns dos homens apontaram. Alguns deles fumavam cigarros, também. Após uns quinze minutos, ficou claro que eles não sabiam o que fazer quanto ao bloqueio. Ninguém fez menção de avançar para o próprio barco. Todos eles andavam de lá para cá, conversando uns com os outros. No mar, os homens de Fort Niles em seus barcos ouviam a conversa de Courne Haven distorcida pela água. Às vezes uma tossida ou risada chegava nitidamente. As risadas estavam matando Angus Addams.

— Esses cagões — ele disse, mas só uns poucos homens no cerco escutaram, pois ele resmungou com os lábios cerrados.

— O quê? — disse o homem no barco ao lado, Barney, o primo de Angus.

— Qual é a graça? — perguntou Angus. — Vou mostrar para eles o que é engraçado.

— Não acho que eles estão rindo de nós — disse Barney. — Acho que eles só estão rindo.

— Vou mostrar para eles o que é engraçado.

Angus Addams foi até a popa e acelerou o motor, impulsionando o barco para a frente, bem para dentro do porto de Courne Haven. Passou depressa entre os barcos, deixando uma esteira violenta no caminho, depois desacelerou perto das docas. A maré estava baixa e seu barco estava muito abaixo dos pescadores de Courne Haven reunidos. Eles avançaram até a borda do embarcadouro para olhar Angus Addams. Nenhum dos outros pescadores de Fort Niles viera atrás dele; eles ficaram esperando na embocadura do porto. Ninguém sabia o que fazer.

— VOCÊS GOSTAM DE BRINCAR DE BONECA? — Angus Addams berrou. Seus amigos nos barcos o escutaram nitidamente do outro lado da água. Ele mostrou e sacudiu a boneca assassinada. Um dos homens de Courne Haven disse alguma coisa que fez seus amigos rirem. — DESCE AQUI! — gritou Angus. — DESCE AQUI E FALA ISSO!

— O que ele disse? — Barney Addams perguntou a Don Pommeroy. — Você ouviu o que esse cara disse?

Don Pommeroy deu de ombros.

Nesse instante, um homem grande desceu o caminho até as docas, e os pescadores se afastaram para abrir caminho para ele. Era alto e largo e não usava chapéu em sua cabeça brilhante de cabelos loiros. Trazia algumas cordas, cuidadosamente enroladas sobre o ombro, e estava carregando uma marmita de alumínio. As risadas nas docas de Courne Haven pararam. Angus Addams não disse nada; pelo menos nada que seus amigos pudessem ouvir.

O homem loiro, sem olhar para Angus, desceu das docas com a marmita embaixo do braço e entrou num bote a remo. Ele o soltou da estaca e começou a remar. Sua remada era bela de se olhar: uma longa puxada, seguida de um golpe rápido, musculoso. Em muito pouco tempo, ele alcançou seu barco e subiu a bordo. Àquela altura, os homens na embocadura do porto já tinham visto que aquele era Ned Wishnell, um verdadeiro pescador de primeira linha e o atual patriarca da dinastia Wishnell. Eles olharam com inveja para o barco do homem, que tinha sete metros e meio de comprimento, imaculado, branco, com uma simples faixa azul em volta. Ned Wishnell deu partida e rumou para fora do porto.

— Aonde é que ele está indo? — perguntou Barney Addams.

Don Pommeroy deu de ombros outra vez.

Ned Wishnell veio direto até eles, bem na direção do bloqueio, como se eles não estivessem ali. Os pescadores de Fort Niles entreolharam-se apreensivos, perguntando-se se deveriam deter aquele homem. Não parecia certo deixá-lo passar, mas Angus Addams não estava com eles para lhes dar instruções. Eles ficaram olhando, paralisados, enquanto Ned Wishnell atravessava o cerco, passando entre Don Pommeroy e Duke Cobb sem olhar para a esquerda nem para a direita. Os barcos de Fort Niles balançaram com a passagem dele. Don teve que se agarrar na amurada, senão teria caído no mar. Os homens ficaram olhando enquanto Ned Wishnell se afastava depressa, ficando cada vez menor enquanto avançava mar adentro.

— Aonde é que ele está indo? — Barney pelo jeito ainda esperava uma resposta.

— Acho que está indo pescar — disse Don Pommeroy.

— Mas que droga é essa? — disse Barney. Ele estreitou os olhos na direção do mar. — Ele não viu a gente?

— Claro que viu.

— Por que ele não disse nada?

— O que diabos você achou que ele fosse dizer?

— Sei lá. Alguma coisa tipo, "E aí, companheiro! O que aconteceu?"

— Cala a boca, Barney.

— Não sei por que calaria — disse Barney Addams, mas calou.

A ousadia de Ned Wishnell dissolveu totalmente qualquer ameaça que os homens de Fort Niles pudessem ter representado, por isso os outros pescadores de Courne Haven, um por vez, desceram as docas, entraram em seus barcos e partiram para um dia de pesca. Como seu vizinho Ned, eles atravessaram o bloqueio de Fort Niles sem olhar para nenhum dos lados. Angus Addams gritou com eles por um tempo, mas isso envergonhou o resto dos homens de Fort Niles, que, um por um, deram meia-volta e partiram para casa. Angus foi o último a ir embora. Ele estava, como Barney depois relatou, "suando em bicas, xingando até a mãe, soltando fumaça pelas ventas e tudo o mais". Angus ficou revoltado por ter sido desertado pelos amigos, furioso porque o que poderia ter sido um bloqueio bastante decente acabara sendo cômico e inútil.

Esse talvez tivesse sido o fim da quarta guerra lagosteira entre Fort Niles e Courne Haven, bem ali. Aliás, se os incidentes daquela manhã tivessem encerrado o conflito, ele nem teria sido lembrado como uma guerra lagosteira; mas sim como apenas mais uma de uma longa série de disputas e confrontos. Conforme o verão avançou, os empurrões e cortes continuaram, porém esporadicamente. Na maior parte das vezes, era Angus Addams quem fazia os cortes, e os homens de ambas as ilhas estavam acostumados àquilo. Angus Addams se aferrava ao que lhe pertencia como um *bull terrier*. Para todos os outros, novas fronteiras foram definidas. Alguns territórios mudaram; alguns pescadores novos dominaram velhas áreas; alguns pescadores velhos reduziram sua carga de trabalho; alguns pescadores que tinham voltado da guerra retomaram sua profissão. Tudo se assentou de volta numa paz normal e tensa.

Durante algumas semanas.

No final de abril, Angus Addams por acaso foi a Rockland vender suas lagostas ao mesmo tempo que Don Pommeroy. Don, um solteirão, era sabidamente um imbecil. Era o irmão mais brando de Ira Pommeroy, o marido sisudo e durão de Rhonda Pommeroy, pai de Webster, Conway, John, Fagan etc. Angus Addams não achava que nenhum dos Pommeroy era grande coisa, mas acabou passando uma noite bebendo com Don no Wayside Hotel, pois o tempo estava ruim, escuro demais para voltar para casa e ele estava entediado. Angus talvez tivesse preferido beber sozinho em seu quarto, mas não foi assim que as coisas acabaram acontecendo. Os dois homens se encontraram no atacadista, e Don disse, "Vamos tomar um trago, Angus", e Angus concordou.

Havia alguns homens de Courne Haven no Wayside Hotel naquela noite. Fred Burden, o violinista, estava lá com seu cunhado, Carl Cobb. Porque era uma noite de chuva gelada e vento, e porque os homens de Courne Haven e os de Fort Niles eram os únicos no bar, eles se viram envolvidos numa conversa. Não foi uma conversa agressiva. Na verdade, começou quando Fred Burden pediu que mandassem uma dose para Angus Addams.

— Isso é para te revigorar — berrou Fred —, depois de um longo dia cortando as nossas armadilhas.

Foi um começo hostil, por isso Angus Addams berrou de volta:

— Então é melhor você mandar a garrafa inteira. Hoje eu cortei muito mais do que vale essa única dose.

Isto também foi hostil, porém não provocou uma briga. Provocou risadas em todo o recinto. Os homens todos tinham bebido o bastante para serem espirituosos, mas não o bastante para começarem uma briga. Fred Burden e Carl Cobb mudaram de lugar no balcão para sentar perto de seus vizinhos de Fort Niles. É claro que eles se conheciam. Deram tapinhas nas costas uns dos outros, pediram mais algumas cervejas e uísques, falaram sobre seus barcos novos, o novo atacadista e o modelo de armadilha mais recente. Falaram das novas limitações de pesca que o estado estava impondo, e de como os novos guarda-caças eram idiotas. Eles tinham absolutamente tudo em comum, por isso havia muito assunto para conversar.

Carl Cobb tinha servido na Alemanha durante a Guerra da Coreia e tirou a carteira para mostrar dinheiro alemão. Todos olharam o cotoco de Angus Addams, onde ele perdera o dedo no guincho, e o fizeram contar a história de quando ele chutara o dedo para fora do barco e cauterizara o ferimento com charuto. Fred Burden contou aos outros homens que os turistas de veraneio em Courne Haven tinham decidido que a ilha estava barra-pesada demais e tinham feito uma vaquinha para contratar um policial durante os meses de julho e agosto. O policial era um garoto ruivo de Bangor, e tinha levado três surras em sua primeira semana na ilha. Os turistas tinham até arranjado uma viatura para o moleque, que o imbecil fizera capotar numa perseguição em alta velocidade pela ilha, tentando alcançar um sujeito sem placa no carro.

— Uma perseguição em alta velocidade! — disse Fred Burden. — Numa ilha com seis quilômetros e meio de comprimento! Pelo amor de Deus, até onde o cara podia ir? Esse moleque maldito podia ter matado alguém.

O que aconteceu, segundo Fred Burden, foi que o jovem policial atordoado foi arrastado para fora dos destroços do carro e apanhou de novo, desta vez de um vizinho, furioso por achar uma viatura de polícia capotada em seu jardim. Depois de três semanas, o jovem policial voltou para casa em Bangor. A viatura ainda estava na ilha. Um dos Wishnell a comprou e consertou para seu filho dirigir. Os turistas ficaram irados, mas Henry Burden e todos os outros lhes disseram que se eles não gostavam de Courne Haven, deviam voltar para Boston, onde podiam ter quantos policiais quisessem.

Don Pommeroy disse que aquela era uma vantagem de Fort Niles — não havia turistas de verão. A família Ellis era dona de quase toda a ilha, e eles queriam tudo só para si mesmos.

— Mas essa é uma vantagem de Courne Haven — disse Fred Burden. — Não tem a família Ellis.

Todos deram risada. Aquele era um bom argumento.

Angus Addams falou dos velhos tempos em Fort Niles, quando a indústria de granito ainda estava em plena atividade. Eles tinham um policial naquela época, que era perfeito para uma ilha. Para começar, ele era um Addams, por isso conhecia todo mundo e sabia como as coisas funcionavam. Deixava os moradores em paz, e principalmente garantia que os italianos não aprontassem muita encrenca. Roy Addams era seu nome; ele fora contratado pela família Ellis para manter a ordem. Os Ellis não ligavam para o que o velho Roy fazia, contanto que ninguém fosse assassinado ou roubado. Ele tinha uma viatura — um grande Packard sedã, com painéis de madeira —, mas nunca a usava. Roy tinha sua própria teoria sobre o trabalho de um policial. Ficava sentado em casa, ouvindo rádio, e se alguma coisa acontecesse na ilha, todo mundo saberia onde achá-lo. Quando ele ficava sabendo de um crime, ia bater um papo com o criminoso. Esse era um bom policial de ilha, disse Angus. Fred e seu cunhado concordaram.

— Nem cadeia existia — disse Angus. — Se você arranjasse problema, tinha que passar um tempo sentado na sala de estar do velho Roy.

— Isso parece certo — disse Fred. — É assim que devia ser a polícia numa ilha.

— Quer dizer, isso se realmente tiver polícia — disse Angus.

— Verdade. Se tiver.

Angus então contou a piada do filhote de urso polar que quer saber se tem sangue de coala na família, e Fred Burden disse que aquilo o lembrava da piada dos três esquimós na padaria. E Don Pommeroy contou a do japonês e do iceberg, porém estragou a graça, por isso Angus Addams teve que contar direito. Carl Cobb disse que tinha ouvido aquela de um jeito diferente e deu sua versão integral, que era praticamente a mesma. Foi uma perda de tempo. Don contribuiu com a piada da mulher católica e do sapo falante, mas também estragou a graça.

Angus Addams foi ao banheiro e, quando voltou, Don Pommeroy e Fred Burden estavam discutindo. Estavam realmente se altercando. Alguém tinha dito alguma coisa. Alguém tinha começado alguma coisa. Foi tudo muito rápido. Angus Addams foi tentar descobrir qual era o motivo da briga.

— De jeito nenhum — Fred Burden estava dizendo, com o rosto vermelho e cuspindo enquanto falava. — Até parece que você conseguiria! Ele ia te *matar*!

— Só estou dizendo que eu conseguiria — disse Don Pommeroy, devagar e com dignidade. — Não disse que ia ser fácil. Só disse que eu conseguiria fazer isso.

— Do que ele está falando? — Angus perguntou para Carl.

— Don apostou cem dólares com o Fred que seria capaz de surrar um macaco de um metro e meio numa briga — disse Carl.

— O quê?

— Você ia ser massacrado! — Fred agora estava gritando. — Você ia ser *massacrado* por um macaco de um metro e meio!

— Eu sou bom de briga — disse Don.

Angus revirou os olhos e sentou-se. Sentiu pena de Fred Burden. O sujeito era de Courne Haven, mas não merecia entrar numa conversa estúpida daquelas com um imbecil de renome como Don Pommeroy.

— Você alguma vez já *viu* um maldito macaco? — perguntou Fred. — Já viu como é o corpo de um macaco? Um macaco de um metro e meio teria um metro e oitenta de uma mão à outra. Você sabe como um macaco é forte? Você não seria capaz de surrar nem um macaco de *meio metro*. Ele ia te *destruir*!

— Mas ele não ia saber brigar — disse Don. — Essa é a minha vantagem. Eu sei brigar.

— Ora, que coisa imbecil. Nós estamos assumindo que ele saberia brigar.

— Não, não estamos.

— Então do que estamos falando? Como a gente pode falar de brigar com um macaco de um metro e meio se o macaco nem sabe brigar?

— Só estou dizendo que eu poderia ganhar de um macaco se ele *soubesse* brigar. — Don estava falando com muita calma. Ele era o príncipe da lógica. — Se um macaco de um metro e meio soubesse brigar, eu poderia ganhar dele.

— Mas e os dentes? — Carl Cobb perguntou, agora genuinamente interessado.

— Cala a boca, Carl — disse seu cunhado Fred.

— Essa é uma boa pergunta — disse Don e assentiu com a cabeça num gesto sábio. — O macaco não teria permissão de usar os dentes.

— Então ele não ia estar *brigando*! — Fred gritou. — É assim que um macaco ia brigar! Mordendo!

— É proibido morder — disse Don, e seu veredito era final.

— Ele ia estar lutando boxe? É isso? — Fred Burden perguntou. — Você está dizendo que conseguiria ganhar de um macaco de um metro e meio numa luta de boxe?

— Exatamente — disse Don.

— Mas um macaco não ia *saber* lutar boxe — observou Carl Cobb, franzindo a testa.

Don concordou com a cabeça, cheio de satisfação e compostura.

— Exatamente — ele disse. — É por isso que eu ia ganhar.

Ouvindo aquilo, Fred Burden não teve escolha senão dar um soco em Don, e foi isso que ele fez. Angus Addams disse depois que ele próprio teria socado Don se este tivesse dito outra maldita palavra sobre lutar boxe com um macaco de um metro e meio, mas Fred perdeu a paciência primeiro, por isso deu um murro na orelha de Don. Carl Cobb pareceu tão surpreso que deixou Angus irritado, por isso Angus deu um soco em Carl. Então Fred deu um soco em Angus. Carl também deu um soco em Angus, mas não muito forte. Don se levantou do chão e se jogou, curvado e urrando, direto na barriga de Fred, derrubando Fred para trás em cima de uns bancos vazios do bar, que chacoalharam, cambalearam e caíram.

Os dois homens — Fred e Don — começaram a rolar no chão do bar. De algum modo, eles tinham caído um contra o outro com a cabeça nos pés e os pés na cabeça, o que não era uma postura eficiente para brigar. Eles pareciam uma grande estrela-do-mar desajeitada — toda braços e pernas. Fred Burden estava em cima e cravou a ponta da bota no chão e girou seu próprio corpo e o de Don, tentando se agarrar em alguma coisa.

Carl e Angus tinham parado de brigar. Não tinham tanto interesse naquilo, afinal. Cada um contribuíra com um soco, e já tinha sido suficiente. Agora eles estavam parados um ao lado do outro, de costas para o balcão, observando os amigos no chão.

— Acerta ele, Fred! — incitou Carl, lançando um olhar inocente para Angus.

Angus deu de ombros. Não ia se importar muito se Don Pommeroy apanhasse. Aquele idiota merecia. Um macaco de um metro e meio. Tenha dó.

Fred Burden cravou os dentes na canela de Don e não largou mais. Don urrou com aquela injustiça.

— Sem morder! Sem morder!

Ele parecia revoltado, pois deixara aquela regra perfeitamente clara em relação à briga com o macaco. Angus Addams, parado no balcão, observou a luta desajeitada no chão por um tempo e depois suspirou, virou de costas e perguntou ao barman se podia acertar a conta. O barman, um homem pequeno e mirrado com uma expressão aflita, estava segurando um taco de beisebol que tinha metade da sua altura.

— Você não precisa disso — disse Angus, apontando com a cabeça para o taco.

O barman pareceu aliviado e guardou o taco de volta embaixo do balcão.

— É melhor eu chamar a polícia?

— Não precisa se preocupar. Não é nada de mais, amigo. Deixa eles brigarem até o fim.

— Por que eles estão brigando? — perguntou o barman.

— Ah, eles são velhos amigos — disse Angus, e o barman sorriu com alívio, como se aquilo explicasse tudo. Angus pagou sua conta e passou pelos homens (que estavam se engalfinhando e bufando no chão) para subir e dormir um pouco.

— Aonde você vai? — Don Pommeroy, no chão, gritou para Angus quando ele estava indo embora. — Aonde você está *indo*, cacete?

Angus tinha abandonado a briga porque achava que não era nada, mas no fim acabou sendo um tanto séria.

Fred Burden era um sujeito insistente, e Don era tão teimoso quanto burro, e nenhum dos homens quis largar o outro. A briga continuou por uns bons dez minutos depois que Angus foi dormir. Segundo a descrição de Carl Cobb, Fred e Don eram "dois cachorros no mato", mordendo, chutando, socando. Don tentou quebrar algumas garrafas na cabeça de Fred, e este quebrou alguns dedos de Don com tanta força que deu para ouvir o estalo. O barman, um homem não muito esperto a quem Angus dissera para não se preocupar com a briga, não tinha se preocupado.

Mesmo quando Fred estava sentado em cima do peito de Don, com punhados de cabelo nas mãos, sovando a cabeça de Don no chão, o barman não interveio. Fred bateu até Don perder a consciência, depois reclinou-se para trás, ofegante. O barman estava lustrando um cinzeiro com a toalha quando Carl disse:

— Talvez você devesse ligar para alguém.

O barman olhou por cima do balcão e viu que Don não estava se mexendo e que seu rosto estava todo amassado. Fred também estava sujo de sangue, e um de seus braços pendia de um jeito estranho. O barman chamou a polícia.

Angus Addams só ficou sabendo de tudo isso na manhã seguinte, quando levantou para o café da manhã e se aprontou para voltar a Fort Niles. Foi informado de que Don Pommeroy estava no hospital, e que o quadro não parecia bom. Disseram a Angus que ele não acordara. Ele tivera um "ferimento interno" e o rumor era que um pulmão estava perfurado.

— Filho da puta — disse Angus, profundamente impressionado.

Ele nunca pensara que a briga ia dar em algo tão sério. A polícia fez perguntas a Angus, mas ele foi liberado. Fred Burden ainda estava detido, mas ele próprio estava tão machucado que ainda não fora acusado de nada. A polícia não sabia direito o que fazer, pois o barman — a única testemunha sóbria e confiável — insistia que os dois homens eram velhos amigos que só estavam brincando.

Angus chegou à ilha no fim da tarde e foi procurar Ira, o irmão de Don, mas ele já tinha ouvido a notícia. Recebera um telefonema da polícia de Rockland, informando que seu irmão estava em coma após ser espancado por um pescador de Courne Haven num bar. Ira ficou maluco. Andava de um lado para o outro, tensionando e distendendo os músculos, brandindo os punhos no ar e gritando. Sua mulher, Rhonda, tentou acalmá-lo, mas ele não deu atenção. Ia levar uma espingarda para Courne Haven e "aprontar alguma coisa". Ia "mostrar para alguém". Ia "ensinar uma ou duas coisinhas para eles". Ira encontrou alguns amigos e os atiçou até ficarem espumando de raiva. No fim ninguém levou espingarda nenhuma a bordo, porém a paz tensa que existia entre as duas ilhas foi rompida, e a quarta guerra lagosteira contra Courne Haven estava a caminho.

Os detalhes diários dessa guerra não são importantes; foi uma guerra lagosteira típica. Houve brigas, cortes, empurrões, vandalismos, roubos, agressões, acusações, paranoias, intimidações, terror, covardia e ameaças. Não havia praticamente nenhum comércio. Já é bastante difícil ganhar a vida com a pesca, mas é ainda mais difícil quando o pescador tem que passar o dia defendendo sua propriedade ou atacando a propriedade alheia.

O pai de Ruth, fazendo pouco alarde e sem nenhuma hesitação, tirou suas armadilhas da água, assim como seu próprio pai fizera durante a primeira guerra lagosteira entre Courne Haven e Fort Niles, em 1903. Tirou seu barco da água e o guardou no gramado da frente. "Não me envolvo nessas coisas", ele disse aos vizinhos. "Não quero saber quem fez o que com quem." Stan Thomas já tinha planejado tudo. Esperando a guerra acabar, ele perderia menos dinheiro que seus vizinhos. Sabia que aquilo não ia durar para sempre.

A guerra durou sete meses. Stan Thomas aproveitou esse tempo para consertar o barco, construir armadilhas novas, passar alcatrão nas linhas, pintar suas boias. Enquanto os vizinhos brigavam sem parar e levavam a si mesmos e uns aos outros à pobreza, ele deixou seus apetrechos de pesca brilhando, em perfeitas condições. O território de Stan foi tomado, é claro, mas ele sabia que os outros iam se desgastar e que ele conseguiria recuperar tudo — e ainda mais. Eles estariam arrasados. Nesse meio-tempo, ele consertou seu equipamento e deixou cada peça de latão e cada barril como se fosse novo. Sua esposa recém-casada, Mary, ajudou bastante, e pintou as boias dele com muito capricho. Eles não tinham problemas financeiros; a casa já estava paga havia muito tempo, e Mary era incrivelmente frugal. Passara a vida inteira num quarto de nove metros quadrados e nunca possuíra nada. Ela não tinha expectativas, não pedia nada. Podia fazer um cozido encorpado com uma cenoura e um osso de frango. Ela plantou um jardim, fez remendos nas roupas do marido, cerziu suas meias. Estava acostumada a esse tipo de serviço. Não havia tanta diferença entre cerzir meias de lã e emparelhar meias de seda.

Mary Smith-Ellis Thomas tentou, delicadamente, convencer o marido a aceitar um emprego na Ellis House e não voltar à pesca de lagostas, mas ele não quis nem saber. Disse a ela que não queria ficar perto de nenhum daqueles cretinos. "Você podia trabalhar no estábulo", ela disse, "e nunca ia vê-los". Mas ele também não queria limpar a bosta dos cavalos de nenhum daqueles cretinos. Por isso ela deixou o assunto morrer. Era uma fantasia velada de Mary que seu marido e os Ellis aprenderiam a se amar, e ela seria bem recebida outra vez na Ellis House. Não como empregada, mas como membro da família. Talvez Vera Ellis viesse a admirar Stan. Talvez Vera fosse convidar Stan e Mary para almoços. Talvez fosse servir uma xícara de chá para Stan e dizer, "Estou muito feliz por Mary ter se casado com um cavalheiro tão habilidoso."

Certa noite na cama em sua nova casa com seu novo marido, Mary começou, do jeito mais brando possível, a fazer insinuações sobre essa fantasia. "Talvez a gente pudesse ir visitar a srta. Vera...", ela começou a dizer, porém seu marido a interrompeu para informar que preferiria comer as próprias fezes a visitar Vera Ellis.

— Ah — disse Mary.

Então ela abandonou o assunto. Empenhou toda a sua habilidade em ajudar o marido durante os áridos meses da guerra lagosteira e, em troca, recebeu pequenos e preciosos indícios de reconhecimento de seu valor. Ele gostava de sentar na sala de estar para vê-la costurar cortinas. A casa estava imaculada, e ele ficava enternecido com as tentativas de decoração da mulher. Mary pôs flores silvestres em copos d'água no parapeito da janela. Poliu as ferramentas dele. Essa foi a coisa mais adorável de todas.

— Vem cá — ele dizia a ela no fim do dia, dando um tapinha no joelho.

Mary ia até ele e sentava no seu colo. Ele abria os braços. "Vem cá", dizia, e ela se aninhava nele. Quando ela se vestia bem, ou penteava o cabelo de um jeito bonito, ele a chamava de Mint[2], pois ela parecia recém-cunhada, brilhante como uma moeda nova.

— Vem cá, Mint — ele dizia.

Ou, enquanto observava Mary passar suas camisas, ele dizia:

— Que serviço bem-feito, Mint.

Eles passavam o dia inteiro juntos todos os dias, pois ele não estava saindo para o mar. Reinava na casa deles o sentimento de que os dois estavam cooperando para um objetivo comum, e que eles formavam uma equipe, intocados pelas querelas sórdidas do resto do mundo. A guerra lagosteira entre Courne Haven e Fort Niles corria solta à sua volta, consumindo todos, exceto eles. Eles eram o sr. e a sra. Stan Thomas. Mary acreditava que eles só precisavam um do outro. Eles fortaleciam sua casa enquanto as casas alheias eram abaladas.

Aquela foi — durante os sete meses de guerra — a época mais feliz do casamento deles. Os sete meses de guerra propiciaram a Mary Smith-Ellis Thomas uma alegria exultante, a sensação de que ela tomara a decisão inquestionavelmente certa ao deixar Vera Ellis para se casar com Stan. Ela tinha uma verdadeira noção de seu valor. Estava muito acostumada a trabalhar, mas não estava nem um pouco acostumada a trabalhar para o próprio futuro, em benefício próprio. Ela tinha um marido e ele a amava. Ela era essencial para ele. Ele lhe dizia isso.

— Você é uma garota ótima, Mint.

Após sete meses de cuidados diários, os apetrechos de pesca de Stan Thomas eram um modelo de excelência. Ele que-

[2] Do verbo "*to mint*", que significa "cunhar" (N. do T.)

ria esfregar as mãos feito um milionário quando contemplava seu equipamento e seu barco. Queria rir como um tirano enquanto via os amigos e vizinhos se arruinarem de tanto brigar.

Briguem até o fim, ele incitava os outros, em silêncio. *Vão fundo. Briguem até o fim.*

Quanto mais os outros brigavam, mais fracos eles ficavam. Tanto melhor para Stan Thomas quando, finalmente, ele pôs seu barco de volta na água. Ele torceu para a guerra continuar, mas em novembro de 1957 a quarta guerra lagosteira entre Courne Haven e Fort Niles terminou. As guerras lagosteiras tendem a arrefecer no inverno. Muitos pescadores param de trabalhar em novembro mesmo sob as melhores circunstâncias, pois o tempo é severo demais. Com menos pescadores no mar, a chance de um confronto acaba ficando menor. A guerra talvez tivesse se esgotado por causa das condições climáticas. Ambas as ilhas talvez tivessem mergulhado em seus sonos invernais, e quando a primavera chegasse, as velhas disputas talvez tivessem sido deixadas de lado. Porém não foi isso que aconteceu em 1957.

Em 8 de novembro, um rapaz de Courne Haven Island, de nome Jim Burden, saiu para um dia de pesca. Pretendia pôr combustível no barco logo de manhã cedo, mas antes que conseguisse chegar às bombas, achou as boias de um estranho, pintadas num tom horrendo e espalhafatoso de verde, flutuando entre suas armadilhas. Eram as boias de Ira Pommeroy, de Fort Niles Island. Jim as reconheceu imediatamente. E sabia quem era Ira Pommeroy. Ira Pommeroy, marido de Rhonda, pai de Webster, Conway, John etc., era o irmão de Don Pommeroy. Que estava num hospital em Rockland, reaprendendo a andar, capacidade que perdera depois de ter sido espancado por Fred Burden. Que era pai de Jim Burden.

Ira Pommeroy vinha assediando Fred Burden e o jovem Jim havia meses, e Jim já estava farto daquilo. Jim Burden tinha deixado aquelas armadilhas pouco além da costa norte de Courne Haven, bem no dia anterior. Estavam tão perto de Courne Haven que Jim praticamente conseguia vê-las de casa. Estavam num lugar onde um pescador de Fort Niles não tinha nada que se meter. Para deixar aquelas armadilhas intrusas, Ira Pommeroy devia ter vindo no meio da noite. O que levaria um homem a fazer aquilo? Será que aquele homem nunca dormia?

É preciso observar que as boias que Ira Pommeroy deixara na pequena linha costeira de Jim eram falsas. Não havia armadilhas na ponta daquelas linhas; havia blocos de cimento. O plano de Ira Pommeroy não era pegar as lagostas de Jim Burden. O plano era deixar Jim Burden maluco, e deu certo. Jim, um rapaz contido de dezenove anos que ficara bastante intimidado com aquela guerra lagosteira, perdeu qualquer resquício de mansidão num instante e foi atrás de Ira Pommeroy. Jim estava espumando de raiva. Não costumava xingar, mas enquanto cruzava as ondas em seu barco, em alta velocidade, dizia entre os dentes cerrados coisas como "Droga, droga, droga. Esse *maldito*!"

Ele chegou a Fort Niles e foi procurar o barco de Ira Pommeroy. Não tinha certeza de que o reconheceria, porém estava totalmente decidido a achá-lo. Ele mais ou menos sabia se orientar nas águas próximas a Fort Niles, mas mesmo assim passou raspando por algumas saliências rochosas que não conseguiu enxergar de trás do acelerador. E não estava prestando tanta atenção ao fundo ou a pontos de referência que o ajudariam a voltar para casa. Ele não estava pensando em voltar para casa. Estava procurando qualquer barco que pertencesse a um pescador de Fort Niles.

Ele vasculhou o horizonte com os olhos, em busca de bandos de gaivotas, e seguiu as gaivotas até os barcos lagosteiros. Sempre que achava um barco, ele chegava bem perto, desacelerava e ficava espiando, tentando ver quem estava a bordo. Não dizia nada para os pescadores, e eles não lhe diziam nada. Paravam de trabalhar e olhavam para ele. *O que esse menino está aprontando? Que diabos aconteceu com o rosto desse menino? Ele está roxo, meu Deus.*

Jim Burden não dizia uma palavra. Se afastava depressa, procurando Ira Pommeroy. Ele não tinha planejado exatamente o que faria quando o encontrasse, mas seus pensamentos giravam em torno de algo como um assassinato.

Infelizmente para Jim Burden, ele não pensou em procurar o barco de Ira Pommeroy no porto de Fort Niles, que é onde ele estava, oscilando tranquilamente. Ira Pommeroy tinha tirado o dia de folga. Estava exausto após uma noite passada soltando blocos de cimento perto de Courne Haven e dormira até as oito da manhã. Enquanto Jim Burden estava percorrendo o oceano Atlântico em alta velocidade em busca de Ira, este estava na cama com sua mulher, Rhonda, fazendo outro filho.

Jim Burden foi *muito* longe. Avançou muito mais para dentro do mar do que qualquer barco lagosteiro precisa avançar. Passou por todas as boias de qualquer espécie. Seguiu o que achou ser um bando de gaivotas para longe, muito longe no mar aberto, porém as gaivotas desapareceram quando ele se aproximou. Dissiparam-se no céu como açúcar em água quente. Jim Burden desacelerou o barco e olhou em volta. Onde estava? Ele podia ver o brilho trêmulo de Fort Niles ao longe, uma aparição pálida e cinzenta. Sua raiva agora era frustração, e mesmo isso estava começando a minguar, suplantado por uma certa ansiedade. O tempo estava piorando. O mar estava alto. O céu estava entrecortado de nuvens pretas, velozes, que tinham surgido depressa. Jim definitivamente não sabia onde estava.

— Droga — disse Jim Burden. — Esse *maldito.*

E então acabou a gasolina.

— *Droga* — ele disse outra vez e agora estava falando sério.

Ele tentou dar partida no motor, mas não houve meio. Não havia como ir a lugar algum. Não tinha lhe ocorrido que aquilo pudesse acontecer. Ele não tinha pensado no tanque de gasolina.

— Ai, cacete — disse Jim Burden com seus dezenove anos.

Ele agora sentia medo e também vergonha. Que raio de pescador era ele. Esquecer-se do tanque de gasolina. Como alguém podia ser tão burro? Jim ligou o rádio e transmitiu um pedido de socorro, cheio de estática. "Socorro", ele disse. "Fiquei sem gasolina." Ele não sabia bem se havia um jeito mais náutico de dizer aquilo. Na verdade ele não sabia tanto assim sobre barcos. Aquele era o primeiro ano em que saíra para pescar por conta própria. Ele trabalhara durante anos como ajudante do pai, por isso achou que sabia tudo sobre o mar, mas então se deu conta de que antes tinha sido um mero passageiro. Seu pai tinha cuidado de tudo, enquanto ele só fizera o trabalho braçal na popa do barco. Ele passara todos esses anos sem prestar atenção e agora estava sozinho num barco no meio do nada.

— Socorro! — ele disse no rádio outra vez. Então lembrou a palavra. — *Mayday*! — ele disse. — *Mayday!*

A primeira voz que respondeu foi a de Ned Wishnell, o que fez o jovem Jim franzir o rosto. Ned Wishnell era o melhor pescador do Maine, as pessoas diziam. Uma coisa como aquela jamais aconteceria com Ned, com nenhum Wishnell. Jim estava esperando, em algum canto escondido de sua mente, conseguir sair daquele apuro sem que Ned Wishnell ficasse sabendo.

— É o Jimmy? — disse a voz rachada de Ned.

— É o *Mighty J* — respondeu Jim. Ele achou que soaria mais adulto dizer o nome do barco. Mas imediatamente ficou com vergonha do nome. *Mighty J,* o poderoso J! Aham, lógico.

— É o Jimmy? — repetiu a voz de Ned.

— É o Jimmy — disse Jim. — Fiquei sem gasolina. Desculpa.

— Onde você está, filho?

— Eu... hã... não sei. — Ele odiou dizer aquilo, odiou admitir aquilo. Justo para Ned Wishnell!

— Não captei isso, Jimmy.

— Não sei! — Jim agora gritou. Era humilhante. — Não sei onde estou!

Houve um silêncio. Depois um balbucio ininteligível.

— Não captei isso, Ned — disse Jim. Ele estava tentando falar como o homem mais velho, imitando sua entonação. Tentando manter alguma dignidade.

— Está vendo algum ponto de referência? — perguntou Ned.

— Fort Niles está, hã... talvez duas milhas a oeste — disse Jimmy, porém ao dizer isso, percebeu que não estava mais enxergando aquela ilha distante. Uma neblina surgira, e estava ficando escuro como o entardecer, embora ainda fossem dez da manhã. Ele não sabia para onde o barco estava apontando.

— Solte a âncora. Fique aí — disse Ned Wishnell e desligou.

Ned encontrou o menino. Demorou várias horas, mas encontrou Jimmy. Ele havia notificado os outros pescadores, e todos estavam procurando Jimmy. Até alguns pescadores de Fort Niles foram procurar Jim Burden. O tempo estava horrível. Num dia normal, todo mundo teria voltado para a praia por causa do tempo, porém todos eles ficaram no mar, procurando o jovem Jimmy. Até Angus Addams saiu para procurar Jim Burden. Era a coisa certa a se fazer. O menino só tinha dezenove anos e estava perdido.

Porém foi Ned Wishnell quem o encontrou. Como, ninguém soube. Mas o sujeito era um Wishnell — um pescador talentoso, um herói na água —, por isso ninguém ficou surpreso por ele ter achado um barquinho na neblina em mar aberto sem o menor indício de onde procurar. Todos estavam acostumados a milagres náuticos vindo dos Wishnell.

Quando Ned alcançou o *Mighty J*, o tempo estava realmente ruim, e Jim Burden tinha sido arrastado — apesar de sua pequena âncora — para muito longe de onde mandara o pedido de ajuda. Não que Jim soubesse onde inicialmente estava. Ele ouviu o barco de Ned Wishnell antes de conseguir vê-lo. Ouviu o motor através da neblina.

— Socorro! — ele gritou. — *Mayday*!

Ned o rodeou e surgiu de dentro da neblina naquele seu enorme barco brilhante, com aquele seu belo rosto viril. Ned estava bravo. Estava bravo e quieto. Seu dia de pesca tinha sido arruinado. Jim Burden percebeu a raiva imediatamente e sentiu um embrulho no estômago. Ned Wishnell parou seu barco bem ao lado do *Mighty J*. Tinha começado a chover. Estava até quente para novembro no Maine, o que significava um tempo horrível, gelado e úmido. O vento soprava a chuva para o lado. Dentro das luvas, as mãos de Jim estavam descascadas e escarlate, porém Ned Wishnell não estava usando luvas. Não estava usando chapéu. Vendo aquilo, Jim rapidamente tirou seu chapéu e o jogou no barco. Arrependeu-se imediatamente daquela decisão, quando a chuva gelada bateu em seu couro cabeludo.

— Oi — ele disse, pateticamente.

Ned jogou uma linha para Jim e disse:

— Amarre aí.

Sua voz estava engasgada de irritação.

Jim amarrou um barco no outro — seu barquinho barato naquela belezura dos Wishnell. O *Mighty J* balançava para cima e para baixo, silencioso e inútil, enquanto o motor do barco de Ned roncava num ponto morto competente.

— Tem certeza de que o problema é a gasolina? — perguntou Ned.

— Quase certeza.

— Quase certeza? — Ned estava enojado.

Jim não respondeu.

— Não é outro tipo de problema com o motor?

— Acho que não — disse Jim. Porém sua voz não tinha autoridade. Ele sabia que perdera qualquer direito de parecer que sabia do que estava falando.

Ned tinha um olhar soturno.

— Você não sabe se o seu barco ficou sem gasolina.

— Eu... eu não tenho certeza.

— Vou dar uma olhada — disse Ned.

Ele se debruçou sobre a amurada para puxar o *Mighty J* mais para perto, para emparelhá-lo com seu barco. Usou seu bicheiro para arrastar o barco de Jim e fez isso com um gesto brusco. Estava realmente irritado. Em geral, Ned tratava os barcos com uma elegância admirável. Jim também se debruçou para aproximar os barcos. Os barcos oscilavam sem parar no mar revolto. Separavam-se e batiam um no outro. Ned pôs um dos pés na amurada de seu barco e fez uma tentativa de se jogar para dentro do *Mighty J.* Foi uma manobra estúpida. Muito estúpida para um marinheiro de primeira linha como Ned Wishnell. Porém Ned estava irritado e agiu com descuido. E alguma coisa aconteceu. O vento soprou, uma onda se ergueu, um pé escorregou, uma mão se soltou. Alguma coisa aconteceu.

Ned Wishnell estava na água.

Jim olhou para o homem lá embaixo, e sua primeira reação foi achar quase engraçado. Ned Wishnell estava na água! Era a coisa mais bizarra do mundo. Como ver uma freira pelada. *Olha só isso!* Ned estava encharcado com a queda e, quando tirou a cabeça da água, resfolegou, e sua boca formava um pequeno círculo, fraco e inexpressivo. Ned olhou para Jim Burden em pânico, uma expressão totalmente incongruente num Wishnell. Ned Wishnell parecia desesperado, consternado. E isso deu a Jim Burden um momento para apreciar uma segunda reação, que era orgulho. Ned Wishnell precisava da ajuda de Jim Burden. Ora ora, quem diria?

Olha que coisa!

As reações de Jim foram fugazes, mas impediram que ele tomasse a atitude instantânea que talvez tivesse salvado a vida de Ned Wishnell. Se ele tivesse agarrado um bicheiro e jogado para Ned Wishnell imediatamente, se tivesse estendido o braço para salvar Ned enquanto o homem ainda estava caindo na água, as coisas talvez tivessem sido diferentes. Mas Jim ficou ali parado durante aquele breve instante de divertimento e orgulho — e uma onda veio e jogou um barco contra o outro. Fez os dois colidirem, com uma força que quase tirou o equilíbrio de Jim. Entre os dois barcos estava Ned Wishnell, é claro, e quando os barcos se afastaram depois da colisão, ele tinha sumido. Tinha afundado.

Ele devia ter se machucado bastante. Estava calçando botas compridas, e elas provavelmente tinham se enchido de água, e ele não conseguiu nadar. O que quer que tivesse acontecido, Ned Wishnell sumira.

Esse foi o fim da quarta guerra lagosteira entre Fort Niles e Courne Haven. Aquilo pôs um termo a tudo. Perder Ned Wishnell foi trágico para ambas as ilhas. A reação em Fort Niles e Courne Haven foi quase como a reação nacional alguns anos depois, quando Martin Luther King Jr. levou um tiro. Os cidadãos chocados depararam-se com um acontecimento que parecia impossível — e todos sentiram-se mudados por aquela morte (e talvez até um pouco cúmplices). Nas duas ilhas houve a sensação de que alguma coisa estava fundamentalmente errada se aquilo podia acontecer, se a briga tinha ido tão longe a ponto de um homem como Ned Wishnell morrer por causa dela.

Não é certeza que a morte de outro pescador poderia ter despertado esse sentimento. Ned Wishnell era o patriarca de uma dinastia que parecera inviolável. Não estava participando daquela guerra lagosteira. Não que ele tivesse tirado seus apetrechos da água, como Stan Thomas fizera, mas Ned Wishnell sempre estivera acima desse tipo de conflito, como a Suíça. Que necessidade ele tinha de empurrar ou cortar? Ele sabia onde as lagostas estavam. Outros pescadores tentavam segui-lo, tentando aprender seus segredos, mas Ned não se importava. Não tentava afugentá-los. Mal notava sua presença. Eles nunca poderiam fazer as capturas que ele fazia. Ele não se intimidava com ninguém. Não tinha malícia. Podia se dar ao luxo de não ter malícia alguma.

Todos acharam hediondo o fato de que Ned Wishnell tivesse se afogado enquanto tentava ajudar um menino que tinha sido sugado para dentro daquela guerra. Até mesmo Ira Pommeroy, que basicamente fora responsável pela tragédia, ficou horrorizado. Ira começou a beber bastante, muito mais que de costume, e foi então que passou de um bêbado normal a um bêbado inveterado. Umas poucas semanas depois do afogamento de Ned Wishnell, Ira Pommeroy pediu que sua esposa, Rhonda, o ajudasse a escrever uma carta de condolências à sra. Ned Wishnell. Porém não houve meio de contatar a viúva. Ela não estava mais em Courne Haven Island. Tinha desaparecido.

Ela não era de lá, para começo de conversa. Como todos os Wishnell, Ned se casara com uma beldade de fora. A sra. Ned Wishnell era uma menina de cabelos ruivos e pernas compridas, inteligente, de uma família proeminente do Nordeste, que sempre passara os verões em Kennebunkport, Maine. Não era nada parecida com as esposas dos outros pescadores; isso com certeza. Seu nome era Allison, e ela conhecera Ned quando estava velejando com a família pelo litoral do Maine. Tinha visto aquele homem em seu barco de pesca e fora cativada por sua aparência, por seu silêncio fascinante, por sua competência. Ela incentivou os pais a seguir o barco dele para dentro do porto de Courne Haven e o abordou com grande ousadia. Ele a deixava bastante abalada; a fazia tremer. Não era nada parecido com os homens que ela conhecia, e se casou com ele — para o espanto da família — em questão de semanas. Ela tinha sido louca por aquele homem, porém não havia nada que a mantivesse em Courne Haven Island depois que seu marido se afogou. Ela ficou devastada com a guerra, com o afogamento.

A bela Allison Wishnell inteirou-se dos detalhes da morte do marido, olhou em volta e se perguntou que diabos estava fazendo naquele rochedo no meio do mar. Foi uma sensação atroz. Foi como acordar na cama suja de um estranho depois de uma noite de bebedeira. Foi como acordar na prisão numa terra estrangeira. Como ela tinha chegado ali? Ela olhou os vizinhos em volta e decidiu que eles eram animais. E o que era aquela casa, aquela casa fedendo a peixe, onde ela estava morando? E por que só tinha uma única loja na ilha, uma loja que não vendia nada além de enlatados cobertos de pó? E o que era aquele tempo horroroso? De quem tinha sido aquela ideia *brilhante*?

A sra. Ned Wishnell era muito jovem, pouco acima dos vinte, quando seu marido se afogou. Imediatamente após o funeral, ela voltou para a casa dos pais. Abandonou o nome de casada. Voltou a ser Allison Cavanaugh e matriculou-se no Smith College, onde estudou história da arte e jamais contou a ninguém que tinha sido mulher de um pescador de lagostas. Deixou tudo aquilo para trás. Até deixou seu filho para trás na ilha. Não pareceu haver muita negociação a respeito dessa decisão, e muito menos trauma. As pessoas diziam que a sra. Ned Wishnell nunca tinha sido muito apegada ao filho, de qualquer modo; que alguma coisa naquela criança a assustava. Os Wishnell em Courne Haven fizeram absoluta questão de que o bebê ficasse com a família, e assim foi feito. Ela abriu mão dele.

O menino seria criado pelo tio, um rapaz que acabara de sair do seminário; um rapaz que tinha ambições de ser pastor itinerante para todas as obscuras ilhas do Maine. O nome do tio era Toby. Pastor Toby Wishnell. Era o irmão mais novo de Ned Wishnell, e tão bonito quanto ele, embora de um jeito mais delicado. Toby Wishnell foi o primeiro da família que não virou pescador. O bebê — o filhinho de Ned Wishnell — ficaria ao seu encargo. O nome do bebê era Owney, e ele tinha apenas um ano de idade.

Se Owney Wishnell sentiu falta da mãe quando ela foi embora, pelo menos não demonstrou. Se Owney Wishnell sentiu falta de seu pai afogado, também não demonstrou isso. Era um bebê grande, loiro, quieto. Não dava problema para ninguém, a não ser quando era tirado da banheira. Nessa hora ele gritava e brigava, e sua força era fenomenal. A única coisa que Owney Wishnell queria, pelo jeito, era ficar na água o tempo inteiro.

Umas poucas semanas depois que Ned Wishnell foi enterrado, quando ficou claro que a guerra lagosteira terminara, Stan Thomas pôs seu barco de volta na água e começou a pescar com supremacia. Pescava com uma obstinação que em breve lhe valeria a alcunha de Fominha Número Dois (o sucessor natural de Angus Addams, que havia muito tempo era conhecido como Fominha Número Um). Seu breve período de vida doméstica com a esposa chegara ao fim. Mary Smith-Ellis Thomas claramente não era mais sua parceira. Seu parceiro era quem quer que fosse o adolescente que estivesse trabalhando como seu ajudante em regime escravo.

Stan voltava para casa no fim de tarde, exausto e absorto. Mantinha um diário de cada dia de pesca, para poder mapear a abundância de lagostas em cada área do oceano. Passava longas noites com mapas e calculadoras e não incluía Mary em seu trabalho.

— O que você está fazendo? — ela perguntava. — No que você está trabalhando?

— Pesca — ele dizia.

Para Stan Thomas, qualquer trabalho relacionado à pesca era o próprio ato de pesca, mesmo se acontecesse em terra firme. E já que sua mulher não era pescadora, as opiniões dela não tinham serventia para ele. Ele parou de chamá-la para vir sentar no seu colo, e ela não ousaria subir ali sem ser convidada. Foi um período sombrio na vida dela. Mary estava começando a perceber alguma coisa em seu marido que não era agradável. Durante a guerra lagosteira, quando ele tirara da água seu barco e seus apetrechos, ela tinha interpretado os atos dele como os de um homem virtuoso. Seu marido estava ficando de fora da guerra, pensou ela, porque era um homem pacífico. Ela o compreendera muito mal, e agora tudo estava se esclarecendo. Ele tinha ficado de fora da guerra para proteger seus interesses e para se dar bem quando a guerra tivesse terminado e ele pudesse voltar a pescar. E agora que estava se dando incrivelmente bem, mal podia parar de se vangloriar por um minuto.

Ele passava as noites transcrevendo as anotações que fizera no barco em cadernos cheios de longos números complicados. Os registros eram meticulosos e remontavam a anos. Algumas noites, ele folheava os cadernos de trás para a frente e lembrava de lotes excepcionalmente grandes em dias passados. Ele falava com seus cadernos. "Queria que fosse outubro o ano inteiro", ele dizia para as colunas de números.

Algumas noites, ele falava com a calculadora enquanto trabalhava. Dizia, "Estou te ouvindo, estou te ouvindo." Ou "Para de me provocar!"

Em dezembro, Mary contou ao marido que estava grávida.

— Muito bem, Mint — ele disse, mas não estava tão entusiasmado quanto ela esperava.

Mary secretamente enviou uma carta a Vera Ellis, contando a ela sobre a gravidez, porém não recebeu resposta. Isso a deixou devastada; ela não parava de chorar. A única pessoa, na verdade, que demonstrara algum interesse na gravidez de Mary foi sua vizinha Rhonda Pommeroy, que, como de costume, também estava grávida.

— Eu provavelmente vou ter um menino — Rhonda disse, meio zonza.

Rhonda estava bêbada, como de costume. Bêbada de um jeito encantador, como de costume, como se fosse uma adolescente experimentando álcool pela primeira vez. Bêbada do tipo *uhuul*!

— Eu provavelmente vou ter outro menino, Mary, por isso você tem que ter uma menina. Você sentiu quando engravidou?

— Acho que não — disse Mary.

— Eu sinto toda vez. É tipo *clic!* E esse é um menino. Eu sempre sei. E o seu vai ser uma menina. Aposto que é uma menina! O que você acha disso? Quando ela crescer, pode casar com um dos meus meninos! E podemos ser *parentes*! — Rhonda deu um cutucão tão forte em Mary que quase a derrubou.

— Nós já somos parentes — disse Mary. — Através do Len e da Kitty.

— Você vai gostar de ter um bebê — disse Rhonda. — É superdivertido.

Mas não foi superdivertido, não para Mary. Ela ficou presa na ilha no dia do parto, e foi um verdadeiro pesadelo. Seu marido não aguentou os gritos e toda aquela mulherada em volta, por isso saiu para pescar e a deixou parir o bebê sem sua ajuda. Foi uma atitude cruel em diversos níveis. Houvera fortes tempestades a semana inteira, e nenhum dos outros homens da ilha ousara sair com o barco. Naquele dia, Stan e seu ajudante apavorado partiram sozinhos. Pelo jeito, ele preferira arriscar sua vida a ajudar a esposa, ou mesmo escutar a dor dela. Stan estava esperando que fosse um menino, porém foi educado o bastante para disfarçar sua decepção quando chegou da pescaria e conheceu sua filhinha. Ele a princípio não pôde segurá-la, pois o senador Simon Addams estava lá, monopolizando o bebê.

— Ah, não é a coisa mais lindinha do mundo? — disse Simon, inúmeras vezes, enquanto as mulheres riam da ternura dele.

— Que nome a gente devia dar a ela? — Mary perguntou ao marido, em voz baixa. — Você gosta de Ruth?

— Para mim tanto faz o nome que você vai dar — disse Stan Thomas em relação à filha, que só tinha uma hora de idade. — Dê o nome que você quiser, Mint.

— Quer segurar ela? — perguntou Mary.

— Preciso me lavar — ele disse. — Estou fedendo que nem um saco de isca.

10

Que tal um passeio entre as feéricas lagoas rochosas, saliências cobertas de algas e canteiros repletos de gemas que ladeiam os jardins do mar?

— *Sobre caranguejos, camarões e lagostas*
W. B. Lord
1867

Julho chegou em Fort Niles. Era agora o meio do verão de 1976. Não foi um mês tão emocionante quanto poderia ter sido.

O Bicentenário passou em Fort Niles sem nenhum festejo digno de nota. Ruth achou que morava no único lugar dos Estados Unidos que não estava se preparando para uma comemoração decente. Seu pai até saiu para pescar naquele dia, embora, em um rasgo de comoção patriótica, tenha dado a Robin Pommeroy o dia de folga. Ruth passou o feriado com a sra. Pommeroy e suas duas irmãs. A sra. Pommeroy tentara costurar fantasias para todas elas. Queria que as quatro se vestissem como damas coloniais e saíssem no desfile da cidade, porém na manhã do Quatro de Julho só tinha conseguido terminar a fantasia de Ruth, e a garota se recusou a se fantasiar sozinha. Por isso a sra. Pommeroy vestiu a fantasia em Opal, e o bebê Eddie imediatamente vomitou em tudo.

— Agora o vestido parece mais autêntico — disse Ruth.

— Ele estava comendo pudim hoje de manhã — disse Opal, dando de ombros. — Pudim sempre faz o Eddie vomitar.

Houve um breve desfile na Main Street, porém havia mais pessoas participando do que assistindo a ele. O senador Simon Addams recitou de cor o Discurso de Gettysburg, mas ele sempre o recitava de cor, dada qualquer oportunidade. Robin Pommeroy estourou alguns fogos de artifício baratos que seu irmão Chester lhe enviara. Queimou a mão tão gravemente que ficaria duas semanas sem poder pescar. Isso deixou o pai de Ruth bravo o bastante para despedir Robin e contratar um ajudante novo, o neto de dez anos de Duke Cobb, que era magricelo e fraco como uma menina da terceira série e, o que não ajudava muito, tinha medo de lagostas. Mas o menino foi barato.

— Você podia ter *me* contratado — Ruth disse ao pai. Ela ficou um tempo emburrada por causa daquilo, mas na verdade não estava falando tão sério, e ele sabia disso.

Assim, o mês de julho passara quase inteiro, e então uma tarde a sra. Pommeroy recebeu um telefonema bastante insólito. O telefonema vinha de Courne Haven Island. Era o pastor Toby Wishnell na linha.

O pastor Wishnell queria saber se a sra. Pommeroy estaria disponível para passar um ou dois dias em Courne Haven. Pelo jeito haveria um grande casamento na ilha, e a noiva confidenciara ao pastor que estava preocupada com seu cabelo. Não havia cabeleireiros profissionais em Courne Haven. A noiva não era mais tão jovem e queria estar com a melhor aparência possível.

— Eu não sou uma cabeleireira *profissional*, pastor — disse a sra. Pommeroy.

O pastor Wishnell disse que não havia problema. A noiva contratara um fotógrafo de Rockland por um preço considerável para documentar o casamento e queria ficar bonita nas fotos. Estava confiando na ajuda do pastor. Toby Wishnell prontamente admitiu que era um estranho pedido de se fazer a um pastor, mas ele já recebera pedidos mais estranhos. As pessoas esperavam que seus pastores fossem fontes de informações sobre todo tipo de assunto. O pastor explicou, além disso, que essa noiva sentia-se um pouco mais que as outras no direito de pedir ao pastor um favor tão incomum e pessoal, pois era uma Wishnell. Na verdade era a prima de segundo grau do pastor Wishnell, Dorothy Wishnell, conhecida como Dotty. Dotty ia se casar com Charlie, o filho mais velho de Fred Burden, no dia 30 de julho.

Enfim, continuou o pastor, ele mencionara a Dotty que havia uma cabeleireira talentosa bem ali em Fort Niles. Isso, pelo menos, era o que Ruth Thomas lhe dissera. Ela lhe dissera que a sra. Pommeroy era muito boa cabeleireira. A sra. Pommeroy disse ao pastor que na verdade não era nada de especial, que nunca tinha ido à *escola* nem nada assim.

O pastor disse, "Você vai se sair bem. E outra coisa..." Pelo jeito, Dotty, ao ouvir falar que a sra. Pommeroy era tão boa cabeleireira, ficou se perguntando se a sra. Pommeroy também poderia cortar o cabelo do noivo. E do padrinho, se ela não se importasse. E o cabelo da dama de honra, da mãe da noiva, do pai da noiva, das daminhas, e de alguns parentes do noivo. Isso se não fosse dar muito trabalho. E, disse o pastor Wishnell, agora pensando nisso, ele próprio bem que precisava de uma aparadinha.

— Já que o fotógrafo profissional que está vindo é conhecido por ser caro — continuou o pastor —, e já que quase todo mundo da ilha vai estar no casamento, eles querem estar com a melhor aparência possível. Não é muito comum um fotógrafo profissional vir aqui. É claro que a noiva vai lhe pagar bem. O pai dela é Babe Wishnell.

— Ooh — disse a sra. Pommeroy, impressionada.

— Você aceita, então?

— É um monte de cabelo para cortar, pastor Wishnell.

— Posso mandar Owney buscar você no *New Hope* — disse o pastor. — Você pode ficar aqui por quanto tempo for necessário. Talvez seja um bom jeito de ganhar um dinheiro extra.

— Acho que eu nunca cortei tantos cabelos de uma vez. Não sei se eu conseguiria fazer tudo isso em um dia.

— Você pode trazer um ajudante.

— Posso levar uma das minhas irmãs?

— Com certeza.

— Posso levar a Ruth Thomas? — perguntou a sra. Pommeroy.

Isso fez o pastor pausar por um instante.

— Imagino que sim — ele disse, depois de um silêncio frio. — Se ela não estiver muito ocupada.

— A Ruth? *Ocupada*? — A sra. Pommeroy achou aquela ideia hilária. Ela riu alto, bem na orelha do pastor.

Naquele exato instante, Ruth estava em Potter Beach com o senador Simon Addams de novo. Estava começando a se deprimir quando ficava por ali, porém não sabia o que mais fazer com seu tempo. Por isso continuou passando algumas horas por dia na praia para fazer companhia ao senador. Ela também gostava de ficar de olho em Webster, pela sra. Pommeroy, que se preocupava constantemente com seu filho mais velho e mais estranho. E ela também ia lá porque era difícil conversar com qualquer outra pessoa na ilha. Ela não podia ficar na cola da sra. Pommeroy o tempo *todo*.

Não que observar Webster escavar a lama ainda fosse divertido. Aquilo era doloroso e triste de assistir. Ele perdera toda a sua elegância. Avançava desajeitado. Estava procurando aquela segunda presa como se ao mesmo tempo morresse de vontade e de pavor de encontrá-la. Ruth achava que Webster podia afundar na lama um dia e nunca mais aparecer. Ela se perguntou se esse era o verdadeiro plano dele. Se perguntou se Webster Pommeroy estava planejando o suicídio mais canhestro do mundo.

— Webster precisa de um propósito na vida — disse o senador.

A ideia de Webster Pommeroy buscando um propósito na vida deprimiu Ruth Thomas ainda mais.

— Não tem mais nada que você possa dar para ocupar o tempo dele?

— Mais o quê, Ruth?

— Não tem alguma coisa que ele possa fazer para o museu?

O senador suspirou.

— Temos tudo de que precisamos para o museu, a não ser um prédio. Enquanto não conseguirmos isso, não há nada que possamos fazer. Escavar a lama, Ruth, é a tarefa que ele faz bem.

— Ele não faz mais isso tão bem.

— Agora ele está tendo uma certa dificuldade, realmente.

— O que você vai fazer se o Webster achar a outra presa? Jogar outro elefante ali dentro para ele?

— Vamos lidar com isso quando for a hora, Ruth.

Webster não encontrara nada nos bancos de lodo ultimamente. Não tinha desenterrado nada além de um monte de lixo. Exceto um remo, que não era um remo velho. Era de alumínio. ("Isso é *magnífico*!", o senador dissera entusiasmado para Webster, que parecia delirante ao entregá-lo. "Mas que *remo raro*!") Além disso, Webster descobrira um vasto número de botas sem par embaixo da lama, e luvas sem par, chutadas e jogadas por anos de lagosteiros. E garrafas, também. Webster achara muitas garrafas ultimamente, e não eram velhas. Garrafas plásticas de sabão líquido. No entanto, ele não achara nada que valesse todo o tempo gasto naquela lama fria e movediça. Parecia mais magro e mais aflito a cada dia.

— Você acha que ele vai morrer? — Ruth perguntou ao senador.

— Espero que não.

— Será que ele pode pirar completamente e matar alguém?

— Acho que não — disse o senador.

No dia em que o pastor Wishnell ligou para a sra. Pommeroy, Ruth já estava em Potter Beach com o senador e Webster havia várias horas. Ela e o senador estavam olhando um livro, um livro que Ruth comprara para o senador numa loja do Exército da Salvação em Concord um mês atrás. Ela o dera para ele assim que voltara da visita à mãe, porém ele ainda não tinha lido. Disse que estava achando difícil se concentrar porque estava preocupado demais com Webster.

— Tenho certeza de que é um livro muito bom, Ruth — ele disse. — Obrigado por trazê-lo aqui hoje.

— Claro — ela disse. — Vi o livro na sua varanda e achei que você talvez quisesse dar uma olhada. Se você se entediasse ou algo assim.

O livro se chamava *Tesouros escondidos: Como e onde encontrá-los. Um guia dos tesouros desaparecidos pelo mundo.* Era algo que, em circunstâncias normais, teria proporcionado ao senador imenso entusiasmo.

— Você gostou *mesmo*? — perguntou Ruth.

— Ah, sim, Ruth. É um livro muito bacana.

— Está aprendendo alguma coisa?

— Não muita, Ruth, para ser sincero. Ainda não terminei. Eu esperava que a autora fosse fornecer um pouco mais de informações, para falar a verdade. O título dá a entender — disse o senador Simon, revirando o livro nas mãos — que a autora vai dizer como encontrar tesouros específicos, mas ela não dá muita informação sobre isso. Até agora, ela diz que se você realmente achar alguma coisa, é um acaso. E ela dá alguns exemplos de pessoas que deram sorte e acharam tesouros quando não estavam procurando nada. Isso não me parece um grande sistema.

— Até onde você leu?

— Só o primeiro capítulo.

— Ah. Achei que você talvez gostasse por causa das belas ilustrações coloridas. Muitas fotos de tesouros perdidos. Você viu essas? Viu essas fotos dos ovos Fabergé? Achei que você fosse gostar.

— Se tem fotos dos objetos, Ruth, então na verdade eles não estão perdidos. Não é mesmo?

— Bom, senador, entendo o que você quer dizer. Mas as fotos são imagens de tesouros perdidos que pessoas normais já encontraram, por conta própria. Que nem aquele cara que achou o cálice de Paul Revere. Você já chegou nessa parte?

— Ah, ainda não — disse o senador. Ele estava protegendo os olhos com a mão e observando os bancos de lodo. — Acho que vai chover. Tomara que não chova, porque o Webster se recusa a entrar quando chove. Ele já está com um resfriado horrível. Você devia ouvir o peito dele chiar.

Ruth tomou o livro do senador. Disse:

— Eu vi uma parte aqui... onde está? Diz que um menino achou um marcador na Califórnia deixado por Sir Francis Drake. Era feito de ferro e reivindicava a terra como pertencente à rainha Elizabeth. Estava ali fazia, sei lá, três séculos.

— Que coisa, não?

Ruth ofereceu ao senador um bastão de chiclete. Ele recusou, por isso ela mesma mascou.

— A autora diz que o maior sítio de tesouros enterrados no mundo inteiro é Cocos Island.

— É isso que o seu livro diz?

— É *seu* livro, senador. Eu estava folheando na volta de Concord e vi aquela coisa sobre Cocos Island. A autora diz que lá é um verdadeiro paraíso para pessoas à procura de tesouros enterrados. Diz que o capitão James Cook parava em Cocos Island o tempo todo com pilhagem. O grande circum-navegador!

— O grande circum-navegador.

— Assim como o pirata Benito Bonito. Assim como o capitão Richard Davis e o pirata Jean Lafitte. Achei que você ficaria interessado...

— Ah, eu estou interessado, Ruth.

— Sabe o que eu achei que fosse interessar você? Sobre Cocos Island? A ilha tem quase o mesmo tamanho de Fort Niles. O que você acha *disso*? Não seria irônico? Você não se sentiria totalmente em casa lá? E com todos aqueles tesouros enterrados para achar. Você e o Webster podiam ir lá e desenterrar os tesouros juntos. O que você acha disso, senador?

Começou a chover, grandes gotas pesadas.

— E aposto que o tempo é melhor em Cocos Island — ela disse e deu risada.

O senador disse:

— Ora, Ruth, nós não vamos a lugar algum, Webster e eu. Você sabe disso. Não devia dizer esse tipo de coisa, nem de brincadeira.

Ruth ficou mordida. Recuperou-se e disse:

— Tenho certeza de que vocês dois voltariam para casa esbanjando riqueza se algum dia fossem a Cocos Island.

Ele não respondeu.

Ela se perguntou por que estava insistindo naquilo. Jesus, como ela parecia desesperada. Como parecia carente por conversa. Era patético, mas ela sentia falta de ficar sentada na praia com o senador durante horas e horas de papo furado ininterrupto e não estava acostumada a ser ignorada por ele. De repente sentiu ciúme de Webster Pommeroy, por receber toda a atenção. Foi então que ela realmente começou a se sentir patética. Ficou de pé, vestiu o capuz do casaco e perguntou:

— Você vai entrar?

— Depende do Webster. Acho que ele não percebeu que está chovendo.

— Você não está com um casaco impermeável, está? Quer que eu busque um para você?

— Estou bem.

— Você e Webster deviam entrar antes que fiquem encharcados.

— Às vezes o Webster entra quando chove, mas às vezes ele fica ali e se molha inteiro. Depende do humor dele. Acho que vou ficar até ele querer entrar. Tenho lençóis no varal em casa, Ruth. Você pode recolhê-los para mim antes que eles se molhem?

A chuva agora estava caindo num ritmo rápido, incisivo.

— Acho que os lençóis já estão molhados, senador.

— Você provavelmente tem razão. Deixa pra lá.

Ruth correu de volta para a casa da sra. Pommeroy no meio da chuva, que agora despencava com força. Ela achou a sra. Pommeroy com sua irmã Kitty lá em cima no quarto grande, tirando roupas do armário. Kitty, observando a irmã, estava sentada na cama. Estava bebendo café, que Ruth sabia estar batizado com gim. Ruth revirou os olhos. Estava ficando cansada das bebedeiras de Kitty.

— Eu devia simplesmente costurar alguma coisa nova — a sra. Pommeroy estava dizendo. — Mas não tenho tempo! — Então disse: — Ah, olha a minha Ruth. Nossa, você está encharcada.

— O que você está fazendo?

— Procurando um vestido bonito.

— Qual é a ocasião?

— Fui convidada para ir a um lugar.

— Que lugar? — perguntou Ruth.

Kitty Pommeroy começou a rir, seguida pela sra. Pommeroy.

— Ruth — ela disse —, você não vai acreditar. Nós vamos a um casamento em Courne Haven. Amanhã!

— Fala para ela quem disse isso! — gritou Kitty Pommeroy.

— O pastor Wishnell! — a sra. Pommeroy disse. — Ele convidou a gente.

— Você está brincando.

— Estou falando sério!

— Você e a Kitty vão para Courne Haven?

— Claro. E você também.

— Eu?

— Ele quer você lá. A filha do Babe Wishnell vai casar, e eu vou cortar o cabelo dela! E vocês duas são minhas ajudantes. Vamos abrir um pequeno salão temporário.

— Nossa, que chique — disse Ruth.

— Exatamente — disse a sra. Pommeroy.

Naquela noite, Ruth perguntou ao pai se podia ir a um grande casamento da família Wishnell em Courne Haven. Ele não respondeu na hora. Ultimamente, eles vinham se falando cada vez menos, pai e filha.

— O pastor Wishnell me convidou — ela disse.

— Faça o que você quiser — disse Stan Thomas. — Não me importa com quem você passa o seu tempo.

O pastor Wishnell mandou Owney buscar todo mundo no dia seguinte, que era um sábado. Às sete da manhã do casamento de Dotty Wishnell e Charlie Burden, a sra. Pommeroy, Kitty Pommeroy e Ruth Thomas andaram até a ponta das docas e encontraram Owney esperando por elas. Ele levou Kitty e a sra. Pommeroy no bote a remo até o *New Hope*. Ruth gostou de ficar assistindo. Ele voltou para buscá-la, e ela desceu a escada e pulou dentro do bote. Ele estava olhando para o fundo do bote, não para ela, e Ruth não conseguiu pensar numa única coisa para lhe dizer. Mas ela realmente gostava de olhar para ele. Ele remou até o reluzente barco missionário do tio, onde a sra. Pommeroy e Kitty, debruçadas na amurada, estavam acenando feito turistas num cruzeiro. Kitty gritou:

— Tá linda, menina!

— Como vão as coisas? — Ruth perguntou a Owney.

Ele ficou tão surpreso com a pergunta que parou de remar; apenas deixou os remos repousarem na água.

— Estou bem — ele disse. Estava olhando fixo para ela. Não estava vermelho e não parecia constrangido.

— Que bom — disse Ruth.

Eles ficaram um instante balançando na água.

— Estou bem, também — disse Ruth.

— Ok — disse Owney.

— Pode continuar remando se quiser.

— Ok — disse Owney, começando a remar de novo.

— Você é parente da noiva? — Ruth perguntou, e Owney parou de remar.

— Ela é minha prima — disse Owney. Eles balançaram na água.

— Você pode remar e falar comigo ao mesmo tempo — disse Ruth, e agora Owney ficou vermelho. Ele a levou até o barco sem dizer mais uma palavra.

— Ele é bonitinho — a sra. Pommeroy sussurrou para Ruth quando esta subiu no convés do *New Hope*.

— Olha quem está aqui! — disse Kitty Pommeroy numa voz estridente, e Ruth virou-se e viu Cal Cooley saindo da ponte de comando.

Ruth soltou um grito de horror, que apenas em parte era piada.

— Pelo amor de Deus — ela disse. — Ele está em todas.

Kitty jogou os braços em volta de seu antigo amante, e ele se desvencilhou.

— Agora chega.

— Que diabos você está fazendo aqui? — Ruth perguntou.

— Supervisionando — disse Cal. — E também estou feliz de te ver.

— Como você chegou aqui?

— Owney me trouxe no bote mais cedo. O velho Cal Cooley com certeza não veio nadando.

Foi uma viagem curta até Courne Haven Island, e quando eles desceram do barco, Owney os conduziu até um Cadillac amarelo-limão estacionado perto das docas.

— De quem é esse carro? — perguntou Ruth.

— Do meu tio.

O carro combinava com a casa, como ela veria depois. O pastor Wishnell morava a uns poucos quilômetros das docas de Courne Haven, numa bela casa amarela com detalhes lilás. Era uma construção de três andares em estilo vitoriano, com uma torre e uma varanda circular; plantas em flor, de cores vivas, pendiam de ganchos posicionados a cada metro, ao redor da varanda inteira. O caminho de ardósia que levava à casa era ladeado de lírios. O jardim do pastor, nos fundos da casa, era um pequeno museu de rosas, cercado por um muro baixo de tijolos. No caminho de carro até lá, Ruth notara umas poucas outras casas em Courne Haven Island, todas igualmente bonitas. Ruth não vinha a Courne Haven desde que era garotinha, nova demais para notar as diferenças entre aquela ilha e Fort Niles.

— Quem mora nessas casas grandes? — ela perguntou a Owney.

— Turistas de verão — Cal Cooley respondeu. — Vocês têm sorte de não ter turistas em Fort Niles. O sr. Ellis os mantém afastados. Uma das muitas coisas boas que o sr. Ellis faz por vocês. Turistas são uma praga.

Também era a turistas de verão que pertenciam os veleiros e as lanchas que rodeavam a ilha. Na viagem até lá, Ruth tinha visto duas lanchas prateadas cruzando a água em alta velocidade. Estavam tão perto uma da outra que a cabeça de uma parecia estar beijando a bunda da outra. Pareciam duas libélulas se perseguindo, tentando fazer sexo no ar salgado.

O pastor Wishnell instalou a sra. Pommeroy para cortar cabelos no seu jardim dos fundos, bem em frente a uma treliça branca de rosas cor-de-rosa. Ele trouxera um banco e uma mesinha de apoio, onde ela pôs suas tesouras, seus pentes e um copo alto cheio d'água para mergulhar os pentes. Kitty Pommeroy sentou-se no muro baixo de tijolos e fumou alguns cigarros. Enterrou as bitucas no chão embaixo das rosas quando achou que não tinha ninguém olhando. Owney Wishnell estava sentado nos degraus da varanda dos fundos com suas roupas de pescador estranhamente limpas, e Ruth foi sentar-se ao seu lado. Ele estava com as mãos sobre os joelhos, e ela viu os filamentos de pelos dourados e encaracolados nos nós de seus dedos. Eram mãos tão limpas. Ela não estava acostumada a ver homens com mãos limpas.

— Há quanto tempo o seu tio mora aqui? — ela perguntou.

— Desde sempre.

— Essa não parece uma casa onde ele moraria. Mora mais alguém aqui?

— Eu.

— Mais alguém?

— A sra. Post.

— Quem é a sra. Post?

— Ela toma conta da casa.

— Você não devia estar ajudando as suas amigas ali? — Cal Cooley perguntou. Ele tinha vindo por trás deles na varanda sem fazer barulho. Então baixou seu corpo alto e sentou-se ao lado de Ruth, de modo que ela ficou entre os dois homens.

— Acho que elas não precisam de ajuda nenhuma, Cal.

— Seu tio quer que você volte para Fort Niles, Owney — disse Cal Cooley. — Ele precisa que você busque o sr. Ellis para o casamento.

— O sr. Ellis vem para o casamento? — Ruth perguntou.

— Vem.

— Ele nunca vem aqui.

— Mesmo assim. Owney, é hora de zarpar. Eu vou com você.

— Posso ir com você? — Ruth perguntou a Owney.

— Claro que não — disse Cal.

— Não te perguntei, Cal. Posso ir com você, Owney?

Mas o pastor Wishnell estava se aproximando, e quando Owney o viu, rapidamente pulou do degrau e disse para o tio:

— Estou indo. Estou indo agora mesmo.

— Depressa — disse o pastor enquanto subia os degraus até a varanda. Ele olhou por cima do ombro e disse: — Ruth, a sra. Pommeroy vai precisar da sua ajuda.

— Não sou muito útil cortando cabelos — disse Ruth, mas o pastor e Owney já tinham ido. Um em cada direção.

Cal olhou para Ruth e ergueu uma das sobrancelhas, satisfeito.

— Queria saber por que você está tão ansiosa para ficar perto desse menino.

— Porque ele não me irrita pra caralho, Cal.

— Eu te irrito pra caralho, Ruth?

— Ah, não *você*. Eu não estava falando de *você*.

— Gostei da nossa pequena viagem a Concord. O sr. Ellis me fez várias perguntas quando eu voltei. Queria saber se você e a sua mãe se deram bem, e se você parecia estar em casa ali. Eu disse a ele que vocês duas tinham se dado muito bem e que você parecia totalmente em casa ali, mas com certeza ele vai querer falar com você sobre isso. Pensando bem, talvez você devesse escrever um bilhete quando tiver um tempo, agradecendo a ele por ter patrocinado a viagem. É importante para ele que vocês dois tenham uma boa relação, considerando o quanto a sua mãe e a sua avó sempre foram próximas da família Ellis.

E é importante para ele que você passe todo o tempo possível fora de Fort Niles, Ruth. Eu disse a ele que teria prazer em levar você para Concord a qualquer hora, e que nós nos divertimos viajando juntos. Eu realmente me divirto, Ruth. — Ele agora estava lançando a ela seu olhar de pálpebras pesadas. — Se bem que não consigo tirar da cabeça essa ideia de que algum dia nós dois vamos acabar num motel na beira da Route One, fazendo sexo selvagem.

Ruth deu risada.

— Tire isso da cabeça.

— Por que você está rindo?

— Porque o velho Cal Cooley é um homem muito engraçado — disse Ruth.

O que não era nem um pouco verdade. A verdade era que Ruth estava rindo porque decidira — como muitas vezes fazia, com diferentes graus de sucesso — que o velho Cal Cooley não ia atingi-la. Ela não permitiria. Ele podia derramar sobre ela centenas de seus insultos mais pérfidos, mas Ruth não daria trela. Certamente não hoje.

— Eu sei que é só questão de tempo até você começar a fazer sexo selvagem com alguém, Ruth. Todos os indícios apontam para isso.

— Agora vamos jogar um jogo diferente — disse Ruth. — Agora você *me* deixa em paz por um tempo.

— E aliás, você devia ficar longe de Owney Wishnell — Cal disse enquanto descia os degraus da varanda e entrava no jardim. — É óbvio que você está aprontando alguma coisa com esse menino, e ninguém gosta disso.

— Ninguém? — Ruth gritou atrás dele. — É mesmo, Cal? Ninguém?

— Vem cá, seu grandalhão — Kitty Pommeroy disse a Cal quando o viu. Cal Cooley girou nos calcanhares e andou em passos duros na direção contrária. Ele ia voltar a Fort Niles para buscar o sr. Ellis.

A noiva, Dotty Wishnell, era uma loira simpática no meio da casa dos trinta. Já tinha sido casada, mas o marido morrera de câncer nos testículos. Ela e a filha, Candy, de seis anos de idade, foram as primeiras a cortar o cabelo. Dotty Wishnell foi a pé até a casa do pastor Wishnell vestindo seu roupão de banho, de cabelo molhado e despenteado. Ruth achou que, para uma noiva, era um jeito um tanto desleixado de sair por aí no dia do seu casamento, e isso fez com que Ruth gostasse dela logo de cara. Dotty tinha um rosto bastante atraente, mas parecia exausta. Ainda não tinha se maquiado e estava mascando chiclete. Tinha rugas profundas nas testas e ao redor da boca.

A filha de Dotty Wishnell era extremamente quieta. Candy ia ser a dama de honra da mãe, encargo que Ruth achou sério demais para uma menina de seis anos, mas Candy parecia estar à altura. Ela tinha um rosto adulto para uma criança, um rosto que nem de longe parecia infantil.

— Você está nervosa de ser a dama de honra? — a sra. Pommeroy perguntou a Candy.

— Obviamente não. — Candy possuía a boca firme da velha rainha Vitória. Tinha uma expressão bastante sentenciosa, e seus lábios eram rígidos. — Eu já fui dama no casamento da srta. Dorphman, e a gente nem é parente.

— Quem é a srta. Dorphman?

— Obviamente é minha professora.

— Obviamente — repetiu Ruth, e Kitty Pommeroy e a sra. Pommeroy deram risada. Dotty também riu. Candy olhou para as quatro mulheres como se estivesse decepcionada com todas elas.

— Ah, ótimo — disse Candy, como se já tivesse tido um dia irritante daqueles e não estivesse a fim de outro. — Até agora, tudo ruim.

Dotty Wishnell pediu a sra. Pommeroy que cuidasse de Candy primeiro, e perguntou se podia fazer alguns cachos em seu cabelo castanho fino. Dotty Wishnell queria que a filha parecesse "adorável". A sra. Pommeroy disse que seria fácil fazer uma criança tão adorável parecer adorável e que faria o possível para deixar todo mundo contente.

— Eu podia fazer a franjinha mais linda do mundo — ela disse.

— Sem franja — insistiu Candy. — De jeito nenhum.

— Ela nem sabe o que é uma franja — disse Dotty.

— Sei sim, mãe — disse Candy.

A sra. Pommeroy começou a cuidar do cabelo de Candy enquanto Dotty ficou de pé, assistindo. As duas mulheres conversavam descontraídas, embora nunca tivessem se visto antes.

— O bom — disse Dotty à sra. Pommeroy — é que Candy não precisa mudar de sobrenome. O pai da Candy era um Burden, e o novo pai dela é um Burden também. Meu primeiro marido e Charlie eram primos de primeiro grau, acredite se quiser. Charlie foi um dos recepcionistas no meu primeiro casamento, e hoje é o noivo. Ontem eu disse para ele "Nunca se sabe como as coisas vão se desenrolar", e ele disse, "Nunca se sabe." Ele disse que vai adotar a Candy.

— Eu também perdi o meu primeiro marido — disse a sra. Pommeroy. — Na verdade, foi meu único marido. Eu era moça que nem você. É verdade; nunca se sabe.

— Como seu marido morreu?

— Afogado.

— Qual era o sobrenome dele?

— Era Pommeroy, querida.

— Acho que eu me lembro disso.

— Foi em 1967. Mas não precisamos falar disso hoje, porque hoje é um dia feliz.

— Coitada de você.

— Coitada de *você*. Ah, não se preocupe comigo, Dotty. O que aconteceu comigo foi há muito tempo. Mas você perdeu o seu marido agora no ano passado, não é? Foi isso que o pastor Wishnell disse.

— No ano passado — respondeu Dotty, com o olhar fixo à frente. As duas ficaram em silêncio por um instante. — Vinte de março de 1975.

— Meu pai morreu — disse Candy.

— Não precisamos falar disso hoje — disse a sra. Pommeroy, formando outro anel perfeito no cabelo de Candy com seu dedo úmido. — Hoje é um dia feliz. Hoje é o casamento da sua mamãe.

— Bom, eu vou ganhar outro marido hoje, isso com certeza — disse Dotty. — Vou ganhar um marido novo. Esta ilha não é lugar para se viver sem marido. E você vai ganhar um papai novo, Candy. Não é mesmo?

A menina não expressou opinião sobre aquilo.

— Candy tem outras meninas para brincar em Courne Haven? — perguntou a sra. Pommeroy.

— Não — disse Dotty. — Tem algumas adolescentes, mas elas não têm muito interesse em brincar com a Candy, e no ano que vem vão estudar no continente. Quase só tem meninos por aqui.

— Foi a mesma coisa com a Ruth quando ela era pequena! Ela só tinha os meus meninos para brincar.

— Essa é sua filha? — perguntou Dotty, olhando para Ruth.

— Ela é praticamente minha filha — disse a sra. Pommeroy com aquele seu sotaque. — E cresceu cercada de meninos.

— Isso foi duro para você? — Dotty perguntou a Ruth.

— Foi a pior coisa do mundo — disse Ruth. — Acabou completamente comigo.

O rosto de Dotty desabou numa expressão apreensiva. A sra. Pommeroy disse:

— Ela está brincando com você. Foi tudo bem. Ruth adorava os meus meninos. Eram como irmãos para ela. Candy vai ficar bem.

— Acho que a Candy queria ser mais menininha às vezes e brincar de coisas de menina — disse Dotty. — Eu sou a única menina que ela tem para brincar e não sou divertida. Não tenho sido muito divertida o ano inteiro.

— É porque o meu pai morreu — disse Candy.

— Não precisamos falar disso hoje, meu bem — disse a sra. Pommeroy. — Hoje a sua mamãe vai casar. Hoje é um dia feliz, querida.

— Queria que tivesse uns meninos da *minha* idade por aqui — disse Kitty Pommeroy. Ninguém pareceu ouvir isso além de Ruth, que bufou de desprezo.

— Eu sempre quis uma garotinha — disse a sra. Pommeroy. — Mas tive um monte de meninos. É divertido? É divertido vestir a Candy, deixar ela linda? Meus meninos não deixavam eu encostar neles. E a Ruth sempre teve cabelo curto, por isso não tinha graça brincar com ela.

— Foi você que sempre deixou o meu cabelo curto — disse Ruth. — Eu queria que o meu cabelo fosse igualzinho ao seu, mas você ficava sempre cortando.

— Você não conseguia manter ele penteado, querida.

— Eu sei me vestir sozinha — disse Candy.

— Claro que sabe, querida.

— Sem franja.

— Está certo — disse a sra. Pommeroy. — Não vamos fazer nenhuma franja em você, mas ia ficar lindo.

Habilmente, ela cingiu o tufo de cachos que armara no topo da cabeça de Candy com uma larga fita branca.

— Não ficou adorável? — ela perguntou a Dotty.

— Adorável — disse Dotty. — Preciosa. Você fez um ótimo trabalho. Nunca consigo fazer ela sentar quieta e não sei nada sobre penteados. Obviamente. Olha só para mim. Isso é o melhor que eu consigo.

— Então pronto. Obrigada, Candy. — A sra. Pommeroy se debruçou e beijou a bochecha da menina. — Você foi muito corajosa.

— Obviamente — disse Candy.

— Obviamente — disse Ruth.

— Você é a próxima, Dotty. Vamos cuidar da noiva e então você pode ir se vestir, e depois vamos cuidar dos seus amigos. Alguém devia mandar eles começarem a vir. O que você quer que eu faça com o seu cabelo?

— Não sei. Acho que só quero parecer feliz — instruiu Dotty. — Você pode fazer isso por mim?

— É impossível esconder uma noiva feliz, mesmo debaixo de um penteado ruim — disse a sra. Pommeroy. — Eu podia enrolar uma toalha na sua cabeça, e se você está feliz, ia ficar bonita assim mesmo, casando com o seu homem.

— Só Deus pode fazer uma noiva feliz — disse Kitty Pommeroy num tom muito sério, por algum motivo.

Dotty pensou naquilo e suspirou.

— Bom — ela disse, cuspindo o chiclete num lenço de papel usado que tirara do bolso do roupão —, veja o que você pode fazer por mim. Faça o melhor que puder.

A sra. Pommeroy começou a trabalhar no cabelo de Dotty Wishnell para o casamento, e Ruth se separou das mulheres e foi olhar mais de perto a casa do pastor Wishnell. Não conseguia entender seu estilo delicado e feminino. Percorreu toda a longa varanda curva, com seus móveis de vime e suas almofadas de cores vivas. Aquilo devia ser obra da misteriosa sra. Post. Ela viu um alimentador de pássaros em formato de casinha, pintado num vermelho alegre. Sabendo que estava invadindo propriedade alheia, porém vencida pela curiosidade, ela entrou na casa pelas portas-janelas que se abriam da varanda. Agora ela estava numa sala de visitas. Livros com capas coloridas jaziam em mesinhas de canto, e toalhinhas de crochê cobriam os encostos do sofá e das cadeiras.

Ela então atravessou uma sala de estar forrada com papel de parede estampado com pálidos lírios verdes. Um gato persa de cerâmica estava aninhado junto à lareira, e um gato malhado de verdade reclinava-se no encosto de um sofá cor-de-rosa. O animal olhou para Ruth e, despreocupado, voltou a dormir. Ruth encostou numa manta feita à mão que cobria uma cadeira de balanço. O pastor Wishnell morava *ali*? Owney Wishnell morava *ali*? Ela continuou andando. A cozinha cheirava a baunilha, e havia um bolo de café no balcão. Ela notou uma escada nos fundos da cozinha. *O que tinha no andar de cima?* Ela era maluca de ficar xeretando a casa daquele jeito. Teria um problemão se precisasse explicar a alguém o que estava fazendo no andar de cima da casa do pastor Toby Wishnell, mas estava morrendo de vontade de achar o quarto de Owney. Queria ver onde ele dormia.

Ela subiu a escada íngreme de madeira e, no andar seguinte, espiou dentro de um banheiro imaculado, com uma samambaia pendurada num vaso na janela e um sabonete de lavanda num prato acima da pia. Havia uma foto emoldurada de uma menina e um menino pequenos, se beijando. MELHORES AMIGOS, estava escrito embaixo, em letras cor-de-rosa.

Ruth avançou até a porta de um quarto com bichos de pelúcia apoiados nos travesseiros. O quarto seguinte tinha uma bela cama marquesa e um banheiro individual. O último quarto tinha uma cama de solteiro com uma colcha estampada de rosas. Onde será que Owney dormia? Com certeza não com os ursos de pelúcia. Não na cama marquesa. Ela não conseguia imaginar aquilo. Não conseguia pensar em Owney naquela casa de modo algum.

Mas Ruth continuou explorando. Subiu até o terceiro andar. Era quente, com o teto inclinado. Vendo uma porta entreaberta, ela naturalmente a empurrou para abrir. E deu de cara com o pastor Wishnell.

— Ah — disse Ruth.

Ele olhou para ela de trás de uma tábua de passar roupa. Vestia sua calça preta. Estava sem camisa. Era isso que ele estava passando. Seu torso era comprido e parecia não ter músculos, gordura ou pelos. Ele tirou a camisa da tábua de passar, enfiou os braços nas mangas engomadas e fechou os botões, de baixo para cima, lentamente.

— Eu estava procurando o Owney — disse Ruth.

— Ele foi a Fort Niles buscar o sr. Ellis.

— Ah, é mesmo? Desculpe.

— Você sabia muito bem disso.

— Ah, é verdade. É, eu sabia disso. Desculpe.

— Esta não é sua casa, srta. Thomas. O que fez você pensar que tinha permissão para ficar passeando?

— É verdade. Desculpe ter incomodado você. — Ruth recuou até o corredor.

O pastor Wishnell disse:

— Não, srta. Thomas. Entre.

Ruth fez uma pausa, então voltou para dentro do quarto. *Merda*, ela pensou e olhou em volta. Bom, aquele com certeza era o quarto do pastor Wishnell. Era o primeiro quarto da casa que fazia algum sentido. Era vazio e despojado. As paredes e o teto eram brancos; até o descoberto chão de madeira era caiado. O quarto tinha um leve cheiro de cera de sapato. A cama do pastor era uma armação estreita de latão, com um cobertor de lã azul e um travesseiro fino. Embaixo da cama havia um par de chinelos de couro. O criado-mudo não tinha abajur nem livros, e a única janela do quarto tinha só uma persiana, sem cortina. Havia uma cômoda, e nela um pequeno prato de peltre com algumas moedas. O objeto dominante no quarto era uma grande escrivaninha de madeira escura, ao lado da qual havia uma estante cheia de livros pesados. A escrivaninha tinha uma máquina de escrever elétrica, uma pilha de papéis e uma lata de sopa com lápis.

Pendurado acima da escrivaninha havia um mapa do litoral do Maine, coberto de marcas de lápis. Por instinto, Ruth procurou Fort Niles. Não estava marcada. Ela se perguntou o que aquilo queria dizer. Não salva? Ingrata?

O pastor desplugou o ferro, enrolou o fio em volta e o colocou na escrivaninha.

— Sua casa é linda — disse Ruth. Ela pôs as mãos nos bolsos, tentando parecer descontraída, como se tivesse sido convidada a entrar ali. O pastor Wishnell dobrou a tábua de passar e a guardou dentro do armário.

— Seu nome é em homenagem à Ruth da Bíblia? — ele perguntou. — Sente-se.

— Não sei em homenagem a quem é o meu nome.

— Você não conhece a Bíblia?

— Não muito.

— Ruth foi uma grande mulher do Antigo Testamento. Era o modelo da lealdade feminina.

— Ah, é?

— Talvez você goste de ler a Bíblia, Ruth. Ela contém muitas histórias maravilhosas.

Exatamente, pensou Ruth. *Histórias. Ação e aventura.* Ruth era ateia. Tinha decidido aquilo no ano anterior, quando aprendera a palavra. Ainda estava se divertindo com a ideia. Não tinha contado a ninguém, mas saber daquilo lhe dava um certo frisson.

— Por que você não está ajudando a sra. Pommeroy? — ele perguntou.

— Vou fazer isso agora mesmo — disse Ruth, pensando em sair dali correndo.

— Ruth — disse o pastor Wishnell —, sente-se. Pode sentar na cama.

Não havia cama no mundo onde Ruth tivesse menos vontade de sentar do que na do pastor Wishnell. Ela sentou.

— Você nunca se cansa de Fort Niles? — ele perguntou. Enfiou a camisa dentro da calça, em quatro movimentos precisos, com as palmas das mãos esticadas. Seu cabelo estava úmido, e ela via as marcas dos dentes de um pente. Sua pele era pálida como linho delicado. Ele se apoiou na lateral da escrivaninha, cruzou os braços e olhou para ela.

— Não consegui passar tempo suficiente lá para me cansar — disse Ruth.

— Por causa da escola?

— Porque Lanford Ellis está sempre me mandando para longe — ela disse. Ruth achou que aquela frase a fazia soar um pouco patética, por isso deu de ombros num gesto despreocupado, tentando indicar que aquilo não era nada de mais.

— Acho que o sr. Ellis está interessado no seu bem-estar. Sei que ele pagou seus estudos e se ofereceu para pagar um curso superior. Ele tem vastos recursos e obviamente se importa com o seu futuro. Não é uma coisa tão ruim, é? Você foi feita para coisas melhores do que Fort Niles. Não acha?

Ruth não respondeu.

— Sabe, eu também não passo muito tempo na minha ilha, Ruth. Quase nunca estou aqui em Courne Haven. Nos últimos dois meses, ministrei vinte e um sermões, visitei vinte e nove famílias e compareci a onze encontros de oração. Muitas vezes perco a conta dos casamentos, enterros e batizados. Para muitas dessas pessoas, sou o único contato delas com o Senhor. Mas também sou chamado para dar conselhos mundanos. Elas precisam de mim para ler documentos ou para ajudá-las a achar um carro novo. Várias coisas. Você ficaria surpresa. Eu resolvo disputas entre pessoas que de outro modo acabariam se agredindo fisicamente. Sou um pacificador. Não é uma vida fácil; às vezes sinto vontade de ficar aqui e desfrutar de minha bela casa.

Ele fez um gesto, indicando sua bela casa. Mas era um gesto pequeno, e parecia restringir-se apenas a seu quarto, onde não havia, até onde Ruth estava vendo, muito do que desfrutar.

— Mas eu saio da minha casa — continuou o pastor Wishnell —, porque tenho deveres. Estive em todas as ilhas do Maine no decurso da minha vida. Devo admitir que há momentos em que todas me parecem iguais. De todas as ilhas que visito, no entanto, acho que Fort Niles é a mais isolada. É certamente a menos religiosa.

Isso é porque a gente não gosta de você, pensou Ruth.

— É mesmo? — ela disse.

— O que é uma pena, porque as pessoas isoladas do mundo são as que mais precisam de companhia. Fort Niles é um lugar estranho, Ruth. Eles tiveram chances, ao longo dos anos, de se envolver mais com o mundo que existe além da ilha. Porém são lentos e desconfiados. Não sei se você tem idade para se lembrar de quando se falou de construir um terminal de balsa.

— Claro.

— Então você sabe desse fracasso. Ora, os únicos turistas que podem visitar estas ilhas são os que têm seus próprios barcos. E toda vez que alguém precisa ir a Rockland de Fort Niles tem que levar seu barco de pesca. Cada prego, cada lata de feijão, cada cadarço de sapato em Fort Niles tem que vir no barco de pesca de alguém.

— Nós temos uma loja.

— Ora, por favor, Ruth. Uma loja muito escassa. E toda vez que uma senhora de Fort Niles precisa comprar mantimentos ou consultar um médico, tem que pegar carona no barco de pesca de algum homem.

— É a mesma coisa aqui em Courne Haven — disse Ruth. Ela achou que já tinha ouvido a opinião do pastor sobre aquele assunto e não estava interessada em ouvir de novo. O que aquilo tinha a ver com ela? Ele claramente gostava de dar um pequeno sermão. *Que sorte a minha*, pensou Ruth, emburrada.

— Bom, o destino de Courne Haven está intimamente ligado ao de Fort Niles. E Fort Niles age devagar; sua ilha é a última a aceitar qualquer mudança. A maioria dos homens de Fort Niles ainda faz suas próprias armadilhas, porque, sem nenhum motivo, eles não confiam nas armadilhas de arame.

— Nem todos.

— Sabe, Ruth, em todo o resto do Maine, os lagosteiros estão começando a cogitar o uso de barcos de fibra de vidro. Só como exemplo. Quanto tempo vai demorar até que a fibra de vidro chegue a Fort Niles? Você pode adivinhar tão bem quanto eu. Consigo facilmente imaginar a reação de Angus Addams a uma ideia dessas. Fort Niles sempre resiste. Fort Niles resistiu às limitações sobre os tamanhos das lagostas com mais força do que qualquer outra comunidade no estado do Maine. E agora, em todo o resto do Maine, estão falando de estabelecer limites voluntários para as armadilhas.

— Nós nunca vamos criar limites — disse Ruth.

— Eles talvez sejam criados para vocês, mocinha. Se os seus pescadores não fizerem isso por vontade própria, talvez vire uma lei, e haverá fiscais apinhados em volta dos seus barcos, assim como havia quando os limites de tamanho foram criados. É assim que as inovações chegam a Fort Niles. Têm que ser enfiadas goela abaixo até essas pessoas teimosas engasgarem.

Ele realmente disse isso? Ela olhou fixo para ele. Ele estava sorrindo de leve e falara num tom constante, brando. Ruth ficou revoltada com aquele discursinho desdenhoso, pronunciado com tanta facilidade. Tudo o que ele dizia era verdade, é claro, mas que jeitinho arrogante! Ela própria podia ter falado mal de Fort Niles algumas vezes, porém tinha o direito de criticar a própria ilha e o próprio povo. Ouvir tanta condescendência de alguém tão presunçoso e desimportante era intolerável. Ela de repente sentiu-se indignada, em defesa de Fort Niles. Como ele ousava?

— O mundo muda, Ruth — ele continuou. — Houve um tempo em que muitos dos homens de Fort Niles eram pescadores de merluza. Agora não resta no Atlântico merluza suficiente para alimentar um gatinho. Estamos perdendo vermelho, também, e daqui a pouco só vai sobrar arenque como isca para lagostas. E alguns dos arenques que os homens vêm usando hoje em dia são tão ruins que nem as gaivotas querem comer. Costumava haver ali uma indústria de granito que enriquecia a todos, e agora isso também se foi. Como os homens da sua ilha pretendem ganhar a vida daqui a dez, vinte anos? Eles acham que todos os dias serão iguais, até o fim dos tempos? Que podem contar com grandes capturas de lagosta para sempre? Eles vão pescar sem parar, até que só reste uma única lagosta, e então vão lutar até a morte por esta última. Você sabe disso, Ruth. Sabe como essas pessoas são. Elas nunca vão concordar em fazer o que é para o próprio bem. Você acha que esses tolos vão criar juízo e formar uma cooperativa de pesca, Ruth?

— Isso nunca vai acontecer — disse Ruth. *Tolos?*

— É isso que o seu pai diz?

— É isso que todo mundo diz.

— Bom, talvez todo mundo tenha razão. Eles certamente lutaram bastante contra isso no passado. Seu amigo Angus Addams veio a uma reunião uma vez em Courne Haven, na época em que o nosso Denny Burden quase levou a própria família à falência e quase morreu tentando montar uma cooperativa entre as duas ilhas. Eu estava lá. Vi como Angus se comportou. Ele veio com um saco de pipoca. Ficou sentado na primeira fila enquanto alguns indivíduos mais evoluídos discutiam jeitos de as duas ilhas cooperarem em benefício de todos. Angus Addams ficou ali sentado, sorrindo e comendo pipoca. Quando eu perguntei o que ele estava fazendo, ele disse, "Estou apreciando o espetáculo. Isso é mais engraçado que as fitas de cinema." Homens como Angus Addams acham que se saem melhor pescando sozinhos para sempre. Estou certo? É isso que todo homem pensa lá na sua ilha?

— Não sei o que todo homem pensa na minha ilha — disse Ruth.

— Você é uma moça inteligente. Tenho certeza de que sabe exatamente o que eles pensam.

Ruth mordeu o lábio por dentro.

— Acho que eu devia ir ajudar a sra. Pommeroy agora — ela disse.

— Por que você perde o seu tempo com pessoas assim? — perguntou o pastor Wishnell.

— A sra. Pommeroy é minha amiga.

— Não estou falando da sra. Pommeroy. Estou falando dos lagosteiros de Fort Niles. Estou falando de Angus Addams, Simon Addams...

— O senador Simon não é um lagosteiro. Ele nunca esteve num barco.

— Estou falando de homens como Len Thomas, Don Pommeroy, Stan Thomas...

— Stan Thomas é o meu pai, senhor.

— Eu sei perfeitamente bem que Stan Thomas é o seu pai.

Ruth ficou de pé.

— Sente-se — disse o pastor Toby Wishnell.

Ela sentou. Seu rosto estava quente. Ela imediatamente se arrependeu de ter sentado. Devia ter saído do quarto.

— Fort Niles não é lugar para você, Ruth. Venho perguntando às pessoas sobre você e sei que tem outras opções. Você deveria aproveitá-las. Nem todos têm tanta sorte. Owney, por exemplo, não tem as suas alternativas. Sei que você tem algum interesse na vida do meu sobrinho.

O rosto de Ruth ficou mais quente.

— Bom, vamos pensar em Owney. O que vai ser dele? Essa preocupação é minha, não sua, mas vamos pensar nisso juntos. Você está numa posição muito melhor que a de Owney. O fato é que não há futuro para você na sua ilha. Qualquer imbecil desmiolado que mora lá pode confirmar isso. Fort Niles está condenada. Não tem liderança ali. Não tem uma base moral. Meu Deus, olha aquela igreja podre, dilapidada! Como permitiram que isso acontecesse?

É porque a gente te odeia pra caralho, pensou Ruth.

— A ilha inteira será abandonada em duas décadas. Não fique surpresa, Ruth. Isso pode muito bem acontecer. Eu percorro este litoral para cima e para baixo ano após ano e vejo comunidades tentando sobreviver. Quem em Fort Niles ao menos tenta? Vocês têm alguma forma de governo, um oficial eleito? Quem é o seu líder? Angus Addams? Aquela cobra? Quem vai assumir o posto na próxima geração? Len Thomas? O seu pai? Quando é que seu pai sequer pensou nos interesses de alguma outra pessoa?

Ruth sentia como se estivesse numa emboscada.

— Você não sabe nada sobre o meu pai — ela disse, tentando parecer tão contida quanto o pastor Wishnell, mas na verdade parecendo um tanto histérica.

O pastor Wishnell sorriu.

— Ruth — ele disse —, preste atenção no que eu vou dizer. Eu sei muita coisa sobre o seu pai. E vou repetir a minha previsão. Daqui a vinte anos, sua ilha será uma cidade-fantasma. Seu povo terá causado isso, com sua teimosia e seu isolamento. Vinte anos parece muito longe? Não é.

Ele lançou a Ruth um olhar frio. Ela tentou revidar.

— Não pense que só porque sempre houve gente em Fort Niles, sempre haverá gente. Essas ilhas são frágeis, Ruth. Você já ouviu falar das Isles of Shoals, do começo do século XIX? A população foi ficando menor e mais consanguínea, e a sociedade veio abaixo. Os cidadãos incendiaram o centro comunitário, copularam com seus irmãos, enforcaram seu único pastor, praticaram bruxaria. Quando o reverendo Jedidiah Morse fez uma visita em 1820, só achou umas poucas pessoas. Casou todas elas imediatamente, para evitar mais pecados. Era o melhor que ele podia fazer. Uma geração depois, as ilhas estavam desertas. Isso poderia acontecer com Fort Niles. Você não acha?

Ruth não tinha comentários.

— Mais uma coisa — continuou o pastor Wishnell — que chamou minha atenção outro dia. Um lagosteiro em

Frenchman's Island me contou que, na época em que o estado introduziu limitações sobre os tamanhos das lagostas, um certo lagosteiro chamado Jim guardava lagostas pequenas e as vendia aos turistas de verão em sua ilha. Ele administrava um belo negócio ilegal, mas os boatos se espalharam, porque sempre se espalham, e alguém notificou o fiscal de pesca. O fiscal começou a seguir o velho Jim, tentando flagrá-lo com as lagostas pequenas. Ele até inspecionou o barco do Jim algumas vezes. Mas Jim guardava suas lagostas pequenas num saco, com uma pedra para fazer peso, pendurado na popa do barco. Por isso nunca foi pego.

"Um dia, no entanto, o fiscal de pesca estava espiando Jim com um binóculo e o viu enchendo o saco e jogando atrás da popa. Por isso o fiscal perseguiu Jim em seu barco da polícia, e Jim, sabendo que estava prestes a ser pego, acelerou o barco o mais rápido que pôde e partiu para casa. Parou o barco bem na praia, agarrou o saco e saiu correndo. O fiscal foi atrás dele, por isso ele soltou o saco e subiu numa árvore. Quando o fiscal abriu o saco, adivinha o que ele achou, Ruth?"

— Um gambá.

— Um gambá. Isso mesmo. Você já ouviu essa história antes, imagino.

— Isso aconteceu com Angus Addams.

— Isso não aconteceu com Angus Addams. Não aconteceu com ninguém. É uma história apócrifa.

Ruth e o pastor travaram um duelo de olhares.

— Você sabe o que quer dizer *apócrifo*, Ruth?

— Sim, eu sei o que quer dizer *apócrifo* — respondeu Ruth, ríspida, enquanto naquele exato instante se perguntava o que *apócrifo* queria dizer.

— Eles contam essa história em todas as ilhas do Maine. Contam porque isso os faz se sentir bem, por um velho lagosteiro ter conseguido ser mais esperto que a lei. Mas não é por isso que eu contei a história a você, Ruth. Eu contei isso a você porque é uma boa fábula sobre o que acontece com quem é muito bisbilhoteiro. Você não está gostando dessa nossa conversa, está?

Ela não ia responder àquilo.

— Mas poderia ter se poupado dessa conversa desagradável se tivesse ficado fora da minha casa. Você provocou isso, não provocou? Fuçando onde não tinha direito. E se você sente como se tivesse levado o espirro de um gambá, já sabe em quem pôr a culpa. Não é verdade, Ruth?

— Vou ajudar a sra. Pommeroy agora — disse Ruth. Ela levantou outra vez.

— Acho que é uma excelente ideia. E divirta-se no casamento, Ruth.

Ruth queria sair correndo daquele quarto, mas não queria demonstrar ao pastor o quanto estava abalada com aquela "fábula", por isso saiu andando com alguma dignidade. Uma vez fora do quarto, no entanto, atravessou o corredor em disparada, desceu os dois lances de escada, cruzou a cozinha e a sala, e saiu pela porta da sala de visitas. Sentou-se numa das cadeiras de vime da varanda. *Babaca escroto*, ela estava pensando. *Inacreditável.*

Ela devia ter dado o fora daquele quarto no instante em que ele começou seu pequeno sermão. Que diabos foi aquilo? Ele nem a conhecia. *Venho perguntando às pessoas sobre você, Ruth.* Ele não tinha nada que dizer a ela com quem ela devia ou não devia andar, dizer a ela para ficar longe do próprio pai. Ruth ficou sentada na varanda numa tentativa solitária e furiosa de se acalmar. Era vergonhoso, mais que qualquer outra coisa, levar um sermão daquele pastor. E estranho, também, vê-lo vestir a camisa, sentar na cama dele. Estranho ver seu quartinho vazio e monástico e sua patética tabuinha de passar. *Bizarrice.* Ela devia ter dito a ele que era ateia.

Do outro lado do jardim, a sra. Pommeroy e Kitty ainda estavam cuidando dos cabelos das mulheres. Dotty Wishnell e Candy tinham ido embora, provavelmente para se vestir para o casamento. Havia um pequeno grupo de mulheres de Courne Haven ainda esperando a atenção da sra. Pommeroy. Todas estavam de cabelo úmido. A sra. Pommeroy instruíra as mulheres a lavarem o cabelo em casa, para que ela pudesse aproveitar o tempo apenas cortando e penteando. Havia também alguns homens no jardim de rosas, esperando pelas esposas ou, talvez, esperando para cortar o cabelo.

Kitty Pommeroy estava penteando o cabelo loiro e comprido de uma bela adolescente, uma menina que parecia ter uns treze anos. Havia tantos loiros naquela ilha! Todos aqueles suecos da indústria do granito. O pastor Wishnell mencionara a indústria do granito, como se alguém ainda desse a mínima para ela.

E daí que a indústria do granito tinha acabado? Quem ainda se importava? Para aquele sujeito, tudo eram trevas e sombras. Babaca *escroto*. Coitado do Owney. Ruth tentou imaginar uma infância passada com aquele tio. Lúgubre, cruel, difícil.

— Onde você *estava*? — a sra. Pommeroy perguntou a Ruth.

— No banheiro.

— Você está bem?

— Estou — disse Ruth.

— Então venha cá.

Ruth foi até lá e sentou-se no muro baixo de tijolos. Ela sentia-se combalida e acabada, e provavelmente estava transparecendo aquilo. Mas ninguém, nem mesmo a sra. Pommeroy, se deu conta de nada. O grupo estava ocupado demais conversando. Ruth percebeu que entrara no meio de uma conversa totalmente inane.

— É nojento — disse a adolescente de quem Kitty estava cuidando. — Ele pisa em todos os ouriços, e o barco inteiro fica, tipo, coberto de tripas.

— Não tem necessidade disso — disse a sra. Pommeroy. — Meu marido sempre jogava os ouriços de volta na água. Os ouriços não fazem mal a ninguém.

— Os ouriços comem isca! — disse um dos homens de Courne Haven no jardim de rosas. — Eles sobem no seu saco de iscas, comem a isca e o saco também.

— Eu tive espinhos nos dedos a vida inteira por causa desses malditos ouriços — disse outro homem.

— Mas por que o Tuck precisa *pisar* neles? — perguntou a bela adolescente. — É nojento. E ele perde tempo de pesca. Fica todo irritado por causa disso; é o maior nervosinho. Chama os ouriços de ovos de puta.

Ela deu uma risadinha.

— Todo mundo chama eles de ovos de puta — disse o pescador com espinhos nos dedos.

— É verdade — disse a sra. Pommeroy. — Ficar irritado faz perder tempo de trabalho. As pessoas deviam se acalmar.

— Eu odeio esses limpa-fundos que às vezes a gente puxa, que ficam todos inchados de subir tão rápido — disse a menina. — Sabe aqueles peixes? De olho grande? Toda vez que eu vou pescar com o meu irmão, a gente pega um montão desses.

— Faz anos que eu não entro num barco lagosteiro — disse a sra. Pommeroy.

— Eles parecem sapos — disse a menina. — O Tuck pisa neles também.

— Não tem motivo para ser cruel com os bichos — disse a sra. Pommeroy. — Motivo nenhum.

— Tuck pegou um tubarão uma vez. Deu uma surra nele.

— Quem é Tuck? — perguntou a sra. Pommeroy.

— É o meu irmão — disse a adolescente. Ela olhou para Ruth. — Quem é você?

— Ruth Thomas. Quem é você?

— Mandy Addams.

— Você é parente do Simon e do Angus Addams? Os irmãos?

— Devo ser. Não sei. Eles moram em Fort Niles?

— Moram.

— Eles são gatinhos?

Kitty Pommeroy riu tão alto que caiu de joelhos.

— São — disse Ruth. — São encantadores.

— Eles têm mais de setenta anos, querida — disse a sra. Pommeroy. — E, na verdade, eles *são* encantadores.

— Qual é o problema dela? — Mandy perguntou, olhando para Kitty, que estava enxugando os olhos e sendo ajudada a se levantar pela sra. Pommeroy.

— Ela está bêbada — disse Ruth. — Cai o tempo todo.

— Eu estou bêbada! — gritou Kitty. — Eu *estou* bêbada, Ruth! Mas não precisa contar para todo mundo.

Kitty se controlou e voltou a pentear o cabelo da adolescente.

— Ei, acho que o meu cabelo já está bastante penteado — disse Mandy, mas Kitty continuou penteando, com força.

— Jesus, Ruth — disse Kitty. — Você é tão linguaruda. E eu *não* caio o tempo todo.

— Quantos anos você tem? — Mandy Addams perguntou a Ruth. Seus olhos estavam fixos em Ruth, mas sua cabeça estava resistindo aos puxões do pente de Kitty Pommeroy.

— Dezoito.

— Você é de Fort Niles?

— Sou.

— Nunca vi você por aqui.

Ruth deu um suspiro. Não estava a fim de explicar sua vida àquela boçal.

— Eu sei. Fiz o ensino médio em outra cidade.

— Eu vou fazer o ensino médio em outra cidade no ano que vem. Onde você estudou? Em Rockland?

— Delaware.

— Isso fica em Rockland?

— Não — disse Ruth, e quando Kitty começou a tremer de rir outra vez, ela acrescentou: — Vai com calma, Kitty. Vai ser um longo dia. É cedo demais para começar a cair a cada dois minutos.

— Isso fica em Rockland? — Kitty gemeu, enxugando os olhos. Os pescadores de Courne Haven e suas mulheres, reunidos nos jardins do pastor Wishnell em volta das irmãs Pommeroy, riram também. *Bom, ainda bem*, pensou Ruth. Pelo menos eles sabem que essa loirinha é uma idiota. Ou talvez estivessem rindo de Kitty Pommeroy.

Ruth se lembrou do que o pastor Wishnell dissera, que Fort Niles ia desaparecer em vinte anos. Ele estava maluco. Haveria lagostas suficientes para sempre. As lagostas eram animais pré-históricos, sobreviventes. O resto do oceano talvez fosse exterminado, mas as lagostas não iam nem se importar. As lagostas conseguem escavar a lama e viver ali durante meses. Conseguem comer pedras. *Elas não estão nem aí*, pensou Ruth, admirada. As lagostas prosperariam mesmo se não sobrasse nada no mar para comer a não ser outras lagostas. A última lagosta do mundo provavelmente comeria a si mesma, se fosse a única comida disponível. Não havia necessidade de ficar todo preocupado com as lagostas.

O pastor Wishnell estava maluco.

— Seu irmão realmente deu uma surra num tubarão? — a sra. Pommeroy perguntou para Mandy.

— Claro. Nossa, acho que o meu cabelo nunca foi tão penteado num mesmo dia!

— Todo mundo já pegou um tubarão alguma vez — disse um dos pescadores. — Todos nós já demos uma surra num tubarão uma vez ou outra.

— Vocês simplesmente matam eles? — disse a sra. Pommeroy.

— Claro.

— Não tem necessidade disso.

— Não tem necessidade de matar um tubarão? — O pescador pareceu achar graça. A sra. Pommeroy era mulher e desconhecida (uma desconhecida atraente), e todos os homens no jardim estavam bem-humorados na presença dela.

— Não tem motivo para ser cruel com os bichos — disse a sra. Pommeroy. Ela falava com alguns grampos no canto da boca. Estava cuidando de uma velha senhora de cabelos cor de aço, que parecia totalmente alheia àquela conversa. Ruth imaginou que fosse a mãe da noiva ou do noivo.

— É verdade — disse Kitty Pommeroy. — Eu e a Rhonda aprendemos isso com o nosso pai. Ele não era um homem cruel. Nunca encostou a mão em nenhuma de nós. Muitas vezes saía e deixava a gente falando, mas nunca bateu em ninguém.

— É pura crueldade maltratar os bichos — disse a sra. Pommeroy. — Todos os bichos são criaturas de Deus, tanto quanto qualquer um de nós. Acho que isso mostra que tem alguma coisa muito errada com a pessoa, se ela é cruel com um bicho sem motivo algum.

— Não sei — disse o pescador. — Eu gosto bastante de comer eles.

— Comer bichos é diferente de maltratar. Ser cruel com um bicho é imperdoável.

— É verdade — repetiu Kitty. — Acho nojento.

Ruth não conseguia acreditar naquela conversa. Era o tipo de conversa que a gente de Fort Niles tinha o tempo todo: besta, circular, desinformada. Pelo jeito, também era o tipo de conversa que a gente de Courne Haven apreciava.

A sra. Pommeroy tirou um grampo da boca e fez um pequeno cacho grisalho na velha senhora que estava na cadeira.

— Se bem que — ela disse — preciso admitir que eu costumava enfiar rojões na boca dos sapos e explodir eles.

— Eu também — disse Kitty.

— Mas eu não sabia o que isso *causava*.

— Claro — disse um dos pescadores de Courne Haven, achando graça. — Como você ia saber?

— Às vezes eu jogo uma cobra na frente do cortador de grama e passo por cima dela — disse Mandy Addams, a adolescente bonita.

— Ora, isso é pura crueldade — disse a sra. Pommeroy. — Não tem motivo para fazer isso. As cobras são boas para espantar pragas.

— Ah, eu costumava fazer isso também — disse Kitty Pommeroy. — Cruzes, Rhonda, a gente fazia isso juntas, eu e você. Estávamos sempre fatiando cobras.

— Mas nós éramos crianças, Kitty. Não sabíamos das coisas.

— É — disse Kitty —, nós éramos crianças.

— Não sabíamos das coisas.

— É verdade — disse Kitty. — Lembra daquela vez que você achou um ninho de camundongos embaixo da pia e afogou eles?

— As crianças não sabem como tratar os bichos, Kitty — disse a sra. Pommeroy.

— Você afogou cada um numa xícara diferente. Disse que era um chazinho de camundongo. Você ficava falando, "Ah! Eles são tão fofos! Eles são tão fofos!"

— Eu não tenho muito problema com camundongos — disse um dos pescadores de Courne Haven. — Mas te digo o que realmente é um problemão para mim. Ratazanas.

— Quem é o próximo? — a sra. Pommeroy perguntou numa voz animada. — De quem é a vez de ficar bonito?

Ruth Thomas se embebedou no casamento.

Kitty Pommeroy ajudou. Ficou amiga do barman, um pescador de Courne Haven de cinquenta anos chamado Chucky Strachan. Ele recebera a grande honra de servir como barman principalmente porque era um bêbado de primeira. Chucky e Kitty se encontraram logo de cara, como dois bêbados falastrões sempre se encontram numa multidão, e passaram a se divertir muito no casamento dos Wishnell. Kitty se elegeu como assistente de Chucky e fez questão de acompanhar os clientes, dose após dose. Pediu que Chucky preparasse alguma coisa boa para Ruth Thomas, algo para soltar a mocinha.

— Dá alguma coisa frutada para ela — instruiu Kitty. — Alguma coisa tão doce quanto ela.

Então Chucky preparou para Ruth um copo alto de uísque com uma pedrinha minúscula de gelo.

— Isso sim é bebida de moça — disse Chucky.

— Eu quis dizer uma batida! — disse Kitty. — Ela vai achar isso nojento! Ela não está acostumada! Estudou numa escola *particular*!

— Vamos ver — disse Ruth Thomas e bebeu todo o uísque que Chucky lhe deu, não num gole só, mas bem depressa.

— Muito frutado — ela disse. — Muito doce.

A bebida irradiou um calor agradável em suas entranhas. Seus lábios pareciam maiores. Ela bebeu outro drinque e começou a se sentir incrivelmente afetuosa. Deu um longo e forte abraço em Kitty Pommeroy e disse, "Você sempre foi a minha irmã Pommeroy favorita", o que não podia estar mais longe da verdade, porém foi gostoso de dizer.

— Tomara que as coisas deem certo para você, Ruthie — Kitty balbuciou.

— Ah, Kitty, você é tão meiga. Sempre foi tão meiga comigo.

— Nós todos queremos que as coisas deem certo para você, querida. Estamos prendendo os dedos, torcendo para tudo dar certo.

— Prendendo os dedos? — Ruth franziu a testa.

— Cruzando o fôlego, eu quis dizer — disse Kitty, e ambas quase caíram de tanto rir.

Chucky Strachan preparou outro drinque para Ruth.

— Eu não sou um ótimo barman? — ele perguntou.

— Você realmente sabe misturar uísque e gelo num copo — admitiu Ruth. — Isso com certeza.

— É a minha prima que está casando — ele disse. — Precisamos comemorar. Dotty Wishnell é minha prima! Ei! Charlie Burden é meu primo também!

Chucky Strachan pulou de trás do bar e agarrou Kitty Pommeroy. Afundou o rosto no pescoço de Kitty. Beijou todo o rosto de Kitty, todo o lado bom do rosto dela, o lado que não tinha cicatrizes de queimaduras. Chucky era um sujeito magrelo, e sua calça descia cada vez mais em seu magrelo traseiro. Cada vez que ele dobrava minimamente o corpo, exibia um belo cofrinho da Nova Inglaterra. Ruth tentava desviar os olhos. Uma matrona de saia florida estava esperando um drinque, mas Chucky não percebeu. A mulher lançou um sorriso esperançoso na direção dele, mas ele deu um tapa na bunda de Kitty Pommeroy e abriu uma cerveja para si mesmo.

— Você é casado? — Ruth perguntou a Chucky, enquanto ele lambia o pescoço de Kitty.

Ele se afastou, ergueu um dos punhos no ar e anunciou:

— Meu nome é Clarence Henry Strachan e eu sou casado!

— Você me serve um drinque, por favor? — a matrona perguntou, educada.

— Fala com o barman! — gritou Chucky Strachan e levou Kitty até a pista de dança de madeira compensada, no meio da tenda.

A cerimônia de casamento em si tinha sido insignificante para Ruth. Ela mal tinha assistido, mal tinha prestado atenção. Ficou espantada com o tamanho do quintal do pai de Dotty, espantada com seu belo jardim. Aquela família Wishnell realmente tinha dinheiro. Ruth estava acostumada a casamentos de Fort Niles, onde os convidados traziam ensopados, panelas de feijão e tortas. Depois do casamento, havia uma grande distribuição dos pratos. *De quem é essa bandeja? De quem é essa cafeteira?*

O casamento de Dotty Wishnell e Charlie Burden, por outro lado, tinha sido organizado por um especialista do continente. E lá estava, como o pastor Wishnell prometera, um fotógrafo profissional. A noiva estava de branco, e alguns dos convidados que haviam comparecido ao primeiro casamento de Dotty disseram que aquele vestido era ainda mais bonito que o outro. Charlie Burden, um homem robusto com nariz de alcoólatra e olhos desconfiados, fazia o papel do noivo infeliz. Parecia deprimido de ficar ali de pé na frente de todos, dizendo as palavras formais. Candy, a filhinha de Dotty, tinha chorado como dama de honra, e quando a mãe tentou consolá-la, disse numa voz birrenta, "*Não* estou chorando!" O pastor Wishnell desfiou uma ladainha sobre responsabilidades e recompensas.

E depois que a cerimônia acabou, Ruth ficou bêbada. E depois que ficou bêbada, ela foi dançar. Dançou com Kitty

Pommeroy, com a sra. Pommeroy e com o noivo. Dançou com Chucky Strachan, o barman, e com dois belos rapazes de calça cáqui, que depois ela descobriu serem turistas de verão. Turistas de verão num casamento da ilha! Imagine só! Ela dançou com ambos algumas vezes e teve a sensação de que estava de algum modo caçoando deles, embora depois não conseguisse lembrar o que dissera. Ela soltou vários comentários sarcásticos que eles pareceram não entender. Até dançou com Cal Cooley quando ele pediu. A banda tocava música country.

— A banda é daqui? — ela perguntou a Cal, e ele disse que os músicos tinham vindo no barco de Babe Wishnell.

— Eles são bons — disse Ruth. Por algum motivo ela estava deixando que Cal Cooley a segurasse muito perto. — Eu queria saber tocar um instrumento. Queria tocar violino. Não sei nem cantar. Não sei tocar nada. Não sei nem ligar o rádio. Você está se divertindo, Cal?

— Eu ia me divertir muito mais se você escorregasse para cima e para baixo na minha perna como se fosse um mastro de bombeiro com graxa.

Ruth deu risada.

— Você está bonita — ele disse a Ruth. — Devia me ver mais.

— Eu devia te ver mais? Já te vejo mais do que eu gostaria, Cal.

— Eu disse que você devia *beber* mais. Eu gosto do jeito como você fica. Toda mole, bem dócil.

— Negócio? Que negócio? — disse Ruth, mas só estava fingindo que não entendia.

Ele cheirou o cabelo dela. Ela deixou. Percebeu que Cal estava cheirando seu cabelo, pois sentia o hálito dele no couro cabeludo. Ele se apertou contra a perna dela, e Ruth sentiu sua ereção. Ela deixou que ele fizesse aquilo também. *E daí*, ela pensou. Ele se roçou nela. Balançou-a de leve. Manteve as mãos baixas nas costas dela e a puxou bem para perto de si. Ela deixou que ele fizesse tudo aquilo. *E daí*, ela pensava o tempo todo. Era o velho Cal Cooley, mas a sensação até que era boa. Ele a beijou no topo da cabeça, e de repente foi como se ela despertasse.

Era Cal Cooley!

— Ai, meu Deus, preciso fazer xixi — disse Ruth, soltando-se de Cal, o que não foi fácil, pois ele lutou para segurá-la. O que ela estava fazendo, dançando com *Cal Cooley*? Jesus Cristo. Ela abriu caminho para sair da tenda, do quintal, e desceu a rua até ela terminar e começar o mato. Entrou atrás de uma árvore, levantou o vestido e fez xixi numa pedra plana, orgulhosamente conseguindo não molhar as pernas. Não acreditava que sentira o pênis de Cal Cooley, mesmo de leve, apertando por trás da calça. Aquilo era nojento. Ela fez um pacto consigo mesma, de fazer o que fosse necessário pelo resto da vida para esquecer que jamais sentira o pênis de Cal Cooley.

Quando ela saiu do mato, virou no lugar errado e foi parar numa rua chamada FURNACE STREET. *Eles têm placas de ruas aqui?*, ela se perguntou. Como as outras ruas de Courne Haven, aquela não era asfaltada. Estava anoitecendo. Ela passou por uma pequena casa com varanda, na qual havia uma velha senhora de camisa de flanela. Estava segurando um pássaro amarelo felpudo. Ruth olhou para o pássaro e para a mulher. Estava sentindo as pernas bambas.

— Estou procurando a casa do Babe Wishnell — ela disse. — Você pode me dizer onde é? Acho que estou perdida.

— Faz anos que venho cuidando do meu marido doente — disse a mulher —, e a minha memória já não é mais a mesma.

— Como vai o seu marido, senhora?

— Ele não tem mais muitos bons dias.

— Está muito doente, é?

— Está morto.

— Ah. — Ruth coçou uma picada de mosquito no tornozelo. — Você sabe onde é a casa do Babe Wishnell? Eu devia estar num casamento lá.

— Acho que é logo na rua seguinte. Depois da casa verde. Vire à esquerda — disse a mulher. — Faz um tempo que eu não vou lá.

— Virar à esquerda depois da casa verde? Entendi.

— É, acho que sim. Mas a minha memória não é mais a mesma.

— Acho que a sua memória está boa.

— Você não é um amorzinho? Quem está casando?

— A filha do Babe Wishnell.

— Aquela garotinha?

— Acho que sim. Licença, senhora, mas isso que você tem na mão é um patinho?

— É um pintinho, meu bem. Ah, é muitíssimo macio. — A mulher sorriu para Ruth, e a garota sorriu de volta.

— Bom, então obrigada pela ajuda — disse Ruth. Ela subiu a rua até a casa verde e achou o caminho de volta para o casamento.

Quando ela pisou dentro da tenda, uma mão quente e seca a segurou pelo braço.

— Ei! — ela disse. Era Cal Cooley.

— O sr. Ellis quer te ver — ele disse, e antes que ela pudesse protestar, Cal a conduziu até o sr. Ellis. Ruth tinha esquecido que ele vinha ao casamento, mas lá estava ele, sentado em sua cadeira de rodas. Ele sorriu para ela, e Ruth, que ultimamente vinha sorrindo muito, sorriu de volta. Meu Deus, como ele estava magro. Não podia pesar mais que cinquenta quilos, e já tinha sido um homem alto e forte. Sua cabeça era um globo amarelo, calvo, lustroso feito o topo de uma bengala bem usada. Ele não tinha sobrancelhas. Vestia um antigo terno preto com botões prateados. Ruth ficou espantada, como sempre, com o modo como ele envelhecera mal em comparação com sua irmã, a srta. Vera. A mulher gostava de aparentar fragilidade, mas sua saúde era perfeita. Era pequena, porém robusta como lenha. Seu irmão era um graveto. Ruth não acreditara, ao vê-lo antes na primavera, que ele fizera a viagem de Concord a Fort Niles naquele ano. E agora não acreditava que ele fizera a viagem de Fort Niles a Courne Haven para o casamento. Ele tinha 94 anos de idade.

— É bom ver você, sr. Ellis — ela disse.

— Srta. Thomas — ele respondeu —, você está com uma boa aparência. Seu cabelo está muito bonito longe do rosto. — Ele semicerrou seus olhos azuis cheios de remela. Estava segurando a mão de Ruth. — Quer sentar?

Ela respirou fundo e sentou numa cadeira dobrável de madeira ao lado dele. Ele a soltou. Ela ficou se perguntando se estava cheirando a uísque. Era preciso sentar terrivelmente perto do sr. Ellis para que ele pudesse ouvir e ser ouvido, e ela não queria que seu hálito a delatasse.

— Minha neta! — ele disse, abrindo um vasto sorriso que ameaçava rachar sua pele.

— Sr. Ellis.

— Não estou ouvindo você, srta. Thomas.

— Eu disse, Oi, sr. Ellis. Oi, sr. Ellis.

— Faz tempo que você não vem me ver.

— Não desde que eu fui lá com o senador Simon e Webster Pommeroy. — Ruth teve alguma dificuldade de pronunciar as palavras *senador* e *Simon*. O sr. Ellis pareceu não notar. — Mas tenho pensado em ir. Estive ocupada. Vou até a Ellis House muito em breve visitar o senhor.

— Vamos almoçar juntos.

— Obrigada. Isso é muito gentil, sr. Ellis.

— Sim. Você irá na quinta-feira. Próxima quinta-feira.

— Obrigada. Estou ansiosa para ir. — *Quinta-feira!*

— Você não me contou o que achou da sua visita a Concord.

— Foi ótima, obrigada. Obrigada por me incentivar a ir.

— Excelente. Recebi uma carta da minha irmã dizendo o mesmo. Talvez não fosse inapropriado você escrever um bilhete para ela, agradecendo pela hospitalidade.

— Vou escrever — disse Ruth, sem ao menos se perguntar como ele sabia que ela não fizera isso. O sr. Ellis sempre sabia esse tipo de coisa. É claro que ela ia escrever um bilhete, agora que ele tinha sugerido. E quando ela escrevesse, o sr. Ellis sem dúvida ficaria sabendo mesmo antes de a irmã dele receber o bilhete. Esse era o seu meio: onisciência. O sr. Ellis pôs uma das mãos num bolso do terno e tirou um lenço. Desdobrou-o e o passou, com uma mão trêmula, no nariz.

— O que você acha que vai ser da sua mãe quando a minha irmã falecer? — ele perguntou. — Pergunto apenas porque o sr. Cooley levantou a questão outro dia.

Ruth sentiu um aperto no estômago, como se estreitado por uma cinta. *Que diabos ele quis dizer com isso?* Ela pensou por um instante e depois disse o que certamente não teria dito se não estivesse bêbada.

— Só espero que tomem conta dela, senhor.

— Como é?

Ruth não respondeu. Tinha toda a certeza de que o sr. Ellis tinha ouvido. E ele realmente tinha, pois finalmente disse:

— É muito caro tomar conta das pessoas.

Ruth estava mais incomodada do que nunca com Lanford Ellis. Nunca fazia ideia, ao se encontrar com ele, de qual seria o resultado: o que ele a mandaria fazer, o que ele negaria a ela, o que lhe daria. Tinha sido assim desde que ela tinha oito anos, quando o sr. Ellis a chamara em seu estúdio, lhe entregara uma pilha de livros e dissera: "Leia estes livros na ordem em que eu coloquei, de cima para baixo. Você vai parar de nadar nas pedreiras com os irmãos Pommeroy, a não ser que esteja usando trajes de banho." Nunca havia uma implicação de ameaça nessas instruções. Elas simplesmente eram decretadas.

Ruth seguia as ordens do sr. Ellis porque sabia o poder que aquele homem tinha sobre sua mãe. Ele tinha mais poder sobre sua mãe do que a srta. Vera, pois controlava o dinheiro da família. A srta. Vera exercia seu controle sobre Mary Smith-Ellis Thomas em pequenas crueldades diárias. O sr. Ellis, por outro lado, jamais tratara a mãe de Ruth de modo cruel. Ruth tinha noção disso. Por algum motivo, saber disso sempre a enchera de pânico, não de paz. E assim, aos oito anos de idade, Ruth leu os livros que o sr. Ellis lhe dera. Fazia o que ele mandava. Ele não a sabatinara sobre os livros nem pedira que ela os devolvesse. Ela não adquiriu um traje de banho para nadar nas pedreiras com os irmãos Pommeroy; simplesmente parou de nadar com eles. Essa pareceu ter sido uma solução aceitável, pois ela não ouviu mais nada a esse respeito.

Os encontros com o sr. Ellis também eram significativos porque eram raros. Ele chamava Ruth em sua presença apenas umas duas vezes por ano e começava cada conversa com uma expressão de estima. Depois a reprimia de leve por não vir visitá-lo por conta própria. Ele a chamava de *neta, meu bem, querida.* Ela estava ciente, e isso desde o começo da infância, de que era considerada sua queridinha e portanto tinha sorte. Havia outras pessoas em Fort Niles — até homens adultos — que teriam apreciado mesmo uma única audiência com o sr. Ellis, mas não conseguiam obtê-la. O senador Simon Addams, por exemplo, vinha tentando se encontrar com ele havia anos. Muita gente em Fort Niles pensava que Ruth tinha alguma influência especial sobre o homem, embora ela quase nunca o visse. Na maior parte das vezes, ela ficava sabendo de seus pedidos, exigências, descontentamentos ou contentamentos por intermédio de Cal Cooley. Quando ela de fato via o sr. Ellis, suas instruções para ela geralmente eram simples e diretas.

Quando Ruth tinha treze anos, ele mandara chamá-la para dizer que ela cursaria uma escola particular em Delaware. Não disse nada sobre como ou por que seria assim, ou de quem tinha sido a decisão. Também não perguntou a opinião dela. Disse que a escola era cara mas ele cuidaria daquilo. Disse que Cal Cooley a levaria de carro para a escola no começo de setembro, e que se esperava que ela passasse o feriado de Natal com a mãe em Concord. Ela não voltaria a Fort Niles antes de junho seguinte. Eram fatos, não pontos de discussão.

Numa questão de menor relevância, o sr. Ellis mandou chamar Ruth quando ela tinha dezesseis anos para dizer que de agora em diante ela não usaria mais o cabelo no rosto. Essa foi sua única instrução a ela naquele ano. E ela obedeceu, e vinha fazendo assim desde então, usando um rabo de cavalo. Ele pelo jeito aprovava.

O sr. Ellis era um dos únicos adultos na vida de Ruth que nunca a chamara de teimosa. Isso certamente porque, na presença dele, ela não era.

Ela se perguntou se ele ia falar para ela não beber mais naquela noite. Seria esse o assunto da conversa? Será que ele ia dizer para ela parar de dançar como uma desclassificada? Ou seria alguma coisa maior, um anúncio de que era hora de ela ir para a faculdade? Ou mudar-se para Concord com a mãe? Ruth não queria ouvir nenhuma daquelas coisas.

Em geral, ela evitava o sr. Ellis com todas as forças porque tinha pavor do que ele pediria e da certeza de que ela iria obedecer. Ela ainda não ouvira diretamente do sr. Ellis quais seriam seus planos para o outono, mas tinha um forte pressentimento de que seria solicitada a ir embora de Fort Niles. Cal Cooley dera indícios de que o sr. Ellis queria que ela fosse para a faculdade, e Vera Ellis mencionara a faculdade para mulheres onde o decano era amigo. Ruth tinha certeza de que o assunto viria à tona em breve. Até o pastor Wishnell, justamente ele, lhe passara uma mensagem sobre ir embora da ilha, e os sinais apontavam para uma decisão iminente do próprio sr. Ellis. Não havia nada que Ruth odiasse mais em seu caráter do que sua obediência sem questionamento ao sr. Ellis. E embora tivesse decidido que de agora em diante não levaria mais em conta as vontades dele, não se sentia em condições de afirmar sua independência naquela noite.

— Como você tem passado os dias ultimamente, Ruth? — o sr. Ellis perguntou.

Não querendo instrução nenhuma dele naquela noite, Ruth decidiu distraí-lo. Era uma nova tática, uma tática ousada. Mas ela tinha bebido e por isso sentia-se mais ousada que o normal.

— Sr. Ellis — ela disse —, você se lembra da presa de elefante que nós levamos para o senhor?

Ele confirmou com a cabeça.

— O senhor teve a oportunidade de dar uma olhada nela?

Ele confirmou outra vez.

— Muito bem — ele disse. — Acredito que você tem passado boa parte do seu tempo com a sra. Pommeroy e as irmãs dela.

— Sr. Ellis — disse Ruth —, será que a gente pode conversar sobre aquela presa de elefante? Só por um momento.

Isso mesmo. Seria ela quem ia conduzir aquela conversa. Não podia ser tão difícil. Ela com certeza fazia isso com todas as outras pessoas. O sr. Ellis ergueu numa das sobrancelhas. Quer dizer, ergueu a pele onde haveria uma sobrancelha caso ele possuísse uma.

— Meu amigo levou vários anos para achar aquela presa, sr. Ellis. Aquele rapaz, Webster Pommeroy, foi ele que achou. Ele se esforçou muito. E sabe meu outro amigo, o senador Simon? — Ruth pronunciou o nome sem problemas desta vez. Sentia-se totalmente sóbria agora. — O senador Simon Addams? O senhor o conhece?

O sr. Ellis não respondeu. Achou seu lenço de novo e o passou outra vez no nariz.

Ruth continuou.

— Ele tem vários artefatos interessantes, sr. Ellis. Simon Addams vem colecionando artigos inusitados há anos. Ele quer abrir um museu em Fort Niles. Para mostrar o que colecionou. Ele o chamaria de Museu de História Natural de Fort Niles e acredita que o prédio da loja da Ellis Granite Company seria apropriado para esse museu. Já que está desocupado. Talvez o senhor já tenha ouvido falar dessa ideia? Acho que faz anos que ele vem pedindo a sua permissão... Acho que ele... Esse pode não parecer um projeto muito interessante para o senhor, mas seria importantíssimo para ele, e ele é um bom homem. Além disso, ele gostaria de reaver a presa de elefante. Para o museu. Quer dizer, caso ele consiga abrir um museu.

O sr. Ellis ficou sentado na cadeira de rodas, com as mãos nas coxas. Suas coxas não eram muito mais largas que seus pulsos. Por baixo do paletó, ele vestia um suéter grosso e preto. Enfiou a mão num bolso interno do paletó e tirou uma pequena chave de latão, que segurou entre o polegar e o indicador. A chave tremia como uma forquilha de achar água. Entregando-a para Ruth, ele disse:

— Aqui está a chave do prédio da loja da Ellis Granite Company.

Ruth pegou timidamente a chave. Era fria e angulosa, e não poderia ter sido uma surpresa maior.

— Ah! — ela disse. Ruth estava atônita.

— O sr. Cooley vai levar a presa de elefante à sua casa na semana que vem.

— Obrigada, sr. Ellis. Agradeço muito. O senhor não precisa...

— Você virá jantar comigo na quinta-feira.

— Eu vou. Sim. Ótimo. Preciso dizer ao Simon Addams... Hã, o que eu preciso dizer ao Simon Addams sobre o prédio?

Mas o sr. Ellis tinha acabado de falar com Ruth Thomas. Fechou os olhos e a ignorou, e ela foi embora.

Ruth Thomas andou até o outro lado da tenda, o mais longe possível do sr. Ellis. Ela sentia-se sóbria e um pouco enjoada, por isso fez uma breve escala na mesa dobrável que servia como bar e pediu que Chucky Strachan lhe preparasse outro copo de uísque com gelo. Entre o pastor Wishnell e o sr. Ellis, aquele tinha sido um dia de estranhas conversas, e agora ela estava arrependida de não ter ficado em casa com o senador e Webster Pommeroy. Achou uma cadeira no canto, atrás da banda, e a tomou para si.

Quando pôs os cotovelos nos joelhos e o rosto nas mãos, conseguiu ouvir seu pulso na cabeça. Ao som de aplausos, ela olhou para cima. Um homem de sessenta e poucos anos, com cabelo loiro-acinzentado num corte militar e o rosto de um velho soldado, estava de pé no meio da tenda, levantando uma taça de champanhe. Era Babe Wishnell.

— Minha filha! — ele disse. — Hoje é o casamento da minha filha, e eu gostaria de dizer umas palavras!

Houve mais aplausos. Alguém gritou, "Não enrola, Babe!", e todos deram risada.

— Minha filha não está casando com o homem mais bonito de Courne Haven, mas, também, é ilegal casar com o próprio pai! Charlie Burden? Cadê o Charlie Burden?

O noivo ficou de pé, parecendo angustiado.

— Hoje você arranjou uma boa garota da família Wishnell, Charlie! — Babe Wishnell berrou; mais aplausos. Alguém gritou "Manda ver nela, Charlie!" e Babe Wishnell olhou feio na direção da voz. As risadas pararam.

Mas então ele deu de ombros e disse:

— Minha filha é uma garota recatada. Quando era adolescente, era tão recatada que nem andava numa plantação de batatas. Sabem por quê? Porque as batatas têm olhos! Podiam olhar por baixo da saia dela!

Então ele imitou uma garota delicada, levantando as saias. Tremelicou a mão num gesto feminino. A multidão deu risada. A noiva, segurando a filha no colo, ficou vermelha.

— Meu novo genro me lembra Cape Cod. Quer dizer, o nariz dele me lembra Cape Cod. Alguém sabe por que o nariz dele me lembra Cape Cod? Porque é uma projeção saliente! — Babe Wishnell urrou de rir de sua própria piada. — Charlie, só estou brincando com você. Pode sentar agora, Charlie. Uma salva de palmas para o Charlie. Ele é um camarada de primeira. E agora esses dois vão sair de lua de mel. Vão passar a semana em Boston. Espero que se divirtam.

Mais aplausos, e a mesma voz gritou, "Manda ver nela, Charlie!" Desta vez Babe Wishnell ignorou a voz.

— Espero que eles se divirtam muito. Eles merecem. Principalmente a Dotty, porque ela teve um ano difícil, perdeu o marido. Por isso espero que vocês se divirtam muito, Charlie e Dotty. — Ele levantou a taça. Os convidados murmuraram e levantaram suas taças, também. — Bom para eles, passar um tempo fora — disse Babe Wishnell. — Vão deixar a menina com a mãe da Dotty e comigo, mas tudo bem. Nós gostamos da menina. Oi, menina!

Ele acenou para a menina. A menina, Candy, no colo da mãe, tinha o ar régio e insondável de uma leoa.

— Mas isso me lembra de quando eu levei a mãe da Dotty para a nossa lua de mel.

Alguém na multidão gritou *uhul*, e todos deram risada. Babe Wishnell fez um *não* com o dedo, num gesto de reprimenda, e continuou:

— Quando eu levei a mãe da Dotty para a nossa lua de mel, nós fomos para as Cataratas do Niágara. Isso foi na época da Guerra da Independência! Não, foi em 1945. Eu tinha acabado de sair da guerra. Isto é, a Segunda Guerra Mundial! Enfim, eu tinha penado bastante num naufrágio no Pacífico Sul. Tinha visto uma bagunça enorme lá na Nova Guiné, mas estava pronto para bagunçar na minha lua de mel! Podem apostar! Eu estava pronto para um outro tipo de bagunça!

Todos olharam para Gladys Wishnell, que estava balançando a cabeça.

— Então nós fomos para as Cataratas do Niágara. Tivemos que pegar aquele barco, *The Maid of the Mist*. Bom, eu não sabia se a Gladys era do tipo que sente enjoo. Achei que ela pudesse ficar toda zonza naquela cachoeira, porque você passa... bom, você passa bem *embaixo* daquela coisa. Por isso eu fui na farmácia e comprei um frasco de... como chama? Um frasco de Drambuie? Como chama aquilo que você toma para não sentir enjoo?

— Dramin! — gritou Ruth Thomas.

Babe Wishnell olhou para Ruth do outro lado da tenda escurecida. Lançou para ela um olhar severo, perspicaz. Ele não sabia quem ela era, mas aceitou sua resposta.

— Dramin. Isso mesmo. Comprei um frasco de Dramin na farmácia. E como eu já estava lá, também comprei um pacote de camisinhas.

Isso provocou aplausos e gritinhos de alegria nos convivas do casamento. Todos olharam para Dotty Wishnell e sua mãe, Gladys, ambas as quais tinham no rosto a mesma expressão impagável de descrença e horror.

— Pois é, eu comprei Dramin e um pacote de camisinhas. Então o farmacêutico me dá o Dramin. Ele me dá as camisinhas. Olha para mim e diz, "Se isso deixa ela tão enjoada, por que você continua fazendo isso com ela?"

Os convidados foram à loucura. Aplaudiram e assobiaram. Dotty Wishnell e a mãe se curvaram para a frente, rindo. Ruth sentiu uma mão no seu ombro. Olhou para cima. Era a sra. Pommeroy.

— Oi — disse Ruth.

— Posso sentar aqui?

— Claro, claro. — Ruth deu uma batidinha no assento ao seu lado, e a sra. Pommeroy sentou-se.

— Está se escondendo? — ela perguntou a Ruth.

— É. Cansada?

— Aham.

— Eu sei que o Charlie Burden acha que vai ficar rico, casando com uma Wishnell — Babe Wishnell continuou, quando os risos se dissiparam. — Sei que ele acha que é o seu dia de sorte. Ele deve estar de olho em alguns dos meus barcos e equipamentos. Bom, talvez ele consiga. Talvez fique com todos os meus barcos no final. Mas quero que Charlie e Dotty saibam de uma coisa. A partir de agora, já estamos todos no mesmo barco.

A multidão fez "Ahhhhh".... Gladys Wishnell enxugou os olhos.

— Meu novo genro não é o sujeito mais esperto da ilha. Ouvi dizer que iam fazer dele o faroleiro lá em Crypt Rock por um tempo. Bom, isso não deu muito certo. Charlie apagou a luz às nove horas. Eles perguntaram por que, e ele disse, "Toda a gente de bem devia estar na cama às nove horas." Isso mesmo! Apaga a luz, Charlie!

Os convidados riram com gosto. Charlie Burden parecia estar prestes a vomitar.

— Pois é, quero uma salva de palmas para o Charlie e para Dotty. Espero que eles se divirtam muito. E espero que eles fiquem aqui em Courne Haven para sempre. Talvez eles gostem de Boston, mas eu não sou muito de cidades. Não gosto nem um pouco de cidades. Nunca gostei. Só tem uma cidade de que eu gosto. É a melhor cidade do mundo. Sabem que cidade é? *Generosidade.*

A multidão fez "Ahhhhh" outra vez.

— Que grande piadista — disse Ruth para a sra. Pommeroy.

— Ele adora trocadilhos — ela concordou.

A sra. Pommeroy segurou a mão de Ruth enquanto elas viam Babe Wishnell terminar seu brinde com mais alguns trocadilhos, mais algumas provocações a seu novo genro.

— Esse homem tem dinheiro bastante para comprar todos nós — disse a sra. Pommeroy, pensativa.

Houve vivas para Babe Wishnell ao final do brinde, e ele curvou-se num gesto dramático e disse:

— E agora, estou muito honrado, porque Lanford Ellis está aqui conosco. Ele quer dizer umas palavras, e acho que todos queremos ouvir o que ele tem a dizer. Isso mesmo. Não é muito comum a gente ver o sr. Ellis. É uma grande honra para mim que ele tenha vindo ao casamento da minha filha. Então lá está ele. Vamos ficar bem quietos, todo mundo. O sr. Lanford Ellis. Um homem muito importante. Vai dizer umas palavras.

Cal Cooley empurrou o sr. Ellis na cadeira de rodas até o centro. A tenda ficou em silêncio. Cal apertou melhor o cobertor do sr. Ellis.

— Sou um homem de sorte — começou o sr. Ellis —, por ter vizinhos assim. — Muito devagar, ele olhou em volta para todos que estavam na tenda. Era como se estivesse computando cada vizinho. Um bebê começou a chorar, e houve algum ruído enquanto a mãe tirava a criança da tenda. — Há uma tradição nesta ilha, e em Fort Niles também, de trabalho duro. Lembro-me de quando os suecos de Courne Haven estavam fazendo pedras de calçamento para a Ellis Granite Company. Trezentos bons trabalhadores de pedreira podiam fazer duzentas pedras por dia, por cinco centavos cada. Minha família sempre apreciou o esforço.

— Que brinde interessante para um casamento — Ruth sussurrou para a sra. Pommeroy.

O sr. Ellis continuou.

— Agora vocês são todos lagosteiros. Isso também é um bom ofício. Alguns de vocês são suecos, descendentes dos vikings. Eles chamavam o mar de Caminho da Lagosta. Eu sou um velho. O que vai acontecer com Fort Niles e Courne Haven quando eu partir? Eu sou um velho. Eu amo essas ilhas.

O sr. Ellis parou de falar. Estava olhando para o chão. Não tinha expressão no rosto, e um observador talvez tivesse pensado que o homem não fazia ideia de onde estava, que esquecera que estava falando para uma plateia. O silêncio durou um bom tempo. Os convidados começaram a se entreolhar. Deram de ombros e olharam para Cal Cooley, que estava parado alguns metros atrás do sr. Ellis. Mas Cal não parecia preocupado; tinha no rosto sua costumeira expressão de desprezo e tédio. Em algum lugar, um homem tossiu. O silêncio era tanto que Ruth podia ouvir o vento nas árvores. Depois de alguns minutos, Babe Wishnell se levantou.

— Queremos agradecer ao sr. Ellis por vir até Courne Haven — ele disse. — O que acham disso, pessoal? Isso significa muito para nós. Que tal uma salva de palmas para o sr. Lanford Ellis? Muito obrigado, Lanford.

A multidão irrompeu em aplausos aliviados. Cal Cooley empurrou seu chefe para a lateral da tenda. O sr. Ellis ainda estava olhando para o chão. A banda começou a tocar, e uma mulher riu alto demais.

— Bom, esse também foi um brinde inusitado — disse Ruth.

— Sabe quem está na casa do pastor Wishnell, sentado nos degraus dos fundos, sozinho? — a sra. Pommeroy perguntou a Ruth.

— Quem?

— Owney Wishnell. — A sra. Pommeroy entregou uma lanterna para Ruth. — Por que você não vai encontrá-lo? Não tenha pressa.

11

> Da fome ao canibalismo é um pequeno passo, e, embora os filhotes de lagosta sejam impedidos de congregar-se, ainda ocorrem chances de indivíduos entrarem momentaneamente em contato uns com os outros, e, se famintos, eles aproveitam ao máximo suas oportunidades.
>
> — *Um método de cultura de lagostas*
> A. D. Mead, ph.D.
> 1908

Ruth, com o uísque numa das mãos e a lanterna da sra. Pommeroy na outra, achou o caminho até a casa do pastor Wishnell. Não havia luzes acesas lá dentro. Ela andou até os fundos da casa e encontrou Owney, como a sra. Pommeroy dissera. Ele estava sentado nos degraus. Fazia uma grande sombra no escuro. Conforme Ruth lentamente passou por ele o facho da lanterna, viu que ele estava usando um suéter cinza com zíper e capuz. Ela foi até lá, sentou-se ao seu lado e apagou a lanterna. Eles ficaram sentados no escuro por um tempo.

— Quer um pouco? — Ruth perguntou. Ela ofereceu a Owney seu copo de uísque. Ele aceitou e tomou um longo gole. Não pareceu ficar surpreso com o que havia no copo. Era como se estivesse esperando uísque de Ruth Thomas a qualquer momento, como se estivesse sentado ali esperando aquilo. Ele entregou o copo para ela, ela bebeu um pouco e lhe devolveu. A bebida acabou logo. Owney estava tão quieto que ela mal podia ouvi-lo respirar. Ela pôs o copo no degrau, perto da lanterna.

— Quer dar uma volta? — ela perguntou.

— Quero — disse Owney, ficando de pé.

Ele ofereceu a mão a ela, e Ruth aceitou. Uma mão sólida. Ele a conduziu de volta através do jardim, por cima do muro baixo de tijolos, passando pelas rosas. Ela deixara a lanterna nos degraus da casa, e por isso eles avançavam com cuidado. Era uma noite clara, e eles enxergavam o caminho. Atravessaram o quintal de um vizinho e depois estavam no mato.

Owney conduziu Ruth até uma trilha. Agora estava escuro por causa da folhagem, a sombra dos abetos-falsos. A trilha era estreita, e Owney e Ruth andavam um atrás do outro. Ela não queria cair, por isso pôs a mão direita no ombro direito dele para se equilibrar. Quando se sentia mais confiante, tirava a mão do ombro dele, porém o segurava quando estava insegura.

Eles não falaram. Ruth ouviu uma coruja.

— Não tenha medo — disse Owney. — A ilha é cheia de barulhos.

Ela conhecia aqueles barulhos. O bosque era ao mesmo tempo familiar e desnorteador. Tudo tinha o cheiro, a aparência, o som de Fort Niles, mas não era Fort Niles. O ar era doce, mas não era o ar dela. Ela não fazia ideia de onde eles estavam até que, de repente, sentiu uma grande abertura à direita e percebeu que eles estavam num lugar alto, seguindo a borda de uma pedreira eviscerada. Era uma velha cicatriz da Ellis Granite Company, como as que havia em Fort Niles. Agora eles avançavam com grande cuidado, pois a trilha que Owney escolhera ficava a pouco mais de um metro do que parecia ser uma queda séria. Ruth sabia que algumas das pedreiras tinham centenas de metros de profundidade. Ela dava passos de bebê, pois estava de sandália, e as solas escorregavam. Sentiu que o chão era liso sob seus pés.

Eles andaram ao longo da borda da pedreira por um tempo e depois estavam de volta no bosque. O abrigo das árvores, o espaço fechado, a escuridão envolvente eram um alívio, depois da boca escancarada da pedreira. Em um ponto eles cruzaram uma velha ferrovia. Conforme se embrenhavam no mato, era mais difícil de enxergar, e depois que haviam andado meia hora, em silêncio, a escuridão de repente ficou mais densa, e Ruth viu por quê. Logo à sua esquerda estava uma elevação de granito que se erguia no escuro. Talvez fosse uma parede de trinta metros de altura, de bom granito preto; ela engolia a luz. Ruth estendeu a mão e roçou a superfície com os dedos; era úmida, fria e coberta de musgo.

— Aonde a gente está indo? — ela perguntou. Mal conseguia enxergar Owney.

— Dar uma volta.

Ela deu risada, um som baixo, gostoso, que não se espalhou pelo ar.

— Em algum lugar específico?

— Não — ele disse e, para grande deleite dela, deu risada. Ruth riu também; gostava do som da risada deles naquele mato.

Então eles pararam. Ruth apoiou-se na parede de granito. Era levemente inclinada, e ela se inclinou junto. Mal conseguia distinguir Owney parado diante dela. Procurou o braço dele e foi tateando até encontrar a mão. Bonita mão.

— Vem cá, Owney — ela disse e riu de novo. — Vem aqui.

Ela o puxou para perto, ele passou os braços em volta dela, e lá os dois ficaram. Nas costas dela estava o granito frio e escuro; na sua frente estava o grande corpo quente de Owney Wishnell. Ela o puxou mais para perto e apertou o rosto de lado no peito dele. Realmente gostava muito da sensação de tocá-lo. Suas costas eram largas. Ela não se importava se eles não fizessem mais que aquilo. Não se importava se ficassem abraçados assim durante horas e não fizessem mais nada.

Na verdade, não; ela se importava.

Ela sabia que agora tudo ia mudar e levantou o rosto e o beijou na boca. Mais exatamente, ela o beijou *dentro* da boca, um beijo atencioso, longo, molhado e — que bela surpresa! — que língua gorda e excelente Owney tinha! Meu Deus, que língua maravilhosa. Toda lenta e salgada. Era uma língua deliciosa.

Ruth já tinha beijado meninos antes, é claro. Não muitos, porque não tinha acesso a muitos. Ela ia beijar os irmãos Pommeroy? Não, não houvera muitos meninos propícios na vida de Ruth, mas ela beijara alguns quando tivera a oportunidade. Beijara um menino desconhecido num ônibus para Concord certo Natal e beijara o filho de um primo de Duke Cobb que viera de Nova Jersey fazer uma visita de uma semana, mas aqueles episódios não eram nada como beijar a boca grande e macia de Owney Wishnell.

Talvez fosse por isso que Owney falava tão devagar o tempo todo, pensou Ruth; sua língua era grande e suave demais para formar palavras rápidas. Bom, e daí. Ela pôs as mãos nos lados do rosto dele e ele pôs as mãos nos lados do rosto dela, e eles se beijaram avidamente. Cada um segurava a cabeça do outro com firmeza, como alguém segura a cabeça de uma criança irrequieta, olha bem nos olhos dela e diz, "Escuta!" E eles se beijaram sem parar. Foi ótimo. A coxa dele estava enfiada com tanta força na virilha dela que quase a levantou do chão. Ele tinha uma coxa dura, musculosa. *Bom para ele*, pensou Ruth. *Bonita coxa*. Ela não se importava se eles não fizessem nada além de beijar.

Sim, ela se importava. Ela se importava *sim*.

Ruth tirou as mãos dele do rosto dela, tomou os pulsos grandes em suas próprias mãos e empurrou as mãos dele para baixo, no seu corpo. Pôs as mãos em seus quadris, e ele se apertou ainda mais contra ela e — agora estava fundo na boca de Ruth com aquela língua doce, maravilhosa — subiu as mãos pelo corpo dela até que as palmas estavam cobrindo seus seios. Ruth percebeu que se não levasse logo a boca dele até seus mamilos, ia morrer. *É isso mesmo*, ela pensou, *eu vou morrer*. Então ela desabotoou a frente do vestido, afastou o tecido e empurrou a cabeça dele para baixo, e... ele foi brilhante! Soltou um gemidinho baixo, comovente. Era como se o seio inteiro dela estivesse dentro da boca dele. Ela sentia aquilo até nos pulmões. Queria rosnar. Queria arquear as costas para trás, mas não havia espaço para isso, com aquela parede de rocha atrás de si.

— Tem algum lugar aonde a gente possa ir? — ela perguntou.

— Que lugar?

— Um lugar mais macio que essa pedra?

— Tá bom — ele disse, mas levou um tempão para eles se desgrudarem. Levou várias tentativas, pois ela não parava de puxá-lo de volta, e ele não parava de apertar sua virilha na dela. Aquilo não tinha fim. E quando eles finalmente se soltaram um do outro e avançaram pela trilha, andaram depressa. Era como se estivessem nadando embaixo d'água, prendendo o fôlego e tentando alcançar a superfície. Esqueceram as raízes e pedras, e as sandálias escorregadias de Ruth; esqueceram a mão solícita dele sob o cotovelo dela. Não havia tempo para essas delicadezas, pois eles estavam com pressa. Ruth não sabia para onde eles estavam indo, mas sabia que seria um lugar onde pudessem *continuar*, e saber disso ditava o ritmo dela e o dele. Eles tinham uma tarefa a cumprir. Praticamente correram. Sem falar.

Finalmente saíram do bosque e deram numa pequena praia. Ruth viu luzes do outro lado da água e soube que estavam virados para Fort Niles, o que significava que eles estavam bem na outra ponta de Courne Haven, longe do casamento. Que bom. Quanto mais longe, melhor. Havia uma cabana numa elevação acima do nível da areia, e não tinha porta, por isso eles entraram direto. Pilhas de velhas armadilhas num canto. Um remo no chão. Uma mesa escolar de criança, com a cadeirinha de criança acoplada. Uma janela coberta com um cobertor de lã, que Owney Wishnell arrancou sem hesitação. Ele sacudiu o pó do cobertor, chutou para longe uma velha boia de vidro do meio do chão e estendeu o cobertor. Agora o luar entrava pela janela aberta.

Como se aquilo tivesse sido planejado com muita antecedência, Ruth Thomas e Owney Wishnell tiraram as roupas. Ruth foi mais rápida, pois só estava usando aquele vestido sem mangas, que já estava quase todo desabotoado. Lá se foi o vestido, depois a calcinha azul de algodão, e as sandálias chutadas para longe e — pronto! — ela terminara. Mas Owney levou uma eternidade. Precisou tirar o suéter, a camisa de flanela que havia embaixo (com botões nos colarinhos que tiveram que ser desabotoados) e a camiseta regata que usava por baixo de tudo. Teve que tirar um cinto, desamarrar suas botas altas de segurança, arrancar suas meias. Tirou seus jeans e — isso demorou uma eternidade — finalmente sua cueca branca, e estava pronto.

Eles não deram exatamente um encontrão, mas se juntaram um ao outro muito depressa, e depois perceberam que aquilo seria muito mais fácil se estivessem no chão, portanto isso aconteceu muito depressa também. Ruth estava de costas, e Owney de joelhos. Ele empurrou os joelhos de Ruth contra o peito dela e abriu suas pernas, com as mãos em suas canelas. Ela pensou em todas as pessoas que ficariam indignadas se soubessem daquilo — sua mãe, seu pai, Angus Addams (se ele soubesse que ela estava *pelada* com um *Wishnell!*), o pastor Wishnell (apavorante sequer pensar na reação dele), Cal Cooley (ele ia enlouquecer), Vera Ellis, Lanford Ellis (ele ia *matar* ela! Pior, ia mandar matar os dois!) — e ela sorriu, esticou a mão entre as pernas, pegou o pau dele e o ajudou a colocá-lo dentro dela. Simples assim.

É extraordinário o que as pessoas podem fazer mesmo se nunca fizeram antes.

Ruth tinha pensado muito, nos últimos anos, sobre como seria fazer sexo. De todas as coisas que pensara sobre o sexo, no entanto, ela nunca cogitara que pudesse ser tão fácil e tão imediatamente *quente*. Pensara naquilo como algo para ser solucionado com dificuldade e muita conversa. E nunca conseguia realmente imaginar o sexo, pois não conseguia imaginar com quem exatamente estaria solucionando aquilo. Achou que seu parceiro teria que ser muito mais velho, alguém que soubesse o que estava fazendo, que seria paciente e didático. *Isso vai aqui; não, assim não; tenta de novo, tenta de novo.* Ela pensara que o sexo seria difícil a princípio, como aprender a dirigir. Pensara que o sexo era algo de que ela aprenderia a gostar lentamente, depois de bastante prática séria, e que provavelmente doeria muito no começo.

Sim, é realmente extraordinário o que as pessoas podem fazer mesmo se nunca fizeram antes.

Ruth e Owney fizeram aquilo como profissionais, desde o início. Ali naquela cabana, naquele cobertor de lã imundo, eles estavam fazendo coisas obscenas, completamente satisfatórias, um com o outro. Estavam fazendo coisas que talvez outros parceiros levassem meses para descobrir. Ela estava em cima dele; ele estava em cima dela. Não parecia haver parte do corpo que eles não estivessem dispostos a pôr na boca do outro. Ela estava montada no rosto dele; ele estava apoiado na mesa escolar enquanto ela se agachava diante dele e o chupava enquanto ele segurava o cabelo dela. Ela estava deitada de lado, com as pernas abertas feito uma corredora em pleno passo, enquanto ele a penetrava com os dedos. Ele estava enfiando os dedos outra vez em suas fendas escorregadias e estreitas, e pondo os dedos na boca de Ruth, para que ela pudesse sentir o próprio gosto nas mãos dele.

Incrivelmente, ela estava dizendo:

— Isso, isso, me fode, me fode, me fode.

Ele estava virando Ruth de bruços, levantando seus quadris no ar e, sim, sim, estava fodendo, fodendo, fodendo ela.

Ruth e Owney caíram no sono e, quando acordaram, estava frio e ventando bastante. Eles se vestiram depressa e fizeram a difícil caminhada de volta para a cidade, atravessando o bosque e passando pela pedreira. Ruth a viu mais nitidamente, agora que o céu estava começando a clarear. Era um buraco enorme, maior que qualquer coisa que havia em Fort Niles. Deviam ter construído catedrais com aquela pedra.

Eles saíram do bosque no quintal do vizinho de Owney, passaram por cima do muro baixo e entraram no jardim de rosas do pastor Wishnell. Lá estava o pastor nos degraus da varanda, esperando por eles. Numa das mãos ele tinha o copo de uísque vazio de Ruth. Na outra, a lanterna da sra. Pommeroy. Quando os viu chegando, iluminou os dois com a lanterna, embora na verdade não precisasse. Agora já estava claro o bastante para ele ver perfeitamente bem quem eles eram. Mesmo assim, os iluminou com a lanterna.

Owney soltou a mão de Ruth. Ela imediatamente a enfiou no bolso do vestido amarelo e agarrou a chave, a chave da loja da Ellis Granite Company, a chave que o sr. Lanford Ellis lhe entregara apenas horas antes. Ela não pensara na chave desde que se embrenhara no mato com Owney, mas agora era extremamente importante que ela a localizasse, que confirmasse que não a perdera. Ruth segurou a chave com tanta força que machucou a palma da mão — enquanto o pastor Wishnell descia da varanda e andava na direção deles. Ela agarrou a chave. Não saberia dizer por quê.

12

Em invernos rigorosos, as lagostas ou são impelidas para águas mais profundas ou, caso vivam em portos, buscam proteção enterrando-se na lama quando isto é viável.

— *A lagosta americana: um estudo de seus hábitos e desenvolvimento*
Francis Hobart Herrick, ph.D.
1895

Ruth passou a maior parte do outono de 1976 escondida. Seu pai não a expulsara expressamente de casa, mas não fez com que ela se sentisse bem-vinda ali depois do incidente. O incidente não era que Ruth e Owney tinham sido flagrados pelo pastor Wishnell, saindo do bosque de Courne Haven no raiar do dia depois do casamento de Dotty Wishnell. Isso foi desagradável, mas o incidente ocorreu quatro dias depois, no jantar, quando Ruth perguntou ao pai:

— Você nem quer saber o que eu estava fazendo no bosque com o Owney Wishnell?

Fazia dias que Ruth e o pai vinham se esquivando um do outro, sem conversar, de algum modo conseguindo evitar fazer as refeições juntos. Naquela noite, ela assara um frango, que já estava pronto quando o pai chegara da pesca.

— Não se preocupe comigo — ele dissera ao ver Ruth pondo a mesa para dois. — Vou jantar alguma coisa na casa do Angus.

E Ruth dissera:

— Não, pai, vamos comer aqui, você e eu.

Eles não conversaram muito durante o jantar.

— Eu acertei a mão nesse frango, não é? — Ruth perguntou, e seu pai disse que claro, ela tinha acertado a mão. Ela perguntou como andavam as coisas com Robin Pommeroy, que seu pai recontratara recentemente, e Stan disse que o menino continuava tão burro quanto sempre, o que você esperava? Esse tipo de conversa. Eles terminaram o jantar em silêncio.

Quando Stan Thomas pegou seu prato e andou até a pia, Ruth perguntou:

— Pai. Você nem quer saber o que eu estava fazendo no bosque com o Owney Wishnell?

— Não.

— Não?

— Quantas vezes eu tenho que te dizer? Não me importa com quem você passa o seu tempo, Ruth, ou o que você faz com ele.

Stan Thomas passou água no prato, voltou para a mesa e pegou o prato de Ruth, sem perguntar se ela terminara o jantar e sem olhar para ela. Ele passou água no prato dela, pegou um copo de leite e cortou uma fatia do bolo de mirtilo da sra. Pommeroy, que estava no balcão embaixo de uma tenda suada de filme plástico. Comeu o bolo com as mãos, debruçado na pia. Limpou as migalhas nos jeans com as duas mãos e cobriu o bolo com o filme de novo.

— Estou indo no Angus — ele disse.

— Sabe, pai — ela começou —, vou te dizer uma coisa. — Ela não levantou da cadeira. — Acho que você devia ter uma opinião sobre isso.

— Bom — disse ele —, eu não tenho.

— Bom, você devia. Sabe por quê? Porque a gente estava fazendo sexo.

Ele tirou a jaqueta do encosto da cadeira, vestiu e foi em direção à porta.

— Aonde você está indo? — perguntou Ruth.

— No Angus. Já falei.

— É só isso que você tem a dizer? Essa é a sua opinião?

— Eu não tenho opinião nenhuma.

— Pai, vou te dizer outra coisa. Tem um monte de coisas acontecendo aqui e você devia ter uma opinião sobre elas.

— Bom — ele disse —, eu não tenho.

— Mentiroso — disse Ruth.

Ele olhou para ela.

— Isso não é jeito de falar com o seu pai.

— Por quê? Você é um mentiroso.

— Isso não é jeito de falar com ninguém.

— Só estou meio cansada de você falar que não se importa com o que acontece aqui. Acho que essa é uma atitude muito fraca.

— Não me serve de nada me importar com o que está acontecendo.

— Você não se importa se eu vou para Concord ou fico aqui — ela disse. — Não se importa se o sr. Ellis me dá dinheiro. Não se importa se eu for trabalhar num barco de pesca para sempre ou se eu for mandada para a faculdade. Não se importa se eu passo a noite acordada transando com um Wishnell. É verdade, pai? Você não se importa com *isso*?

— Pois é.

— Ah, por favor. Você é tão mentiroso.

— Para de falar isso.

— Eu falo o que eu quiser.

— Não faz diferença se eu me importo ou não, Ruth. O que quer que aconteça com você ou com a sua mãe não vai ter nada a ver comigo. Acredite. Eu não tenho nada a ver com isso. Aprendi isso faz muito tempo.

— Eu ou a minha *mãe*?

— Isso mesmo. Eu não tenho voz em nenhuma decisão que envolva qualquer uma de vocês. Então, que se dane.

— Minha *mãe*? Você está brincando comigo, não é? Você podia dominar a minha mãe totalmente, se se desse ao trabalho. Ela nunca tomou uma decisão sozinha na vida, pai.

— Eu não tenho controle sobre ela.

— Então quem tem?

— Você sabe quem.

Ruth e o pai se entreolharam por um longo minuto.

— Você podia enfrentar os Ellis se quisesse, pai.

— Não, eu não podia, Ruth. E nem você pode.

— Mentiroso.

— Eu mandei você parar de falar isso.

— Cagão — disse Ruth, para sua própria imensa surpresa.

— Se você não prestar atenção nessa sua boca maldita... — disse o pai de Ruth e saiu da casa.

Esse foi o incidente.

Ruth terminou de limpar a cozinha e foi até a casa da sra. Pommeroy. Ficou cerca de uma hora chorando na cama, enquanto a sra. Pommeroy passava a mão no seu cabelo e dizia:

— Por que você não me conta o que aconteceu?

— Ele é muito cagão — disse Ruth.

— Onde você aprendeu a falar isso, meu bem?

— Ele é um covarde de merda. Por que ele não pode ser mais parecido com o Angus Addams? Por que não pode enfrentar as coisas?

— Você não ia querer ter o Angus Addams como pai, ia, Ruth?

Aquilo fez Ruth chorar ainda mais, e a sra. Pommeroy disse:

— Ah, meu bem. Este ano realmente está sendo difícil para você.

Robin entrou no quarto e disse:

— Que barulheira é essa? Quem está choramingando?

— Tira ele daqui! — gritou Ruth.

— A casa é minha, imbecil — disse Robin.

— Vocês dois são como irmãos — disse a sra. Pommeroy.

Ruth parou de falar e disse:

— Não acredito nessa merda de lugar.

— Que lugar? — perguntou a sra. Pommeroy. — *Que* lugar, meu bem?

Ruth ficou na casa da sra. Pommeroy durante os meses de julho e agosto, até o começo de setembro. Às vezes ia à casa ao lado, a casa do pai, quando sabia que ele estaria pescando, e pegava uma blusa limpa ou um livro para ler, ou tentava adivinhar o que ele vinha comendo. Ela não tinha nada para fazer. Não tinha emprego. Desistira até de fingir que queria trabalhar como ajudante de pesca, e ninguém lhe perguntava mais que planos ela tinha. Ela obviamente nunca receberia uma oferta para trabalhar num barco. E para pessoas que não trabalhavam em barcos em Fort Niles em 1976, não havia muito mais o que fazer.

Ruth não tinha nada com que se ocupar. Pelo menos a sra. Pommeroy podia bordar. Webster Pommeroy tinha os bancos de lodo para vasculhar, e o senador Simon tinha seu sonho do Museu de História Natural. Ruth não tinha nada. Às vezes achava que lembrava muito as cidadãs mais velhas de Fort Niles, as pequenas anciãs que ficavam sentadas na janela da frente e afastavam as cortinas para ver o que estava acontecendo lá fora, nas raras instâncias em que alguém passava pela casa delas.

Ela estava dividindo a casa da sra. Pommeroy com Webster, Robin e Timothy Pommeroy, e com Opal, a mulher gorda de Robin, e seu bebezão, Eddie. Também a estava dividindo com Kitty Pommeroy, que fora expulsa de casa por Len Thomas, o tio de Ruth. Len se juntou logo com Florida Cobb, entre todas as mulheres desesperadas. Florida, a filha crescida de Russ e Ivy Cobb, que raramente dizia uma palavra e passara a vida ganhando peso e pintando imagens em bolachas-da-praia, agora estava morando com Len Thomas. Kitty estava mal por causa disso. Tinha ameaçado Len com uma espingarda, mas ele a arrancou da mão dela e deu um tiro no forno.

— Achei que a Florida Cobb fosse minha amiga, aquela maldita — Kitty disse para Ruth, embora Florida Cobb jamais tivesse sido amiga de ninguém.

Kitty contou à sra. Pommeroy toda a triste história de sua última noite em casa com Len Thomas. Ruth ouviu as duas mulheres conversando no quarto da sra. Pommeroy, com a porta fechada. Ouviu Kitty soluçando sem parar. Quando a sra. Pommeroy finalmente saiu, Ruth perguntou:

— O que ela disse? Qual é a história?

— Não quero ouvir isso duas vezes, Ruth — disse a sra. Pommeroy.

— Duas vezes?

— Não quero ouvir isso uma vez da boca dela e uma da minha. Esquece isso. Ela vai ficar aqui de agora em diante.

Ruth estava começando a se dar conta de que Kitty Pommeroy acordava todo dia mais bêbada do que a maioria das pessoas jamais ficaria em uma vida inteira. À noite ela chorava sem parar, e a sra. Pommeroy e Ruth a colocavam na cama. Ela as socava enquanto as duas lutavam para subir a escada com ela. Aquilo acontecia quase diariamente. Kitty até deu um murro no rosto de Ruth uma vez e fez seu nariz sangrar. Opal nunca ajudava a lidar com Kitty. Tinha medo de apanhar, por isso ficava sentada no canto e chorava enquanto a sra. Pommeroy e Ruth cuidavam de tudo.

Opal dizia:

— Não quero que o meu bebê cresça perto de toda essa gritaria.

— Então se muda para sua própria casa! — dizia Ruth.

— Se muda você para sua própria casa! — Robin Pommeroy dizia para Ruth.

— Vocês todos são como irmãos e irmãs — disse a sra. Pommeroy. — Sempre se provocando.

Ruth não podia ver Owney. Não o vira desde o casamento. O pastor Wishnell estava tomando as medidas necessárias para aquilo. Decidira passar o outono numa grande viagem pelas ilhas do Maine, levando Owney como capitão, pilotando o *New Hope* para todas as docas do Atlântico, de Portsmouth a Nova Scotia, pregando, pregando, pregando.

Owney nunca telefonou para Ruth, mas como poderia? Não tinha o número dela, não fazia ideia de que ela estava morando com a sra. Pommeroy. Ruth não se importava tanto de não receber um telefonema; eles provavelmente teriam tido pouca coisa a dizer um ao outro por telefone. Owney já não era muito de conversa ao vivo, e ela não conseguia se imaginar passando horas com ele do outro lado da linha. Eles nunca tinham tido muito o que falar. Ruth não queria falar com Owney, de qualquer modo. Não estava curiosa para ouvir dele as últimas fofocas locais, mas isso não significava que ela não sentisse saudade dele ou, melhor dizendo, desejo por ele. Ela queria estar com ele. Queria que ele estivesse no quarto com ela, para que ela pudesse sentir o conforto de seu corpo e seu silêncio. Queria transar com ele de novo, do pior jeito possível. Queria estar nua com Owney, e pensar nisso ocupava boa parte de seu tempo. Ela pensava nisso na banheira e na cama. Falava com a sra. Pommeroy inúmeras vezes sobre a única vez em que fizera sexo com Owney. A sra. Pommeroy queria ouvir todas as diversas partes, tudo o que os dois tinham feito, e parecia aprovar.

Ruth estava dormindo no andar de cima do casarão dos Pommeroy, no quarto que a sra. Pommeroy tentara lhe dar a princípio quando ela tinha nove anos — o quarto com as manchas de sangue esmaecidas, cor de ferrugem, na parede onde aquele tio Pommeroy de antigamente tirara a própria vida com um tiro de espingarda na boca.

— Contanto que isso não te incomode — a sra. Pommeroy dissera a Ruth.

— Nem um pouco.

Havia uma abertura de aquecimento no chão, e se Ruth deitasse com a cabeça perto dela, conseguia ouvir conversas na casa inteira. A bisbilhotice a reconfortava. Ela podia ficar escondida e prestar atenção. E na maior parte do tempo, a ocupação de Ruth naquele outono foi se esconder. Estava se escondendo do pai, o que era fácil, pois ele não estava procurando por ela. Estava se escondendo de Angus Addams, o que era um pouco mais difícil, pois Angus atravessava a rua ao vê-la, para dizer que ela era uma putinha suja, que ficava trepando por aí com um Wishnell, xingando o próprio pai, se esgueirando pela cidade.

— Pois é — ele dizia. — Eu ouvi falar. Não pense que eu não ouvi falar dessa merda.

— Me deixa em paz, Angus — dizia Ruth. — Isso não é da sua conta.

— Sua putinha vadia.

— Ele só está te provocando — a sra. Pommeroy dizia a Ruth se por acaso estivesse presente, testemunhando o insulto. Aquilo deixava tanto Ruth quanto Angus indignados.

— Você chama isso de provocar? — Ruth dizia.

— Não estou provocando ninguém — Angus dizia, igualmente aborrecido. A sra. Pommeroy, recusando-se a ficar abalada, dizia:

— É claro que está, Angus. Você é um grande provocador.

— Sabe o que a gente tem que fazer? — lhe perguntava a sra. Pommeroy diversas vezes. — Temos que deixar a poeira baixar. Todo mundo ama você aqui, mas as pessoas estão um pouco agitadas.

A maior parte do empenho de Ruth em se esconder no mês de agosto tinha a ver com o sr. Ellis, o que significava que ela estava se escondendo de Cal Cooley. Mais que qualquer outra coisa, ela não queria ver o sr. Ellis e sabia que Cal algum dia viria buscá-la e levá-la para a Ellis House. Sabia que Lanford Ellis teria um plano para ela e não queria tomar parte nele. A sra. Pommeroy e o senador Simon a ajudavam a se esconder de Cal. Quando

Cal vinha à casa dos Pommeroy procurar Ruth, a sra. Pommeroy dizia que ela estava com o senador Simon, e quando Cal perguntava por Ruth na casa do senador, este dizia que ela estava na sra. Pommeroy. Porém a ilha só tinha seis quilômetros de comprimento; quanto tempo podia durar aquele jogo? Ruth sabia que, quando Cal realmente quisesse achá-la, ele conseguiria. E ele de fato a achou, certa manhã no final de agosto, no prédio da loja da Ellis Granite Company, onde ela estava ajudando o senador a construir vitrines para o museu.

O interior da loja da Ellis Granite Company era escuro e desagradável. Quando a loja foi fechada, quase cinquenta anos antes, tudo tinha sido retirado dali, e agora era um prédio eviscerado, seco, com tábuas tapando as janelas. Mesmo assim, o senador Simon não poderia ter ficado mais feliz com o estranho presente que Ruth lhe dera depois do casamento dos Wishnell, a chave do cadeado que o impedira de entrar por tanto tempo. Ele não conseguia acreditar em sua sorte. Aliás, estava tão entusiasmado com a criação do museu que temporariamente abandonara Webster Pommeroy. Dispôs-se a deixar Webster em Potter Beach sozinho para vasculhar a lama em busca da última presa de elefante. Ele não tinha energia aqueles dias para se preocupar com Webster. Toda a sua energia estava voltada ao conserto do prédio.

— Este vai ser um museu esplêndido, Ruth.

— Vai, com certeza.

— O sr. Ellis disse mesmo que eu podia transformar o lugar num museu?

— Ele não disse exatamente isso, mas depois que eu contei para ele o que você queria, ele me deu a chave.

— Então ele deve achar que não tem problema.

— Veremos.

— Ele vai ficar encantado quando vir o museu — disse o senador Simon. — Vai se sentir como um patrono.

Ruth estava começando a entender que uma parte considerável do museu do senador Simon seria uma biblioteca para sua vasta coleção de livros — livros para os quais ele não tinha mais espaço em casa. O senador possuía mais livros do que artefatos. Por isso precisava construir estantes. Ele já tinha planejado. Haveria uma seção para livros sobre construção de navios, uma seção para livros sobre pirataria, uma seção para livros sobre explorações. Ele dedicaria o andar de baixo inteiro a seu museu. A fachada da loja seria uma espécie de galeria para exposições temporárias. Os velhos escritórios e depósitos abrigariam livros e exposições permanentes. O porão seria usado como depósito. ("Arquivos", ele chamava.) Ele não tinha planos para o andar de cima do prédio, que era um apartamento abandonado de três quartos onde o gerente da loja morara com a família. Porém o andar de baixo já estava todo planejado. O senador pretendia dedicar uma sala inteira para a "exibição e discussão" de mapas. Até onde Ruth via, a exibição em si não estava progredindo muito depressa. A discussão, no entanto, estava bastante adiantada.

— O que eu não daria — o senador Simon disse a Ruth naquela tarde em agosto — para ver uma cópia original do mapa de Mercator e Hondius.

Ele lhe mostrou uma reprodução desse mesmo mapa, num volume que encomendara havia anos de um vendedor de livros antigos em Seattle. Aquela insistência do senador em mostrar a Ruth cada livro em que mexia, em falar sobre cada ilustração interessante, estava atrasando consideravelmente a preparação do museu.

— Mil seiscentos e trinta e três. Dá para ver que eles acertaram as ilhas Faroe e a Groenlândia. Mas o que é isso? Ah, nossa. O que pode ser essa massa de terra? Você sabe, Ruth?

— A Islândia?

— Não, não. *Essa* é a Islândia, Ruth. Bem onde deveria estar. Esta é uma ilha mítica, chamada Frislândia. Aparece em todo tipo de mapas antigos. Esse lugar não existe. Não é a coisa mais estranha do mundo? É desenhada tão nitidamente, como se os cartógrafos tivessem certeza da existência dela. Foi provavelmente um erro no relato de um marinheiro. Era dali que os cartógrafos obtinham suas informações, Ruth. Eles nunca saíam de casa. Isso é extraordinário, Ruth. Eles eram iguaizinhos a mim.

O senador pôs o dedo no nariz.

— Mas às vezes eles erravam mesmo. Veja que Gerhardus Mercator ainda está convencido de que há uma passagem a nordeste para o Oriente. Ele obviamente não fazia ideia do fator gelo polar! Você acha que os cartógrafos eram heróis, Ruth? Eu acho.

— Ah, claro, senador.

— Acho que eram. Olha como eles davam forma a um continente de fora para dentro. Os mapas do norte da África do século XVI, por exemplo, são corretos ao longo das margens. Os portugueses sabiam mesmo mapear esses litorais. Mas não sabiam o que acontecia do lado de dentro, ou quão grande era o continente. Ah, não, eles com certeza não sabiam disso, Ruth.

— Não. Você acha que a gente podia tirar algumas tábuas dessas janelas?

— Não quero que ninguém veja o que estamos fazendo. Quero que seja uma surpresa para todo mundo quando tivermos terminado.

— E o *que* nós estamos fazendo, senador?

— Construindo uma vitrine. — O senador estava folheando outro de seus livros de mapas, e seu rosto estava brando e amoroso enquanto ele dizia: — Ah, pelo amor de Zeus, que erro fragoroso eles cometeram aqui. O golfo do México é *enorme*.

Ruth olhou, por cima do ombro, para a reprodução de um antigo mapa deformado, porém não conseguiu entender nada do que estava escrito na página.

— Acho que precisamos deixar mais luz entrar aqui — ela disse. — Você não acha que a gente devia começar a limpar esse lugar um pouco, senador?

— Gosto de histórias sobre como eles erravam. Como Cabral. Pedro Álvares Cabral. Navegou para o oeste em 1520 tentando achar a Índia e deu de cara com o Brasil! E John Cabot estava tentando achar o Japão e foi parar na Terra Nova. Verrazano estava buscando uma passagem a oeste para as ilhas Molucas, e foi parar no porto de Nova York. Achou que fosse uma passagem marítima. Os riscos que eles corriam! Ah, como eles se esforçavam!

O senador agora estava num pequeno êxtase. Ruth começou a tirar coisas de uma caixa marcada como NAUFRÁGIOS: FOTOS/FOLHETOS III. Era uma das diversas caixas que continham itens para a seção que o senador pretendia chamar ou de "Vinganças de Netuno" ou de "Nós somos punidos", uma seção inteiramente dedicada a acidentes marítimos. O primeiro item que ela puxou era uma pasta, etiquetada como *Casos médicos* na notável letra antiquada do senador Simon. Ela sabia exatamente o que era. Lembrava-se de folhear aquela pasta quando era pequena, olhando as pavorosas imagens de sobreviventes de naufrágios, enquanto o senador Simon lhe contava a história de cada homem e cada naufrágio.

— Isso poderia acontecer com você, Ruth — ele dizia. — Poderia acontecer com qualquer pessoa num barco.

Ruth abriu a pasta e olhou cada velho pesadelo que ela bem conhecia: a mordida infeccionada de anchova; a úlcera na perna do tamanho de um prato; o homem cujas nádegas tinham apodrecido depois que ele passara três semanas sentado num rolo molhado de corda; os abscessos de água salgada; as queimaduras de sol enegrecidas; os pés inchados pelo contato com a água; as amputações; o cadáver mumificado dentro do bote salva-vidas.

— Aqui está uma gravura maravilhosa! — disse o senador Simon. Ele estava mexendo em outra caixa, esta marcada como NAUFRÁGIOS: FOTOS/FOLHETOS VI. De uma pasta com a etiqueta *Heróis*, o senador tirou uma gravura em água-forte que mostrava uma mulher numa praia. Seu cabelo estava preso num coque frouxo, e um pedaço de corda pesada pendia de um dos ombros.

— A sra. White — ele disse com apreço. — Olá, sra. White. É da Escócia. Quando um navio naufragou nas rochas perto da casa dela, ela mandou que os marinheiros a bordo lhe jogassem uma corda. Então fincou os calcanhares na areia e puxou os marinheiros para a praia, um de cada vez. Ela não parece viçosa?

Ruth concordou que a sra. White parecia viçosa e continuou folheando a pasta *Casos médicos*. Achou fichas pautadas com breves anotações rabiscadas na letra de Simon.

Em uma das fichas lia-se apenas: "Sintomas: tremores, dores de cabeça, relutância em se mexer, sonolência, torpor, morte."

Em outra lia-se: "Sede: beber urina, sangue, fluido das próprias bolhas, fluido alcoólico da bússola."

Outra: "Dez. 1710, *Nottingham* naufragou em Boon Island. 26 dias. Tripulação comeu carpinteiro do navio."

Outra: "Sra. Rogers, comissária do *Stella*. Ajudou senhoras a entrar em bote salva-vidas, abriu mão do próprio colete. MORRE! AFUNDA COM O NAVIO!"

Ruth entregou essa última ficha ao senador Simon e disse:

— Acho que esta aqui pertence à pasta *Heróis*.

Ele semicerrou os olhos para ver a ficha e disse:

— Tem toda a razão, Ruth. Como é que a sra. Rogers foi parar na pasta *Casos médicos*? E olha o que acabei de achar na pasta *Heróis* que não tinha nada que estar aqui?

Ele entregou a Ruth uma ficha onde se lia: "*Augusta M. Gott*, capotado, corrente do Golfo, 1868. Erasmus Cousins (de BROOKSVILLE, MAINE!) escolhido por sorteio para ser comido. Salvo apenas por aparição de veleiro de resgate. E. Cousins teve grave gagueira pelo resto da vida; E. Cousins — NUNCA VOLTOU AO MAR!"

— Você tem uma pasta sobre canibalismo? — perguntou Ruth.

— Isto está muito mais mal organizado do que eu pensava — disse o senador Simon, lamentoso.

Foi então que Cal Cooley entrou pela porta da frente do prédio da loja da Ellis Granite Company, sem bater.

— *Aqui* está a minha Ruth — ele disse.

— Merda — disse Ruth, com simplicidade e medo.

Cal Cooley passou um bom tempo na loja da Ellis Granite Company naquela tarde. Xeretou os pertences do senador Simon, tirando coisas da ordem e pondo coisas de volta no lugar errado. Deixou o senador infinitamente aflito, manipulando alguns dos artefatos de forma bastante brusca. Ruth tentou ficar de boca fechada. Seu estômago doía. Ela tentou ficar quieta e não interferir para que ele não falasse com ela, porém não havia como evitá-lo em sua missão. Após uma hora causando incômodo, Cal disse:

— Você não foi jantar com o sr. Ellis em julho, como ele convidou.

— Sinto muito por isso.

— Duvido.

— Eu esqueci. Diga a ele que eu sinto muito.

— Diga você mesma. Ele quer te ver.

O senador Simon se animou e disse:

— Ruth, quem sabe você pode perguntar ao sr. Ellis sobre o porão!

O senador Simon recentemente encontrara diversas fileiras de arquivos trancados no porão da loja da Ellis Granite Company. Tinha certeza de que estavam cheios de fascinantes documentos da Ellis Granite Company, e queria permissão para examiná-los e talvez exibir alguns dos melhores itens no museu. O senador escrevera uma carta ao sr. Ellis pedindo permissão, mas não recebera resposta.

— Não posso ir lá hoje, Cal — disse Ruth.

— Amanhã está bom.

— Também não posso ir amanhã.

— Ele quer falar com você, Ruth. Tem uma coisa para te dizer.

— Não estou interessada.

— Acho que seria do seu interesse aparecer lá. Eu te dou uma carona, se isso facilitar as coisas.

— Eu não vou, Cal — disse Ruth.

— Por que você não vai vê-lo, Ruth? — disse o senador Simon. — Você podia perguntar a ele sobre o porão. Talvez eu pudesse ir junto...

— Que tal este fim de semana? Quem sabe você pode ir jantar na sexta à noite. Ou tomar café da manhã no sábado?

— Eu não vou, Cal.

— O que acha de domingo que vem, de manhã? Ou o domingo seguinte?

Ruth pensou por um instante.

— O sr. Ellis já vai ter ido embora no domingo seguinte.

— Por que você acha isso?

— Porque ele sempre vai embora de Fort Niles no segundo sábado de setembro. Ele vai estar de volta a Concord no domingo depois do próximo.

— Não, não vai. Ele deixou muito claro para mim que não vai embora de Fort Niles enquanto não vir você.

Isso fez Ruth calar a boca.

— Minha nossa — disse o senador Simon, estupefato. — O sr. Ellis não está pretendendo passar o inverno aqui, está?

— Acho que isso depende da Ruth — disse Cal Cooley.

— Mas isso seria espantoso — disse o senador Simon. — Isso seria inédito! Ele nunca ficou aqui. — O senador Simon olhou em pânico para Ruth. — O que isso significaria? Minha nossa, Ruth. O que você vai *fazer*?

Ruth não tinha resposta, mas não precisava de uma, pois a conversa foi abruptamente interrompida por Webster Pommeroy, que entrou correndo no prédio da loja com um objeto horrendo nas mãos. Ele estava coberto de lama do peito para baixo, e seu rosto estava tão contorcido que Ruth achou que ele devia ter achado a segunda presa de elefante. Mas não, não era uma presa que ele estava carregando. Era um objeto redondo e imundo, que ele jogou para o senador. Ruth demorou um instante para ver o que era, e quando viu, seu corpo esfriou. Até Cal Cooley ficou pálido ao perceber que Webster Pommeroy estava carregando um crânio humano.

O senador revirou o crânio várias vezes em suas mãos fofas. Estava intacto. Ainda havia dentes no maxilar, e uma pele borrachenta, enrugada, com longos cabelos enlameados que pendiam dela, recobria o osso. Era um horror. Webster tremia incontrolavelmente.

— O que é isso? — Cal Cooley perguntou, e pela primeira vez não havia sarcasmo em sua voz. — Que droga é essa?

— Não faço ideia — disse o senador.

Mas na verdade ele fazia ideia, como se soube mais tarde. Vários dias depois — após a polícia de Rockland ter vindo num barco da Guarda Costeira para examinar o crânio e levá-lo para a perícia — um senador Simon estarrecido contou sua hipótese à horrorizada Ruth Thomas.

— Ruthie — ele disse —, aposto todo o dinheiro do mundo que aquele é o crânio da sua avó, Jane Smith-Ellis. É isso que eles vão descobrir, isso se descobrirem alguma coisa. O resto dela ainda deve estar lá nos bancos de lodo, onde ela vem apodrecendo desde que a onda a levou em 1927. — Ele agarrou os ombros de Ruth com uma força insólita. — Nunca conte à sua mãe que eu disse isso. Ela ficaria arrasada.

— Então por que você *me* contou? — Ruth exigiu saber. Estava indignada.

— Porque você é uma menina forte — disse o senador. — E é capaz de aguentar isso. E você sempre quer saber exatamente o que está acontecendo.

Ruth começou a chorar; suas lágrimas vieram de repente e com força.

— Por que vocês todos não me deixam em paz? — ela gritou.

O senador parecia consternado. Não pretendia chateá-la. E o que ela queria dizer com *vocês todos*? Ele tentou consolar Ruth, porém ela não aceitou. Ele ultimamente se sentia triste e confuso com ela, que estava o tempo todo com os nervos à flor da pele. Ele não sabia o que se passava com Ruth Thomas naqueles dias. Não conseguia entender o que ela queria, mas ela de fato parecia terrivelmente infeliz.

Foi um outono duro. O tempo esfriou rápido demais, pegando todos de surpresa. Os dias ficaram mais curtos muito depressa, enclausurando a ilha inteira num estado de irritação e tristeza.

Como Cal Cooley previra, a segunda semana de setembro passou e o sr. Ellis não saiu do lugar. O *Stonecutter* ficou no porto, oscilando à vista de todos, e logo se espalhou na ilha o boato de que o sr. Ellis não iria embora e que o motivo tinha algo a ver com Ruth Thomas. No final de setembro, o *Stonecutter* já se tornara uma presença perturbadora. Era estranho ver o barco dos Ellis parado no porto àquela altura do outono. Era como uma anomalia da natureza — um eclipse total, uma maré vermelha, uma lagosta albina. As pessoas queriam respostas. Por quanto tempo o sr. Ellis pretendia continuar ali? O que ele estava querendo? Por que Ruth não lidava com ele e acabava logo com aquilo? Quais eram as *implicações*?

No final de outubro, vários pescadores locais tinham sido contratados por Cal Cooley para tirar o *Stonecutter* da água, limpá-lo e guardá-lo em terra. Obviamente, Lanford Ellis não ia a lugar algum. Cal Cooley não veio procurar Ruth Thomas de novo. Ela sabia quais eram as condições. Tinha sido chamada e sabia que o sr. Ellis estava esperando por ela. E a ilha inteira sabia também. Agora o barco estava em terra, num suporte de madeira, onde todos os homens da ilha podiam vê-lo ao descerem às docas toda manhã para pescar. Os homens não paravam para olhar, porém estavam cientes de sua presença quando passavam andando. Sentiam a grande e cara estranheza que ele representava. Aquilo os deixava aflitos, assim como um novo objeto numa trilha conhecida perturba um cavalo.

A neve começou no meio de outubro. Seria um inverno precoce. Os homens tiraram as armadilhas da água de uma vez por todas, muito mais cedo do que gostariam, porém estava ficando difícil demais sair para o mar e lidar com o equipamento coberto de gelo e as mãos congeladas. As folhas tinham caído das árvores, e todos podiam ver a Ellis House nitidamente no topo da colina. À noite, havia luzes nos aposentos de cima.

No meio de novembro, o pai de Ruth veio à casa da sra. Pommeroy. Eram quatro da tarde, e estava escuro. Kitty Pommeroy, já caindo de bêbada, estava sentada na cozinha, olhando para uma pilha de peças de quebra-cabeça na mesa. Eddie, o filho pequeno de Robin e Opal, que recentemente aprendera a andar, estava de pé no meio da cozinha com uma fralda úmida. Segurava um pote aberto de manteiga de amendoim e uma grande colher de pau, que ele mergulhava no pote e depois chupava. Seu rosto estava coberto de manteiga de amendoim e cuspe. Ele estava usando uma das camisetas de Ruth — parecia um vestido nele — onde se lia TIME UNIVERSITÁRIO. Ruth e a sra. Pommeroy tinham assado pães, e a cozinha verde gritante irradiava calor e cheirava a pão, cerveja e fraldas molhadas.

— Vou te dizer — Kitty estava falando. — Quantos anos eu fui casada com aquele homem e não recusei ele nem uma vez. É isso que eu não consigo entender, Rhonda. Por que ele tinha que me abandonar? O que o Len queria que eu não consegui dar para ele?

— Eu sei, Kitty — disse a sra. Pommeroy. — Eu sei, meu bem.

Eddie mergulhou a colher na manteiga de amendoim e depois, com um gritinho, a arremessou para o outro lado do chão da cozinha. A colher escorregou para baixo da mesa.

— Caramba, Eddie — disse Kitty. Ela levantou a toalha, procurando a colher.

— Eu pego — disse Ruth, ajoelhando-se e entrando embaixo da mesa.

A toalha caiu tremulando atrás dela. Ela achou a colher, coberta de manteiga de amendoim e pelos de gato, e também achou um maço cheio de cigarros, que devia pertencer a Kitty.

— Ei, Kit — ela começou a dizer, mas parou, pois ouviu a voz de seu pai cumprimentando a sra. Pommeroy. Seu pai realmente tinha ido até lá! Ele passara meses sem ir. Ruth ficou sentada embaixo da mesa, encostada na perna do centro, e fez muito silêncio.

— Stan — disse a sra. Pommeroy —, que bom ver você.

— Bom, já era hora de você aparecer e ver a sua própria filha — disse Kitty.

— Oi, Kitty — disse Stan. — A Ruth está por aí?

— Em algum canto — disse a sra. Pommeroy. — Em algum canto. Ela sempre está por aí em algum canto. É bom ver você, Stan. Quanto tempo. Quer um pãozinho quente?

— Claro. Vou experimentar.

— Você saiu para pescar hoje de manhã, Stan?

— Dei uma olhada nelas.

— Ficou com alguma?

— Algumas. Só que agora acho que acabou para todos os outros. Mas eu provavelmente vou continuar saindo no inverno. Ver o que eu encontro. Como vão as coisas por aqui?

Fez-se um silêncio repleto de atenção. Kitty tossiu dentro do punho. Ruth encolheu-se o quanto pôde embaixo da grande mesa de carvalho.

— Sentimos falta de você jantando aqui — disse a sra. Pommeroy. — Você tem comido com Angus Addams nesses últimos dias?

— Ou sozinho.

— A gente sempre tem bastante comida aqui, Stan. Você é bem-vindo sempre que quiser.

— Obrigado, Rhonda. É muita gentileza sua. Eu sinto falta da sua comida — ele disse. — Estava pensando se você por acaso sabe quais são os planos da Ruthie.

Ruthie. Ouvindo aquilo, Ruth sentiu uma fisgada de angústia pelo pai.

— Acho que você devia falar disso direto com ela.

— Ela te disse alguma coisa? Alguma coisa sobre a faculdade?

— Você provavelmente devia falar direto com ela, Stan.

— As pessoas estão se perguntando — disse Stan. — Recebi uma carta da mãe dela.

Ruth ficou surpresa. Até impressionada.

— É mesmo, Stan? Uma carta. Isso demorou à beça para acontecer.

— Pois é. Ela disse que não tem tido notícias da Ruth. Disse que ela e a srta. Vera ficaram decepcionadas porque a Ruth não tomou uma decisão sobre a faculdade. Ela tomou uma decisão?

— Não sei dizer, Stan.

— É tarde demais para este ano, claro. Mas a mãe dela disse que talvez ela pudesse começar depois do Natal. Ou talvez pudesse ir no outono que vem. Depende da Ruth, não sei. Talvez ela tenha outros planos?

— Quer que eu vá embora? — Kitty perguntou. — Você quer contar para ele?

— Me contar o quê?

Embaixo da mesa, Ruth sentiu enjoo.

— Kitty — disse a sra. Pommeroy. — Por favor.

— Ele não sabe, não é? Você quer contar para ele em particular? Quem vai contar para ele? Ela vai contar para ele?

— Está tudo certo, Kitty.

— Contar o que para ele? — Stan Thomas perguntou. — Me contar o que em particular?

— Stan — disse a sra. Pommeroy —, a Ruth tem uma coisa para te contar. Uma coisa de que você não vai gostar. Você precisa falar com ela logo.

Eddie foi cambaleando até a mesa da cozinha, levantou um canto da toalha e espiou Ruth, que estava sentada com os joelhos junto ao peito. Ele ficou de cócoras em sua enorme fralda e olhou fixo para ela. Ela olhou de volta. Seu rosto de bebê tinha um olhar perplexo.

— Eu não vou gostar *do quê*? — disse Stan.

— É realmente uma coisa que a Ruth devia falar com você, Stan. Kitty falou sem pensar direito.

— Sobre o quê?

Kitty disse:

— Bom, adivinha só, Stan. Que se dane. A gente acha que a Ruth vai ter um bebê.

— Kitty! — exclamou a sra. Pommeroy.

— Que foi? Não grite comigo. Meu Deus, Rhonda, a Ruth não tem coragem de contar para ele. Acabe com isso de uma vez por todas. Olha para esse coitado, se perguntando o que diabos está acontecendo.

Stan Thomas não disse nada. Ruth ficou escutando. Nada.

— Ela não contou para ninguém além da gente — disse a sra. Pommeroy. — Ninguém sabe disso, Stan.

— Vão saber em breve — disse Kitty. — Ela está engordando pra burro.

— Por quê? — Stan Thomas perguntou, sem expressão no rosto. — Por que vocês acham que a minha filha vai ter um bebê?

Eddie engatinhou para baixo da mesa junto com Ruth, e ela lhe entregou sua colher imunda de manteiga de amendoim. Ele sorriu para ela.

— Porque faz quatro meses que ela não menstrua e ela está *engordando*! — disse Kitty.

— Eu sei que isso é um choque — disse a sra. Pommeroy. — Sei que é duro, Stan.

Kitty bufou de desprezo.

— Não se preocupe com a Ruth! — ela disse, numa voz alta e firme. — Isso não é nada de mais!

O silêncio pairou no recinto.

— Ah, gente! — disse Kitty. — Ter um bebê não é mistério nenhum! Fala para ele, Rhonda! Você teve uns vinte! É moleza! Qualquer pessoa com consciência limpa e bom-senso pode fazer isso!

Eddie enfiou a colher na boca, tirou e soltou um grito de prazer. Kitty levantou a toalha e espiou lá embaixo. Então começou a rir.

— Eu nem sabia que você estava aí, Ruth! — Kitty gritou. — Esqueci completamente de você!

Epílogo

> Encontram-se gigantes em todos os grupos superiores de animais. Eles nos interessam não apenas em virtude de seu tamanho absoluto, mas também por mostrar a que ponto os indivíduos podem superar a média normal de sua raça. Pode-se questionar se lagostas que pesam de 9 a 11 quilos devem ser consideradas gigantes no sentido técnico da palavra, ou simplesmente indivíduos sadios e robustos a quem a sorte sempre esteve aliada no embate da vida. Estou inclinado a esta segunda visão, e a ver a lagosta-mamute simplesmente como uma favorita da natureza, que é maior que suas companheiras porque é mais velha que elas. A sorte jamais a abandonou.
>
> — *A lagosta americana: um estudo de seus hábitos e desenvolvimento*
> Francis Hobart Herrick, ph.D.
> 1895

No verão de 1982, a Cooperativa de Pesca de Skillet County estava fazendo um bom serviço para as três dúzias de lagosteiros de Fort Niles Island e Courne Haven Island que haviam aderido a ela. O escritório da cooperativa situava-se no ensolarado saguão frontal do que já tinha sido a loja da Ellis Granite Company, mas agora era o Museu Memorial Intra-Ilhas de História Natural. A fundadora e gerente da cooperativa era uma jovem competente chamada Ruth Thomas-Wishnell. Ao longo dos últimos cinco anos, ela intimidara e persuadira seus parentes e a maior parte dos vizinhos a entrarem na delicada rede de confiança que tornava bem-sucedida a Cooperativa de Skillet County.

Resumindo, aquilo não tinha sido simples.

A ideia da cooperativa ocorrera a Ruth da primeira vez que ela viu seu pai e Babe Wishnell, o tio de Owney, juntos no mesmo recinto. Isso foi no batismo de David, o filho de Ruth e Owney, no começo de junho de 1977. A cerimônia aconteceu na sala de estar da casa da sra. Pommeroy, ministrada pelo lúgubre pastor Toby Wishnell e testemunhada por um punhado de moradores taciturnos tanto de Fort Niles quanto de Courne Haven. O bebê David vomitara em toda a sua antiga roupa de batismo emprestada, apenas alguns momentos antes da cerimônia, por isso Ruth o levara para cima para vestir nele algo menos elegante porém muito mais limpo. Enquanto trocava o bebê, ele começara a chorar, por isso ela ficou sentada com ele por um tempo no quarto da sra. Pommeroy, deixando que ele mamasse em seu seio.

Quando, após um quarto de hora, Ruth voltou à sala de estar, percebeu que seu pai e Babe Wishnell — que quase não haviam olhado um para o outro a manhã inteira e estavam emburrados em lados opostos da sala — tinham cada um tirado de algum lugar um pequeno caderno. Estavam rabiscando nestes cadernos com tocos idênticos de lápis e pareciam completamente absortos, franzindo a testa em silêncio.

Ruth sabia exatamente o que seu pai estava fazendo, pois o vira fazer aquilo um milhão de vezes, então não foi difícil adivinhar o que Babe Wishnell estava fazendo também. Eles estavam calculando. Estavam cuidando da pesca de lagostas. Estavam mudando números de lugar, comparando preços, planejando onde deixar armadilhas, somando despesas, *gerando dinheiro.* Ela ficou de olho nos dois durante aquela breve cerimônia sem emoção, e nenhum deles ergueu o olhar sequer uma vez de suas fileiras de cifras.

Ruth ficou pensando.

Ficou pensando ainda mais uns poucos meses depois, quando Cal Cooley apareceu sem avisar no Museu de História Natural, onde Ruth, Owney e David agora estavam morando. Cal subiu a escada íngreme até o apartamento que ficava acima da crescente bagunça formada pela imensa coleção do senador Simon e bateu à porta de Ruth. Ele parecia arrasado. Disse a ela que estava numa missão para o sr. Ellis, que, ao que parecia, tinha uma oferta a fazer. O sr. Ellis queria dar a Ruth a brilhante lente francesa Fresnel do farol de Goat's Rock. Cal Cooley mal conseguiu transmitir a notícia sem chorar. Ruth teve um prazer enorme com aquilo. Cal passara meses e meses polindo cada centímetro de latão e vidro daquela preciosa lente, porém o sr. Ellis estava irredutível. Queria que Ruth ficasse com a lente. Cal não conseguia imaginar o motivo. O sr. Ellis instruíra Cal especificamente a dizer a Ruth que ela podia fazer o que quisesse com o objeto. Embora, disse Cal, ele suspeitasse que o sr. Ellis gostaria de ver a lente Fresnel exibida como peça central do novo museu.

— Eu aceito — disse Ruth, imediatamente pedindo a Cal que, por favor, fosse embora.

— Aliás, Ruth — disse Cal —, o sr. Ellis ainda está esperando para te ver.

— Tá bom — disse Ruth. — Obrigada, Cal. Agora some.

Depois que Cal foi embora, Ruth pensou no presente que tinham acabado de lhe oferecer. Ela se perguntou o que aquilo significava. Não, ela ainda não tinha ido ver o sr. Ellis, que permanecera em Fort Niles durante todo o inverno anterior. Se ele estava tentando atraí-la até a Ellis House, pensou Ruth, podia esquecer aquilo; ela não iria. Ainda que não se sentisse totalmente confortável com a ideia de o sr. Ellis continuar ali por perto, esperando que ela fosse visitá-lo. Ela sabia que aquilo perturbava a química da ilha, ter o sr. Ellis em Fort Niles como morador permanente, e sabia que seus vizinhos estavam cientes de que ela tinha algo a ver com aquilo. Mas ela não iria até lá. Não tinha nada a dizer para ele e não estava interessada em nada que ele tivesse a lhe dizer. No entanto, ela aceitaria a lente Fresnel. E, sim, faria o que quisesse com o objeto.

Naquela noite ela teve uma longa conversa com seu pai, o senador Simon e Angus Addams. Contou a eles sobre o presente, e eles tentaram imaginar quanto valia aquela coisa. Porém não tinham a mínima noção. No dia seguinte, Ruth começou a telefonar para casas de leilão em Nova York, o que exigiu um tanto de pesquisa e iniciativa, mas ela o fez. Três meses depois, após complexas negociações, um homem abastado da Carolina do Norte tomou posse da lente Fresnel do farol de Goat's Rock, e Ruth Thomas-Wishnell tinha em mãos um cheque de US$ 22.000.

Ela teve outra longa conversa.

Essa foi com seu pai, o senador Simon, Angus Addams e Babe Wishnell. Ela atraíra Babe Wishnell de Courne Haven para lá com a promessa de um grande jantar de domingo, que a sra. Pommeroy acabou cozinhando. Babe Wishnell não gostava muito de vir a Fort Niles, mas foi difícil recusar o convite de uma moça que, afinal, agora era uma parente. Ruth disse a ele, "Eu me diverti tanto no casamento da sua filha que sinto que devia agradecer a você com uma boa refeição", e ele não conseguiu negar.

Não foi a refeição mais descontraída do mundo, mas teria sido muito menos caso a sra. Pommeroy não estivesse ali para lisonjear e paparicar todo mundo. Depois do jantar, a sra. Pommeroy serviu drinques quentes de rum. Ruth ficou sentada à mesa, balançando o filho no colo e expondo sua ideia a Babe Wishnell, seu pai e os irmãos Addams. Disse a eles que queria virar fornecedora de isca. Disse que ia providenciar a verba para um prédio a ser construído nas docas de Fort Niles, e compraria as balanças e os freezers, assim como o barco pesado necessário para transportar a isca de semanas em semanas de Rockland para a ilha. Ela mostrou a eles os números, que vinha remanejando fazia semanas. Ruth tinha tudo planejado. Só o que ela queria de seu pai, Angus Addams e Babe Wishnell era o compromisso de comprar sua isca se ela oferecesse um bom preço. Ela podia fazê-los economizar dez centavos por alqueire logo de cara. E podia lhes poupar o trabalho de ter de trazer a isca de Rockland toda semana.

— Vocês três são os lagosteiros mais respeitados de Fort Niles e Courne Haven — ela disse, passando levemente o dedo nas gengivas do filho, sentindo um dente novo. — Se todo mundo vir vocês fazendo isso, vão saber que é um bom negócio.

— Você tem merda na cabeça — disse Angus Addams.

— Pegue o dinheiro e se mude para o Nebraska — disse o senador Simon.

— Eu topo — disse Babe Wishnell, sem a mínima hesitação.

— Eu também — disse o pai de Ruth, e os dois pescadores de primeira linha trocaram um olhar de reconhecimento. Eles captaram. Entenderam o conceito imediatamente. Os números pareciam bons. Eles não eram idiotas.

Depois de seis meses, quando ficou claro que o fornecimento de isca era um enorme sucesso, Ruth fundou a cooperativa. Nomeou Babe Wishnell como presidente, mas manteve o escritório em Fort Niles, o que deixou todos satisfeitos. Escolheu a dedo um conselho de diretores, composto dos homens mais lúcidos tanto de Fort Niles quanto de Courne Haven. Qualquer homem que se tornasse membro da Cooperativa de Skillet County podia receber descontos especiais na isca e vender suas lagostas para Ruth Thomas-Wishnell, ali mesmo nas docas de Fort Niles. Ela contratou Webster Pommeroy para manejar as balanças. Ele era tão simplório que ninguém jamais o acusava de trapacear. Ela designou o pai para definir os preços diários da lagosta, aos quais ele chegava barganhando por telefone com comerciantes de lugares tão distantes quanto Manhattan. Contratou uma pessoa totalmente neutra — um rapaz sensato de Freeport — para operar o curral que Ruth mandara construir a fim de armazenar as lagostas vivas antes de serem transportadas para Rockland.

Havia bons benefícios para qualquer um que aderisse, e não ter que levar as lagostas até Rockland poupava semanas do ano de cada pescador. Houve algumas resistências a princípio, é claro. Jogaram pedras nas janelas da casa do pai de Ruth, e a própria Ruth recebeu alguns olhares frios na rua, e alguém uma vez ameaçou incendiar o Museu de História Natural. Angus Addams passou mais de dois anos sem falar com Ruth ou com o pai dela, mas no fim até ele aderiu. Afinal, aquelas eram ilhas de seguidores, e uma vez que os pescadores de primeira linha estavam na jogada, não foi difícil encontrar membros. O sistema estava funcionando. Tudo estava dando muito certo. A sra. Pommeroy realizava todas as tarefas secretariais no escritório da Cooperativa de Skillet County. Ela era boa nisso, paciente e organizada. Também era ótima em acalmar os lagosteiros quando eles ficavam agitados, paranoicos ou competitivos demais. Quando um lagosteiro entrava intempestivamente no escritório, berrando que Ruth o estava roubando ou que alguém tinha sabotado suas armadilhas, ele sempre saía feliz e apaziguado — e além disso com um belo corte de cabelo novo.

O marido e o pai de Ruth estavam ganhando uma fortuna pescando juntos. Owney foi ajudante de Stan durante dois anos; depois comprou seu próprio barco (um barco de fibra de vidro, o primeiro das duas ilhas; Ruth o convencera a fazer isso), mas ele e Stan ainda dividiam os lucros. Eles formaram sua própria corporação. Stan Thomas e Owney Wishnell formavam um par fenomenal. Eram magos da pesca. O dia não tinha horas suficientes para todas as lagostas que eles estavam tirando do mar. Owney era um pescador talentoso, um pescador nato. Voltava para Ruth toda tarde com uma espécie de brilho, uma vibração, um suave agito de contentamento e sucesso. Voltava para casa toda tarde satisfeito, orgulhoso e querendo sexo do pior jeito, e Ruth gostava disso. Gostava muito disso.

Quanto a Ruth, ela estava contente. Estava satisfeita e imensamente orgulhosa de si mesma. Na sua opinião, ela era incrível. Ruth amava seu marido e seu filho, mas acima de tudo amava seu negócio. Amava o curral de lagostas e o comércio de iscas e estava muito contente consigo mesma por ter montado a cooperativa e convencido aqueles lagosteiros grandes e fortes a aderir a ela. Todos aqueles homens, que antes nunca tinham tido nada de bom a dizer uns sobre os outros! Ela lhes oferecera algo tão esperto e eficiente que até eles tinham visto o valor daquilo. E o negócio era ótimo. Agora Ruth estava pensando em instalar bombas de combustível nas docas de ambas as ilhas. Seria um investimento caro, mas com certeza se pagaria depressa. E ela tinha condições financeiras. Estava ganhando muito dinheiro. Tinha orgulho daquilo, também. Ela se perguntou, com uma certa arrogância, o que teria acontecido com todas as suas colegas loucas por cavalos, daquela escola ridícula em Delaware. Elas provavelmente tinham acabado de sair da faculdade e estavam ficando noivas de idiotas mimados naquele exato momento. Quem poderia saber? Quem se importava?

Mais que qualquer coisa, Ruth sentia um grande orgulho quando pensava em sua mãe e nos Ellis, que haviam se esforçado tanto para tirá-la daquele lugar. Eles tinham insistido que não havia futuro para Ruth em Fort Niles, quando, no fim das contas, Ruth *era* o futuro ali. Sim, ela estava muito contente.

Ruth engravidou de novo no começo do inverno de 1982, quando tinha 24 anos e David era um garoto quieto de cinco anos que passava a maior parte do tempo tentando não levar murros de Eddie, o enorme filho de Opal e Robin Pommeroy.

— A gente vai ter que se mudar do apartamento agora — Ruth disse ao marido quando teve certeza de que estava grávida. — E não quero morar em nenhuma daquelas espeluncas perto do porto. Estou cansada de passar frio o tempo todo. Vamos construir a nossa própria casa. Vamos construir uma casa que faça sentido. Uma casa grande.

Ela sabia exatamente onde queria que fosse. Queria morar lá em cima, em Ellis Hill, bem no topo da ilha, acima das pedreiras, com vista para o Worthy Channel e Courne Haven Island. Queria uma casa opulenta e não tinha vergonha de admitir isso. Queria a vista e o prestígio da vista. O sr. Ellis era dono do terreno, é claro. Ele era dono de quase todos os bons terrenos em Fort Niles, por isso Ruth precisaria falar com ele se sua intenção de construir uma casa ali fosse séria. E era séria. Conforme sua gravidez avançava e o apartamento começava a parecer cada vez menor, a intenção de Ruth foi ficando cada vez mais séria.

E foi por isso que, aos sete meses de gravidez e levando seu filhinho consigo, Ruth Thomas-Wishnell subiu toda a Ellis Road no caminhão do pai, numa tarde de junho de 1982, finalmente procurando um encontro com o sr. Lanford Ellis.

Lanford Ellis completara um século de idade naquele ano. Sua saúde não estava nada robusta. Ele estava totalmente só na Ellis House, aquela estrutura imensa de granito preto, propícia para um mausoléu. Fazia seis anos que ele não saía de Fort Niles. Passava os dias em seu quarto junto à lareira, com as pernas embrulhadas num cobertor, sentado na poltrona que pertencera a seu pai, o dr. Jules Ellis.

Toda manhã, Cal Cooley armava uma mesa dobrável perto da cadeira do sr. Ellis e trazia seus álbuns de selos, um abajur forte e uma lente de aumento poderosa. Alguns dos selos no álbum eram antigos e valiosos, e tinham sido colecionados pelo dr. Jules Ellis. Toda manhã, Cal Cooley acendia o fogo na lareira, em qualquer estação do ano, pois o sr. Ellis estava sempre com frio. Por isso era ali que ele estava sentado no dia em que Cal Cooley conduziu Ruth para dentro do quarto.

— Olá, sr. Ellis — ela disse. — É bom ver o senhor.

Cal apontou para Ruth uma poltrona de veludo, avivou o fogo e saiu do quarto. Ela ergueu seu filhinho no colo, o que não foi fácil, pois ela não tinha muito colo aqueles dias. Ela olhou para o velho. Mal conseguia acreditar que ele estava vivo. Ele parecia morto. Seus olhos estavam fechados. Suas mãos estavam azuis.

— Neta! — disse o sr. Ellis. Seus olhos se abriram de repente, grotescamente ampliados atrás de enormes óculos insetoides.

O filho de Ruth, que não era covarde, se encolheu de medo. Ruth tirou um pirulito da bolsa, desembrulhou e pôs na boca de David. Chupeta de açúcar. Ela se perguntou por que trouxera o filho para ver aquele espectro. Esse talvez tivesse sido um erro, mas ela estava acostumada a levar David consigo aonde quer que fosse. Ele era um menino tão bom, reclamava tão pouco. Ela devia ter pensado melhor naquilo. Agora era tarde demais.

— Você devia ter vindo jantar comigo na quinta-feira, Ruth — disse o velho.

— Quinta-feira?

— Uma quinta-feira em julho de 1976. — Ele abriu um sorrisinho furtivo.

— Eu estava ocupada — disse Ruth, dando um sorriso de triunfo, ou pelo menos esperou que fosse.

— Você cortou o cabelo, menina.

— Cortei.

— Você ganhou peso. — Sua cabeça oscilava para cima e para baixo o tempo todo.

— Bom, eu tenho uma boa desculpa. Estou esperando outro filho.

— Não conheci o primeiro.

— Este é David, sr. Ellis. Este é David Thomas-Wishnell.

— Prazer em conhecer você, rapazinho. — O sr. Ellis estendeu um braço trêmulo na direção do filho de Ruth, oferecendo-se para apertar sua mão. David se espremeu contra a mãe, num gesto de terror. O pirulito caiu de sua boca apavorada. Ruth o pegou do chão e o colocou de volta. O sr. Ellis recolheu o braço.

— Quero falar com o senhor sobre comprar um terreno — disse Ruth. O que ela realmente queria era acabar com aquele encontro o mais rápido possível. — Meu marido e eu gostaríamos de construir uma casa em Ellis Hill, bem perto daqui. Tenho uma quantia razoável para oferecer...

Ruth parou de falar porque estava assustada. O sr. Ellis de repente estava tossindo com um som de asfixia. Estava engasgando, e seu rosto estava ficando roxo. Ela não sabia o que fazer. Devia ir buscar Cal Cooley? Ela teve um pensamento rápido e calculista: não queria que Lanford Ellis morresse antes que o acordo do terreno fosse firmado.

— Sr. Ellis? — ela disse, fazendo menção de se levantar.

O braço trêmulo se estendeu de novo, afastando-a com um gesto.

— Sente-se — ele disse. O velho respirou fundo, e a tosse recomeçou. Ruth percebeu que não, ele não estava tossindo. Estava rindo. Que coisa absolutamente horrível.

Ele parou, por fim, e enxugou os olhos. Balançou sua velha cabeça de tartaruga. Disse:

— Você realmente não tem mais medo de mim, Ruth.

— Eu nunca tive medo.

— Bobagem. Você ficava petrificada. — Um salpico branco de saliva voou de seus lábios e caiu em um de seus álbuns de selos. — Mas não mais. E que bom para você. Devo dizer, Ruth, que estou satisfeito com você. Estou orgulhoso de tudo o que você realizou aqui em Fort Niles. Venho acompanhando o seu progresso com grande interesse.

Ele pronunciou a última palavra em quatro sílabas bem distintas.

— Hã, obrigada — disse Ruth. Aquela era uma estranha reviravolta. — Eu sei que nunca foi sua intenção que eu ficasse aqui em Fort Niles...

— Ah, era exatamente a minha intenção.

Ruth olhou para ele sem piscar.

— Sempre foi minha esperança que você ficasse aqui e organizasse estas ilhas. Trouxesse algum sentido para elas. Como você fez, Ruth. Você parece surpresa.

Ela estava. Mas por outro lado, não estava. Ela pensou no passado.

Sua mente desacelerou, escolhendo fatos com cuidado em busca de uma explicação, examinando de perto os detalhes de sua vida. Ela repassou algumas conversas antigas, alguns encontros antigos com o sr. Ellis. O que exatamente ele havia esperado dela? Quais eram seus planos para ela quando ela terminasse a escola? Ele nunca dissera.

— Sempre pensei que o senhor queria que eu saísse dessa ilha e fizesse uma faculdade. — A voz de Ruth soou calma no grande aposento. E ela estava calma. Estava intensamente envolvida na conversa agora.

— Eu nunca disse uma coisa dessas, Ruth. Eu alguma vez falei com você sobre a faculdade? Alguma vez disse que queria que você morasse em outro lugar?

Ela percebeu que, de fato, ele não dissera. Vera tinha dito aquilo; sua mãe tinha dito aquilo; Cal Cooley tinha dito aquilo. Até o pastor Wishnell tinha dito aquilo. Mas não o sr. Ellis. Que interessante.

— Eu gostaria de saber uma coisa — perguntou Ruth —, já que estamos sendo tão sinceros. Por que o senhor me obrigou a estudar em Delaware?

— Era uma escola excelente, e eu imaginei que você fosse odiar.

Ela aguardou, mas ele não elaborou aquilo.

— Bom — ela disse —, isso explica tudo. Obrigada.

Ele soltou um suspiro rouco.

— Levando em conta tanto a sua inteligência quanto a sua teimosia, imaginei que a escola serviria a dois propósitos. Educaria você e a faria voltar a Fort Niles. Eu não deveria ter que explicar isso com todas as letras, Ruth.

Ruth confirmou com a cabeça. Aquilo de fato explicava tudo.

— Você está brava, Ruth?

Ela deu de ombros. Estranhamente, não estava. *Grande coisa*, ela pensou. Então ele vinha manipulando a vida dela inteira. Manipulara a vida de todos sobre quem tinha domínio. Não era mesmo surpresa alguma; na verdade, era edificante. E no fim — *e daí*? Ruth chegou a essa conclusão depressa e sem alvoroço. Ela gostou de finalmente saber o que vinha acontecendo todos aqueles anos. Há momentos na vida de uma pessoa em que a grande compreensão chega num estalo, e aquele foi um desses momentos para Ruth Thomas-Wishnell.

O sr. Ellis falou de novo.

— Você não poderia ter feito um melhor casamento, Ruth.

— Nossa — ela disse. *E lá vinham mais surpresas!* — Bom, o que o senhor acha disso?

— Um Wishnell e uma Thomas? Ah, acho muito bom. Você fundou uma dinastia, mocinha.

— Fundei, é?

— Fundou. E teria sido uma suprema satisfação para o meu pai ver o que você realizou aqui nos últimos anos com a cooperativa, Ruth. Nenhum outro morador local conseguiria ter feito isso.

— Nenhum outro morador local jamais teve o capital, sr. Ellis.

— Bom, você foi inteligente o bastante para adquirir esse capital. E o gastou sabiamente. Meu pai teria ficado orgulhoso e contente com o sucesso do seu negócio. Ele sempre se preocupou com o futuro destas ilhas. Ele as amava. Assim como eu amo. Assim como toda a família Ellis. E depois de toda a minha família ter investido nestas ilhas, eu não gostaria de ver Fort Niles e Courne Haven irem a pique por falta de um líder à altura.

— Vou lhe dizer uma coisa, sr. Ellis — disse Ruth e por algum motivo não conseguiu se impedir de rir. — Nunca foi minha intenção deixar a sua família orgulhosa. Acredite em mim. Nunca tive interesse em servir a família Ellis.

— Mesmo assim.

— É. — Ruth sentia-se estranha e leve. E totalmente compreensiva. — Mesmo assim.

— Mas você veio falar de negócios.

— Vim.

— Você tem algum dinheiro.

— Tenho.

— E quer que eu lhe venda o meu terreno.

Ruth hesitou.

— Nãão — ela disse, prolongando a palavra. — Não, não exatamente. Não quero que você me venda o seu terreno, sr. Ellis. Quero que você dê ele para mim.

Agora foi o sr. Ellis quem parou de piscar. Ruth inclinou a cabeça e retribuiu seu olhar.

— Sim? — ela disse. — O senhor entende?

Ele não respondeu. Ela lhe deu tempo para pensar sobre o que dissera e depois explicou, com paciência e cuidado:

— Sua família tem uma grande dívida com a minha. É importante e correto que a sua família faça alguma restituição à minha, pelas vidas da minha mãe e da minha avó. E pela minha vida, também. Com certeza o senhor entende?

Ruth ficou contente com aquela palavra — *restituição*. Era exatamente a palavra certa.

O sr. Ellis refletiu sobre aquilo por um instante e então disse:

— Você não está me ameaçando com um processo judicial, está, srta. Thomas?

— Sra. Thomas-Wishnell — corrigiu Ruth. — E não diga absurdos. Não estou ameaçando ninguém.

— Foi o que eu pensei.

— Só estou explicando que o senhor tem aqui uma oportunidade, sr. Ellis, de reparar alguns dos males que a sua família infligiu à minha ao longo dos anos.

O sr. Ellis não respondeu.

— Se o senhor alguma vez sentiu vontade de limpar um pouco sua consciência, esta talvez seja sua grande oportunidade.

O sr. Ellis continuou sem responder.

— Eu não deveria ter que explicar isso com todas as letras, sr. Ellis.

— Não — ele disse. Suspirou de novo, tirou os óculos e os dobrou. — Não deveria.

— Então o senhor entende?

Ele afirmou com a cabeça uma vez, e virou o rosto para olhar o fogo.

— Que bom — disse Ruth.

Eles ficaram sentados em silêncio. David agora estava dormindo, e seu corpo fazia uma pressão quente e úmida contra o corpo de Ruth. Ele era pesado. E no entanto ela estava confortável. Pensou que aquele diálogo breve e direto com o sr. Ellis era tão importante quanto correto. E verdadeiro. Tinha dado certo. *Restituição*. Sim. E já era hora. Ela sentiu-se bem à vontade.

Ruth observou o sr. Ellis enquanto ele observava o fogo. Ela não estava brava nem triste. Nem ele parecia estar. Ela não sentia rancor dele. Era um belo fogo, ela pensou. Era incomum, mas não desagradável, ter um fogaréu tão grande, como o de Natal, ardendo no meio de junho. Com as cortinas nas janelas, o cheiro de fumaça de lenha no quarto, não havia como saber que o dia estava ensolarado. Era uma bela lareira, o orgulho do aposento. Era feita de madeira pesada, escura — mogno, talvez —, decorada com ninfas, uvas e golfinhos. Era arrematada por uma cornija de mármore num tom esverdeado. Ruth admirou o acabamento da lareira por um tempo.

— Vou ficar com a casa também — ela disse, por fim.

— É claro — disse o sr. Ellis. Suas mãos estavam juntas na mesa dobrável à sua frente. Eram manchadas e pareciam de papel, mas agora não estavam tremendo.

— Que bom.

— Ok.

— O senhor concorda comigo?

— Sim.

— E o senhor entende mesmo o que tudo isso significa, sr. Ellis? Significa que o senhor vai ter que ir embora de Fort Niles. — Ruth não disse isso de uma maneira hostil. Foi apenas correta. — O senhor e o Cal deviam voltar para Concord agora. O senhor não acha?

Ele concordou com a cabeça. Ainda estava olhando para o fogo. Ele disse:

— Quando o tempo estiver bom o bastante para içar velas no *Stonecutter*...

— Ah, não tem pressa. O senhor não precisa ir embora hoje. Mas não quero que o senhor morra nesta casa, entende? E *não* quero que o senhor morra nesta ilha. Isso não seria apropriado e deixaria todos muito perturbados. Não quero ter que lidar com isso. Por isso o senhor realmente precisa ir embora. E não há pressa imediata. Mas em algum momento nas próximas semanas, vamos arrumar as suas coisas e tirar o senhor daqui. Não acho que vai ser muito difícil.

— O sr. Cooley pode cuidar disso.

— Claro — disse Ruth. Ela sorriu. — Esse vai ser um serviço perfeito para o Cal.

Eles ficaram sentados em silêncio por mais um bom tempo. O fogo estalava e tremulava. O sr. Ellis desdobrou seus óculos e os pôs de volta no rosto. Dirigiu seu olhar para Ruth.

— Seu garotinho está com sono — ele disse.

— Na verdade, acho que ele *já* está dormindo. É melhor eu levá-lo para casa, para o pai. Ele gosta de ver o pai à tarde. Fica esperando ele voltar para casa da pesca.

— É um menino bonito.

— A gente também acha. Nós amamos ele.

— Naturalmente. Ele é seu filho.

Ruth endireitou-se na poltrona. Então disse:

— É melhor eu voltar para o porto agora, sr. Ellis.

— Não quer tomar uma xícara de chá?

— Não. Mas estamos de acordo, certo?

— Estou imensamente orgulhoso de você, Ruth.

— Bem. — Ela abriu um vasto sorriso e fez um pequeno floreio irônico com a mão esquerda. — É tudo parte do serviço, sr. Ellis.

Com algum esforço, Ruth se levantou da poltrona funda, ainda segurando David. Seu filho fez um barulhinho de protesto, e ela mudou o peso dele de lugar, tentando segurá-lo de um jeito que fosse confortável para ambos. Àquela altura da gravidez, ela não deveria estar carregando o filho por aí, mas gostava de fazer aquilo. Gostava de segurar David, e sabia que só tinha mais alguns anos antes que ele ficasse grande e independente demais para permitir. Ruth alisou os cabelos claros do menino e recolheu sua bolsa de lona, que estava cheia de lanches para David e arquivos da cooperativa para si mesma. Ruth começou a andar na direção da porta e depois mudou de ideia.

Virou-se para confirmar uma suspeita. Olhou para o sr. Ellis e, sim, exatamente como ela havia esperado, ele estava sorrindo muito. Não fez nenhuma tentativa de esconder dela o seu sorriso. Na verdade, deixou que o sorriso se alargasse. Ao ver aquilo, Ruth sentiu o mais estranho, o mais inexplicável afeto pelo homem. Por isso não saiu do quarto. Ainda não. Em vez disso, andou até a poltrona do sr. Ellis e — inclinando-se desajeitada com o peso do filho e da gravidez — debruçou-se e beijou o velho dragão na testa.

Agradecimentos

Gostaria de agradecer à New York Public Library por me oferecer o santuário imprescindível da Allen Room. Também estendo minha gratidão aos funcionários da Vinalhaven Historical Society por me ajudar a vasculhar a história notável dessa ilha. Embora tenha consultado muitos livros durante este projeto, os que mais me ajudaram foram *The Lobster Gangs of Maine* [Os grupos lagosteiros do Maine], *Lobstering and the Maine Coast* [A pesca lagosteira e o litoral do Maine], *Perils of the Sea* [Perigos do mar], *Fish Scales and Stone Chips* [Escamas de peixe e lascas de pedra], a obra completa de Edwin Mitchell, o inédito porém abrangente "Tales of Matinicus Island" ["Contos de Matinicus Island"], e um perturbador volume de 1943 chamado *Shipwreck Survivors: A Medical Study* [Sobreviventes de naufrágios: Um estudo médico].

Obrigada a Wade Schuman por me dar a ideia antes de tudo; a Sarah Chalfant pelos empurrões para que eu continuasse; a Dawn Seferian por recolhê-la do chão; a Janet Silver por apoiá-la até o fim; e a Frances Apt por endireitá-la. Sou profundamente grata aos moradores de Matinicus Island, Vinalhaven Island e Long Island por me receberem em suas casas e em seus barcos. Agradeço especialmente a Ed e Nan Mitchell, Barbara e David Ramsey, Ira Warren, Stan MacVane, Bunky MacVane, Donny MacVane, Katie Murphy, Randy Wood, Patti Rich, Earl Johnson, Andy Creelman, Harold Poole, Paula Hopkins, Larry Ames, Beba Rosen, John Beckman e à lendária sra. Bunny Beckman. Obrigada, pai, por cursar a Universidade do Maine e por se lembrar de seus amigos depois de tantos anos. Obrigada, John Hodgman, por deixar seu trabalho de lado para me ajudar nos momentos finais do meu. Obrigada, Deborah Luepnitz, por andar comigo de pinças dadas desde o começo. E Deus Abençoe as Crianças Gordas.

Este livro foi impresso
pela Lena Gráfica para a
Editora Objetiva em
novembro de 2011.